CATHERINE COULTER

DIE REBELLISCHE BRAUT

Roman

Deutsche Erstausgabe

WILHELM HEYNE VERLAG
MÜNCHEN

HEYNE ROMANE FÜR ›SIE‹
Nr. 04/241

Titel der Originalausgabe
THE REBELL BRIDE

Aus dem Amerikanischen von
Eva Malsch

Printed in Germany 1998
Umschlagillustration: Jean Monti / Agentur Schlück
Umschlaggestaltung: Atelier Ingrid Schütz, München
Satz: Pinkuin Satz- und Datentechnik, Berlin
Druck und Bindung: Elsnerdruck, Berlin

ISBN 3-453-13957-7

Für meine wundervolle Schwester Diane Coulter, die mir zum zweitenmal geholfen hat, ein Buch zu schreiben.

Beiseite setzend all dies Geschwätz,
Sag ich Euch rundheraus: Eur Vater gibt
Euch mir zur Frau; die Mitgift ward bestimmt,
Und wollt Ihr's oder nicht, Ihr werdet mein!
Nun, Kätchen, ich bin grad ein Mann für dich,
Denn bei dem Sonnenlicht, das schön dich zeigt,
Und zwar so schön, daß ich dir gut sein muß,
Kein andrer darf dein Ehemann sein als ich …

Shakespeare, *Der Widerspenstigen Zähmung*

1

Julien St. Clair, Earl of March, strich flüchtig über den weißen Bauch seiner Gespielin und sank unter dem Baldachin des breiten Betts ins Kissen zurück. Die Augen halb geschlossen, beobachtete er den Widerschein der Flammen, der über die gegenüberliegende Wand tanzte. Eine träge Zufriedenheit verdrängte die gewohnte Langeweile, zumindest für einige Zeit.

»Waren Sie mit mir zufrieden, Mylord?« Yvette schlang ihre Finger in sein blondes Haar. Nach den Freuden, die er ihr geschenkt hatte, genoß sie ein süßes Schwächegefühl.

»Natürlich, Yvette«, erwiderte er und ärgerte sich, weil sie das willkommene Schweigen brach.

Ihre rehbraunen Augen funkelten vor Zorn. Soeben hatte sie ihn beglückt, und jetzt beachtete er sie kaum. Aber wie sie aus ihrer reichlichen Erfahrung mit Aristokraten wußte, würde sie nichts gewinnen, wenn sie ihm Vorwürfe machte. Aufreizend preßte sie ihre Brüste an ihn, schlang einen Arm um seinen Hals und wartete, bis er sich zu ihr wandte. Als er über ihr kastanienbraunes Haar, ihren Rükken und die Hüften strich, lächelte sie voller Genugtuung.

Zu ihrer eigenen Verblüffung begann sie zu zittern und stöhnte vor Entzücken. Geschmeidig legte er sich auf ihren Körper und küßte sie. Er würde ihr geben, was sie wollte. Während er verführerisch das weiche Fleisch ihrer Schenkel streichelte und sie immer intimer liebkoste, beobachtete er, wie sich ihre Augen verschleierten. Ihre Lider flatterten, ihre Wangen röteten sich. Mit bebenden Händen bedeutete sie ihm, in sie einzudringen, und er erfüllte ihren Wunsch.

Trotz seiner rhythmischen Bewegungen fühlte er sich der hingebungsvollen Frau, die unter ihm lag, nicht verbunden, und er konnte nicht die gleiche Leidenschaft empfinden wie sie. Aber sein Puls beschleunigte sich, als er ihre letzte Anspannung spürte. Dann hörte er den Schrei ihrer Erfüllung und überließ sich seinem eigenen Höhepunkt.

Sein Kopf sank neben ihrem Gesicht ins Kissen, und ihre Herzschläge beruhigten sich allmählich. Diesmal mußte sie ihn befriedigt haben. Daran zweifelte sie nicht. Nun wartete sie vergeblich auf ein zärtliches Wort. Reglos lag er auf ihr, und seine Atemzüge verlangsamten sich. Ihr Körper protestierte gegen sein Gewicht. Doch sie rührte sich nicht, weil sie fürchtete, ihn zu stören.

»Wie spät ist es?« fragte er, die Stimme vom Kissen gedämpft.

»Kurz vor zehn, Mylord«, antwortete sie in scharfem Ton.

»Verdammt!« Julien rollte von ihr hinab, stieg aus dem Bett, und sie beobachtete, wie er seinen hochgewachsenen, muskulösen Körper streckte. Wie immer erregte sein Anblick ihre Bewunderung. Monatelang hatte sie ihn ihren goldenen Gott genannt. Und jetzt ist er ein wankelmütiger Gott, dachte sie bitter. Bald würde er gehen, ohne einen Gedanken an sie zu verschwenden. Sie zerbrach sich den Kopf, suchte nach charmanten, witzigen Worten, die seine Aufmerksamkeit erregen würden. Aber ihr fiel nichts ein. Schließlich zog sie seufzend die Decke über ihren Körper. Er schlüpfte in sein weißes Rüschenhemd und wandte sich zu ihr. »Nun muß ich dich verlassen, Yvette. Ich habe versprochen, Blairstock im White's zu treffen, und ich bin schon spät dran.«

»Wann sehe ich Sie wieder, Mylord?« fragte sie und richtete sich ein wenig auf.

Ungeduldig winkte er ab. »Das weiß ich noch nicht. Ich bin mit zwei Freunden auf dem Land verabredet. Dort wollen wir zur Jagd gehen, und es wird eine Weile dauern, bis ich nach London zurückkehre.«

Ihr Atem stockte. Davon hatte er nichts erwähnt. Mit einiger Mühe zog er sein enges Jackett aus feinem blauem

Tuch an, das sich perfekt an die breiten Schultern schmiegte, und ging zu ihr.

»Zweifellos wirst du dich während meiner Abwesenheit amüsieren.« Eine unmißverständliche Warnung schwang in seiner Stimme mit. »Aber sei bitte diskret, solange ich deinen Lebensunterhalt bestreite.« In seinen grauen Augen erschien ein harter, kalter Glanz.

»Ich weiß nicht, was Sie meinen«, erwiderte sie und spürte, wie alle Farbe aus ihren Wangen wich.

»Wirklich nicht, Yvette? Seltsam ... Ich dachte, du wüßtest es. Nun, darüber werden wir diskutieren, wenn ich zurückkomme.« Er ergriff seinen Gehstock, warf sein weitgeschnittenes Cape um die Schultern und ging zur Tür. »Was immer du auch tust, meine Liebe, du solltest deinen Wert nicht unterschätzen.«

Leise schloß er die Tür hinter sich, und sie lauschte seinen Schritten, die sich rasch entfernten, als er immer zwei Stufen auf einmal nahm.

»Zum Teufel mit diesen vornehmen, arroganten Lords!« schrie sie die Schlafzimmertür an. Während ihr Zorn nachließ, runzelte sie die Stirn. Jetzt ärgerte sie sich über ihren eigenen Leichtsinn. Sie hätte ahnen müssen, daß ihre Kapitulation vor Lord Riverton den eitlen Prahler veranlassen würde, seinen Triumph in alle Welt hinauszuposaunen. Diesen dummen Fehler hätte sie nicht begehen dürfen. Nun würde sie möglicherweise ihren – wie sie zugeben mußte – überaus großzügigen Beschützer verlieren.

Sie schlug die Decke zurück und stand langsam auf, von ihren erotischen Aktivitäten ermattet. Seufzend setzte sie sich an den Toilettentisch und begann ihr zerzaustes kastanienbraunes Haar zu bürsten. Als sie in den Spiegel schaute und ihr hübsches Gesicht betrachtete, besserte sich ihre Laune. Lord Riverton war ein reicher Mann, und er schien ihr gelispeltes Englisch, ihre Ansichten über das Leben in England und die üppigen Reize ihres Körpers attraktiv zu finden.

Trotzdem trennte sie sich nur widerstrebend von Julien. Sie mochte ihn, und er war immerhin ein Earl. Und steinreich. Wehmütig schaute sie sich in ihrem elegant eingerichteten Zimmer um. Dieses luxuriöse Apartment würde sie ebenso vermissen wie die Liebeskünste des jungen Mannes. In dieser Hinsicht hatte sie ihm nur wenig beigebracht. Schon bei der ersten Begegnung war er ein versierter Liebhaber gewesen. Und sie schätzte sein selbstloses Bestreben, sie zu beglücken, obwohl sie seine Mätresse war. Immer wieder staunte sie, weil er sie so mühelos bewog, sich selbst und ihre eigenen verführerischen Tricks zu vergessen.

Sie stand vom Toilettentisch auf, löschte die Kerzen und kehrte ins Bett zurück. So pragmatisch wie leidenschaftlich, erkannte sie die Vorteile des Jagdausflugs, den Julien unternehmen wollte. Währenddessen konnte sie Lord Rivertons Absichten erforschen. Sie brauchte nicht lange, um einen vielversprechenden Plan zu schmieden. Zufrieden schlief sie ein. Es würde ihr nicht schwerfallen, Seine knauserige Lordschaft um einige Guineen zu erleichtern.

Vor dem roten Ziegelhaus in der Curzon Street winkte Julien eine Droschke heran und befahl dem Fahrer, ihn möglichst schnell zum White's zu bringen. Er sank in die schäbige Polsterung und streckte die langen Beine aus. Als die Pferde über das unebene Kopfsteinpflaster trabten, schwankte der alte hölzerne Wagen bedenklich hin und her, und Julien mußte sich am abgewetzten Lederriemen festhalten. Inzwischen ärgerte es ihn nicht mehr, daß er die Frau, die er aushielt, mit einem anderen geteilt hatte. Wie er sich ehrlich eingestand, hatte er sie in den letzten Monaten vernachlässigt, nur selten besucht und immer nur zu einem einzigen Zweck. Um seiner wachsenden inneren Unruhe wenigstens zeitweise zu entrinnen, hatte er Yvettes Körper benutzt. Er zog sie der schönen Lady Sarah vor, denn es strengte ihn zu sehr an, ständig jene zärtlichen Worte auszusprechen, die eine solche Liaison verlangte und die auch noch aufrichtig klingen mußten. Bei Yvette konnte er sich so benehmen, wie es ihm beliebte, weil es ihre Pflicht war, ihn zu erfreuen. Jetzt fand er ihren Treuebruch sogar amüsant. Sicher würde sie sehr gut für sich selber sorgen. Sie glich einer raffinierten Katze, die leise schnurrte und stets auf den Füßen landete. Seufzend schloß er die Augen und wünschte ihr viel Glück bei ihrer Jagd auf Riverton.

Als die Droschke vor dem White's in der St. James Street hielt, stieg er eilends aus, entlohnte den Fahrer großzügig und vergaß Yvette.

»Guten Abend, Mylord.« An der Tür wurde er von einem der vornehmen Lakaien begrüßt, für die der Club berühmt war. Nachdem er sich tief verneigt hatte, nahm er Juliens Gehstock und den Umhang entgegen.

»Ist Sir Percy da, Henry?«

»In der Tat, Mylord. Vermutlich finden Sie ihn im Spielsalon.«

Julien durchquerte den düsteren, mit dunklem Holz getäfelten Leseraum, in dem ein dicker Plüschteppich seine Schritte dämpfte. An den Wänden reihten sich zahlreiche, in Pergament gebundene Bücher aneinander, die fast nie gelesen wurden, und auf wuchtigen Mahagonitischen stapelten sich zerfledderte Londoner Zeitungen. Er blieb stehen, um in der *Gazette* zu blättern und den neuesten Bericht über Napoleons Gefangenschaft auf Elba zu überfliegen, einer Insel, die der kleine Bastard nun ebenso autoritär regierte wie früher Frankreich. Wenigstens übte er keinen nennenswerten Einfluß mehr aus.

»Ist es nicht schrecklich, daß der aufgeblasene Korse das arme Europa so lange geknechtet hat, Sir?«

»Allerdings.« Der Earl drehte sich um und begrüßte den Duke of Moreland, der an Arthritis litt, mit einer knappen Verbeugung.

Nachdenklich betrachtete der Duke die Zeitung und fuhr in seiner umständlichen Art fort: »Es übersteigt ganz einfach mein Begriffsvermögen, wie dieser kleine Emporkömmling soviel Macht erringen konnte.« Als er ausdrucksvoll die Achseln zuckte, schienen ihn heftige Schmerzen zu plagen, denn sein Gesicht verzerrte sich.

»Aber die Franzosen waren ja schon immer für ihre schlampige Politik bekannt. Welch ein labiles Volk ...«

»Vielleicht sind die Ereignisse verständlich, Euer Gnaden, wenn man an das ungeheure Leid denkt, das die Franzosen nach dem Beginn der Revolution ertragen mußten.«

»Mein lieber Junge, ich hoffe, Sie entwickeln sich nicht zum Republikaner. Das hätte Ihrem verstorbenen Vater ganz und gar nicht gefallen. Wie Sie zweifellos wissen, war er ein sehr strenger, möglicherweise sogar übertrieben konservativer Mann.«

»Gewiß, Euer Gnaden. Und als Bürger eines Landes, wo alle Menschen einigermaßen gerecht behandelt werden, finde ich's keineswegs republikanisch, wenn ich die Dummheit und offenkundige Habgier früherer französischer Monarchen anprangere. Die waren nicht nur schlampig.«

»Gut gesagt, mein Junge.«

»Wenn Euer Gnaden mich entschuldigen würden ...«

Der Earl ergriff die Hand des alten Mannes.

»Verschwinden Sie. Und vergessen Sie nicht, Ihrer lieben Mutter herzliche Grüße von mir auszurichten. Hoffentlich läßt ihr Befinden nicht zu wünschen übrig.«

»Sie wird sich sicher über Ihre Grüße freuen, Euer Gnaden«, erwiderte Julien, lächelte den Duke in aufrichtiger Zuneigung an und setzte seinen Weg fort.

Bevor er den Leseraum verließ, begrüßte er andere Bekannte, hielt sich aber nicht mehr auf. Grinsend überlegte er, daß der arme Percy sich gewaltig ärgern würde, weil er so lange auf sein Dinner warten mußte. Ein Lakai öffnete die Tür zum Spielsalon und schloß sie hastig, nachdem Julien hindurchgegangen war, damit die seriöseren Clubmitglieder, die im Leseraum saßen, nicht gestört wurden.

Im Spielsalon verbreiteten zahlreiche Kerzen ihr helles Licht, im Gegensatz zu den anderen Clubräumen. Hier war ein fröhliches, lärmendes Völkchen versammelt. Mehrere Lakaien trugen Silbertabletts mit Getränken umher, die am nächsten Tag für Katerstimmung sorgen würden. Suchend schaute Julien sich um, bis er seinen Freund entdeckte. Ein elegant gekleidetes Bein über das andere geschlungen, saß Sir Percy auf einem zierlichen, mit Satin bezogenen Stuhl. Eine Zeitlang blieb Julien hinter ihm stehen und runzelte beim Anblick der wenigen Guineen, die sich neben Percys Ellbogen stapelten, die Stirn.

Als Percy einen Großteil des Geldes zur Faro-Bank schob, legte Julien eine Hand auf seine Schulter. »Offensichtlich hast du heute abend kein Glück«, bemerkte er und setzte sich neben ihn.

Sir Percy Blairstock richtete seine hellblauen Augen auf Julien. »Irgendwie muß ich mir doch die Zeit vertreiben – also verspiele ich mein Vermögen. Ich nehme an, du hast in den Armen deiner schönen Gespielin unsere Verabredung zum Dinner vergessen.«

»Keineswegs«, entgegnete Julien lächelnd, »ich habe mich nur ein bißchen verspätet. Und da bin ich – dein ergebener Diener.«

»Was? Soviel ich weiß, warst du arroganter Kerl noch nie ein ergebener Diener.« Percy schob seinen Stuhl zurück und steckte die restlichen Guineen in die Tasche seines Jacketts. »Jetzt reicht's mir.«

»Wahrscheinlich habe ich dich vor dem Ruin gerettet, und deshalb bist du mir zu Dank verpflichtet.« Julien schüttelte den Kopf, als ein Lakai ihm einen Brandy anbot.

»He, March, spielen Sie heute abend nicht?«

Der Earl wandte sich zu Lord Devalney, der ihn beschwipst angrinste. Diesen Mann hatte er nie gemocht. Aber Devalney war ein Freund seines Vaters gewesen, und so schuldete er ihm ein Mindestmaß an Höflichkeit. »Wie Sie sehen, bin ich mit Blairstock verabredet, Sir ...«

»Und ich bin verdammt hungrig«, fiel Percy ihm ins Wort. »Komm, Julien, probieren wir Pierres köstlichen Fisch.«

Die beiden Freunde standen auf, und Julien verneigte sich vor Lord Devalney. »Verzeihen Sie, Sir, nun muß ich mich um Blairstocks leibliches Wohl kümmern, ehe er mich zu einem Rendezvous im Morgengrauen auffordert.«

»Das verstehe ich.« Devalney winkte ihm mit einer dünnen, stark geäderten Hand zu und widmete sich wieder seiner Pharao-Partie.

»Was für ein ekliger alter Narr! Den konnte ich noch nie leiden.« Percy warf einen Blick über die Schulter, ehe sie den Spielsalon verließen.

»Sei doch ein bißchen toleranter.«

»Aber diese Perücke! Und er schminkt sich immer noch. Hast du das lächerliche Schönheitspflästerchen neben seinem Mundwinkel gesehen?«

»Reg dich nicht auf, Percy. Er ist ein Relikt aus alter Zeit, das immer noch gehen kann. Was meinst du, was er von unseren kunstvoll geschlungenen Krawatten und modisch zerzausten Haaren hält?«

»Mein Vater hat behauptet, diese Perücken würden von Läusen wimmeln.«

»Stell dir das bloß nicht bildlich vor, sonst vergeht dir der Appetit!« warnte Julien lachend.

Sie verließen den Club erst gegen ein Uhr. Da die Vollmondnacht nicht allzu kalt war, überredete Julien seinen Freund zu einem Spaziergang. Eine Zeitlang wanderten sie in einvernehmlichem Schweigen in die Richtung des St.-Clair-Hauses am Grosvenor Square. Nur die Gehstöcke, die klickend auf das Kopfsteinpflaster stießen, durchbrachen die Stille. Dann gestand Julien nachdenklich: »Weißt du, Percy, die schöne Yvette beginnt mich zu langweilen. Kann ich mich drauf verlassen, daß Riverton sie übernehmen wird?«

Etwas mühsam drehte Percy seinen Kopf über dem hohen, steifen Hemdkragen zur Seite. »Großer Gott, du hältst sie doch erst seit fünf oder sechs Monaten aus.«

»Willst *du* sie nicht haben? Du würdest ihr sicher besser gefallen als der alte Knacker.«

»So eine Frau übersteigt meine finanziellen Möglichkeiten, March. Im Gegensatz zu dir bin ich mit einem Vater gestraft, der seine Börse fest verschlossen hält.«

»Wenn du deine Guineen nicht am Spieltisch verschleudern würdest, könntest du dir die bezaubernde Yvette sehr wohl leisten.«

»Du hast leicht reden«, erwiderte Percy bitter. »Schon mit achtzehn durftest du über dein immenses Vermögen verfügen. Allein schon bei diesem Gedanken dreht sich mein Magen um.«

»Nun, wie du willst ... Solltest du dir's anders überlegen, mußt du dich beeilen. Sobald ich nach London zurückkehre, werde ich mich von Yvette trennen.«

»Danke für das Angebot. Aber im Augenblick begnüge ich mich mit billigeren Amüsements.«

Sie schwiegen wieder, und Julien erinnerte sich an die Jahre, die er gebraucht hatte, um nach dem tödlichen Jagdunfall seines Vaters die Verwaltung des Familienvermögens zu erlernen. Außerdem hatte er sich um seine nörglerische Mutter kümmern müssen. Glücklicherweise lebte sie nun in einem gemütlichen Haus in der Brook Street und genoß die Gesellschaft anderer reicher Witwen.

»Wann fährst du nach St. Clair, Julien?« unterbrach Percy die Gedanken seines Freundes.

»Morgen. Am Wochenende erwarte ich Hugh und dich.«

»Und was wirst du uns bieten, außer Jagen und Fischen.«

»Frische Luft, sonst nichts.«

»Wie bedauerlich! Frische Luft schadet den Lungen.«

»Natürlich werden wir auch François' exzellente Kochkünste genießen.«

»Damit bin ich einverstanden. Darf ich ihm ein Rezept für Kabeljau mit Kapern in schwarzer Butter geben? Mein Koch kriegt's nicht richtig hin.«

Lachend malte sich Julien die bevorstehende Konfrontation zwischen seinem temperamentvollen *Chef de cuisine* und Percy aus. »Versuch's nur, aber mach dich auf einen gewaltigen Schwall gallischer Flüche gefaßt. Oder er schwingt sogar sein Fleischmesser. Damit schlug er nämlich mal eine arme Küchenmagd in die Flucht, die zufällig eine Grimasse schnitt, als sie seinen Teekuchen verspeiste.«

Plötzlich erinnerte sich Percy an die Kommentare seines Vaters über die Labilität der Franzosen, beschloß auf seinen Kabeljau zu verzichten und wechselte abrupt das Thema. »Wir werden doch Karten spielen? Natürlich erwarte ich, mein restliches Vermögen an dich zu verlieren.«

»Du könntest dieser Gefahr entrinnen, wenn du am Spieltisch ausnahmsweise nicht deiner Intuition, sondern deinem Verstand folgen würdest.«

Diesen guten Rat hatte Percy oft genug gehört und stets ignoriert. »Mal sehen, ob dir diese Taktik hilft, wenn du gegen Hugh antrittst. Ich kenne keinen besseren Spieler.«

»Warten wir's ab«, entgegnete Julien grinsend. »In St. Clair gibt's nichts, was meine Konzentration stören könnte.«

2

Juliens Reise nach St. Clair dauerte über zwei Tage. Während er die Karriole in zügigem Tempo nach Norden steuerte, nur in Gesellschaft seines livrierten Dieners Bladen, wurde er wieder von jener seltsamen Unrast erfaßt. Nicht einmal die Aussicht auf seine geliebte Jagd und angenehme Abende mit seinen Freunden konnte die Nervosität mildern.

Hätte Bladen die gerunzelte Stirn seines Herrn gesehen, wäre er zu der Überzeugung gelangt, ein neues Jagdpferd müßte das Mißfallen des Earls erregen oder eine verlorene Kartenpartie würde ihn ärgern. Doch der Diener fand keine Gelegenheit, irgendwelche Spekulationen anzustellen, denn Julien starrte unverwandt nach vorn, über die Köpfe seiner schönen Braunen hinweg.

Während Bladen die verschiedenen Straßenzölle zahlte, hing Julien ungestört seinen Gedanken nach. Vielleicht würde er mit Hugh über seine innere Unruhe reden können. Im Gegensatz zu Percy war Hugh Drakemore, Lord Launston, ein älterer erfahrener Mann, der die Wechselfälle des Lebens und die Launen seiner Mitmenschen mit heiterer Gelassenheit betrachtete. Aber was sollte er Hugh anvertrauen? Daß er seines Reichtums und seines Adelstitels müde war? Nein, denn das stimmte nicht. Etwas anderes bedrückte ihm – etwas Undefinierbares.

Am vergangenen Abend hatte er Percy prüfend gemustert, die Fältchen um die Augen bemerkt, das Fett, das der einst athletische Körper ansetzte. Der Freund hänselte Julien oft, weil er zu den Stammgästen von Gentleman Jackson's Boxing Salon zählte. Aber diese Aktivitäten stählten Juliens Muskeln, während Percy seine Energien lieber für Frauen, Trinkgelage und endlose Kartenpartien verwendete.

Nun erkannte Julien, daß er ein Heuchler war, wenn er ihn kritisierte. Tat er denn etwas anderes, als immer neuen Vergnügungen nachzujagen? Und nachdem er am vergangenen Abend eine Menge Brandy getrunken hatte, plagten ihn an diesem Morgen die gleichen Kopfschmerzen wie seinen Freund.

Vielleicht war ein Besuch in St. Clair genau das, was er jetzt brauchte. Ein paar Tage an dem Ort, wo er die unschuldigen Abenteuer seiner Kindheit erlebt hatte und schon so lange nicht mehr gewesen war, könnten ihn aufheitern.

Ungeduldig spornte er die Pferde an, und das temperamentvolle Gespann zwang ihn, seine Aufmerksamkeit auf die schmale kurvenreiche Straße zu konzentrieren. Bladen klammerte sich angstvoll am Sitz fest. So schnell war sein Herr noch nie gefahren – als wären Dämonen hinter ihm her. Unwillkürlich drehte sich der Diener um, sah aber nur Staubwolken.

Am späten Nachmittag, drei Tage nach der Abreise aus London, durchquerte die Karriole das Dorf Dapplemoor, einige Meilen westlich von St. Clair. Keine Menschenseele ließ sich blicken, nur ein paar Enten schwammen träge im kleinen Dorfteich umher.

»Wahrscheinlich sitzen die Leute beim Dinner, Mylord«, meinte der Diener.

»Auch Sie können bald zu Abend essen, Bladen«, erwiderte der Earl. »Jetzt haben wir's nicht mehr weit.«

»Gott sei Dank, Mylord«, seufzte Bladen erleichtert und freute sich auf die köstliche Mahlzeit, die ihn erwartete.

Hohe Eichen säumten die Zufahrt von St. Clair. Durch den dichten Baldachin der Zweige drangen nur wenige Sonnenstrahlen. Vor der steinernen Eingangstreppe beschrieb die Kiesstraße einen großen Kreis. Julien zügelte das Gespann und betrachtete die dicken Mauern des zweistöckigen Gebäudes mit den gotischen Türmen an allen vier Ecken, die vom letzten Sonnenlicht vergoldet wurden.

Bei diesem Anblick hatte er das seltsame Gefühl, er würde in die Vergangenheit entführt. Ehrfürchtig dachte er an die Vorfahren, die sein Geburtsrecht gesichert hatten. Zweimal war St. Clair von Feuersbrünsten schwer beschädigt worden – das letztemal während der langwierigen Kämpfe zwischen den Royalistentruppen Charles des Ersten und Cromwells puritanischen ›Rundköpfen‹. Aber die Earls of March hatten die rußgeschwärzten Steinmauern abgewaschen und das Innere wieder aufgebaut. Wenn ein neuer zerstörerischer Krieg über England hereinbrechen sollte, würde Julien dem Beispiel seiner Ahnen folgen. Niemals durfte St. Clair zur Ruine verfallen.

Kaum war er vom Wagen gesprungen, als auch schon die breite Doppeltür aufschwang. Mannering, seit dreißig Jahren Butler in St. Clair, eilte die Stufen herab, um seinen Herrn zu begrüßen. Lächelnd ging Julien dem treuen Diener entgegen, der innerhalb dieses alten Gemäuers für untadelige Ordnung sorgte. Mrs. Cradshaw, die Haushälterin, folgte dem Butler auf dem Fuß, das runde Gesicht vor Freude gerötet.

»Willkommen zu Hause, Mylord!« rief Mannering mit seiner dröhnenden Stimme und verbeugte sich respektvoll.

»Ja, ich bin froh, mein Heim endlich wiederzusehen, Mannering. Ich hoffe, es geht Mrs. Mannering gut?«

»So wie man's erwarten kann, Mylord. Mit den Jahren werden wir alle etwas klapprig.« Der Butler musterte Julien mit strahlenden Augen und wußte es zu schätzen, daß sich der junge Herr niemals zu erhaben fühlte, um für das Wohl seiner Angestellten zu sorgen.

»Master Julien!« Mrs. Cradshaw knickste ehrerbietig, und der Earl nahm die kleine, dicke Frau in die Arme.

»Nun ist der verlorene Sohn heimgekehrt, Emma. Und ich hoffe inständig, heute abend ein paar Blaubeermuffins auf meinem Tisch zu finden.«

»Hören Sie doch, Edward!« rief sie dem Butler zu. »Master Julien vergißt niemals seine Blaubeermuffins.«

»Natürlich nicht«, bestätigte der Earl. »Und François wird heute abend erst nach dem Dinner eintreffen – viel zu spät, um angesichts meines schlichten Geschmacks seine vornehme Nase zu rümpfen.«

»Was soll man von diesen Franzosen schon erwarten? Angeblich sind die feinen französischen Damen so albern, daß sie die Blaubeeren zerdrücken und auf ihre Lider streichen.«

»Und nach meinen Informationen glauben die Franzosen, Blaubeeren würden sich nur als Nahrungsmittel für Schweine und Engländer eignen.«

Lachend tätschelte sie Juliens Arm.

»So, Emma, und nun wollen wir's Seiner Lordschaft gemütlich machen«, entschied Mannering. »Er sieht etwas müde aus.« Zu seinem Herrn gewandt, fuhr er fort: »Ihre Suite ist hergerichtet, Mylord. Und da ich Ihren Kammerdiener nirgends sehe …«, er machte eine kurze, aber eindrucksvolle Pause, um anzudeuten, daß er Timmens für ein überflüssiges Ärgernis hielt, »… werde ich mich selbst um Eure Lordschaft kümmern.«

Die Rivalität zwischen den beiden Dienstboten amüsierte Julien. Aber er behielt eine ernste Miene bei. Armer Mannering – wenn er wüßte, wie widerstrebend Timmens in die Postkutsche gestiegen war, um in die nördliche Wildnis zu reisen, zu all diesen unzivilisierten Leuten … Der Earl warf einen kurzen Blick auf seine staubigen Stiefel, die Timmens vermutlich in tiefste Verzweiflung stürzen würden. Dann nickte er dem Butler freundlich zu und betrat die Halle. Er ging an mehreren Lakaien und zwei Dienstmädchen vorbei, die kichernd um eine Ecke spähten. »Hier habe ich immer das Gefühl, ich müßte eine Rüstung anlegen statt eines schlichten Mantels und eines Huts«, bemerkte er, als er Mannering seinen Umhang und den Kastorhut übergab.

»In der Tat, Mylord, ein grandioser Raum«, meinte der Butler voller Stolz.

An den Wänden hingen alte Gobelins und brennende Fackeln. Davor standen glänzend polierte Rüstungen. Julien gewann stets den Eindruck, sie würden jeden Augenblick die Waffen heben, um St. Clair zu verteidigen. Als kleiner Junge hatte er sie in viele imaginäre Schlachten verwickelt und mit ihrer Hilfe unheimliche Drachen bekämpft.

Bei dieser Erinnerung lächelte er wehmütig, dann drehte er sich zu Mrs. Cradshaw um. »Emma, ich bin halb verhungert. Könnte ich in einer Stunde essen? Und denken Sie bitte an die Blaubeermuffins.«

»Gewiß, Mylord«, antwortete sie und gab ihm mit einem ausdrucksvollen Blick zu verstehen, nun sei er nicht mehr seinem nichtsnutzigen Londoner Personal ausgeliefert, das ihn so sträflich vernachlässige.

Julien stieg die dunkle Eichenholztreppe hinauf und berührte das kunstvoll geschnitzte Geländer. Auf halber Höhe blieb er stehen und betrachtete die Ahnenbilder an der Wand. Was für eine kinderreiche Dynastie, dachte er und zählte die Porträts hinzu, die in der Galerie hingen. Seit der Mitte des sechzehnten Jahrhunderts hatten die St. Clairs ihr Erbe in ungebrochener Folge den Söhnen hinterlassen. Julien stellte sich vor, wie vehement sein Vater den immer noch unverheirateten Sohn tadeln würde.

Andererseits fand er es absurd, sich mit solchen Gedanken zu belasten. Er war jung und gesund, im Gegensatz zu seinem derzeitigen Nachfolger, einem kränklichen Vetter, der den Titel des achten Earls of March tragen würde, sollte Julien aus dem Leben scheiden, ohne einen Erben gezeugt zu haben. Bald würde er seinen achtundzwanzigsten Geburtstag feiern und ein Alter erreichen, in dem er allmählich auf Brautschau gehen müßte.

Falls er sich dazu entschloß, würde er Tante Mary Tolford beglücken, die Schwester seiner Mutter, die ihn seit seinem fünfundzwanzigsten Geburtstag zur Heirat drängte. Bei jeder Begegnung fragte sie, wann er endlich die Kindersuite in St. Clair renovieren lassen würde. Und wann immer er in den letzten drei Jahren ihren düsteren Salon in London betreten hatte, war ihm eine nervöse, elegant gekleidete junge Dame präsentiert worden.

Als er seine Suite erreichte, öffnete ein Lakai die massive Tür. Das Schlafzimmer war mit wuchtigen Möbeln aus der Tudor-Zeit eingerichtet. Am besten gefiel ihm das Bett mit dem Baldachin, das über zwei Meter im Quadrat maß. Der St. Clair, für den es angefertigt worden war, mußte ein Riese gewesen sein. Nur auf diesem Lager konnte sich Julien, eins achtzig groß, bequem ausstrecken. In Gasthöfen und den Gästezimmern seiner Freunde fühlte er sich stets unbehaglich.

Während Mannering die Lakaien anwies, ein Bad vorzubereiten, sank Julien in einen Ledersessel vor dem Kamin, lockerte die Krawatte und streckte seine Beine aus. Konnte sich ein Mann mehr wünschen? Der Gedanke, eine Ehefrau würde eines Tages in diese gemütliche Atmosphäre eindringen, war keineswegs angenehm.

Nachdem er die Bemühungen seiner Köchin mit bestem Appetit gewürdigt hatte, ging er in die Bibliothek. In diesem Raum fühlte er sich nie besonders wohl, denn sein Vater hatte den Tudor-Stil durch hellblaue Satinvorhänge und zierliche französische Möbel aus dem vorigen Jahrhundert ersetzt. Blau gemusterte Aubusson-Teppiche bedeckten den kalten Steinboden, der Kamin bestand aus hellem italienischem Marmor. Juliens Mutter, die einer stolzen, in zugigen nordenglischen Schlössern beheimateten Familie entstammte, hatte oft genug über den wunderlichen Geschmack ihres Mannes gelästert. Nach seinem Tod, vor zehn Jahren, hätte Julien die Bibliothek umgestalten können. Doch das widerstrebte ihm, denn dies war das einzige Zimmer in St. Clair, dem der Vater seinen Stempel aufgedrückt hatte. Vor dem Kamin stand ein überdimensionaler Ohrensessel – wenigstens *ein* komfortables Möbelstück. Julien setzte sich hinein und streckte seine Stiefel dem Feuer entgegen.

Nachdem Mannering ihm einen Teller mit Blaubeermuffins serviert hatte, ging er zum Sideboard und holte eine Rotweinkaraffe. »Haben Sie noch einen Wunsch, Mylord?«

Julien betrachtete das müde Gesicht seines Butlers. »Ja, Mannering. Gehen Sie jetzt schlafen. Bevor ich mich zurückziehe, werde ich die Kerzen selbst löschen.«

»Gute Nacht, Mylord.« Mit einer höflichen Verbeugung schloß der Butler die Bibliothekstür hinter sich.

Julien füllte ein Glas und nippte genüßlich an dem erstklassigen Rotwein. Geistesabwesend drehte er den Kelch mit dem dünnen Stiel hin und her.

Am nächsten Abend würden Percy und Hugh ankommen. Plötzlich bereute er, daß er seine Freunde eingeladen hatte. Abgesehen vom Jagen und Fischen, würden sich die Tage in Gesellschaft der beiden nicht von seinen Londoner Aktivitäten unterscheiden. Er runzelte die Stirn. Entwickelte er sich allmählich zum Einsiedler?

Ein schwaches Lächeln umspielte seine Lippen, als er überlegte, wie tödlich sich der arme Percy hier draußen auf dem Land langweilen würde. Wäre er betrübt, wenn seine Gäste schon nach kurzer Zeit beschließen sollten, wieder abzureisen? Nein, wohl kaum …

Schläfrig inspizierte er die Blaubeermuffins. An diesem Abend konnte er beim besten Willen keinen Bissen mehr hinunterbringen, und so nahm er den Teller in sein Schlafzimmer mit. Vielleicht würde er das Gebäck morgen vor dem Frühstück verspeisen.

Wenig später schlummerte er in seinem breiten, bequemen Tudor-Bett ein. Sein Kopf war ausnahmsweise nicht vom allzu reichlichen Alkoholkonsum benebelt – ein sehr erfreulicher Zustand.

3

Am nächsten Morgen erwachte er später als beabsichtigt, öffnete die Augen und schaute ins verstörte Gesicht seines Kammerdieners.

»Großer Gott, Timmens, welche Miene muten Sie mir eigentlich nach meinem wunderbaren, erholsamen Schlummer zu!«

»Guten Morgen, Mylord«, seufzte Timmens und half seinem Herrn in einen Schlafrock.

»So schlimm kann's doch gar nicht sein, Timmens, selbst wenn meine Stiefel in Ihrer Abwesenheit etwas gelitten haben.«

»O Mylord, sie sahen gräßlich aus, und es dauerte eine halbe Ewigkeit, bis ich sie in ihren normalen Zustand versetzt hatte – eine Tortur, die ich nicht noch einmal ertragen möchte.«

»Natürlich habe ich während der Reise und bei meiner Ankunft in St. Clair Ihre unschätzbaren Dienste schmerzlich vermißt, Timmens.«

Diese Worte schienen den Kammerdiener etwas zu besänftigen. Gewissenhaft wie eh und je half er seinem Herrn bei der Morgentoilette.

Als Julien zum Frühstück hinuntergehen wollte, fiel sein Blick auf den Teller mit den immer noch unberührten Muffins, den er auf den Nachttisch gestellt hatte. Boshaft musterte er seinen Kammerdiener. Der Mann stand vor dem Toilettentisch und legte die Haarbürsten viel zu ordentlich neben das Rasierzeug. Sicher wäre eine kleine Strafe angebracht. »Timmens, zum Lohn für Ihre Mühe sollen Sie mindestens zwei von diesen köstlichen Muffins essen.«

Der Kammerdiener beäugte den Teller argwöhnisch. »Besten Dank, Mylord – eine angemessene Belohnung für meine Dienste. Aber ich fürchte, mein Gaumen ist anderer Meinung.«

Eine halbe Stunde später stieg Julien gut gelaunt auf seine arabische Stute Astarte und ritt aus dem Park, um seine Ländereien zu inspizieren. Helles Sonnenlicht beleuchtete die Wiesen und Felder, Vogelgesang und leise raschelnde Blätter boten einen erfreulichen Kontrast zum Londoner Straßenlärm. Nach einem erfrischenden Galopp zügelte er die Stute, schaute sich um und entdeckte einen Wald, der nicht zu seinem Besitz gehörte.

»Komm, Astarte, sehen wir mal, was wir zwischen den Bäumen finden. Vielleicht lauert da immer noch einer der gefährlichen Drachen, die ich in meiner Kindheit bekämpft habe.« Er folgte einem schmalen Pfad. Als er den Wald erreichte, dämpfte ein weicher Moosteppich die Hufschläge.

Bald erreichte Julien eine kleine Lichtung. Weil er plötzlich das Gefühl hatte, nicht allein zu sein, drosselte er Astartes Tempo. Langsam ritt er weiter und blinzelte verblüfft. Keine zwanzig Schritte entfernt, standen zwei Männer Rücken an Rücken und hielten Pistolen vor ihre Gesichter.

Allmächtiger, ein Duell, dachte er bestürzt und zügelte sein Pferd. Nirgends waren Sekundanten zu sehen. Nun entfernten sich die Männer voneinander, und der eine zählte: »Eins, zwei, drei ...«

Fasziniert schaute Julien zu. Nein, das konnte kein richtiges Duell sein, nur eine Übung. Sicher waren die Waffen nicht geladen.

»Acht, neun, zehn!« Blitzschnell drehten sich die Männer um. Der eine streckte seinen Arm aus und feuerte, ein ohrenbetäubender Krach zerriß die Stille des Waldes. Zweifellos waren die Pistolen geladen.

Die Kugel schien ihr Ziel zu verfehlen, denn der andere Mann blieb stehen. Nun hob auch er seine Waffe, ganz langsam, und zielte auf die Brust des Gegners, der in stolzer Haltung dastand und wartete.

Wie erstarrt saß Julien im Sattel, die Hände um die Zügel gekrallt, und traute seinen Augen nicht.

Der Schütze brach in ein gellendes Gelächter aus. Zu Juliens Entsetzen schoß er nicht in die Luft, sondern auf seinen Kontrahenten, der sich stöhnend an die Brust faßte, einige Sekunden lang umhertaumelte und schließlich zusammenbrach.

Jetzt war der Bann gebrochen. Julien spornte Astarte an, ritt zu der reglosen Gestalt und sprang aus dem Sattel. Ungläubig beobachtete er, wie der ruchlose Mörder an einem Baumstamm lehnte und sich vor Lachen die Seiten hielt.

Julien ignorierte ihn und kniete neben dem kleinen, zierlich gebauten Burschen nieder, der im Gras lag. Vorsichtig nahm er ihn auf die Arme und erhob sich. Dann schrie er, von heller Wut überwältigt: »Verdammter Idiot! Was haben Sie getan?« In einer hilflosen Geste hob der Mann die Hand, offenbar unfähig, auch nur ein Wort hervorzubringen.

Plötzlich begann sich die kleine Gestalt in Juliens Armen heftig zu winden, und er starrte verdutzt in leuchtend grüne Augen. In rosigen Wangen bildeten sich zwei Grübchen. »O Gott, ein Fremder! Sir, ich glaube, Sie mißverstehen die Situation.«

»Du lieber Himmel! Ein Mädchen!« Vor Verblüffung ließ er sie beinahe fallen.

»In der Tat, Sir. Würden Sie mich bitte auf die Füße stellen?« Immer noch verwirrt, gehorchte er. »Harry!« rief sie. »Ich fürchte, wir haben den Gentleman schockiert. Steh nicht herum wie ein Tölpel und komm her! Zum Glück hat er das Duell nicht unterbrochen. Sonst würde ich mich maßlos ärgern.«

Allmählich konnte Julien wieder klar denken. Er musterte den jungen Mann, der verlegen heranschlenderte. Dann schaute er wieder das Mädchen an und fühlte sich wie ein Narr – ein Zustand, der ihm gründlich mißfiel. »Treiben Sie oft so gefährliche Spiele, Ma'am?« fragte er in eisigem Ton.

»Wie wir uns die Zeit vertreiben, geht Sie nichts an, Sir«, erwiderte sie ungerührt, »wer immer Sie auch sein mögen.«

»Laß dich auf keinen Streit ein, Kate«, mahnte der junge Mann, »oder du wirst womöglich zu einem echten Duell gefordert. Die Sorge des Gentleman ist verständlich. Immerhin habe ich direkt auf dich gefeuert.« Zu Julien gewandt, fuhr er fort: »Verzeihen Sie, Sir. Kate legt großen Wert darauf, sich in allen männlichen Sportarten hervorzutun. Manchmal übertreibt sie's ein bißchen. Und soeben ist sie etwas zu melodramatisch gestorben. Los, Kate, benimm dich wie eine Dame, selbst wenn's dir in diesen komischen Breeches schwerfällt.«

»Verdammt, Harry, du mußt dich nicht entschuldigen oder irgendwas erklären!« fauchte sie. »Dieser Gentleman befindet sich unbefugterweise auf unserem Grund und Boden, das ist ebenso offensichtlich wie die Warze in Tante Mildreds Gesicht. Also sollte *er* seine Anwesenheit erklären. Und außerdem – meine Darbietung war keineswegs zu dramatisch. Ich fand es sogar sehr effektvoll, ein bißchen mit den Armen zu schlenkern.«

»Pardon, Ma'am ...« Inzwischen hatte Julien seine gewohnte Selbstsicherheit zurückgewonnen. »Wer, zum Teufel, sind Sie beide?«

Der junge Mann warf dem Mädchen einen warnenden Blick zu und streckte seine Hand aus. »Wenn ich mich vorstellen darf, Sir – Harry Brandon. Und das ist meine Schwester Katharine.«

Grinsend schüttelte Julien ihm die Hand. »St. Clair. Meine Ländereien grenzen an Ihre.«

»Oh, welche Ehre!« spottete Kate. »Der hochwohlgeborene, zumeist abwesende Earl of March!«

Mühsam verbarg er seinen Ärger. »In Person. Und die meisten jungen *Damen* betrachten es tatsächlich als Ehre, mich kennenzulernen.« Sein verächtlicher Blick wanderte über ihre engen Breeches.

Nun erwartete er, sie würde beschämt erröten oder verlegen stottern. Aber er erlebte eine Enttäuschung. Ungerührt wischte sie ein paar Grashalme von ihrer Hose. »Während eines Duells ist es etwas schwierig, sich damenhaft zu benehmen. Und wenn man Breeches trägt, kann man viel leichter zusammenbrechen und den toten Mann markieren. Stellen Sie sich vor, wie unschicklich es wäre, wenn ich in einer Wolke aus Röcken und Unterröcken am Boden läge!« Ehe Julien antworten oder ihr die Ohren langziehen konnte, wozu er gute Lust verspürte, fügte sie nachdenklich hinzu: »Vielleicht sind Gentlemen von *Ihrem* vornehmen Stand und in Ihrem – eh – fortgeschrittenen Alter einfach unfähig, etwas zu akzeptieren, das ihren Horizont übersteigt. Zum Beispiel junge Damen, die ein Duell austragen.«

Zum erstenmal in seinem Leben verschlug es Julien Edward Mowbray St. Clair, dem Earl of March, die Sprache.

»Also wirklich, Kate!« Ihr Bruder packte sie an den Schultern und schüttelte sie, aber nach Juliens Ansicht nicht fest genug. »Sir, leider gehört es zu den besonderen Gewohnheiten meiner Schwester, die Leute zu beleidigen. Sie meint's nicht so, schon gar nicht, wenn sie jemanden beeindrucken will – was ihr auch meistens gelingt.«

»Hör mal, Harry«, zischte sie, »nur weil er ein *Mann* und ein *Earl* ist, stellst du dich auf seine Seite und läßt mich im Stich.«

Während Julien die beiden Geschwister beobachtete, begannen seine Mundwinkel zu zucken. Gewiß, das Benehmen dieses frechen Mädchens war beklagenswert. Andererseits fand er die Szene sehr amüsant. »Bitte, verzeihen Sie mir, Miß Brandon«, sagte er in ernstem Ton. »Zweifellos sehen Sie in Breeches sehr hübsch aus. Aber in wehenden Unterröcken würden Sie vermutlich einen genauso reizvollen Anblick bieten.«

Ihre grünen Augen funkelten mutwillig. »Sicher mache ich in Breeches keine bessere Figur als Sie, Sir.«

Am liebsten hätte er ihr den Hintern versohlt. Aber da er sich dieses Vergnügen natürlich nicht gönnen durfte, zuckte er die Achseln, gab das Wortgefecht auf und lachte schallend. Dann fragte er: »Wo haben Sie beide sich bisher versteckt, Miß Brandon? Ich bedaure zutiefst, daß wir uns noch nie begegnet sind.«

Um weiteren dreisten Äußerungen seiner unberechenbaren Schwester zuvorzukommen, antwortete Harry hastig: »Das ist keineswegs seltsam, Sir, da Sie nur sehr selten hier sind.«

»Ein Gutsherr, der zumeist durch Abwesenheit glänzt ...«, ergänzte Kate ironisch.

Nun wurde Julien von einem eigenartigen Gefühl erfaßt, so ähnlich wie die vage Unrast, die ihn schon in London gequält hatte. »Es stimmt, ich komme nur selten hierher«, gab er nachdenklich zu. »Und es ist nicht gut, wenn man sich zu lange von seinem Heim fernhält. Man weiß nie, was in der Zwischenzeit geschehen kann – vielleicht sonderbare und wundervolle Dinge.«

»Wollen Sie diesmal länger hierbleiben, Sir?« fragte Harry und kniff seine Schwester in den Arm, um ihr zu bedeuten, sie solle schweigen. Was kein leichtes Unterfangen war. Julien schaute Kate an. Wieder ergriff ihn jenes merkwürdige Gefühl – eine beglückende Emotion, die er nicht missen wollte. Sie hatte ihren Hut abgenommen, dichtes dunkelrotes Haar fiel in weichen Wellen zu ihrer Taille hinab. Ohne seinen forschenden Blick zu beachten, flocht sie ihre Locken zu Zöpfen, die sie zusammenschlang und unter den Hut steckte.

»Ja, das wäre möglich, Harry«, erwiderte Julien. »Diese schöne Jahreszeit sollte man auf dem Land genießen, nicht wahr?«

»Oh, verdammt, Mannering, ich hatte ganz vergessen, daß Sir Percy und Lord Launston zum Dinner kommen.« Seufzend zog er seine Reithandschuhe aus und wünschte die Gäste zum Teufel.

»Deshalb brauchen Sie sich nicht zu beunruhigen, Mylord«, entgegnete der Butler würdevoll und glättete die braunen York-Handschuhe, die der Earl ihm gereicht hatte. »Mrs. Cradshaw zögert nur, den Herrschaften ohne Ihren ausdrücklichen Auftrag Zimmer zuzuweisen.«

»Gut, sie soll das grüne Zimmer und das Gemach der Countess herrichten«, entschied Julien ungeduldig. »Ich werde Percy erklären, wenn er zuviel ißt, würde ihn der Geist unserer längst verstorbenen Countess heimsuchen.« Mit einem diskreten Räuspern bekundete Mannering, dies sei nicht seine einzige Sorge. Julien wußte aus Erfahrung, mit welch umständlichen Methoden der Butler Aufmerksamkeit zu erregen pflegte.

»Heraus mit der Sprache!«

»Nun ja …« Mannering hüstelte noch einmal. »Der Franzose …«

»Was? Der Franzose? Ah, vermutlich reden Sie von meinem Koch François.«

»Gewiß, Mylord.«

»Also, was ist los?« fragte Julien, von einer bösen Ahnung befallen? »Ist ein Küchenmädchen in kalter Todesangst davongerannt? Oder hat er versucht, die Hauskatze zu erwürgen?«

»Das nicht, Mylord. Er hat verkündet, von einem begnadeten Künstler könne man unmöglich erwarten, in einer so primitiven, schäbigen Küche zu arbeiten. Aber vielleicht habe ich ihn mißverstanden, was bei diesem lächerlichen Akzent keineswegs erstaunlich wäre.« Mannering fügte nicht hinzu, wie gern er es mitansehen würde, wenn sein Herr dem unverschämten Ausländer die Tür wiese.

Julien runzelte die Stirn. Wenn seine Freunde nicht an einer leeren Dinnertafel sitzen sollten, mußte er den erzürnten Koch besänftigen. Verdammt, hätte er François bloß nicht hierherbeordert! Das hatte er nur Percy zuliebe getan, der die englische Hausmannskost verabscheute. Nun wäre Julien jedoch nicht allzu traurig, falls der empörte Franzose das Weite suchen und auch die Gäste zur Abreise veranlassen würde.

Bei diesem erfreulichen Gedanken zuckte er seelenruhig die Achseln. »Bitte, Mannering, teilen Sie François mit, wenn ihm die Arbeitsbedingungen in diesem Haus mißfallen, zahle ich ihm ein Viertel seines Lohns und lasse ihn nach Dapplemoor fahren. Dort kann er in die Postkutsche nach London steigen. Ein Lakai soll Stokeworthy holen. Und ersuchen Sie die Köchin, einen leichten Lunch in die Bibliothek zu schicken.«

Mannerings Kinnlade klappte nach unten, und Julien stieg ganz gewaltig in der Achtung des treuen Butlers.

Wenig später wandte er sich zu Mrs. Cradshaw. »Kaum zu glauben!« sagte er in ehrfürchtigem Ton. »Unsere Lordschaft war so gleichmütig wie ein kampferprobter Admiral. Ohne mit der Wimper zu zucken, würde er diesen hochnäsigen Franzosen laufen lassen.«

Während Julien in der Bibliothek saß und ein kaltes Brathuhn mit frischgebackenem, knusprigem Brot verspeiste, erschien Mannering und überbrachte ihm eine Nachricht. François hatte, mit dem kaltschnäuzigen Vorschlag seines Herrn konfrontiert, die französische Schimpfkanonade abrupt beendet und voller Enthusiasmus versprochen, Seiner Lordschaft und den Gästen das exquisiteste Mahl vorzusetzen, das seine kulinarischen Künste zuwege brächten. Und dieses formidable Dinner würde alles übertreffen, was sich das unkultivierte Küchenpersonal von St. Clair, das seine Leistungen nicht zu schätzen wüßte, jemals vorstellen könnte.

Julien nahm die Neuigkeit mit gemischten Gefühlen zur Kenntnis. Er tröstete sich mit dem Gedanken, daß er in Zukunft wenigstens von den entnervenden Launen des Franzosen verschont bleiben würde.

4

Nach dem Lunch ging Julien ins Büro. Während er auf seinen Verwalter wartete, dachte er an die merkwürdige Begegnung mit den Brandons. »Was für ein impertinentes Mädchen«, murmelte er, nicht ohne Bewunderung. Obwohl er sein Mißfallen an Kates Kleidung bekundet hatte, erinnerte er sich an ihre reizvolle, von den engen Breeches betonte Figur. Und diese schönen dunkelroten Locken! Er versuchte sich zu entsinnen, ob sie Sommersprossen hatte. Vielleicht ein paar auf der Nase. Wie gern würde er sie mit seinen Fingerspitzen berühren …

Er fand es seltsam, daß er die Geschwister nie zuvor gesehen hatte. Andererseits mußte er mindestens sechs Jahre älter sein als Harry. Zur Zeit seines Studiums in Eton waren beide noch Kinder gewesen.

Brandon – Brandon … Diesen Namen kannte er, aber bisher hatte er keine Gesichter damit in Verbindung gebracht. Die Stirn gerunzelt, überlegte er, warum sein Vater die Familie nie erwähnt oder gesellschaftlich mit ihr verkehrt hatte. Jedenfalls würde er die beiden wiedersehen. Und er konnte es kaum erwarten.

»Herein!« rief er, als es an der Tür klopfte.

Stokeworthy, der Gutsverwalter mit dem langen, schmalen Pferdegesicht stand auf der Schwelle.

»Treten Sie doch näher, Sir!« bat Julien und schüttelte ihm die knochige Hand.

»Verzeihen Sie die Verspätung, Mylord. Aber wissen Sie – die Nichte meiner Frau ist erkältet, und bei uns daheim geht's drunter und drüber.« Insgeheim hoffte Stokeworthy, er würde möglichst lange im Büro von St. Clair bleiben. Der Gedanke an seine Heimkehr bereitete ihm großes Unbehagen. Wann immer er den Earl besucht hatte, fragte seine Frau ihn neugierig aus, und mehrere Dorfbewohner fanden sich ein, um Neuigkeiten über den Earl von March zu hören.

»Da Ihre Nichte krank ist, wollen Sie vielleicht wieder nach Hause gehen. Wir können uns auch ein andermal unterhalten.«

»O nein, Mylord!« rief Stokeworthy und bereute, daß er die Nichte erwähnt hatte. »In einem Krankenzimmer ist die Anwesenheit eines Mannes stets von Übel.«

»Nun, wenn Sie meinen …«, erwiderte Julien belustigt.

»Allerdings, Mylord.« Hastig zog Stokeworthy einige Papiere aus seiner abgewetzten Aktentasche und hielt sie dem Earl unter die Nase.

Ein paar Stunden lang sahen sie die Schriftstücke durch und rechneten aus, welche Preise die Ernte der Pächter auf dem Markt erzielen würde. Es war ein gutes Jahr gewesen – nicht zuviel Regen, nicht zuviel Schnee. Davon würde St. Clair ebenso profitieren wie die Pächter. Julien vertraute dem Verwalter, der bereits für seinen Vater gearbeitet hatte, rückhaltlos. Viele Leute waren überrascht gewesen, weil der Earl den Mann damals anderen Bewerbern mit besseren Referenzen vorgezogen hatte. Vielleicht lag es an der frappierenden Ähnlichkeit zwischen Juliens Großvater und der geschwätzigen Mrs. Stokeworthy. Wenn man den Gerüchten glauben durfte, floß in ihren Adern illegitimes St.-Clair-Blut.

Julien vermutete, seinen Vater – einen Mann mit strengen, geradezu deprimierenden moralischen Grundsätzen – müßte es entnervt haben, täglich mehreren Leuten zu begegnen, die ihm ähnelten. Einmal hatte Julien ihn nach den Abenteuern des Großvaters gefragt. Da wurde er so rigoros in seine Schranken gewiesen, daß er beschloß, sich anderswo zu erkundigen. Er hatte seinen Großvater nicht persönlich gekannt. Aber wenn er dessen Porträt in einer dunklen Ecke der Galerie betrachtete, die vollen, sinnlichen Lippen und den lüsternen Glanz in den grauen Augen, konnte er sich gut vorstellen, wie sein liebeshungriger Vorfahr über arglose Dorfmädchen hergefallen war.

Was Julien nicht wußte – die Affären seines Großvaters hatten sich in Dapplemoor zu romantischen Legenden entwickelt, die man an langen Winterabenden auszuschmücken pflegte. Der junge Earl wurde eher mit seinem sittenstrengen Vater verglichen als mit dem schneidigen Großvater. Auch das wußte er nicht. Sonst hätte er sich zweifellos in wilde Orgien gestürzt.

Nachdem er ein Glas Sherry mit Stokeworthy getrunken hatte, entließ er den guten Mann und schaute auf seine Uhr. Nun war es an der Zeit, sich für den Abend umzukleiden.

Eine halbe Stunde später stieg er die Treppe hinab, die elegante Krawatte in perfekten Falten, und erfuhr von Mannering, die Gäste würden gerade eintreffen. »Offensichtlich sind die Herrschaften gemeinsam gereist«, erklärte der Butler und bedeutete einem Lakaien, die massive Eichentür zu öffnen.

»Großer Gott, Julien!« rief Percy, als er die Halle betrat. »Was für ein grandioses Haus – aber ich hatte ganz vergessen, daß du mitten im Nirgendwo wohnst.«

Mannering nahm ihm den Umhang und den Hut ab. In tolerantem Schweigen stand er da, während Percy die Hand des Gastgebers schüttelte.

Wenig später erschien Hugh. Mit einem freundlichen Lächeln begrüßte er den Butler, den die Höflichkeit dieses Gentleman etwas milder stimmte, und übergab ihm seinen Mantel.

»Beinahe gewinne ich den Eindruck, ich wäre zwischen die Seiten meines Geschichtsbuchs geschlüpft«, verkündete Percy und schaute sich in der Halle um. »Nicht, daß ich allzuoft darin gelesen hätte – aber ich sah sehr viele Bilder.«

»Ja, ich weiß, was du meinst, Percy«, erwiderte Julien grinsend und wandte sich zu Hugh Drakemore.

»Ein wundervoller Besitz, Julien«, betonte Lord Launston. »Ich sollte dich öfter besuchen. Wie du weißt, wohnt meine Großtante Regina nur zwanzig Meilen westlich von hier.«

»Natürlich bist du mir jederzeit willkommen, Hugh. Ich hoffe, dieser Verrückte hat auf der Fahrt nach Norden deinen Wagen nicht in den Graben kutschiert?«

»Verdammt, Julien!« jammerte Percy. »Hugh hat mir nur auf den breitesten, schnurgeraden Straßen die Zügel überlassen. Was für ein Feigling!«

»Er ist erstaunlich zahm gefahren, Julien«, erklärte

Hugh. »Dabei konnte ich sogar die Augen schließen und von den grünen Bergen Irlands träumen.«

»Schluß damit!« befahl Percy. »Mit leerem Magen kann ich solche Sticheleien nicht verkraften. Gibt's bald was zu essen, Julien? Ich sterbe vor Hunger.«

»Erst mal müßt ihr nach oben gehen und euch umziehen«, entschied Julien. »An meiner Dinnertafel dulde ich keine Gäste in Reisekleidung.«

»Das verlangst du doch nur, damit du dir in deinem Abendanzug nicht albern vorkommst«, entgegnete Percy.

»Genau«, bestätigte Julien lachend. »Tu mir trotzdem den Gefallen. Mannering, bitte beauftragen Sie zwei Lakaien, Lord Launston und Sir Percy in ihre Zimmer zu führen.«

»Sehr wohl, Mylord.« Mannering verneigte sich betont förmlich, um die Gäste auf die Etikette des hochherrschaftlichen Haushalts hinzuweisen.

»Wie ich von Mannering erfahren habe, wimmelt's hier von Forellen«, bemerkte Hugh, während er mit Julien über den Rasen zum St.-Clair-See wanderte.

Julien atmete die frische Morgenluft ein und hängte sein Angelzeug über die Schulter. »Ja, wahrscheinlich werden sie massenweise nach unseren Ködern schnappen.«

»Jammerschade, daß Percy nicht aus dem Bett findet und dieses wundervolle Wetter ausnutzt ...«

»Unser Freund steht nie vor zwölf Uhr mittags auf. Außerdem kann er's nicht mitansehen, wie sich die Fische in den Körben winden.«

»Ich weiß, er ißt sie lieber«, erwiderte Hugh und betrachtete lächelnd die schöne Umgebung. »Sicher bist du sehr stolz auf deinen Besitz.«

»Allerdings.« Julien drehte sich um und warf einen Blick zum Ostturm, der in den wolkenlosen Himmel ragte, von hellem Sonnenschein beleuchtet. »Wenn ich hier bin, vermisse ich den Londoner Wirbel kein bißchen. Und diesmal schon gar nicht.«

»Gibt's dafür einen besonderen Grund?«

Julien wandte sich wieder zu seinem Freund, mit einem Lächeln, das die grauen Augen nicht erreichte. Seltsamerweise fiel es ihm schwer, offen mit Hugh zu sprechen. Und dann stellte er verwirrt fest, daß die vage Unrast verflogen war, die ihn tagelang gequält hatte. Er fühlte sich glücklich und zufrieden, und er hätte die idyllische Umgebung lieber allein genossen. Aber er mußte sich als höflicher Gastgeber erweisen. »Verzeih mir, Hugh. Was hast du gesagt?«

Lord Launston hob die Brauen und musterte ihn forschend. Aber da er ein diskreter Mann war, bezähmte er seine Neugier. »Nicht so wichtig. Hoffentlich sind unsere Körbe groß genug für all die Forellen.«

Inzwischen hatten sie den spiegelglatten, schimmernden See erreicht.

»Ist das nicht ein wunderbarer Anblick, Hugh?«

»In der Tat.«

Julien sah sich um. Zu seiner Linken bewegte sich etwas, direkt am Ufer. »Wer, zum Teufel, kann das sein?«

»Vielleicht hat Mannering noch andere Leute über deine zahlreichen Forellen informiert«, meinte Hugh und hob eine Hand, um seine Augen zu beschatten.

»Dieser See gehört zu St. Clair. Und ich will herausfinden, wer sich einbildet, er könnte hier fischen.« Julien eilte nach links, am Wasserrand entlang, und rief über die Schulter: »Bleib hier, Hugh, ich komme gleich zurück!« Dichtes, taufeuchtes Gras dämpfte das Geräusch seiner Schritte.

Als er sich dem unbefugten Eindringling näherte, blieb er verblüfft stehen. Der Junge kauerte mit gekreuzten Beinen am Ufer, eine primitive Angelrute in den schmutzigen Händen und starrte konzentriert in die blauen Tiefen.

Empört wollte Julien ihn am Kragen packen. Aber er hielt inne. Irgend etwas an diesem Burschen kam ihm bekannt vor.

Lautlos schlich er sich heran und fragte in strengem Ton: »Wer hat dir erlaubt, an meinem See zu fischen?«

Der Junge zuckte zusammen, und die Angelrute fiel ins Wasser. Während er vergeblich danach griff, schrie er: »Wie können Sie es wagen, mich so zu erschrecken! Nun sehen Sie, was Sie angerichtet haben, Sie elender ...« Abrupt verstummte er, als er sich umdrehte und den Earl of March erkannte.

Ebenso verwundert starrte Julien in Katharine Brandons Gesicht. So wie bei der letzten Begegnung trug sie ihre Breeches, ein alter Lederhut verbarg das dunkelrote Haar.

»Oh – Sie sind's!« rief sie.

Julien war der erste, der sich von seiner Überraschung erholte. »Guten Morgen, Miß Kate«, begrüßte er sie und verneigte sich. »Macht's Ihnen Spaß, auf St. Clair zu fischen?«

»Das hat mir Ihr Verwalter Stokeworthy gestattet«, verkündete sie unbefangen und stand auf. »Weit und breit die beste Stelle. So viele Forellen! Manchmal habe ich das Gefühl, ich müßte sie nur rufen, und sie würden freiwillig vor meine Füße springen.«

»Also gefällt's Ihnen hier? Welch eine Ehre für St. Clair!« Ihr unerschütterliches Selbstvertrauen irritierte ihn. Besaß sie denn gar keine mädchenhafte Scheu? Er warf einen Blick in ihren Korb. »Und wie viele meiner Forellen haben Sie heute gefangen?«

»Ein paar Fische mehr oder weniger – was bedeutet das schon für den großen Earl of March? Wirklich, Sie sehen das ein bißchen zu eng.«

»Nicht ganz so eng, wie Ihre Hose sitzt, Ma'am.«

Eigentlich hätte er wissen müssen, daß er sie nicht aus der Fassung bringen konnte. »Haben Sie's bemerkt? Leider muß ich diese Hose bereits seit zwei Jahren tragen. Harry Breeches' sind mir viel zu groß.« Sie wandte sich wieder zum See. »Welch ein Pech, daß Sie mich so erschreckt haben, Sir! Immerhin habe ich zwei Wochen gebraucht, um diese Angelrute zu schnitzen. Nun ist die ganze Mühe umsonst. Hoffentlich sind Sie damit zufrieden.«

»Oh, Sie werden mir sicher erlauben, Sie zu entschädigen, Miß Brandon. Mein Freund da drüben besitzt mehrere schöne Angelruten. Zweifellos wird er Ihnen eine überlassen.«

»Wie nett von Ihnen, Sir!« Nun zeigten sich wieder diese verdammten Grübchen in ihren Wangen, und ihr Charme bezauberte ihn.

»Miß Brandon, Sie sind ein unberechenbares Mädchen – und vermutlich eine Plage für Ihre Familie.«

Es war nur ein harmloser Scherz. Aber bei seinen Worten schien sie zu erstarren. Hastig wich sie seinem Blick aus und preßte die Lippen zusammen.

Was, zum Teufel, hatte er ihr zuleide getan? Unwillkürlich streckte er eine Hand aus. »Bitte, Miß Brandon, ich wollte nicht ...«

Dann wurde er unterbrochen, und das war sicher vorteilhaft, denn er hatte keine Ahnung, was er sagen sollte.

Hugh trat an seine Seite. Erstaunt musterte er den Jungen in den engen Breeches, wandte sich zu Julien und zog die Brauen hoch.

5

Mühsam erinnerte sich Julien an seine gesellschaftlichen Pflichten. »Darf ich bekannt machen ... Hugh Drakemore, Lord Launston – Miß Katharine Brandon. Ihre Familie lebt westlich von St. Clair.«

Sie streckte ihre Hand aus, und Hugh blieb nichts anderes übrig, als die schmalen, etwas schmutzigen Finger zu umfassen.

Da sie seine Gedanken erriet, lächelte sie, und Julien atmete erleichtert auf. Was immer sie bedrückt haben mochte – ihr Kummer war offensichtlich verflogen.

»Verzeihen Sie, Sir«, bat sie, »in meinen Breeches kann ich leider nicht knicksen.«

»Machen Sie sich deshalb keine Gedanken, Miß Brandon«, erwiderte Hugh in seiner weltgewandten Art. »Das verstehe ich vollkommen. Ich selbst habe zwar noch nie versucht, in Breeches zu knicksen, aber ich glaube, es würde etwas unbeholfen und nicht besonders anmutig wirken.«

»Hugh, bedauerlicherweise habe ich Miß Brandon erschreckt«, erklärte Julien, »und da ließ sie ihre Angelrute ins Wasser fallen. Würdest du ihr aushelfen?«

»Mit dem größten Vergnügen. Treffen Sie Ihre Wahl, Miß Brandon. Ich habe drei Angelruten bei mir, und wie Julien mir versichert hat, sind alle von erstklassiger Qualität.«

Kate inspizierte die drei Ruten, die Hugh ins Gras gelegt hatte, und suchte sich eine aus. »Wunderbar! Nun wird mir kaum eine Forelle entwischen – das heißt, wenn Seine Lordschaft mich nicht verjagt.«

»Seien Sie mein Gast, Miß Brandon«, entgegnete Julien lachend. »Der spärliche Inhalt meines Sees steht Ihnen zur freien Verfügung.«

Fröhlich stimmte sie in sein Gelächter ein. »Oh, wie großzügig Sie sind, Sir!«

Noch bevor Mannering ihm die *London Times* und die Post auf einem Silbertablett reichte, roch er Lady Sarahs unverwechselbares exotisches Parfum. Normalerweise amüsierte es ihn, daß er diesen schwülen Moschusduft auf Partys oder Soireen wahrnahm, ehe er die Dame selbst erblickte. Aber jetzt fühlte er sich irritiert. Sogar am Brief seiner Mutter, die Parfums verabscheute, hing das widerwärtige Aroma. Einmal hatte er Lady Sarah ein Fläschchen Rosenöl geschenkt, doch das erschien ihr zu dezent.

Julien warf die Briefe auf den eleganten französischen Schreibtisch. »Bleiben Sie da, Mannering.«

»Ja, Mylord?«

»Leider weiß ich überhaupt nichts über meine Nachbarn, die Brandons. Der Name war mir natürlich bekannt. Aber ich habe die beiden Geschwister erst kürzlich zum erstenmal getroffen. So nette junge Leute … Können Sie mir was über die Familie erzählen?«

»Ah, Miß Katharine!« Mannerings Augen leuchteten auf. »Eine reizende junge Dame. Und Master Harry ist auch sehr sympathisch.«

Erstaunt musterte Julien seinen Butler, denn normalerweise stimmte Mannering keine Lobeshymnen auf Personen an, die nicht in direkter Verbindung mit der Familie St. Clair oder dem Haushalt standen.

»Aber wer sind sie?«

Mannering war bestens über alle guten Familien im weiten Umkreis informiert und sehr stolz darauf. Nun räusperte er sich feierlich. »Miß Katharines Vater, ein Baronet namens Sir Oliver Brandon, gilt hier als Außenseiter, da er erst seit dreißig Jahren in dieser Gegend wohnt. Soviel ich gehört habe, lebt seine Familie im Lake District bei Widemere. Seine verstorbene Gemahlin, Lady Sabrina, war die einzige Tochter des McCelland-Lairds, dessen Großvater im Jahr 45 für Prince Charlie kämpfte. Unglücklicherweise kann ich Ihnen nicht sagen, wie sich Lady Sabrina und Sir Oliver kennenlernten. Jedenfalls verbot ihnen der Laird zu heiraten, und sie brannten durch.« Während der Butler dieses ungeheure Ereignis erwähnte, blähten sich seine Nasenflügel. »Sir Oliver wurde von seiner Familie verstoßen, weil sein Vater die Schotten nicht mochte. Vor sechs Jahren starb Lady Sabrina an einer Lungenentzündung. Zumindest wird das behauptet.«

»Stimmt es denn nicht?«

»Wenn ich meine persönliche Ansicht äußern darf – sie starb an ihrem gebrochenen Herzen. Sir Oliver behandelte sie nicht gerade liebevoll, und niemand versteht, wieso sie damals mit ihm davonlief.«

Bei diesen Worten erinnerte sich Julien, wie betrübt Kate gewesen war, nachdem er von ihrer Familie gesprochen hatte. Aber er nickte nur.

»Und warum sind mir die Brandons erst jetzt begegnet?«

Um den Wunsch des verstorbenen Earls zu respektieren, hatte Mannering jahrelang geschwiegen. Nun wußte er nicht recht, wie er sich aus der Affäre ziehen sollte. »Als Sie auf St. Clair lebten, waren die Brandon-Kinder noch sehr klein, Mylord.«

»Das weiß ich, Mannering. Kommen Sie zur Sache.«

»Gewiß, Mylord. Ihr verehrter, höchst konservativer Vater vertrug sich nicht mit Sir Oliver. Und der Großvater Eurer Lordschaft mißfiel den Brandons, weil er soviel Gefallen an den Frauen fand.«

Julien lachte. »Sicher meinen Sie, er sei ein unverbesserlicher Schürzenjäger gewesen, bis er mit sechzig Jahren an den Folgen seiner Ausschweifungen starb.«

»Niemals würde ich schlecht über einen Toten reden, Mylord«, erwiderte der Butler und bedachte den Earl mit einem vorwurfsvollen Blick. »Schon gar nicht, wenn es sich um meinen hochgeschätzten verstorbenen Herrn handelt – einen Earl of March.«

»Verzeihen Sie mir.« Julien mußte bedenken, daß er nicht in London war, wo man sich viel freimütiger ausdrücken durfte. »Bitte, fahren Sie fort. Mein Vater hatte also Differenzen mit Sir Oliver, wobei es um Großvaters fragwürdigen Ruf ging?«

»Nun, Sir Oliver ist ein Methodist mit sehr strengen moralischen Grundsätzen. Lady Sabrinas Zofe war in anderen Umständen und schwor, Ihr Großvater habe sie verführt, was ich angesichts seines fortgeschrittenen Alters unwahrscheinlich fand. Soviel ich weiß, verprügelte Sir Oliver die junge Frau und warf sie hinaus. Danach sprach er nie wieder mit Ihrem Großvater. Und Ihr Vater entrüstete sich, weil ein einfacher Baronet einen Earl of March zu verdammen wagte.«

Nur zu gut konnte Julien sich vorstellen, wie seine Eltern auf eine solche Impertinenz reagiert hatten. Er ärgerte sich, weil ihm das alles verheimlicht worden war.

Aber Katharine interessierte ihn viel mehr als die alten

Geschichten. »Miß Brandon ist eine ungewöhnliche junge Dame, Mannering. Bei unseren beiden Begegnungen war sie wie ein Junge gekleidet. Außerdem redet sie so, wie ihr der Schnabel gewachsen ist, und benimmt sich sehr freizügig – keineswegs wie die Tochter eines gestrengen Methodisten.«

»Während der letzten Jahre haben Mrs. Cradshaw und ich uns mit der jungen Dame angefreundet. Sie besuchte uns mehrmals, und wir mögen sie sehr gern. Natürlich fühlt sich ein so lebhaftes Mädchen in Sir Olivers Haus unwohl, vor allem seit dem Tod der Mutter. Miß Katharine ist nicht unartig – aber einsam, und sie braucht Freunde – nicht bloß ihren Bruder, der sich sehr selten daheim aufhält. Sicher wär's besser, sie hätte Freunde in ihrem Alter, nicht nur Emma und mich.«

»Nun, es freut mich, daß sie sich so gut mit Ihnen beiden versteht, Mannering. Leider wird meine Anwesenheit sie daran hindern, sich auf St. Clair zu amüsieren – obwohl sie bedenkenlos eine Forelle nach der anderen aus meinem See gefischt hat.« Julien wandte sich zur hohen Glastür, die einen schönen Ausblick auf den Park bot. »Also braucht sie Freunde in ihrem Alter«, fügte er leise hinzu.

»Wie bitte, Mylord?«

»Schon gut, Mannering. Vielen Dank für die Auskünfte.«

Nachdem der Butler das Zimmer verlassen hatte, betrachtete Julien nachdenklich die idyllische Sommerlandschaft. Seltsam – obwohl Mannering so großen Wert auf Schicklichkeit legte, war er mit einer unkonventionellen jungen Dame befreundet, die Hosen trug und sich sehr merkwürdig benahm.

Und diese junge Dame konnte so charmant lächeln wie keine andere, die Julien kannte. Sie faszinierte ihn. »Bin ich verrückt geworden?« fragte er laut. »Warum fühle ich mich zu einem so impertinenten, unmöglichen Mädchen hingezogen?«

Langsam wanderte er in die Mitte des Raums. War Kate jemals in der Bibliothek seines Vaters gewesen? Er malte sich aus, wie sie Tee einschenken würde, in einem grünen Samtkleid, das schöne, dichte dunkelrote Haar hochgesteckt. Zu seiner eigenen Verblüffung fand er diese häusliche Vision weder albern noch beängstigend. Und er sehnte ein Wiedersehen mit Katharine Brandon herbei.

Die nächsten Tage verliefen sehr angenehm, obwohl er Katharine nicht traf, wenn er mit Hugh ausritt, auf die Jagd ging oder angelte. Mit diesem Arrangement war Percy sehr zufrieden. Jeden Morgen plante er mit François die abendlichen Menüs, dann blätterte er in den Londoner Zeitungen und verschlief die Nachmittage.

An Juliens amüsante Gesellschaft gewöhnt, war Hugh von ihm überrascht, denn sein Freund wirkte meistens geistesabwesend, gab vage Antworten – und manchmal gar keine. Er beobachtete Julien verstohlen und überlegte, woran diese sonderbare Veränderung liegen mochte. Da er keine andere Erklärung fand, zog er den Schluß, seine und Percys Anwesenheit auf St. Clair wären unerwünscht.

Und so verkündete er eines Abends beim Dinner, er müsse nach London zurückkehren. Seinen strengen Blick auf Percy gerichtet, zählte er mehrere Gründe auf, warum der Freund ihn begleiten sollte. »Nun haben wir Juliens Gastfreundschaft lange genug beansprucht, mein lieber Junge«, fügte er hinzu und nippte an seinem Rotweinglas. »Nächste Woche findet ein Pferderennen in Newmarket statt. Da ich auf dein Pferd gesetzt habe, müßtest du dich um sein Training kümmern.« Diese kleine Notlüge durfte er sich erlauben, da er aus edlen Motiven handelte.

Bevor Percy antwortete, verspeiste er seelenruhig ein Artischockenherz in Sahnesauce. »Halt mich nicht für einen gottverdammten Idioten, Hugh. Du weißt sehr gut, daß Julien uns am liebsten zum Teufel jagen würde. Und dein Entschluß zur Abreise hat sicher nichts mit meinem Pferd zu tun. Wahrscheinlich weißt du nicht einmal, wie es heißt. Allerdings verstehe ich nicht, warum …«

»Warum?« wiederholte Hugh. »Wovon redest du, Percy?«

»Warum Julien uns loswerden will.«

»Moment mal!« Julien schaute von einem zum anderen. »Nichts würde mir ferner liegen, als euch aus meinem Haus zu ekeln. Und was Percys Pferd betrifft, Hugh – dieser lahme Gaul hat nicht die geringsten Chancen, das Rennen zu gewinnen. Also habt ihr keinen Grund, vorzeitig abzureisen.«

Mit schmalen Augen starrte Percy ihn an, während Hugh angelegentlich einen Hühnerschenkel zerteilte.

»Vermutlich hängt's mit einer Frau zusammen«, bemerkte Percy.

Julien spürte, wie ihm das Blut in die Wangen stieg. Trotzdem mußte er lächeln. Wie scharfsinnig Percy war …

»Wenn ich mir auch beim besten Willen nicht vorstellen kann, wo du in dieser Einöde eine Frau kennengelernt hast, Julien – es ist zweifellos geschehen«, fuhr Percy im leutseligen Ton einer Mutter fort, deren unscheinbare Tochter soeben einen Heiratsantrag erhalten hatte. »Was die Frauen angeht, warst du immer sehr wählerisch. Und ausgerechnet hier treibt sich eine herum, die dein fachmännisches Interesse erregt hat?« Ohne Juliens gerötete Wangen und Hughs verwirrten Blick zu beachten, fuhr er ungerührt fort: »Hoffentlich hat dir Riverton inzwischen die schöne Yvette vom Hals geschafft, alter Junge. Ah, und die arme Lady Sarah, der du in letzter Zeit so wenig Aufmerksamkeit geschenkt hast, wird in tiefster Verzweiflung versinken. Wie heißt denn deine neueste Flamme?«

»Also wirklich, Percy!« rief Hugh, als er Juliens Unbehagen bemerkte. »Jetzt überschreitest du deine Grenzen. Wie sich unser Gastgeber auf seinem eigenen Grund und Boden verhält, geht uns nichts an. Morgen reisen wir ab. Und jetzt halt endlich den Mund! Konzentriere dich lieber auf deine verdammten Artischocken.«

Prüfend musterte Percy das Gesicht des Earls und bemerkte mit Grabesstimme: »Das muß was Ernstes sein, Hugh. Um seine früheren Geliebten hat er nie soviel Aufhebens gemacht. Seit unserer Ankunft in St. Clair ist er wie verwandelt – und mit seinen Gedanken meistens woanders. Gestern abend hat er bei unserer Kartenpartie zwanzig Pfund an dich verloren, ohne mit der Wimper zu zucken. Ja, sicher liegt's an einer Frau, und er kann's gar nicht erwarten, sie in sein Bett zu kriegen.«

Wieder einmal fehlten Julien die Worte – ein Zustand, an den er sich allmählich gewöhnte. Großer Gott, war es denn so offensichtlich? Hastig ergriff er sein Rotweinglas und leerte es in einem Zug. Dann schaute er zu Hugh hinüber, dem offensichtlich ein Licht aufging. Im Gegensatz zu Percy hatte er Katharine Brandon kennengelernt.

In diesem Augenblick stellte Hugh seine eigene Intelligenz in Frage, an der er nie zuvor gezweifelt hatte. Um Himmels willen, er mußte Percy recht geben. Warum war ihm selbst nichts aufgefallen? Eine Frau – genauer gesagt, Katharine Brandon, dieses zauberhafte, unmögliche Mädchen, hatte Julien den Kopf verdreht. Warum war er so blind gewesen?

Andererseits hatte sich Julien noch nie für blutjunge Mädchen interessiert und ihm sogar anvertraut, er würde das affektierte Geschwätz der Debütantinnen unerträglich finden. Er bevorzugte die Gesellschaft reiferer, erfahrener Frauen.

Wie konnte er sich plötzlich für eine kleine Landpomeranze begeistern? Verwundert runzelte Hugh die Stirn. Gewiß, sie war recht hübsch mit ihren großen grünen Augen und den zarten Sommersprossen auf der Nase. Aber sie trug Hosen und einen formlosen alten Hut. Und Julien hatte solche Äußerlichkeiten stets sehr wichtig genommen.

Was, zum Teufel, war mit ihm geschehen?

6

Percy war sehr zufrieden mit sich, nachdem er offensichtlich den Nagel auf den Kopf getroffen und das letzte Wort behalten hatte. Nun widmete er seine Aufmerksamkeit wieder dem Dinner. Welchen Frauen Julien seine Gunst schenkte, ging ihn tatsächlich nichts an, und er hoffte nur, sein Freund würde sich nicht von einem durchtriebenen kleinen Ding einfangen lassen, das einer fragwürdigen Familie entstammte. Aber der Earl war ein stolzer Mann, der sich niemals erniedrigen würde.

Zu seiner eigenen Verblüffung war Julien gar nicht auf die Idee gekommen, Percy zu widersprechen. Wenn er's jetzt versuchte, würde er sich nur lächerlich machen und außerdem lügen. Mit ruhiger Stimme brach er das Schweigen. »War ich ein so schlechter Gastgeber, Hugh? Und du, Percy? Willst du allen Ernstes auf François' Kochkünste verzichten?«

Da verlor Percy die Geduld und zeigte mit seiner Gabel auf den Hausherrn. »Verdammt, ich habe ebenso wie Hugh keine Lust, hierzubleiben und mitanzusehen, wie du nach einem Mädchen schmachtest. Das fällt uns auf die Nerven, und es ist eines Mannes von deinem Format unwürdig. Vielleicht liegt irgendwas in der Landluft. Was meinst du, Hugh? Jedenfalls möchte ich mich nicht damit anstecken.«

»Hör mal, Percy ...«, begann Hugh.

»Laß ihn nur«, fiel Julien ihm ins Wort. »Ganz so unrecht hat er nicht.«

»Freut mich, daß du den Verstand noch nicht völlig verloren hast«, seufzte Percy und stach seine Gabel in ein Artischockenherz.

Träumerisch starrte Julien in sein Glas. Die dunkelrote Farbe des Weins erinnerte ihn an Katharine Brandons wundervolles Haar, und er sehnte sich nach ihren strahlenden grünen Augen, den bezaubernden Grübchen in ihren Wangen. Großer Gott, sie hat mich verhext, dachte er. Seltsamerweise störte ihn das gar nicht. Und da erkannte er, daß er sie erobern wollte. Nicht nur für eine kurze Sommeraffäre, die im Herbst zu Ende gehen würde, sondern für immer.

Er hob den Kopf und schaute seine Freunde an. »Vielleicht solltet ihr wirklich nach London zurückfahren. Es wäre mir unangenehm, meine Auserwählte zu umwerben, während ihr zwei hinter meinem Rücken hergrinst«, fügte er hinzu und ignorierte die verwirrten Blicke. »Demnächst werde ich mit meiner jungen Frau nach London zurückkehren, und dann wirst du sie kennenlernen, Percy. Hugh ist ihr bereits begegnet. Übrigens, sie heißt Katharine Brandon, schwingt Duellpistolen und selbstgeschnitzte Angelruten, und sie wird mir zweifellos die Hölle heiß machen.«

Ungläubig riß Percy die Augen auf, und Hugh kaute nachdenklich an seiner Unterlippe.

»Katharine Brandon ...«, wiederholte Percy langsam. »Ein hübscher Name. Wie sieht sie denn aus? Wird sie mir gefallen?«

»Nun, ich denke schon. Sie ist so erfrischend, ganz anders – sehr charmant ... Nicht wahr, Hugh?«

»O ja. Und bildschön.«

»Ein Jammer, daß ich soviel Zeit opfern mußte, um François meine kulinarischen Ratschläge zu geben! Sonst könnte ich das Mädchen auch beurteilen. Aber ich muß mich wohl oder übel auf deinen Geschmack verlassen, Hugh.«

»Das darfst du guten Gewissens tun, Percy.« Hughs Stimme wirkte so trocken wie ein Sherry. »In der Tat, eine ungewöhnliche junge Dame ...«

»Hm ...« Percy strich über sein Kinn. Einerseits beunruhigte ihn Juliens Entschluß, das Joch der Ehe auf sich zu nehmen, denn das bedeutete ein Ende der gemeinsamen fröhlichen Junggesellenabende. Aber andererseits – vielleicht würde die junge Countess gern Dinnerpartys geben, und er könnte viele köstliche, von François zubereitete Menüs genießen. Bei diesem Gedanken leuchteten seine Augen. Er griff nach seinem Glas und erhob sich. »Komm, Hugh, wir wollen Julien gratulieren und auf die neue Countess of March trinken! Möge sie all unseren Erwartungen entsprechen und auch Juliens Wünsche erfüllen!«

Fröhlich stieß Julien mit seinen Freunden an, und ehe die drei Männer zu Bett gingen, wurden zwei weitere Flaschen vom edlen St.-Clair-Jahrgangswein geleert.

Am nächsten Morgen standen sie ziemlich spät auf, die Augen trüb, die Köpfe schwer. Unter Mannerings fachmännischer Aufsicht wurde das Gepäck in die Halle gebracht und dann auf dem Dach von Hughs Reisekutsche festgeschnallt.

»Ein unvergeßlicher Besuch, Julien«, meinte Hugh und schüttelte die Hand des Gastgebers.

»Und sehr beunruhigend«, ergänzte Percy. »Wenn man bedenkt, daß man nicht einmal in der ländlichen Einöde vor den Frauen sicher ist …«

»Die nächste Woche wird mich noch viel heftiger beunruhigen, Percy«, erwiderte Julien. Aber ein zuversichtliches Lächeln strafte seine Worte Lügen.

»Viel Glück, alter Junge!« schrie Percy und beugte sich aus dem Wagenfenster, während Hugh das Gespann zur Zufahrt lenkte. »Wenn du unsere Hilfe brauchst – wir stehen dir jederzeit als *postillons d'amour* zur Verfügung.«

Belustigt schaute Julien der Kutsche nach, bis sie zwischen den Bäumen verschwand. Zu den schwierigsten Problemen würde sicher die Frage zählen, wie er die boshaften Scherze seiner Freunde verkraften sollte.

Auf dem Weg zur Bibliothek kam er an mehreren Ahnenporträts vorbei. Irgendwie gewann er den Eindruck, sie würden ihn nicht mehr mißbilligend, sondern voller Wohlwollen betrachten. Feixend verneigte er sich, dann konzentrierte er seine Gedanken auf Katharine Brandon, die künftige Countess of March. Er betrat die Bibliothek, sank in den wuchtigen Sessel vor dem Kamin und plante seine Strategie. Wenig später läutete er nach Mannering und ließ Astarte satteln.

»Wenn du bloß nicht abreisen müßtest, Harry!« klagte Kate. »Ohne dich ist das Leben in diesem Haus unerträglich.

»Zu Weihnachten komme ich wieder«, versprach er und tätschelte ungeschickt ihre Schulter. »Und dann wollen wir uns so richtig amüsieren.«

»Bis dahin sind's noch vier Monate. Stell dir das vor, vier Monate, die ich ganz allein mit Vater verbringen muß! Eine Ewigkeit!«

Als älterer Bruder fühlte er sich verpflichtet, seine Schwester aufzumuntern. Doch er suchte vergeblich nach tröstenden Worten. Nur die Warnung, die er schon oft genug ausgesprochen hatte, fiel ihm ein. »Sieh zu, daß Vater nichts von unseren Eskapaden erfährt! Du kannst dir denken, wie er sich sonst verhalten würde.«

»Allerdings.« In ihren Augen erschien ein harter, kalter Glanz. »Er würde mich grün und blau schlagen.«

Erschrocken über den eisigen Klang ihrer Stimme, erinnerte er sich an das fröhliche kleine Kind, das ständig an seinen Rockschößen gehangen und ihn angefleht hatte, mit ihm zu spielen. »O Gott, Kate, warum haßt er dich?« Ohnmächtige Wut schwang in seiner Frage mit. »Als Mutter noch lebte, war er nicht so grausam.«

»Da irrst du dich. Schon vor ihrem Tod hat er mich gräßlich behandelt. Aber warum er mich haßt? Keine Ahnung. Und es interessiert mich auch nicht mehr.«

Er umarmte sie und spürte, wie sie sich versteifte. Bedrückt dachte er an die Beerdigung der Mutter. Damals war er in Eton und nur selten daheim gewesen, hatte seine Freiheit genossen und sich wie ein Erwachsener gefühlt. Nach dem Begräbnis war ihm die Veränderung des Vaters bewußt geworden. Allmählich entspannte sich Kate in seinen Armen. Er hatte sie jahrelang nicht mehr an sich gezogen. Nun merkte er, daß er kein kleines Mädchen umfangen hielt, sondern eine Frau. Vielleicht liegt's daran, überlegte er, sie erinnert Vater zu sehr an Mutter.

Nach einer Weile befreite sie sich aus der Umarmung und blickte über den ungepflegten Rasen hinweg, der sich vor dem Haus erstreckte. Nun bereute sie ihre Klagen. Sie verachtete ihre Schwäche. Wenn sie ihren Stolz verlor, würde sie gar nichts mehr besitzen.

»Sicher hat's mit seiner verdammten Religion zu tun«, stieß Harry zwischen zusammengebissenen Zähnen hervor. »Oh, ich wünschte, ich könnte all diese lächerlichen staubigen Bücher verbrennen! Die haben sein Gehirn benebelt und ihn in ein Monstrum verwandelt.«

Zu seiner Verblüffung begann sie zu lachen. »Du darfst seine Religion nicht verdammen, Harry. Manchmal ist sie meine Rettung. Wenn er sich in seine Bücher vertieft, nimmt er meine Existenz kaum wahr. Nicht einmal unser Butler Filber wagt ihn bei seinen theologischen Studien zu stören.«

Angewidert entsann er sich der strengen Lektion, die Sir Oliver ihm vor einer Stunde erteilt hatte. »Vorhin betonte er, ich müsse mich der Ehre meines Vaters würdig erweisen – was immer das auch heißen mag. Welcher Ehre darf er sich denn rühmen?«

»Soll das heißen, daß du nicht zum methodistischen Glauben übertreten möchtest, Bruderherz?« fragte sie, und er erwiderte ihr Lächeln.

»Allein schon der Gedanke … Noch einen Augenblick, Marcham!« rief er seinem Kammerdiener zu, der soeben die Pferde aus dem Stall führte.

In diesem Augenblick kam sie sich viel älter als Harry vor. Sie betrachtete seine pomadisierten blonden Locken – nach der neuesten Mode frisiert, wie er versichert hatte. Dann musterte sie die düsteren Farben seiner Breeches und der Weste. Bevor er in Oxford eintraf, würde er sicher die gelb gemusterte Weste anziehen, die er ihr eines Abends gezeigt hatte. »Um Himmels willen, der arme Marcham bricht ja fast zusammen unter deinem Gepäck! Bist du sicher, daß du nur für vier Monate verreisen willst?« Spielerisch zupfte sie an seinem Ärmel, und er lachte.

So sehr er sie auch liebte – er konnte es kaum erwarten, sein Heim zu verlassen. Er wußte auch gar nicht, was er ihr sagen, wie er ihre Zukunft beeinflussen sollte. Sir Oliver ermutigte diesen provinziellen Tölpel, Squire Bleddoes, seine Tochter zu umwerben. Einfach lachhaft! Kate würde eine beklagenswerte Mesalliance eingehen. Außerdem hatte sie erklärt, sie wolle nichts mit dem elenden, langweiligen Schwätzer zu tun haben. Das verstand Harry nur zu gut. Aber dann hatte sie verkündet, sie wolle ihre eigene Herrin sein, und ihn zutiefst erschreckt. Nach dem Studium plante er, sich einem Kavallerieregiment anzuschließen. Das war sein sehnlichster Wunsch. Und seine Schwester konnte ihn wohl kaum begleiten. Vielleicht würden sie zu Weihnachten eine Lösung des Problems finden. Er zog seine Handschuhe an und küßte Kates Wange.

Dann entsann er sich einer Gefahr, die womöglich aus einer anderen Richtung drohte, und seine blauen Augen verengten sich. »Nimm dich vor dem Earl of March in acht. Falls er Vater von unserer Eskapade erzählen will, mußt du's verhindern.«

»Natürlich«, versprach sie in so sanftem Ton, als würde sie mit einem Kind reden. »Ich werde aufpassen. Aber ich glaube, deine Sorge ist überflüssig. Seine Lordschaft würde sich niemals so schäbig verhalten.«

Angesichts ihrer ruhigen Gewißheit ärgerte er sich. Er wünschte, sie würde die Ratschläge ihres älteren Bruders widerspruchslos akzeptieren. Schon seit einiger Zeit fürchtete er, daß sie den stärkeren Willen besaß ... Entschlossen verdrängte er diesen unangenehmen Gedanken. Wie albern, auch nur die Möglichkeit zu erwägen, seine jüngere Schwester wäre ihm überlegen! Würde er nicht eines Tages die Position Sir Brandons von Brandon Hall einnehmen? Und wenn Kate vor Sir Olivers Tod nicht heiratete, würde er, Sir Harry, ihr Schicksal bestimmen.

Als Kate das milde Lächeln auf dem jungenhaften Gesicht ihres Bruders sah, erkannte sie, daß es ihr gelungen war, den Abschied möglichst emotionslos zu gestalten. »Mein Lieber, die Pferde werden ungeduldig. Sorg dich nicht um mich. Ich werde Vater und meinem hartnäckigen Verehrer geflissentlich aus dem Weg gehen.«

Erleichtert seufzte er. Nun war sie wieder die alte Kate, und er beruhigte sein Gewissen mit der Hoffnung, er würde das Problem demnächst lösen.

»Diesmal solltest du wenigstens ein richtiges Buch lesen, Harry«, mahnte sie, »nicht nur Magazine über den Pferderennsport.«

»Und du paß auf, daß du niemanden mit deinen Duellpistolen umbringst!«

Plötzlich hörte sie ein Geräusch hinter sich und drehte sich rasch um. Aber es war nur der Butler Filber, der aus dem Haus trat, um sich von Harry zu verabschieden. Sie atmete auf. Wie sie sehr wohl wußte, würde es der Vater mißbilligen, wenn sie zuviel Zeit mit ihrem Bruder verbrachte. Seltsam, dachte sie, er scheint zu glauben, ich würde einen schlechten Einfluß auf Harry ausüben.

»Hast du Vater Lebewohl gesagt?« fragte sie nervös und erwartete, jeden Augenblick würde die hochgewachsene, hagere Gestalt auf der Schwelle erscheinen.

»O ja, keine Bange. Nun muß ich endlich aufbrechen. Mach keinen Unsinn, Kate!«

Sie beobachtete, wie Harry und Marcham auf die Pferde stiegen. Ehe ihr Bruder davonritt, warf er ihr eine Kußhand zu, und sie winkte ihm nach. Zweifellos war es ihr gelungen, ihn aufzuheitern. Darüber sollte sie sich freuen. Immerhin war es nicht seine Schuld, daß er dem männlichen Geschlecht angehörte und tun durfte, was ihm beliebte. Aber warum mußte sie das gräßliche Leben einer Frau führen? Von tiefem Selbstmitleid erfüllt, kehrte sie ins Haus zurück.

7

Reglos stand sie da und versuchte ihre unerfreulichen Gedanken zu verscheuchen. Eine sanfte Brise zerzauste ihr Haar. Aus unerklärlichen Gründen erinnerte sie sich an den schönen Vormittag, den sie mit dem Earl of March und Lord Launston am St.-Clair-See verbracht hatte.

Und sie fand es ebenso unbegreiflich, daß sich ihre Laune bei dieser Erinnerung besserte. Unbewußt zupfte sie an ihrem altmodischen Kleid. Seine Lordschaft war so geistreich und unterhaltsam gewesen. Anschaulich hatte er Londoner Sehenswürdigkeiten beschrieben, das Gesellschaftsleben in der Hauptstadt geschildert und Kates Fantasie angeregt. Sie hatte seinem Gast scherzhaft erklärt, genausogut könne der Earl vom Taj Mahal erzählen, denn in ihren Augen sei London ebensoweit entfernt.

Belustigt erinnerte sie sich, wie er gelacht hatte, weil sie niemals ein Blatt vor den Mund nahm. Die Wortgefechte mit Seiner Lordschaft waren so erfrischend gewesen. Vielleicht hatte sie einen Freund gefunden. Aber für wie lange? Er blieb immer nur ein paar Tage in St. Clair. Wie sie von Mannering und Mrs. Cradshaw erfahren hatte, besuchte er seinen Landsitz zum erstenmal seit fünf Monaten. Womöglich war er bereits mit seinen Freunden nach London zurückgekehrt. Langsam ging sie in die Halle, und ihre heitere Stimmung verflog wieder. Würde sie den Earl jemals wiedersehen? Wahrscheinlich nicht. Sie war eine Landpomeranze, unzivilisiert wie die Forellen, die sie so begeistert aus dem See fischte. Er hatte sich einfach nur mit ihr amüsiert. Aber sie wünschte inständig, sie könnte ihn wiedersehen.

Als sie einige Stunden später bedrückt vor ihrem Piano saß und einer Mozart-Sonate bitteres Unrecht antat, wurde sie von Sir Oliver unterbrochen. Er neigte sich herab, und sein heißer Atem wehte ihr ins Gesicht. »Soeben hat Filber den Earl of March angemeldet«, verkündete er in mißtrauischem Ton. »Er will mich angeblich besuchen. Aber daran zweifle ich. Würdest du mir bitte verraten, wo du Seine Lordschaft kennengelernt hast? Beeil dich! Diese vornehmen Gentlemen warten nicht gern. Sag mir die Wahrheit, Mädchen! Ich möchte nicht wie ein ahnungsloser Narr dastehen.«

Obwohl sie von kalter Angst erfaßt wurde, verzog sie keine Miene. Ihre Gedanken überschlugen sich. Natürlich durfte sie nicht erzählen, was geschehen war. Sonst würde sie eine grausame Strafe erleiden. Nur widerstrebend erwiderte sie den Blick ihres Vaters, der sie voller Mißbilligung musterte. »Letzte Woche ritt ich mit Harry durchs Dorf. Der Earl besuchte zufällig gerade seinen Verwalter, Mr. Stokeworthy. Sicher wäre es unhöflich gewesen, wenn wir uns nicht vorgestellt hätten. Seine Lordschaft erklärte, vielleicht würde er dir seine Aufwartung machen, weil er dich noch nie getroffen habe.« Mit dieser Lüge hoffte sie, an Sir Olivers Eitelkeit zu appellieren, denn er legte großen Wert auf sein gesellschaftliches Ansehen.

Da ihre improvisierte Geschichte plausibel klang, nickte er. »Begleite mich, damit ich dich in aller Form mit dem Earl bekannt machen kann. Hoffentlich ist er nicht so ein verworfener, arroganter Sünder wie sein Großvater. Aber ich glaube, er gleicht eher seinem heuchlerischen Vater.«

Kate folgte ihm aus ihrem Zimmer. Plötzlich wurde ihr Mund trocken. Sie fand keine Zeit, um zu überlegen, was Seine Lordschaft nach Brandon Hall führen mochte. Nervös fuhr sie mit der Zunge über ihre Lippen und zerrte an ihrem Kleid, um es zu verlängern. Sie sah nicht nur provinziell, sondern furchtbar altmodisch aus.

An der Salontür war ihr Vater immerhin so manierlich, ihr den Vortritt zu lassen. Der Earl stand vor dem Kamin, in eleganter Reitkleidung. Mühsam zwang sie ihre bleischweren Füße, sich zu bewegen, und streckte ihre Hand aus. »Wie freundlich von Ihnen, uns zu besuchen, Sir. Sie haben diese Absicht zwar erwähnt, doch ich dachte, Sie wären viel zu beschäftigt.« Lächelnd umfaßte er ihre schmale Hand. Ehe er antworten konnte, fuhr sie rasch fort: »Ich erzählte meinem Vater von unserer Begegnung vor Mr. Stokeworthys Haus. An jenem Tag sagten Sie, vielleicht würden Sie irgendwann hierherkommen.«

Las er Angst in ihren Augen? Beruhigend drückte er ihre Finger, bevor er sie losließ und sich zu Sir Oliver wandte, um ihm ebenfalls die Hand zu schütteln. »Freut mich, Sie endlich kennenzulernen, Sir. Und ich danke dem Schicksal, das mich in Dapplemore mit Harry und Katharine zusammengeführt hat. Dadurch konnte ich die Gelegenheit nutzen, gutnachbarliche Beziehungen mit den Brandons aufzunehmen.«

Verwundert beobachtete sie, wie ihr Vater sich fast unterwürfig verneigte. »Sir, ich fühle mich sehr geehrt.« Mit einem leisen Räuspern, das Julien lebhaft an Mannering erinnerte, fügte er hinzu: »Wie ich annehme, sind Sie über den Zwist zwischen unseren Familien informiert. Eine unglückselige Affäre, die wir vergessen sollten ...«

»Mit dem größten Vergnügen, Sir.«

Kate fand die Szene äußerst peinlich. Warum benahm sich ihr Vater wie ein verurteilter Verbrecher, der von einer Königlichen Hoheit begnadigt wurde? Mit diesem Verhalten erniedrigte er auch seine Tochter. Nun fühlte sie sich noch provinzieller in ihrem alten Kleid, unter dessen Saum die abgewetzten Sandalen deutlich zu sehen waren.

»Katharine, meine Liebe, würdest du Filber ersuchen, Sherry zu servieren?« bat Sir Oliver. »Zweifellos braucht Seine Lordschaft eine Erfrischung. Trödle nicht, mein Kind!«

Sie nickte und eilte zur Tür. Wahrscheinlich stand der Butler davor und hatte den Auftrag bereits vernommen. »Ja, Miß Kate, sofort«, sagte er prompt, ehe sie den Mund öffnen konnte. Hastig trat sie vor einen Spiegel, der in der Halle hing, und musterte ihr zerzaustes Haar. Während sie ihre widerspenstigen Locken zu ordnen suchte, überlegte sie, ob der Earl nur hierhergekommen war, um die Brandons zu demütigen. Mit langen, jungenhaften Schritten wanderte sie umher und wartete auf Filber.

Inzwischen rieb sich Sir Oliver die Hände und bot dem Besucher Platz an. Seine kriecherische Haltung hing nur teilweise mit der Ehre zusammen, die St. Clair ihm erwies. Wie er wußte, war der Earl noch ledig. Vielleicht würde der junge Nachbar das Problem der unbezahlten Rechnungen lösen, die sich auf dem Schreibtisch häuften.

Julien hoffte, daß er einen guten Eindruck auf den Gastgeber machte. Zudem glaubte er, der natürliche Wunsch eines Vaters, die Tochter gut zu verheiraten – und gleichzeitig die eigenen Taschen zu füllen, müßte sein Vorhaben begünstigen. Von Sir Olivers unterwürfigem Benehmen ließ er sich nicht täuschen. Nachdem er Kates furchtsamen Blick gesehen hatte – ja, es mußte Angst gewesen sein –, ahnte er, wie der Mann seine Familie behandelte.

Höflich unterhielten sie sich. Bonaparte war ein unverfängliches Thema, und Julien versuchte respektvoll, Sir Olivers Meinung zu ergründen. »Nun sitzt Napoleon schon seit fast drei Monaten auf Elba fest.« Offenbar hatte er den richtigen Gesprächsstoff gewählt, denn Sir Oliver beugte sich eifrig vor.

»Hätten die Alliierten dieses Monstrum bloß nicht am Leben gelassen. Jahrelang fürchtete ich, diese degenerierten französischen Katholiken würden in unser Land eindringen und uns wieder den Papisten ausliefern.« Julien blinzelte verwirrt. Wußte Brandon denn nicht, daß Napoleon ein Atheist war? »Am liebsten würde ich sie alle vernichtet sehen«, fuhr der Hausherr leidenschaftlich fort, »mitsamt ihren widerwärtigen Götzenbildern!«

In wachsender Sorge um Kate fragte sich Julien, ob ihr Vater ein bißchen verrückt war. »Natürlich könnten wir's nicht akzeptieren, wenn England nach so vielen Jahrhunderten zum Katholizismus zurückkehren würde.«

»Solange die Alliierten das Ungeheuer auf der Insel festhalten, sind wir in Sicherheit.«

»Wie ich höre, haben die Franzosen die Bourbonen wieder mit offenen Armen aufgenommen«, bemerkte Julien. Erleichtert sah er Kate zurückkehren, gefolgt vom Butler, der ein dunkel verfärbtes Silbertablett in den Salon trug.

Julien erhob sich, und sie nahm ihm gegenüber auf einem kleinen Sofa Platz.

Während Filber die Gläser füllte, konnte Julien seine künftige Frau betrachten und war kein bißchen enttäuscht, obwohl sie ein ziemlich schäbiges Kleid trug. Von einem schlichten Band zusammengehalten, fiel ihr dichtes rotes Haar auf den Rücken. Über den Ohren kräuselten sich ein paar Löckchen. Und diese reizenden Sommersprossen auf der schmalen Nase ... Als er sah, wie nervös sie die Finger ineinanderschlang, runzelte er die Stirn. Warum wich sie seinem Blick aus? Wo war das lebhafte, selbstsichere Mädchen, das so triumphierend eine Forelle nach der anderen geangelt hatte?

»Leider haben Sie meinen Sohn verpaßt, Sir«, erklärte Sir Oliver und prostete ihm jovial zu. »Heute morgen ist er nach Oxford zurückgekehrt. Ein brillanter junger Mann, wenn Sie den verständlichen Stolz eines Vaters verzeihen ... Zweifellos hat er das Zeug zum Gelehrten.«

Harry – ein Gelehrter? Mühsam verbarg Julien seine Überraschung. »Für welche Wissenschaft interessiert er sich denn? Vielleicht für Mathematik? Oder Religion?«

Beinahe verschluckte sich Kate an ihrem Sherry, und Sir Oliver warf ihr einen strafenden Blick zu. »Religion – ja, das wäre mein innigster Wunsch. Aber er möchte sich einem

Kavallerieregiment anschließen. Ach, diese abenteuerlustigen jungen Leute! Hoffentlich wird er sich später seiner wahren Berufung zuwenden. Und wenn nicht, bleibt er immer noch mein Sohn, der künftige Sir Harry Brandon.«

»Gewiß.« Julien nippte an seinem Sherry, der längst nicht so gut wie sein eigener schmeckte. Vermutlich befand sich Sir Oliver in finanziellen Schwierigkeiten. Auch die abgenutzte Einrichtung des Salons wies darauf hin.

Da Sir Oliver kein dummer Mann war, entgingen ihm die Blicke nicht, die der Earl immer wieder in Kates Richtung warf. Interessierte sich Seine Lordschaft für das Mädchen? Schon nach so kurzer Zeit? Nun, manchmal schlug die Liebe seltsame Kapriolen. Sir Oliver erinnerte sich, wie leidenschaftlich er seine schöne Frau begehrt hatte. Später war er von ihrer Schwäche enttäuscht gewesen, von ihrem mangelnden religiösen Eifer. Sie hatte ihn hassen gelernt und ihm nach Kates Geburt seine ehelichen Rechte verweigert. Und nun mußte er mit ansehen, wie sich die Tochter zu einem gottlosen Geschöpf entwickelte, trotz seiner Bemühungen. Er räusperte sich. »Vielleicht möchten Sie sich den Garten anschauen, Sir? Kate, zeig doch Seiner Lordschaft die Rosen.«

Ungläubig starrte sie ihren Vater an. Was? Diese ungepflegten, wild wuchernden Büsche? Aber Julien stellte sein Glas beiseite und sprang auf. »Eine wunderbare Idee! Wenn Sie einverstanden sind, Miß Brandon ...«

Vor lauter Unsicherheit stieß sie beinahe den kleinen Tisch um, als sie sich erhob. »Natürlich, Sir. Bitte, folgen Sie mir.«

Auch Sir Oliver stand auf und reichte dem Besucher die Hand. »Würden Sie uns die Ehre erweisen, morgen abend mit uns zu essen? Dann könnten wir die Versöhnung zwischen unseren Familien feiern.«

»Sehr gern, Sir.«

»Nun, dann will ich mich jetzt verabschieden.« Sichtlich zufrieden, verließ der Hausherr den Salon, und Kate starrte ihm verwirrt nach, ehe sie eine Glastür öffnete, die ins Freie führte.

»Unser Garten befindet sich in einem katastrophalen Zustand, Sir, und ich verstehe nicht, warum mein Vater Ihnen vorgeschlagen hat, diese Wildnis zu besichtigen. Darauf sollten Sie lieber verzichten, wenn Sie Ihre schönen Stiefel schonen wollen.«

Statt zu antworten, lächelte er über ihre Naivität. Im Gegensatz zu ihr hatte er Sir Olivers schamlose Taktik sofort durchschaut.

8

»Gehen Sie voraus, Ma'am«, bat er.

Sie wanderten schweigend an ungestutzten Büschen und Dornengestrüpp vorbei. Schließlich setzte sie sich auf eine Steinbank, die in einer einst sehr schönen Laube stand. Ihre Mutter hatte die Rosen geliebt und ihr gezeigt, wie man sie pflegte. Aber nach Lady Sabrinas Tod war auch in Kate etwas gestorben, und jetzt haßte sie es, die wuchernden Zweige zu berühren.

Offensichtlich ist sie keine Gärtnerin, dachte Julien, nahm neben ihr Platz und betrachtete ihr schönes Profil. Ihre gerade Nase gefiel ihm ebensogut wie ihr eigenwilliges Kinn, und er beneidete die Löckchen, die ihre Wange streichelten, vom sanften Wind bewegt.

Plötzlich wandte sie sich zu ihm. »Wie haben Sie's bloß geschafft, meinen Vater in so gute Stimmung zu versetzen? Und wie ehrerbietig er Sie begrüßt hat! Ich dachte schon, er würde vor Ihnen auf die Knie fallen.«

»Was dem grandiosen Earl of March zweifellos zustehen würde«, erwiderte er in arrogantem Ton, und Kate brach in Gelächter aus.

»Grandios? Eher berüchtigt … Aber er fraß Ihnen geradezu aus der Hand, und das gefiel mir ganz und gar nicht. Einen Augenblick dachte ich sogar, Sie würden sich über uns lustig machen.«

»Vielleicht über Ihren Vater, ein kleines bißchen – keinesfalls über Sie, Katharine.«

»Sollten Sie's jemals versuchen, würden Sie's bereuen.«

»Tatsächlich? Dann sollte ich mir gewisse Freiheiten erlauben, nur um Ihren Zorn zu genießen.«

»Unsinn!« In ihren Wangen zeigten sich wieder die Grübchen, die ihn so bezauberten. »Und das Dinner morgen abend! Unsere Köchin wird einen Nervenzusammenbruch erleiden, und ich muß wahrscheinlich stundenlang das Tafelsilber polieren, damit wir nicht das Mißfallen unseres vornehmen Nachbarn erregen.«

»Sicher werden Sie gute Arbeit leisten – denn wie ich betonen muß, weiß ich ganz genau, was mir gebührt. Und ich pflege nur mit makellos funkelndem Besteck zu speisen.«

»Oh, Sie sind unmöglich, Sir!« prustete sie. »So gelacht habe ich schon lange nicht mehr.«

Er lächelte sie an und versuchte, nicht auf ihren Mund zu schauen, sich nicht vorzustellen, wie süß diese vollen Lippen schmecken würden.

»Sind Ihre Gäste schon abgereist?« erkundigte sie sich.

»Ja, heute nach dem Lunch.«

»Warum sind Sie nicht mitgefahren?« fragte sie arglos.

Für ein paar Sekunden kam er aus dem Konzept, denn er hatte geglaubt, mittlerweile müßte sie den Zweck seines Besuchs erraten haben. Doch er riß sich zusammen und erklärte: »Ich muß mich um meine Ländereien kümmern. Außerdem möchte ich vielleicht die Bekanntschaft mit einer gewissen Katharine Brandon vertiefen. Kennen Sie diese freche kleine Person, die sich für eine so großartige Anglerin hält?«

»Das ist sie auch, Sir. Aber warum wollen Sie Ihre Zeit mit ihr verschwenden? Diese Provinzlerin verdient die

Aufmerksamkeit des hochwohlgeborenen Earls of March doch gar nicht.«

»Sagen Sie das nie wieder!« stieß er so heftig hervor, daß sie zusammenzuckte. Warum ärgerte er sich dermaßen über die simple Wahrheit?

»Man sollte stets erkennen, was man ist, Sir«, entgegnete sie mit entwaffnender Offenherzigkeit und ersparte ihm, eine passende Antwort zu suchen, indem sie das Thema wechselte. »Wäre Harry bloß etwas länger daheim geblieben! Er hätte sich sehr über Ihren Besuch gefreut. Wissen Sie, er findet sie nämlich wahnsinnig nett. Das hat ihn überrascht, denn früher dachte er, Sie wären hochnäsig und eingebildet. Übrigens hatte er Angst, Sie würden Vater von unseren Eskapaden erzählen und ihn in Wut bringen. Auch ich war etwas besorgt, nachdem ich behauptet hatte, wir wären uns im Dorf begegnet. Vielen Dank für Ihr Verständnis, Sir.«

Lächelnd berührte sie seinen Arm, und er drückte ihre Hand. In ihren wundervollen grünen Augen las er nur Aufrichtigkeit und – Vertrauen. Sie ahnte noch immer nicht, was ihn bewegte. Und sie schien nichts anderes für ihn zu empfinden als Freundschaft. Das ärgerte ihn ein bißchen. Obwohl sie sich wie ein Junge kleidete, wußte sie nichts von der Gefühlswelt eines Mannes. Aber er bezähmte seine Ungeduld, weil er erkannte, daß sie Zeit brauchte. »Jetzt muß ich gehen.« Er erhob sich und half ihr aufzustehen. »Ich habe Sie ohnehin viel zu lange aufgehalten.«

»Das nicht. Trotzdem sollten Sie sich verabschieden. Man weiß nie, wie sich mein Vater verhalten wird.«

Darauf gab er keine Antwort, denn er fürchtete, seine Stimme würde zu zornig klingen und Kate beunruhigen. Als sie zu ihm aufschaute, verriet ihr Blick eine gewisse Enttäuschung, die ihn beglückte. »Miß Brandon, ich habe eine großartige Idee. Möchten Sie morgen früh mit mir ausreiten?«

»O ja, sehr gern. Aber vorher muß ich meinen Vater um Erlaubnis bitten.«

»Die wird er Ihnen sicher nicht verwehren.« Ha, der alte Bastard würde wahrscheinlich sogar einen Freudensprung machen ...

»Nun, offensichtlich ist sehr angetan von Ihnen. Aber manchmal besinnt er sich anders ... Man weiß nie, woran man bei ihm ist. Aber ich will ihn fragen.«

»Glauben Sie mir, er wird nicht nein sagen.« Als sie die Stirn runzelte, fragte Julien: »Was bedrückt Sie sonst noch?«

»Wenn ich mit Ihnen ausreite, kann ich meine Breeches nicht anziehen. Dann muß ich ein Reitkostüm tragen.«

»Und dieses Opfer wollen Sie mir bringen? Ich fühle mich geehrt.«

»Vor unserem Ausritt müssen Sie mich in Brandon Hall abholen, und da wird mein Vater mich sehen. Deshalb darf ich die Breeches nicht anziehen. Aber mein Reitkostüm ist so altmodisch und viel zu eng. Hoffentlich springen die Knöpfe nicht ab.«

Da brach er in lautes Gelächter aus und umfaßte ihr Kinn. Gegen diese Geste wehrte sie sich nicht. Unbefangen lachte sie mit ihm. »Was für ein komisches Mädchen Sie sind, Kate!« Immer noch belustigt nahm er ihren Arm und führte sie zum Haus zurück.

Langsam erwachte sie aus einem traumlosen Schlaf, streckte sich wohlig unter ihrer Decke und genoß die sanfte Wärme der Augustsonne, die ihr ins Gesicht schien. Als sie zur Uhr schaute, die auf ihrem Nachttisch stand, lächelte sie erwartungsvoll. In zwei Stunden würde sie mit dem Earl ausreiten – das war schon das fünftemal.

Sie sprang aus dem Bett, zog ihr Nachthemd über den Kopf und stieg in die Wanne, die mit kaltem Wasser gefüllt war. Rasch schrubbte sie ihren Körper ab, bis ihre Haut prickelte. Schaudernd starrte sie zum leeren Kamin hinüber. Es war ein ziemlich kühler Sommer, und sie wünschte, ihr Vater würde ausnahmsweise gegen sein Prinzip verstoßen und auch im August heizen. Aber bevor der erste Schnee fiel, durfte in den Schlafräumen kein Feuer brennen.

Während sie ihre Strümpfe anzog, klopfte es an der Tür, und Lilly spähte herein. »Squire Bleddoes erwartet Sie im Salon.«

»Großer Gott, was will der elende Mann so früh am Morgen? O Lilly, können Sie ihm nicht erzählen, die Pest habe mich befallen? Und betonen Sie, wie ansteckend diese Krankheit ist. Er sorgt sich doch immer um seine Gesundheit. Vielleicht wird er gleich wieder zu seiner liebevollen Mama zurücklaufen.«

»Nun, ich nehme an, er ist aus dem üblichen Grund hierhergekommen, Mistreß.«

»Und das bedeutet wohl, daß Sie mir zuliebe nicht lügen wollen. Nun, dann werde ich Robert empfangen und verfluchen. Wie kann man nur so unhöflich sein, zu dieser unchristlichen Stunde hier aufzukreuzen! Helfen Sie mir in mein Reitkostüm, Lilly. In anderthalb Stunden holt mich der Earl ab, und dann will ich fertig sein.«

Als der Earl erwähnt wurde, lächelte Lilly hingerissen. »Oh, Mistreß, was werden Sie tun, wenn sich die beiden Gentlemen begegnen? An Ihrer Stelle würde ich in Ohnmacht fallen.«

»Seien Sie nicht albern!« mahnte Kate in scharfem Ton. Dann setzte sie sich vor den Toilettentisch und begann, ihr Haar zu bürsten. »Und schauen Sie nicht so schmachtend drein! Der Earl beehrt uns mit seiner Freundschaft, das ist alles. Und er reitet nur mit mir aus, um sich die Zeit zu vertreiben. Was Robert Bleddoes betrifft – nun, Sie wissen ja, daß dieser Idiot erwartet, alle Frauen würden ihm zu Füßen liegen. Warum er mich immer noch belästigt, obwohl ich ihn kein bißchen ermutige, ist mir rätselhaft. Der Teufel soll ihn holen!«

Ungläubig starrte Lilly ihre Herrin an. Wußte Kate denn nicht, worüber die Dienstboten klatschten. Niemand konnte übersehen, daß sich der Earl bis über beide Ohren in Miß Katharine Brandon verliebt hatte – die Tochter eines einfachen Baronets, die von ihrem Vater verachtet wurde. Letzte Woche war Seine Lordschaft viermal nach Brandon Hall gekommen. Und Lilly würde nur zu gern mitansehen, wie er Squire Bleddoes ausstach, den aufgeblasenen Maulhelden.

Von diesem jungen Mann hatte Kate einen ähnlichen Eindruck gewonnen wie ihre Zofe. Vor sechs Monaten hatte sie ihn zufällig kennengelernt, als sie ausgeritten war. Schon bei seinem ersten Besuch in Brandon Hall hatte sich herausgestellt, was für ein unerträglicher Langweiler er war. Und seine prosaischen Ansichten, in selbstgefälligem Ton geäußert, zerrten fast schmerzhaft an Kates Nerven.

Als sie ihrem Vater gestand, was sie von Robert Bleddoes hielt, herrschte er sie wütend an: »Untersteh dich, dem Squire die kalte Schulter zu zeigen! Sonst wirst du meinen Rohrstock auf deinem Rücken spüren. Falls Bleddoes um dich anhält, kannst du von Glück reden. So einen Mann verdienst du gar nicht.«

Aus Angst vor ihrem Vater entmutigte sie Robert nur sehr diskret. Seit drei Monaten hielt sie ihn mit vagen Ausreden hin, und wann immer er nach Worten suchte, um ihr einen Heiratsantrag zu machen, wechselte sie das Thema.

Da Sir Oliver nichts von den mißglückten Anträgen des Squires wußte, gab er seiner Tochter die Schuld am Zaudern des jungen Mannes. »Eigentlich hätte ich mir denken können, daß du unfähig bist, das Interesse eines Mannes zu wecken«, bemerkte er eines Abends beim Dinner. »Was für ein albernes, unweibliches Mädchen du bist!« Statt zu antworten, hatte sie den Kopf gesenkt und sich auf ihre winzige Erbsenportion konzentriert.

Als sie jetzt vor dem Spiegel saß und die Zofe ein Band um ihr Haar schlang, wurde ihr bewußt, daß Sir Oliver den Squire seit einer Woche nicht mehr erwähnte. Plötzlich wurde sie blaß. Glaubte ihr Vater etwa, der Earl wäre in sie verliebt? Unsicher stand sie auf und hob die Arme, damit Lilly ihr den Reitrock über den Kopf streifen konnte.

»Ziehen Sie den Bauch ein, Mistreß, sonst kann ich den Bund nicht zuknöpfen.«

Kate gehorchte und spürte, wie sich die Knöpfe durch das dünne Hemd in ihre Haut bohrten. Dann schlüpfte sie in die Jacke, die sich über den Brüsten nicht schließen ließ und eine abgetragene weiße Bluse enthüllte.

»Ich bin nicht gerade nach der neuesten Mode gekleidet, was, Lilly?« Wehmütig betrachtete sie sich im Spiegel. »Aber das ist nicht so wichtig. Wenn ich immer noch in meine alten Sachen passen würde, hätte ich kein bißchen Fleisch an den Knochen, und das wäre viel schlimmer.«

Nicht zum erstenmal bebte Lilly vor Empörung, weil Sir Oliver seine Tochter so schändlich behandelte. »Sie sehen sehr hübsch aus, Mistreß Kate.«

»Danke für das Kompliment – obwohl's nicht wahr ist.« Kate umarmte ihre Zofe, ergriff die Reithandschuhe und stieg die Treppe hinab. Vor der Tür des Salons holte sie tief Atem, straffte die Schultern und zwang sich zu einem Lächeln.

9

Eifrig sprang der Squire von einem Sofa auf und eilte ihr entgegen. Wie üblich trug er braunen Wollstoff. Diese Kleidung sei sehr praktisch auf dem Land, hatte er einmal erklärt. Da Harry derzeit die ›windzerzauste‹ Lord-Byron-Frisur bevorzugte, rümpfte er verächtlich die Nase über Roberts kurzgeschnittenes braunes Haar und nannte ihn einen hoffnungslosen Provinzler.

»Guten Morgen, Robert«, begrüßte sie ihn und reichte ihm die Hand. »Welchem Umstand verdanken wir dieses unerwartete Vergnügen?«

Beflissen verbeugte er sich und hielt ihre Hand viel länger fest als nötig. Aber sie riß sich energisch los. »Guten Tag, Miß Katharine. Darf ich Ihnen sagen, daß Sie heute ganz reizend aussehen.«

»Es wäre mir lieber, Sie würden nicht lügen, Robert, aber da Sie es bereits getan haben, wäre es unfreundlich von mir, Sie deshalb zu tadeln.« Aufmerksam beobachtete sie, wie er die Stirn runzelte und den Sinn ihrer Worte zu verstehen suchte.

Dann leuchteten seine Augen auf. »Ah, meine Liebe, immer wieder muß ich Ihren geistreichen Witz bewundern. Und ein junges Mädchen darf getrost scherzen. In einigen Jahren werden Sie sich gewiß etwas ernsthafter verhalten – insbesondere, wenn man Ihnen die erforderlichen Lektionen erteilt.«

Wie gern hätte sie ihm ihre Lektion erteilt, ihm nämlich den Schürhaken auf den Kopf geschlagen. Aber sie beherrschte sich und lächelte gequält. »Nehmen Sie doch Platz, Robert. Haben Sie etwas Neues über Bonaparte zu berichten?« Seit Napoleons Niederlage und seiner Verbannung nach Elba war der Squire nie nach Brandon Hall gekommen, ohne sich über dieses Thema zu verbreiten.

Wohlwollend strahlte er sie an. »Ich dachte, es müßte Sie und Sir Oliver interessieren, daß die Verbündeten in diesem Herbst einen Kongreß in Wien abhalten und das Schicksal Frankreichs entscheiden werden.«

Darüber hatte sie bereits mit dem Earl gesprochen. Doch das erwähnte sie nicht. »Es ist problematisch, das Gleichgewicht der Macht wiederherzustellen«, hatte er erklärt. »Und unser Botschafter, Lord Castlereagh, muß eine schwierige Aufgabe bewältigen – insbesondere, nachdem der Zar im Juni, bei seinem Besuch in England, so wenig Entgegenkommen zeigte.«

»Und nachdem die Großherzogin Katharina unseren König fast aus dem Konzept brachte«, hatte Kate ergänzt.

Lachend hatte er ihr Haar zerzaust, das unter dem alten

Hut hervorquoll. An jenem Morgen war sie heimlich in ihrer alten Männerkleidung aus Brandon Hall geschlichen, um mit dem Earl zu angeln.

Nun antwortete sie dem Squire: »Wie nett von Ihnen, den weiten Weg auf sich zu nehmen, um uns diese Nachricht zu überbringen! Könnte ich doch meine Sachen packen und unseren Botschafter nach Wien begleiten! Allerdings frage ich mich, ob man neben all den Bällen und Soireen überhaupt Zeit für diplomatische Verhandlungen finden wird.«

Ernsthaft dachte Robert über ihre Worte nach. »Ah, meine Liebe, Sie versuchen schon wieder zu scherzen. Natürlich wollen Sie nicht ins Ausland fahren. Für junge Engländerinnen aus guter Familie schickt es sich nicht, auf den Kontinent zu reisen. Und ich finde Ihren Witz über unsere Politiker etwas ungehörig. Selbstverständlich werden sich diese Gentlemen würdevoll benehmen.«

Kate nickte lächelnd und bekämpfte ihre Langeweile. Höflich hörte sie zu, während er die Ereignisse der letzten Woche schilderte. Seiner Mutter ging es gut, abgesehen von ihrer Sorge um seine Erkältung.

»Oh, hoffentlich nichts Ernstes!« erwiderte Kate pflichtbewußt. »Jetzt sehen Sie sehr gut aus, Robert.«

Ihr Interesse an seinem Befinden entzückte ihn. Manchmal war Miß Brandon ein bißchen zu lebhaft. Doch das hatte er stets auf ihre mädchenhafte Unbeschwertheit zurückgeführt. Und nun kam die weibliche Güte ihres Wesens zum Vorschein. Bereitwillig und ausführlich beschrieb er seinen Gesundheitszustand. Kate schrie beinahe vor Ungeduld, als Filber endlich eintrat und den Earl of March anmeldete.

Beinahe wäre sie höchst undamenhaft aufgesprungen und zur Tür gelaufen. Aber sie zwang sich, dem Earl mit gemessenen Schritten entgegenzugehen. Lächelnd reichte sie ihm ihre Hand, die er an die Lippen zog. »Meine arme Kate!« flüsterte er. »Offenbar komme ich gerade zur rechten Zeit. Wen haben wir denn hier? Großer Gott – doch keinen Verehrer?«

Um ihren Lachreiz zu bezähmen, biß sie in ihre Unterlippe und schaute ihn warnend an.

Robert stand zögernd auf. Mit schmalen Augen musterte er den unwillkommenen Eindringling.

»Oh, verzeihen Sie, Robert.« Sanft entzog sie dem Earl ihre Hand. Irgendwie hatte sie nicht bemerkt, daß er ihre Finger übertrieben lange umfaßte und sogar geküßt hatte. »Mr. Robert Bleddoes – der Earl of March, unser Nachbar. Der Squire war so freundlich, mir die letzten Neuigkeiten über Napoleon zu erzählen.«

Nun ging eine seltsame Veränderung mit Robert vor. Er schien zu schrumpfen und fand nur mühsam ein paar angemessene Worte, um den Earl zu begrüßen. Schließlich faßte er sich einigermaßen und fügte mit gepreßter Stimme hinzu: »Ich wußte gar nicht, daß Sie Sir Oliver kennen, Sir.« Wie er zu seinem Leidwesen erkannte, mußte er neben dem eleganten St. Clair ziemlich unscheinbar wirken. Vielleicht war der braune Wollstoff doch etwas *zu* praktisch. Der Earl trug ein Jackett aus feinem hellgrünem Tuch.

Verstohlen musterte Robert seine Auserwählte, um festzustellen, welchen Eindruck der vornehme Gast auf sie machte. Was er sah, beunruhigte ihn. Mühsam riß er seinen Blick von Kate los, als St. Clair antwortete: »Miß Brandon und ihr Bruder sind mir im Dorf begegnet.«

»Aber Harry ist nicht mehr da ...«

»Das stimmt. Auch in seiner Abwesenheit finde ich die Gesellschaft seiner Schwester sehr angenehm. Sie ist geistreich und charmant. Und für eine Frau kann sie sehr gut angeln. Meinen Sie nicht auch?«

»Zweifellos ist sie klug und charmant. Aber Sie angeln doch nicht wirklich, Miß Katharine?«

»Nun, sie versucht es, Sir«, erklärte Julien. »Vielleicht wird sie sich in einigen Jahren mit mir messen können.« Zu seiner Verwunderung blieb sie stumm. Robert zupfte an seiner Krawatte, das Gesicht hochrot vor Zorn. Bei diesem Anblick hätte Julien fast gelacht. Um die Atmosphäre zu lockern, fragte er: »Was haben Sie denn über Napoleon zu berichten, Sir?«

Nur zu gern nutzte Robert die Gelegenheit, mit seinem politischen Verstand zu brillieren, den seine Mutter stets bewunderte. »Soeben habe ich Miß Katharine mitgeteilt, die Verbündeten würden in Wien einen Kongreß abhalten, um Napoleons Schicksal zu entscheiden.«

»Wie faszinierend! Sonst noch was?«

Großzügig verriet Robert seinem Publikum, was er über Bonaparte, Talleyrand und die Rückkehr der Bourbonen dachte. Da Mama unentwegt von seinem politischen Wissen schwärmte und versicherte, sie könne ihm stundenlang zuhören, kam er gar nicht auf die Idee, seinen Vortrag abzukürzen.

Aber Kate ertrug es nicht mehr und beschloß ihm in die Parade zu fahren. »Robert, Sie verblüffen mich immer wieder. Daß Sie sich das alles merken können! Sicher sind Sie sehr stolz auf Ihre umfassenden Kenntnisse.«

Ohne die Ironie wahrzunehmen, warf er sich selbstgefällig in die Brust.

»Leider müssen Seine Lordschaft und ich jetzt aufbrechen, Robert«, fügte sie nicht unfreundlich hinzu. »Ich habe versprochen, ein Jagdpferd zu inspizieren, das er kaufen möchte.« Energisch schüttelte sie dem verwirrten Squire die Hand, geleitete ihn zur Tür und zog am Glokkenstrang. Filber trat sofort ein, und sie hoffte, daß er sich am Schlüsselloch gut unterhalten hatte. Diese Gewohnheit nahm sie ihm nicht übel. Da man in Brandon Hall ein ziemlich tristes Leben führte, mußte man sich amüsieren, so gut es eben ging. »Begleiten Sie Squire Bleddoes hinaus, Filber.«

Robert wußte, wie leicht sich manche Frauen vom Adelstitel und Reichtum eines Gentleman beeindrucken ließen. Deshalb widerstrebte es ihm, Miß Katharine mit dem Earl allein zu lassen. Aber da ihm nichts anderes übrigblieb, verneigte er sich. »Auf Wiedersehen, Miß Katharine, es war mir ein Vergnügen, Sir«, murmelte er und folgte dem Butler.

Ungeduldig wartete Kate, bis sich die Schritte entfernten. Dann schloß sich die Salontür, und sie lehnte sich erleichtert dagegen.

»Ich hoffe, er fordert mich nicht zum Duell«, bemerkte Julien. »Hier draußen auf dem Land steht mir kein Sekundant zur Verfügung.«

»Vielleicht Filber ...«, kicherte sie.

»Nun muß ich wohl ein Jagdpferd kaufen«, fuhr er in nachdenklichem Ton fort.

»O Gott, habe ich Sie in eine unangenehme Situation gebracht?« fragte sie bestürzt. »Was sollte ich denn tun? Ich konnte ihm doch nicht sagen, er sei ein gräßlicher Langweiler und solle endlich verschwinden.«

»Warum denn nicht? Immerhin wäre es die reine Wahrheit gewesen.«

»Das hätte meinem Vater nicht gefallen.«

Um Himmels willen, dachte Julien, hält Sir Oliver diesen Hinterwäldler für einen geeigneten Schwiegersohn? Er ging zu Kate und legte die Hände auf ihre Schultern. »Verzeihen Sie mir. Natürlich möchte ich Sie nicht in Verlegenheit bringen.«

Als sie aufschaute, begegnete sie seinem freundlichen, besorgten Blick. »Vielleicht wundern Sie sich, weil Robert hier ein und aus geht. Aber jetzt will ich nicht mehr an ihn denken.«

»Ich auch nicht«, versicherte er, und es fiel ihm schwer, ihre Schultern loszulassen. Wie gern hätte er sie geküßt, an sich gedrückt, ihre Brüste gespürt – und er wünschte, sie würde seinen Kuß erwidern, ihre Arme um seinen Hals schlingen. Während er zurücktrat, bemerkte er das schäbige Reitkostüm, das er schon mehrmals an ihr gesehen hatte. Zum Teufel mit Sir Oliver ...

Erschrocken las sie den Zorn in seinen Augen. »Stimmt was nicht?«

»Oh – ich überlege nur, wo ich ein Jagdpferd finden könnte.«

Da atmete sie beruhigt auf und lächelte. »In Zukunft muß ich mir bessere Ausreden einfallen lassen.«

»Vor allem, wenn's um meine Börse geht.«

»Großer Gott! Stecken Sie etwa in finanziellen Schwierigkeiten?«

10

Diese unschuldige Frage, die seinen gesamten Bekanntenkreis köstlich amüsiert hätte, verschlug ihm zunächst die Sprache. Weil sie sein Schweigen mißdeutete, fügte sie mitfühlend hinzu: »Ich weiß, wie Ihnen zumute ist. Auch wir müssen jeden Penny umdrehen.«

»Wollen Sie sich über mich lustig machen, Kate?«

Verwirrt starrte sie ihn an. Es dauerte eine Weile, bis sie verstand, was er meinte. »Natürlich, ich hätte wissen müssen, daß Sie in Geld schwimmen und ein neues Jagdpferd kaufen könnten, ohne mit der Wimper zu zucken.«

»Sollen wir ausreiten, bevor ich Sie in allen Einzelheiten über mein Vermögen informiere?«

»Einverstanden.«

Lächelnd begleitete sie ihn in den Hof, wo die Pferde bereitstanden. Sie streichelte Astartes seidige Nüstern und flüsterte ihr Koseworte zu, die Julien nicht verstand – im Gegensatz zu seiner Stute, die zustimmend nickte.

»Was für ein schönes Geschöpf!« Seufzend wandte sich Kate zu ihrer eigenen Stute, einem sanftmütigen braunen Tier mit Senkrücken. Julien half ihr in den Sattel. Bald wollte er ihr ein geeignetes Pferd schenken. Darauf freute er sich schon. Oder sollte er ihr seine Astarte überlassen? Sicher würde sie perfekt zu seiner künftigen Frau passen. Er stellte sich vor, wie Kate in einem Reitkostüm aus rostrotem Samt, einen wehenden Schleier am Hut, auf der edlen Araberin dahingaloppieren würde.

»Kommen Sie, Sir! Astarte wird ungeduldig – und meine arme Carrot mit jeder Minute älter. Los, beeilen Sie sich!«

»Was für ein ungebärdiges Mädchen Sie sind! Irgendwie erinnern Sie mich an Shakespeares widerspenstiges Kätchen.«

»Diesen Vergleich finde ich gar nicht galant. Außerdem mißfällt mir Katharines Verhalten am Ende des Dramas. Da sinkt sie ihrem Mann zu Füßen und gelobt, nur noch für ihn zu leben. Einfach grauenhaft!«

»Als Mann muß ich zugeben, daß ich eine solche Frau zu schätzen wüßte.« Er klopfte mit seiner Reitpeitsche auf Carrots Kruppe, und beide Pferde trabten aus dem Hof.

Auf der Landstraße hinter dem Park von Brandon Hall warf er seiner Begleiterin einen Seitenblick zu. Zu seiner Erleichterung galt ihr Interesse der idyllischen Umgebung. Also hatte seine Bemerkung glücklicherweise nicht verraten, welche amourösen Absichten er hegte. Es war noch zu früh für einen Heiratsantrag – wenn er auch glaubte, ihre Augen hätten bei seiner Ankunft im Salon aufgeleuchtet. Nun, vielleicht war sie nur froh gewesen, weil er sie von Bleddoes' Gesellschaft erlöst hatte. Am Vortag waren sie zum St.-Clair-See gegangen, um zu angeln. Während sie im weichen Gras am Ufer saßen, vertraute sie ihm an: »Es ist so wunderbar, einen Freund zu haben – jemanden, dem man alles sagen kann, ohne fürchten zu müssen, man würde ihn langweilen oder ärgern.« Als er keine Antwort gab, fuhr sie fröhlich und unbefangen fort: »Sie sind der einzige, mit dem ich lachen kann, Sir – natürlich abgesehen von Harry. Aber wir sind Geschwister, und das ist was anderes.«

Forschend schaute er sie an und versuchte, etwas mehr in ihr Geständnis hineinzugeheimnissen. Ein Freund ... Damit wollte er sich nicht begnügen. Doch dann erkannte er, daß auch sie *seine* Freundin war. Zum erstenmal empfand er solche Gefühle für eine Frau. »Für mich ist das ebenfalls eine neue Erfahrung«, entgegnete er und wählte seine Worte sehr sorgfältig. »Ich bin noch nie einer Frau begegnet, der ...« Hastig biß er sich in die Zunge. Nun hätte er beinahe gesagt: ›... der ich keine absurden Komplimente machen mußte, um ihre Gunst zu gewinnen.‹

Ohne zu ahnen, warum er zögerte, wartete Kate geduldig, bis er weitersprach. Sie wünschte inständig, er würde ihr zustimmen.

Lächelnd erwiderte er ihren erwartungsvollen Blick. »Ich kenne keine Frau, die eine so nette Gesellschafterin gewesen wäre. Wirklich, Kate, Sie sind ein Schatz.«

Ihre Augen strahlten. Und sie war gar nicht auf den Gedanken gekommen, wie peinlich es die Frauen in seinem Bekanntenkreis berührt hätte, als ›nette Gesellschafterin‹ bezeichnet zu werden.

Während sie jetzt nebeneinander dahinritten, schaute er sich um und wußte nicht mehr, wo er war. »Folgen wir diesem Weg da drüben, Kate.« Sie nickte, und wenig später erreichten sie eine Wiese, die an einen Wald grenzte. »Kommen Sie!« rief er und stieg ab. »Was für ein schönes Fleckchen Erde! Genießen wir die Natur, beobachten wir die Bienen, die zwischen den Hortensien umherschwirren, und unterhalten wir uns über Squire Bleddoes' ungeheuren Charme.«

Reglos blieb sie im Sattel sitzen. »Kate ...«, begann er und sah, wie sie zum Wald hinüberstarrte, das Gesicht leichenblaß. »Um Himmels willen, was ist denn los?« fragte er und lief zu ihr.

»Hier gefällt's mir nicht«, sagte sie leise, fast unhörbar. Plötzlich zitterte sie am ganzen Körper.

Ehe Julien antworten konnte, schwenkte sie Carrot herum und galoppierte davon.

Er sprang wieder auf Astartes Rücken und sprengte hinter Kate her. Großer Gott, was beunruhigte sie dermaßen?

Hatte sie etwas gesehen, das ihm entgangen war? Bald holte er ihr schnaubendes Pferd ein. Den Blick starr auf die Straße gerichtet, schien sie ihn nicht zu bemerken. Instinktiv wollte er hinübergreifen und Carrot zügeln. Aber Kate schien ihre Stute unter Kontrolle zu haben, und so ritt er einfach nur neben ihr her.

Nach einer Weile bog sie in einen Weg, der ihm zuvor nicht aufgefallen war, und umrundete eine große Wiese. Nun erkannte er die Umgebung wieder. Sie näherten sich Brandon Hall. Am Ende der gekiesten Zufahrt hielt Kate an und blinzelte, als würde sie aus einem Traum erwachen.

Auch Julien zügelte sein Pferd und berührte ihre Schulter. »Um Gottes willen, was ist denn passiert? Haben Sie etwas gesehen?«

Verwirrt wandte sie ihr bleiches Gesicht zu ihm, und es dauerte sehr lange, bis sie entgegnete: »Ich weiß es nicht. An jenem Waldrand fühle ich mich immer sehr unbehaglich, das ist alles.« Ihre Stimme klang erstaunlich ruhig, fast emotionslos.

»Lügen Sie nicht, Kate! Sie haben irgendwas gesehen und sind erschrocken. Also, was war's?« Sein scharfer Tonfall ließ sie zusammenzucken, und er musterte sie in wachsender Bestürzung. »Tut mir leid, ich wollte Sie nicht anschreien. Aber ich möchte wissen, was Sie so aufregt. Ich habe nichts Ungewöhnliches bemerkt. Bitte, sprechen Sie doch!«

»Oh, da war nichts, Sir. Ich habe mich nur albern benommen – so wie damals vor drei Jahren, als ich vom Apfelbaum gefallen bin. Wirklich, da war nichts. Und jetzt würde ich's gern vergessen, wenn's Ihnen nichts ausmacht.«

Prüfend schaute er sie an, versuchte ihre Gedanken zu lesen, und sie erwiderte seinen Blick beinahe herausfordernd. »Gut, wie Sie wünschen, Kate.« Noch war er nicht mit ihr verheiratet, und er hatte kein Recht, sie zu bedrängen.

Sie zuckte hilflos die Achseln, denn sie spürte, wie bitter sie ihn enttäuschte. Natürlich hatte er gehofft, sie würde sich ihm anvertrauen. Aber wie sollte sie etwas erklären, das sie selbst nicht verstand? Nur eins wußte sie – an jenem Ort hauste das Böse. Wie es geartet war, konnte sie nicht ermessen, weil es sich hinter einer undurchdringlichen Mauer zu verbergen schien. Einen Augenblick lang hatte sie versucht, die Barriere zu überwinden. Aber da war sie auf etwas so Dunkles, Bedrohliches gestoßen, daß sie die Flucht ergriffen hatte.

Immer noch verärgert über ihr Schweigen, stieg Julien ab. Dann streckte er die Arme aus, um sie vom Pferd zu heben. Normalerweise ignorierte sie diese Geste und schwang sich ohne Hilfe aus dem Sattel. Aber diesmal legte sie die Hände auf seine Schultern, und er umfaßte ihre Taille. Nachdem er sie auf die Füße gestellt hatte, ließ er sie nicht sofort los. Zu seiner Freude befreite sie sich nicht und schaute zu ihm auf, mit unergründlichen Augen. Ohne lange zu überlegen, neigte er sich hinab, küßte sie und spürte, wie sie die Lippen öffnete, wie sie ihre Finger in seine Schultern grub.

Doch der magische Moment war so schnell beendet, wie er begonnen hatte. Abrupt riß sie sich los, wich zurück und berührte ihren Mund. Ihr Blick verdunkelte sich, verwirrt starrte sie Julien an.

»Kate!« flüsterte er und streckte eine Hand nach ihr aus.

»Nein – ich kann nicht ...«, stammelte sie, raffte ihre Röcke und rannte ins Haus.

Diesmal folgte er ihr nicht. Ihre überstürzte Flucht beunruhigte ihn kein bißchen. Ganz im Gegenteil – er fühlte sich sogar beglückt. Offensichtlich war er der erste Mann, der sie geküßt hatte. Seine Fingerspitzen glitten über seine Lippen, und er spürte immer noch die Wärme ihres Mundes. So weich, so süß, so verführerisch. Eine naive Jungfrau ... Ihre mädchenhafte Scheu gefiel ihm. Jetzt, nach diesem Kuß, *mußte* sie doch etwas für ihn empfinden. Ganz behutsam würde er sie umwerben, und er zweifelte nicht an seinem Sieg.

Er wandte sich zu Carrot, die neben der Zufahrt graste, und gab ihr einen Klaps auf die Kruppe. »Sicher findest du den Weg zum Stall allein, alte Lady.« Während sie davontrottete, stieß Astarte mit ihren Nüstern eifersüchtig gegen seine Schulter. Er tätschelte ihren Hals und stieg auf. »Heute bin ich meinem Ziel schon ziemlich nahegekommen, Astarte. Du darfst mir gratulieren.«

Gehorsam wieherte sie und trabte zur Landstraße. Auf dem Heimweg überlegte er wieder, was Kate an jenem Waldrand erschreckt haben mochte. Doch der ungewöhnliche Zwischenfall trübte seine gute Laune nur kurzfristig. Als ihr Ehemann würde er sicher ihr Vertrauen gewinnen und ihr alle Geheimnisse entlocken. An diesem Nachmittag wollte er einen Ehevertrag aufsetzen, der Sir Olivers uneingeschränkte Zustimmung finden würde.

Filber klopfte diskret an die Tür der kleinen Bibliothek, in der Sir Oliver den Großteil seiner Tage verbrachte, und trat ein. Ohne seine Anwesenheit wahrzunehmen, war der Hausherr weiter in ein dickes Buch vertieft. Der Butler räusperte sich. »Mylord ...«

»Ja, was gibt's? Sie wissen doch, daß ich nicht gestört werden will.« Sir Oliver hob ärgerlich den Kopf.

Aber zu seiner Verblüffung blieb Filber ungerührt stehen und entschuldigte sich nicht. Seine selbstgefällige Miene bewog Sir Oliver, die Stirn zu runzeln. »Mylord, der Earl of March möchte Sie sprechen.«

Voller Genugtuung beobachtete Filber, wie sich die Augen seines Herrn verengten. Sir Oliver schien ebenso wie er selbst zu wissen, was dieser unverhoffte Besuch bedeutete, und rechnete sich zweifellos gerade aus, welche riesige Summe er seinem künftigen Schwiegersohn entlocken würde.

Sir Olivers Gedanken überschlugen sich. Wie unvernünftig war er doch gewesen, als er Kate gedrängt hatte, den Squire zu ermutigen! Aber wie hätte er ahnen sollen, daß dieses armselige kleine Ding das Interesse des Earls of March erregen könnte? Großer Gott, bald würde seine Tochter zur Countess avancieren ... Plötzlich bemerkte er den erwartungsvollen Blick seines Butlers und stand auf. »Sagen Sie Seiner Lordschaft, ich komme gleich. Und trödeln Sie nicht!«

Filber entfernte sich gehorsam, und Sir Oliver trat vor den kleinen Spiegel, der über dem Kaminsims hing. Sorgsam rückte er seine Krawatte zurecht. Vor mühsam unterdrückter Erregung war er blaß geworden. Aber er straffte entschlossen die Schultern und verließ die Bibliothek, um Seine Lordschaft zu begrüßen.

11

Nachdem der Butler dem Besucher mitgeteilt hatte, der Hausherr würde sofort erscheinen, fragte Julien: »Ist Miß Katharine da?«

Filber bemerkte, welch sanften Klang die Stimme des Earls annahm, als er diesen Namen aussprach, und er lächelte verschwörerisch. »Nein, Mylord, ich glaube, sie geht spazieren. Sicher ist sie zu ihrem Lieblingsplätzchen gewandert, dem kleinen Fischteich hinter dem Garten.«

Julien nickte. Obwohl er in wenigen Minuten zum erstenmal um die Hand einer Frau anhalten würde, war er erstaunlich ruhig – vielleicht, weil er nicht an seinem Erfolg zweifelte. So, wie er Sir Oliver einschätzte, würde sich der Mann freuen, seine Tochter loszuwerden, die er aus unerfindlichen Gründen zu verachten schien. Ein wohlhabender Schwiegersohn kam ihm da sicher sehr gelegen.

»Willkommen, Sir!« Der Baronet betrat den Salon und verbeugte sich devot. Mit ausgestreckter Hand ging er auf den Earl zu. Julien erwiderte den Händedruck und merkte sofort, daß Sir Oliver den Zweck des Besuchs erraten hatte.

»Bitte, nehmen Sie Platz, Sir.«

Während Julien in einen abgewetzten Ledersessel vor dem Kamin sank, setzte sich Sir Oliver auf ein Sofa und musterte ihn erwartungsvoll.

»Vermutlich ahnen Sie bereits, warum ich Sie aufsuche, Sir«, begann Julien. »Ich habe eine zärtliche Zuneigung zu Ihrer Tochter gefaßt. Und ich hoffe, sie erwidert meine Gefühle. Deshalb habe ich mir erlaubt, einen Ehevertrag aufzusetzen.« Er zog ein zusammengefaltetes Schriftstück aus der Tasche. »Wie Sie feststellen werden, bin ich bereit, ein Offizierspatent für Harry zu kaufen und seine Aufnahme in ein renommiertes Kavallerieregiment zu erwirken.« Julien gratulierte sich zu dieser Idee, denn Sir Olivers Freude war offensichtlich. »Im dritten Abschnitt finden Sie die Summe, die Sie bei meiner Hochzeit mit Ihrer Tochter erhalten werden.«

Wie erwartet, faltete Sir Oliver das Dokument begierig auseinander und hielt den Atem an. »Sir, Sie sind überaus großzügig. Und das erleichtert mich maßlos, weil ich nicht gern um so banale Dinge feilsche. Natürlich bin ich bestrebt, meine Tochter möglichst gut zu verheiraten und ... Nun, Sie kennen ihre Schönheit, ihren Charme und ihr freundliches Wesen. Da sie mit all diesen Vorzügen gesegnet ist, verdient sie eine angemessene Partie. Nun betrachte ich es als hohe Ehre, unsere beiden Familien vereint zu sehen. Hoffentlich ist Katharine der vornehmen Position würdig, die Sie ihr bieten – und wenn nicht, werden Sie ihr sicher die entsprechenden Instruktionen erteilen.«

In Juliens Erleichterung mischte sich Zorn. Aber für ihn spielte es keine Rolle, ob Sir Oliver seine Tochter mochte oder nicht, denn sie würde dieses Haus möglichst bald verlassen.

Sie standen auf, und nachdem sie die Vereinbarung mit einem Handschlag besiegelt hatten, fragte Sir Oliver: »Ich nehme an, Sie haben Katharine bereits um ihre Hand gebeten?«

»Nein, Sir, ich fand es schicklicher, vorher um Ihre Einwilligung zu bitten.«

»Oh – das war völlig richtig, Sir«, meinte Sir Oliver zögernd. Dann verdrängte er sein lächerliches Unbehagen und räusperte sich. »Möchten Sie jetzt mit ihr reden?«

»Allerdings«, stimmte Julien zu und folgte dem Hausherrn aus dem schäbigen Salon.

Er eilte alleine in den verwilderten Garten, beschattete seine Augen mit einer Hand und schaute sich um. Da er Kate nirgends entdeckte, wanderte er zum Teich. Sie saß am moosbewachsenen Ufer, ihre Arme um die Knie geschlungen, und blickte gedankenverloren vor sich hin. In weichen Wellen fiel ihr offenes Haar bis zur Taille hinab. Als er zu ihr ging, verflog seine Zuversicht nicht. Er wußte genau, was er sagen wollte, und er hatte sich ihre Antwort oft genug ausgemalt. Vielleicht würde sie erstaunt sein, weil er schon nach so kurzer Bekanntschaft um ihre Hand anhielt. Doch sein Antrag würde sie nicht unvorbereitet treffen, denn sie mußte wissen, was er für sie empfand. Errötend würde sie erklären, daß sie ihn mochte, und ihm vielleicht sogar ihre Liebe gestehen. Diese erfreuliche Vision endete mit einem keuschen und zugleich vielversprechenden Kuß.

Während er sich dem Wasserrand näherte, hörte er sie eine schottische Ballade singen und lächelte. Ihre Stimme klang nicht besonders melodisch. Hoffentlich spielt sie nicht Piano, dachte er und erinnerte sich an die unerträglichen Darbietungen mehrerer nervöser junger Damen, die versucht hatten, ihn mit ihren musikalischen Talenten zu beeindrucken.

Kate bemerkte seine Anwesenheit erst, als er neben ihr niederkniete. Kein bißchen verwirrt, wandte sich zu ihm. »Guten Morgen, Sir. Sie sind schon so früh auf den Beinen?«

»Halten Sie mich für einen faulen Langschläfer, Kate?«

»Das nicht …« In ihren Wangen erschienen die unwiderstehlichen Grübchen. »Eher für einen eleganten Mann von Welt, dessen Morgentoilette bis zum Mittag dauert.«

»Kleines Biest!« schimpfte er, boxte spielerisch gegen ihre Schulter, und sie lachte.

Forschend betrachtete er ihr Gesicht, dachte an den vergangenen Tag, an ihre unerklärlich Angst in der Nähe des Waldrands, an den Kuß, den sie so selbstvergessen erwiderte hatte. Von diesen Gefühlen war ihr jetzt nichts mehr anzumerken.

»Haben Sie schon ein passendes Jagdpferd gefunden, Sir?« fragte sie und legte eine Hand auf den Ärmel seines hellblauen Jacketts. Wie gut er aussieht, dachte sie und wünschte, Harry könnte die schneeweiße kunstvoll verknotete Krawatte sehen.

Julien ergriff ihre Hand, die sie ihm nicht entzog, und das ermutigte ihn. »Gerade habe ich mit Ihrem Vater gesprochen, Kate.«

»Großer Gott, warum denn? Hoffentlich hat er Sie nicht verärgert.«

Etwas irritiert über ihre Naivität, zögerte er kurz und suchte nach Worten. »Bevor ich an Sie herantrete, wollte ich mich mit Sir Oliver einigen. Ich dachte, das wäre so üblich.«

»Was denn?«

»Sie machen's mir wirklich nicht leicht. Also, kurz gesagt – Kate, meine liebste Kate, Sie bedeuten mir sehr viel. Und deshalb fragte ich Ihren Vater, ob er mir erlauben würde, um Sie zu werben. Möchten Sie mich heiraten?«

»Heiraten?« wiederholte sie verständnislos. »Sie wollen mich heiraten?«

»So ist es«, bestätigte Julien. Er war ihr nicht böse, ganz im Gegenteil, denn ihre Unschuld und kindliche Unsicherheit paßten zu der Szene, die er sich ausgemalt hatte. Wie weich würde sich ihr schimmerndes Haar anfühlen, der warme rosige Mund, den er gleich küssen würde ... Er wollte sie an sich pressen, ihren ganzen Körper, ihre Hüften umfassen und ihr zeigen, wie heiß er sie begehrte.

»Scherzen Sie, Sir?«

Vielleicht konnte sie nicht glauben, daß sie den Titel einer Countess tragen würde. »Keineswegs, Kate, es ist mir sehr ernst. Wenn ein Mann um die Hand einer Frau bittet, macht er keine Witze. Wie ich sagte, sprach ich bereits mit Ihrem Vater, und er gibt uns seinen Segen. Nun müssen Sie nur noch ja sagen, dann können wir einen Termin festsetzen und unsere Vorbereitungen treffen.«

»Und mein Vater ist einverstanden?« wisperte sie.

»Ja, natürlich. Obwohl ich zunächst meine Zweifel hatte ...«

Mühsam wandte sie ihren Blick von ihm ab, spürte seine Nähe viel zu deutlich. Am Vortag, bei jenem Kuß, hatte sie eine seltsame, prickelnde, angenehme Erregung empfunden. Doch der Zauber war sehr schnell verflogen. Eine plötzliche, unerwartete Panik hatte sie bewogen, die Flucht zu ergreifen. Sie verstand weder ihre unerwünschten, von jenem Kuß entfachten Emotionen noch ihre Angst. Später hatte sie sich gesagt, sie sei albern gewesen. Sicher habe der Earl nur einer augenblicklichen Laune nachgegeben.

Nun erkannte sie ihren Irrtum. Sie fühlte die Kraft seiner Hand, die ihre Finger umschloß, und riß sich hastig los. Schmerzhaft krampfte sich ihr Herz zusammen, und es drängte sie, wieder davonzulaufen. Doch sie rührte sich nicht. Eine sonderbare Lethargie schien ihre Glieder zu lähmen. Ihr Mund wurde trocken. Nervös fuhr sie mit der Zunge über ihre Lippen. Wider Willen stellte sie sich seinen starken, muskulösen Körper vor – ohne die elegante Kleidung. Und das unerklärliche Grauen, das sie am Waldrand erfaßt hatte, hüllte sie wieder ein wie ein schwarzer Nebelschleier.

»Kate ...« Die Stimme des Earls durchdrang das Dunkel, und sie konnte wieder klar denken.

Erst jetzt erkannte sie die volle Bedeutung seiner Worte. *Er wollte sie heiraten.* Und er würde ihr Gemahl sein, ein Mann, der ihr Leben genauso bestimmen würde wie jetzt ihr Vater. Wie sollte sie jemals die ersehnte Freiheit erlangen? Und Sir Oliver hatte ihm seinen Segen gegeben.

Bitterer Zorn stieg in ihr auf, den sie begrüßte, weil er ihren Gedanken den richtigen Weg wies. Warum war der Earl so siegessicher? Diese Anmaßung, dieser Hochmut ... »Wie können Sie es wagen? Sie feilschen mit meinem Vater um mich – wie an der Börse um Wertpapiere? Bedachten Sie gar nicht, wie abscheulich ich ein solches Manöver finden würde?« Sie verstummte, um Atem zu holen und weitere Worte zu suchen, die ihn für immer vertreiben würden.

»Kate, ich verstehe nicht ...« Hatte er sich verhört?

»Wie merkwürdig! Ich habe Ihren Verstand stets bewundert, Sir. Was ist denn los? Können Sie ein schlichtes Nein nicht begreifen? Sind Sie zu selbstbewußt oder intolerant, um eine Meinung zu akzeptieren, die von Ihrer eigenen abweicht? Wirklich, Sir, Ihre Arroganz überschreitet alle Grenzen.« Als er sie entgeistert anstarrte, konnte sie sich plötzlich nicht mehr an ihre Wut klammern. »Und ich glaubte, Sie wären mein Freund«, flüsterte sie unglücklich, »Sie würden mich ernst nehmen ...«

Ihre Verzweiflung bewegte ihn noch tiefer als ihr Zorn. »Bitte, Kate ...«, begann er eindringlich und beugte sich vor. »Selbstverständlich mußte ich mich zuerst an Ihren Vater wenden. Das sollten Sie verstehen. Tut mir leid, daß ich Ihren Unmut erregt habe ... Nein, schauen Sie nicht weg! Natürlich bin ich Ihr Freund. Ich schätze und achte Sie. Daran wird sich nichts ändern. Aber ich möchte viel mehr für Sie sein – der Mann, mit dem Sie ihr Leben verbringen werden, der Sie glücklich machen will.«

Während seine Worte auf sie einstürmten, schloß sie die Augen. Diesmal konnte sie nicht davonlaufen. Er würde ihr folgen und eine Erklärung verlangen. Aber sie konnte ihm nichts erklären, nicht einmal sich selbst. Sie holte tief Luft. »Bitte, verzeihen Sie meinen Wutanfall, Sir. Ich war unvorbereitet – und Ihr Antrag schockierte mich. Aber ich erkenne, welch große Ehre Sie mir erweisen.« Was sie da sagte, klang in ihren eigenen Ohren gestelzt und albern, und sie fuhr hastig fort: »Aber ich möchte Sie nicht heiraten – weder Sie noch einen anderen Mann.«

»Welches Spiel treiben Sie mit mir?« Er packte ihren Arm. Nun wurde auch er von heftigem Zorn erfaßt, der seine grauen Augen verdunkelte. »Versuchen Sie mir einzureden, ich sei Ihnen gleichgültig? Bei Gott, ich habe gewartet, bis ich mir Ihrer Gefühle sicher war. Erinnern Sie sich nicht mehr an den Kuß, den Sie gestern erwidert haben?«

Seltsam – sie spürte keinen Schmerz, obwohl er ihren Arm mit einer eisenharten Hand umklammerte. »Was Sie glauben wollen, ist *Ihre* Sache, Sir«, erwiderte sie in ruhigem Ton.

»Werden Sie etwa diesen aufgeblasenen Narren Bleddoes erhören?« Seine Finger gruben sich noch tiefer in ihren Arm.

»Wollen Sie mich züchtigen, Sir? Mein Vater besitzt einen Rohrstock, den er sehr gern benutzt. Bitten Sie ihn doch darum!« Herausfordernd starrte sie ihn an, und er zuckte zusammen, als hätte sie ihn geschlagen. Erschrocken über seine mangelnde Selbstkontrolle, ließ er sie los. »In meinem Leben gibt es keinen Mann, Sir«, fügte sie hinzu, »und es wird auch keinen geben. Niemals werde ich das Eigentum eines Mannes sein.«

»Und was wünschen Sie sich, Kate?« fragte er langsam. »Ich biete Ihnen mein Vermögen, meinen guten Namen, einen sicheren Hafen, und was mir am wichtigsten erscheint – die Möglichkeit, diesem unerträglichen Leben im Haus Ihres Vaters zu entrinnen. An meiner Liebe dürfen Sie nicht zweifeln. Noch nie im Leben habe ich eine Frau geliebt. Aber ich weiß, daß ich Sie liebe und lieben werde bis ans Ende meiner Tage. Falls Sie befürchten, ich könnte Ihnen untreu werden – das wird niemals geschehen.«

Kate senkte den Kopf und strich unwillkürlich über ihren Arm. In ihrem Herzen wußte sie, daß der Earl die Wahrheit sagte, wenn sie auch nicht verstand, warum er ihr eine so tiefe Liebe entgegenbrachte. Ein vager Zweifel ließ sie zaudern, bevor jene sonderbare Angst die Oberhand gewann. Nein, sie konnte ihn nicht heiraten. Niemals.

Als sie sich zu ihm wandte, sah sie die Verwirrung in seinen grauen Augen. Er war ihr Freund, ihr einziger Freund außer Harry, und nun würde sie ihn verlieren. »Sir, ich muß Ihnen recht geben. Es wäre absurd, wenn ich behaupten würde, das Leben im Haus meines Vaters sei angenehm. Aber ich kann Sie nicht heiraten. Nicht aus den Gründen, die Sie genannt haben, und aus keinen anderen.«

»Gewiß, ich verstehe«, entgegnete er tonlos. Eine Zeitlang schaute er schweigend in ihre grünen Augen, wünschte verzweifelt einen Sinneswandel zu erkennen, wenigstens ein Zögern.

Aber sie hielt seinem Blick stand, ohne mit der Wimper zu zucken. Welche Mühe sie das kostete, wußte er nicht. Dummerweise kämpfte sie mit den Tränen.

Nun fand er keine Worte mehr, keine Argumente. Nur ein letzter Rest seines Stolzes war ihm noch geblieben. Er stand auf, verneigte sich und ging davon. Nach ein paar Schritten blieb er stehen und rief über seine Schulter: »Bitte, verzeihen Sie mir, Ma'am, daß ich in meiner vermessenen Kühnheit annahm, Sie würden meine Gefühle teilen!«

Während er davoneilte, drehte er sich nicht mehr um. In einer unbewußten Geste hob Kate ihre Hand, als wollte sie ihn zurückhalten. Bald verschwand er zwischen den Büschen des verwilderten Gartens. Ihr Arm sank langsam herab, und sie streckte sich erschöpft am Ufer des kleinen Teichs aus, um ihr Gesicht im weichen Moos zu vergraben. Jetzt hatte sie keine Tränen mehr. Nur das Gefühl eines schmerzlichen Verlustes lastete bleischwer auf ihrer Seele.

12

Mannering hielt entsetzt den Atem an, als er seinem Herrn die schwere Eichentür öffnete. Wortlos stürmte der Earl an ihm vorbei, kreidebleich, die grauen Augen ohne

Glanz. Die Glückwünsche erstarben auf den Lippen des Butlers.

Großer Gott, dachte er ungläubig, während er beobachtete, wie Julien in die Bibliothek rannte und die Türe hinter sich zuwarf. Miß Katharine hat ihn zurückgewiesen …

Ungeduldig hatte Mrs. Cradshaw im Salon auf die Rückkehr des Earls gewartet. Nun kam sie in die Halle. Sobald sie Mannerings düstere Miene sah, erlosch ihr Lächeln. »Um Himmels willen, Edward, was ist passiert?«

Mannering holte tief Luft, um Kräfte zu sammeln. »Bedauerlicherweise dürfen wir Seiner Lordschaft nicht gratulieren, Emma. Ich glaube, Miß Katharine hat seinen Antrag abgelehnt.«

»Unmöglich!« flüsterte Mrs. Cradshaw entgeistert. »Sie wäre so glücklich auf St. Clair. Und der Earl ist ein wundervoller, warmherziger, attraktiver junger Mann.« Mannering schien ihr gar nicht zuzuhören. Plötzlich wurde die Haushälterin von heller Wut erfaßt. »Wie kann sie es wagen, ihn abzuweisen. Bildet sie sich ein, sie wäre zu gut für ihn? Welch ein Unsinn! Eine Schande ist das! Am liebsten würde ich nach Brandon Hall gehen und diesem albernen Mädchen die Meinung geigen.«

Der Butler riß sich mühsam zusammen und tätschelte ihren Arm. »Leider können wir nichts weiter tun, als abzuwarten, wie sich die Dinge entwickeln werden. Nun müssen wir viel Verständnis für Seine Lordschaft aufbringen«, fügte er hinzu und erkannte seine Pflicht, Julien vor den neugierigen Blicken der Dienstboten oder Mrs. Cradshaws indiskreten Fragen zu schützen. In Gedanken legte er sich eine kurze Rede zurecht. Die wollte er vor dem Personal halten, das natürlich erwartete, er würde die baldige Ankunft einer neuen Countess bekanntgeben.

Langsam nickte Mrs. Cradshaw. Arm in Arm durchquerten die beiden alten Freunde die Halle und suchten die Dienstbotenquartiere auf. Mannering dachte flüchtig an den Jahrgangschampagner, den er aus dem Weinkeller geholt und kalt gestellt hatte. Nun durfte er nicht vergessen, die kostbaren Flaschen wieder wegzuräumen.

Julien stand mitten in der Bibliothek und starrte vor sich hin. Irgendwie gewann er den seltsamen Eindruck, sein Körper wäre vom Gehirn losgelöst und beides unfähig zu funktionieren. Auf dem Rückritt war es ihm gelungen, seinen Zorn gegen Kate zu schüren. Jetzt empfand er nur noch Trauer. Er sank in den großen Sessel vor dem Kamin. Allmählich mischte sich ein Gefühl tiefer Demütigung in seinen Kummer. Was für ein Narr war er gewesen!

In unerschütterlicher Selbstsicherheit hatte er sich eingebildet, Kate würde seinen Antrag freudestrahlend annehmen. Statt dessen war er grausam beleidigt worden. Zum erstenmal in seinem Leben blieb ein Wunsch unerfüllt. Wann immer er eine Frau begehrt hatte, war sie früher oder später in seinem Bett gelandet. Das hatte er stets für selbstverständlich gehalten. Er war nicht an Rückschläge und Enttäuschungen gewöhnt. Nun bezahlte er die Rechnung für seine Arroganz.

»Verdammt!« flüsterte er, holte die Brandyflasche vom Sideboard und setzte sich wieder.

Sobald Mannering den Glockenton hörte, ging er in die Bibliothek und hoffte, Seine Lordschaft würde das Dinner ordern. Inzwischen war es ziemlich spät geworden. Der Anblick, der sich dem Butler bot, erschreckte ihn. Zusammengesunken saß sein Herr im großen Polstersessel, eine leere Flasche in der ausgestreckten Hand. Die Krawatte war verrutscht, als hätte er erfolglos daran gezerrt, das Haar hing ihm zerzaust in die Stirn.

»O Gott, Mylord!« rief Mannering bestürzt. In diesem Zustand hatte er den Earl noch nie gesehen.

Julien richtete seine trüben Augen auf den Butler. »Bringen Sie mir noch eine Flasche Brandy, Mannering. Ich glaube, in gewissen Situationen ist Brandy das einzig Wahre. Und jetzt befinde ich mich in einer solchen Situation. Beeilen Sie sich, Mann! Ich will möglichst schnell eine Realität vergessen, die mir unerträglich erscheint.«

»Wie Sie wünschen, Mylord.« Mit schweren Schritten verließ Mannering die Bibliothek. Während er die Tür schloß, hörte er einen Fluch. Splitterndes Glas klirrte. Hastig schaute er nach allen Seiten und vergewisserte sich, daß keine Dienstboten in der Nähe waren.

Bei seiner Rückkehr entdeckte er die Scherben der leeren Flasche im Kamin. »Mylord ...«

»Wagen Sie's bloß nicht, mir eine Moralpredigt zu halten, Mannering!« Taumelnd erhob sich Julien aus seinem Sessel, um dem Butler die neue Brandyflasche aus der Hand zu nehmen. »Und starren Sie mich nicht so an! Verschwinden Sie! Wenn ich Sie brauche, werde ich Sie rufen.«

Diese schroffen Worte ließen Mannering zusammenzukken. Aber er verzieh seinem Herrn sofort, verneigte sich und ging würdevoll hinaus. Lautlos schloß er die Tür hinter sich.

Julien öffnete mühsam die Augen. Wie er verblüfft feststellte, lag er vollständig angezogen in seinem Bett, unter einer Decke. Stöhnend wandte er das Gesicht vom grellen Sonnenlicht ab, und diese Bewegung beschwor gräßliche Kopfschmerzen herauf. Eine Zeitlang rührte er sich nicht und wartete, bis die Qualen verebbten. Wann oder wie er die Bibliothek verlassen hatte, um sein Zimmer aufzusuchen, wußte er nicht. Auf dem Nachttisch stand eine halbleere Brandyflasche. Wieviel hatte er getrunken, bevor er eingeschlafen war? Das wollte er gar nicht herausfinden.

Viel zu früh erinnerte er sich an die Ereignisse des vergangenen Tages und dankte den Kopfschmerzen, die ihn von unwillkommenen Gedanken ablenkten. Schließlich stieg er schwankend aus dem Bett und schaute auf die Uhr, die neben der Flasche stand – erst sieben. Er haßte sich selbst, denn er hatte die Männer stets verachtet, die nur tranken, um ihr Elend zu vergessen. Und nun hatte er sich selbst wie einer dieser armseligen Schwächlinge aufgeführt.

Als er lauthals und wortreich fluchte, fühlte er sich besser. Er wollte sein Gehirn und seinen Körper von den Nachwirkungen des Alkohols befreien. Und so rannte er die Treppe hinab, an zwei verwirrten Lakaien vorbei, die kaum Zeit fanden, sich zu verneigen, riß die Haustür auf und stürmte zum See. Seine schnellen Schritte verstärkten die Kopfschmerzen. Aber er biß die Zähne zusammen und hielt nicht inne, ehe er den hohen Felsblock am Wasserrand erreichte. Rasch zog er sich aus, holte tief Atem und sprang in die kalten Wellen.

Seine Haut prickelte wie von tausend Nadeln gestochen. Mit kraftvollen Zügen schwamm er zum anderen Ufer und wieder zurück. Dann watete er durch das Schilf und stieg die grasbewachsene Böschung hinauf.

Nach der Anstrengung hämmerte sein Herz heftig gegen die Rippen. Trotzdem fühlte er sich wie neugeboren und genoß die kühle Luft auf seinem nassen Körper. Sein Blick wanderte über den See hinweg, ein seltsames Lächeln umspielte seine Lippen. »Nur ein verdammter, schwacher Narr gibt so leicht auf«, flüsterte er dem blauen Wasser zu. »Ich werde sie heiraten. Und ich werde ihr *nicht* den Hof machen, so wie dieser idiotische Bleddoes.«

Während er sich anzog, nahm sein Plan Gestalt an. »Diesmal benutze ich meinen Verstand, und ich werde ihn nicht mehr im Brandy ersäufen. Bei Gott, ich werde sie zwingen, mich zu lieben.« Zuversichtlich kehrte er zum Haus zurück.

Sir Olivers Arm schmerzte. Da er ein gottesfürchtiger Mann war, ärgerte er sich, weil seine nichtswürdige Tochter ihn veranlaßt hatte, in wilder Wut zu fluchen. »Ich habe eine Schlange an meinem Busen genährt«, murmelte er. »Wäre sie doch gestorben, die verdammte kleine Bestie!«

Erbost massierte er seinen Arm. Nachdem sie ihm mitgeteilt hatte, sie würde den Earl of March nicht heiraten, war er zunächst ruhig und gelassen geblieben. Geduldig zählte er die Vorteile auf, die diese Ehe der Familie Brandon bieten würde. Aber sie stand stocksteif vor ihm und erzürnte ihn mit ihrem verächtlichen Schweigen. Als er sie mit Bleddoes zu verheiraten drohte, erwiderte sie ungerührt, sie habe den Squire bereits abgewiesen. Was für ein halsstarriges Balg, eine Ausgeburt der Hölle! Wütend hob er den Rohrstock. Sie schrie nicht, flehte nicht um Gnade. Statt dessen zog sie ihr langes Haar vom Rücken hoch, bedeckte ihren Kopf mit beiden Armen und kniete nieder. Nach der Züchtigung stand sie taumelnd auf, starrte ihn an, die sündhaften grünen Augen voller Haß, und wankte zur Tür.

Die Prügelstrafe hatte sie nicht bewogen, sich anders zu besinnen – das war ihm sofort klar geworden. Aber nun fühlte er sich wenigstens etwas besser. Während er in der Bibliothek saß und über sein Pech nachdachte, meldete Filber den Besuch des Earls. Von neuer Hoffnung erfüllt, herrschte Sir Oliver den Butler an. »Stehen Sie nicht da wie ein Idiot! Führen Sie Seine Lordschaft herein!«

Hastig stand er auf und entfernte den Rohrstock. Daran klebte getrocknetes Blut, das der Earl nicht sehen durfte.

Filber kehrte in die Halle zurück, wo er dem Besucher den Umhang und die Reitpeitsche abnahm. »Wenn Sie mir folgen würden, Mylord – Sir Oliver möchte Sie in der Bibliothek empfangen.«

»Einen Augenblick, Filber. Ist Miß Katharine da?«

Die ausdruckslose Fassade des Butlers zerbrach beinahe. »Vorerst ist Miß Katharine außerstande, ihr Zimmer zu verlassen.«

»Hat er ihr weh getan?« fragte Julien leise.

Jeder, der den Earl näher kannte, hätte diese leise Stimme als untrügliches Zeichen seiner Wut gewertet.

Aber Filber fühlte sich dadurch ermutigt und antwortet: »Ja, Mylord, sogar sehr weh. Jetzt liegt sie im Bett, und ihre

Zofe Lilly pflegt sie. Mein Herr erlaubt uns nicht einmal, einen Arzt zu rufen. Diesmal hat er Miß Katharine grausamer geschlagen denn je. Vielleicht werden sogar Narben zurückbleiben.«

Nun entstand eine lange Pause, bevor Julien in täuschend ruhigem Ton antwortete: »Danke für Ihre Offenheit, Filber. Seien Sie versichert – Sir Oliver wird seine Tochter nie mehr wieder anrühren.«

Erstaunt und erfreut musterte der Butler den Earl. Gab es doch noch Hoffnung? Das Personal von Brandon Hall verstand nicht, warum Miß Katharine sich weigerte, Seine Lordschaft zu heiraten. Und alle grollten Sir Oliver, der es gewagt hat, seine Tochter mit dem Rohrstock zu bestrafen. Seither mußte der Baronet mürrische Blicke und lieblos zubereitete Speisen hinnehmen.

Julien führte nur ein kurzes Gespräch mit Sir Oliver. In knappen, präzisen Worten erklärte er seine Absicht, und Sir Oliver stimmte ihm stotternd zu. Immerhin diente dieser Plan auch seinen Interessen. Sobald sie sich geeinigt hatten, stand der Earl auf. »Also gut, ich gebe Ihnen zwei Wochen Zeit. Dann erwarte ich, Katharine in London wiederzusehen. Dort wird sie bei Lady Bellingham wohnen.«

»Wie Sie wünschen, Sir, in zwei Wochen.« Auch Sir Oliver erhob sich. »Aber warum nicht früher? Sie könnte schon in wenigen Tagen abreisen.«

»Elender Bastard!« entgegnete Julien so gelassen, daß Sir Oliver die Beleidigung zunächst nicht verstand. »Sie liegt im Bett. Zweifellos muß sie gräßliche Schmerzen ertragen. Sie werden sofort einen Arzt rufen, Sir. Und es ist mir egal, ob er aller Welt erzählt, wie Sie Ihre Tochter behandeln. Er soll ihr Laudanum geben. Innerhalb der nächsten Stunde wird er hier eintreffen. Ist das klar?«

Klug genug, um den Mund zu halten, nickte Sir Oliver nur und kam gar nicht auf den Gedanken zu fragen, wieso Seine Lordschaft von der Züchtigung wußte.

»Wenn Sie sich noch einmal an ihr vergreifen, wird sie

noch vor dem Ende dieses Tages ein Waisenkind sein. Haben Sie mich verstanden?«

Sir Oliver erbleichte. Zum erstenmal in seinem Leben empfand er Angst. »Gewiß, Sir.«

»Und wenn Sie sich nicht an meine Anweisungen halten, werde ich meinen eigenen Rohrstock benutzen, um Sie windelweich zu prügeln.«

Wie erstarrt stand Sir Oliver da, nachdem der Earl die Bibliothek verlassen hatte. Es dauerte eine Weile, bis die Furcht verebbte. Schließlich sank er kraftlos auf einen Stuhl und schloß die Augen. In seiner Fantasie sah er Katharines blutigen Rücken, das zerfetzte Kleid. Würden diesmal Narben zurückbleiben? Bei diesem Gedanken lächelte er. Vielleicht würde der Earl, dieser arrogante Sünder, keinen Gefallen an seiner Braut finden.

Während Kate am Fenster saß und auf den Berkeley Square blickte, kaute sie geistesabwesend an ihrem Daumennagel. Diese beschauliche Szene zeigte ihr eine andere Londoner Facette. In der Pantheon und der Bond Street, wo sie mit Lady Bellingham einkaufen gegangen war, lärmten ratternde Wagenräder und Hufschläge. Schreiende Straßenhändler boten ihre Ware feil, Laufburschen eilten hektisch umher.

Leise klopfte es an der Tür. Eliza trat ein und knickste höflich. Um ihren schmerzenden Rücken zu schonen, stand Kate langsam und vorsichtig auf. Allmählich verheilten die Wunden. Aber wenn sie sich zu schnell bewegte, schmerzten sie immer noch. Es fiel ihr schwer, der Zofe unbefangen zu begegnen, denn das Mädchen hatte sie beim ersten Bad betreut und danach wortlos Salbe auf der mißhandelten Haut verteilt.

»Ja, Eliza, was gibt's?«

»Soeben wurden einige Ihrer neuen Kleider geliefert, Miß, und Lady Bellingham bittet Sie, in ihr Wohnzimmer zu kommen.«

»Oh, das sind gute Neuigkeiten.« Vor lauter Vorfreude vergaß Kate ihre Verlegenheit. »Aber wir haben die Kleider erst vor drei Tagen bestellt.«

»Lady Bellingham läßt sich niemals hinhalten«, erklärte Eliza, während ihre Herrin ihr altes Kleid glattstrich. Flüchtig und ohne Bedauern dachte Kate an Harrys Breeches, die auf dem Boden ihrer Truhe lagen. Den schäbigen Lederhut und die Angelrute hatte sie in einem dunklen Winkel des Stalls versteckt.

Wenig später klopfte sie an die Tür des Wohnzimmers. »Herein!« erklang ein gedämpfter Ruf, und sie betrat den großen, exklusiv eingerichteten Raum. Aufgeregt wanderte die Gastgeberin umher, die dicken, üppig beringten Finger an die Brust gepreßt.

»Ma'am, was ist geschehen?« fragte Kate. »Kann ich Ihnen irgendwie helfen?«

»Oh, meine liebe Katharine! Kommen Sie her, mein Kind, setzen Sie sich. Das sind Ihre neuen Kleider. Madame Giselle hat ein wahres Wunder vollbracht. Schauen Sie sich doch das Abendkleid an!«

Nur zu gern öffnete Kate die Kartons, warf das Seidenpapier beiseite und packte die Kleider aus. Zu einem streng geschnittenen Reitkostüm aus goldgelbem Samt paßte ein Hut mit hoher Krone und langer Feder. Spitzenborten schmückten ein Morgenkleid aus hellgelbem Musselin. Und sie hatte noch nie etwas Schöneres gesehen als die Abendrobe aus blaßblauem Samt, in russischem Stil, mit tiefem Dekolleté. An den Manschetten der langen engen Ärmel funkelten winzige Staubperlen. Entzückt hielt Kate das Kleid hoch.

»Sicher wird's Ihnen großartig stehen, meine Liebe«, meinte Lady Bellingham. »Wie elegant Sie heute abend aussehen werden!«

»Heute abend?« Übermütig drehte Kate eine Pirouette und wandte sich zur Hausherrin, die ihrem Blick auswich. »Was wird denn heute abend geschehen, Ma'am?«

Schwerfällig sank Lady Bellingham auf ein Sofa und rang die Hände.

»Um Himmels willen, Madam, was ist denn los?« Kate setzte sich zu ihr und ergriff die bebenden Hände.

»Ach, mein liebes Kind ...« Nachdem Ihrer Ladyschaft versehentlich herausgerutscht war, was sie verschweigen sollte, begann sie zu stottern. »Eigentlich hatte ich nicht vor – nun ja, der Earl, wissen Sie ...«

Langsam ließ Kate die dicken Finger ihrer Gastgeberin los. Also deshalb war Lady Bellingham so nervös. An diesem Abend sollte Kate ihr neues Kleid anziehen und den Earl of March zu irgendeiner Veranstaltung begleiten. Glaubte die Lady, ihr Hausgast wäre eine dumme Gans?

Seit Kates Ankunft in London erwähnte Lady Bellingham den Earl immer wieder, auf höchst schmeichelhafte Weise. Kate hatte bald erraten, daß er für ihren Aufenthalt in London verantwortlich war. Warum hatte sie nicht sofort erkannt, was hinter dem Wunsch ihres Vaters steckte, sie solle Lady Bellingham besuchen, die entfernt mit den Brandons verwandt war. Von dieser Verwandtschaft erfuhr sie erst, als Sir Oliver davon sprach. Nicht einmal die vielsagenden Blicke der Dienstboten auf Brandon Hall hatten sie verlaßt, die Zusammenhänge sofort zu durchschauen. Nun starrte sie Lady Bellingham vorwurfsvoll an und fühlte sich schmählich hintergangen.

»Soviel ich weiß, ist irgendein Mißverständnis zwischen Ihnen und dem Earl eingetreten, mein liebes Kind«, fuhr die Lady fort. »Bitte, beruhigen Sie sich!« O Gott, warum hatte sie Julien jemals erlaubt, sie in diese peinliche Lage zu bringen? Schon seit Jahren hatte sie eine Schwäche für ihn. Und das war nun der Dank für ihre Güte.

Voller Zorn über ihre eigene Dummheit, senkte Kate den Kopf. Es wäre sinnlos gewesen, die gute Lady zu beschuldigen, die auf diese gräßliche Situation ebensowenig Einfluß genommen hatte wie sie selbst.

Als die Gastgeberin mühsam nach Atem rang, vergaß

Kate ihren Unmut. »Oh, bitte, Ma'am – tut mir leid, daß Sie sich so aufregen. Warten Sie, ich hole Ihr Riechsalz.«

Die Augen geschlossen, sank Lady Bellingham in die Sofakissen, die Kate fürsorglich hinter ihren Rücken geschoben hatte. »Sicher werden Sie sich amüsieren, Kindchen«, beteuerte sie mit schwacher Stimme. »Wir werden John Philip Kemble als Macbeth im Drury Lane sehen. Um acht Uhr abends holt der Earl uns ab. Nach der Vorstellung speisen wir im Piazza, einem wundervollen Restaurant, glauben Sie mir, meine Liebe. Zweifellos wird Ihnen der Abend gefallen. Und der Earl ist doch so charmant ...«

Verwirrt beendete Lady Bellingham ihren Monolog, denn Kate starrte ins Leere und schien ihr gar nicht zuzuhören. Zum Teufel mit Julien! Warum konnte er sich keine Braut aussuchen, die ihm etwas freundlicher gesinnt war?

»Sagten Sie – um acht, Ma'am?« fragte Kate.

»Gewiß, mein Kind.« Lady Bellingham lächelte erleichtert.

Endlich zeigte sich Kate bereit, ihr Schicksal zu akzeptieren. Wenn die Wangen auch leichenblaß waren und die grünen Augen seltsam ausdruckslos wirkten, schien sie sich einigermaßen zu fassen.

»Gut, Ma'am.« Kate stand auf und legte die neuen Kleider über ihren Arm. »Wie wundervoll, daß ich Mr. Kemble bewundern kann! Das habe ich mir schon lange gewünscht«

Lady Bellingham bemerkte nicht, wie bitter Kates Stimme klang, und gratulierte sich zu ihrem mühsam errungenen Erfolg.

13

Zufrieden mit seiner perfekt geknoteten Krawatte, stand Julien vom Toilettentisch auf und gestattete seinem Kammerdiener, über einen Ärmel des Abendjacketts aus schwarzem Satin zu streichen und ein imaginäres Staubkörnchen zu entfernen. »Genügt meine äußere Erscheinung Ihren Ansprüchen, Timmens? Aber bevor Sie antworten, machen Sie bitte ein freundlicheres Gesicht. Sonst fällt meine Krawatte gleich wieder schlaff herunter.«

»Niemand wird Eure Lordschaft übertrumpfen«, erwiderte Timmens und blickte starr vor sich hin. Wie er schon vor langer Zeit herausgefunden hatte, geriet er unweigerlich ins Stottern, wenn er die Scherze seines Herrn zu beantworten suchte, und fühlte sich danach tagelang unbehaglich. Deshalb ignorierte er den Humor seines Herrn, zu dessen offenkundiger Belustigung.

»Hoffentlich behalten Sie recht, Timmens«, bemerkte Julien und zog seine Abendhandschuhe an. »Ach ja, heute abend müssen Sie nicht auf mich warten«, fügte er hinzu, obwohl er wußte, daß der Kammerdiener stets seine Pflicht erfüllen würde, ganz egal, zu welch später Stunde.

Julien stieg leichtfüßig die Treppe zur exquisiten Marmorhalle hinab. Bevor er einem Lakaien bedeutete, die Tür zu öffnen, schaute er sich kurz um. Nun würde er bald feststellen, ob sein Stadthaus der künftigen Bewohnerin gefiel. Bladen, in der eleganten scharlachroten und weißen St.-Clair-Livree, hielt beflissen den Wagenschlag auf.

»Da ich etwas zu früh dran bin, braucht sich Wilbury nicht zu beeilen. Geben Sie ihm bitte Bescheid, Bladen.« Julien sank in die rote Samtpolsterung und streckte die Beine aus. Mit dieser Anordnung überraschte er den Kutscher, der es gewohnt war, ein atemberaubendes Tempo anzuschlagen. Er zuckte die Achseln und versetzte die beiden schönen Braunen in gemächlichen Trab.

Erwartungsvoll blickte Julien der ersehnten Begegnung mit seiner Braut entgegen. Er hatte sich sehr beherrschen müssen, um sie nicht sofort nach ihrer Ankunft in London zu besuchen. Aber er mußte ihr Zeit geben, damit sie die Erkenntnis verkraften konnte, wem sie ihre Reise in die Hauptstadt verdankte, und einsah, daß sie ihm nicht entrinnen würde. In ihrer Situation hatte sie ohnehin keine Wahl. Eine Rückkehr nach Brandon Hall kam nicht in Frage. Würde sie Lady Bellingham die Hölle heiß machen? Wohl kaum. Dafür besaß sie zu gute Manieren. Natürlich würde sie ihm grollen. Um sein Gewissen zu beschwichtigen, sagte er sich, er habe in ihrem Interesse gehandelt. In seinem eigenen allerdings auch. Er haßte Fehlschläge. Aber er schämte sich ein bißchen, weil er Eliza als Zofe für seine Braut engagiert hatte. Grinsend erinnerte er sich an den Bericht seiner Spionin über Kates Verhalten nach dem Gespräch mit Lady Bellingham. Wie eine gefangene Tigerin sei sie im Schlafzimmer umhergelaufen und habe Seine Lordschaft wütend verflucht. Schließlich sei sie ganz still geworden. »Zu still, wenn Sie mich fragen, Mylord.«

Elizas Bericht stimmte mit seiner Ahnung überein. Nun, bald würde er ergründen, wie heftig Kate ihm zürnte. Mit gutem Grund hatte er ›Macbeth‹ für die erste Begegnung in London gewählt. Während des zweiten Aktes würde Lady Bellingham sicher einschlafen und ihm eine ungestörte Unterhaltung mit Kate ermöglichen. Sie wird mich nicht anschreien, überlegte er, sonst würde sie ihre freundliche Gastgeberin wecken. Und sie kann die Loge nicht verlassen. Andernfalls würde sie unangenehme Spekulationen heraufbeschwören. Außerdem – wohin sollte sie gehen?

Belustigt dachte er an die kleine Dinnerparty, die er nach seiner Rückkehr in die Stadt für Percy und Hugh gegeben hatte. Im Lauf des Abends war es offensichtlich geworden, daß sie seinen Plan verrückt fanden.

Schließlich nahm Hugh kein Blatt mehr vor den Mund. »Verzeih, Julien, dein Verhalten erscheint uns etwas seltsam.«

»Verdammt seltsam«, bekräftigte Percy.

»So intensiv hast du dich noch nie um eine Frau bemüht«, fügte Hugh hinzu.

»Ich will gar nicht erst versuchen, euch mein ›verdammt seltsames Verhalten‹ zu erklären«, entgegnete Julien.

»Aber eins steht fest – ich werde sie heiraten, und um dieses Ziel zu erreichen, schrecke ich vor nichts zurück.«

»Also müssen wir dir wieder einmal gratulieren«, meinte Hugh amüsiert.

Beide Gäste hoben ihre Gläser. Und Percy hatte gerufen: »Auf eine erfolgreiche Kampagne! Möge dir die schöne Dame noch ein paar eklige Steine in den Weg legen, lieber Freund! So was formt den Charakter.«

Eigentlich fand Julien, sie hätte ihm schon genug Schwierigkeiten bereitet. Was würde ihr noch alles einfallen? Er richtete sich auf, schob den weißseidenen Vorhang beiseite und spähte aus dem Wagenfenster. O Gott, dachte er, Wilbury nimmt den Auftrag tatsächlich ernst. Er lehnte sich wieder zurück. Nun wanderten seine Gedanken zu Yvette und Lady Sarah. Um die beiden mußte er sich glücklicherweise nicht mehr sorgen. Mit seinem Segen hatte Lord Riverton die schöne Yvette erobert. Was Lady Sarah betraf, war die Situation etwas heikler gewesen.

»Liebster Julien, ich hatte schon befürchtet, du würdest dich bis in alle Ewigkeit auf dem Land verkriechen!« hatte sie ihn mit ihrer hohen, atemlosen Stimme begrüßt. Um klatschsüchtigen Dienstboten zu entfliehen, führte sie ihn in den kleinen Salon, der im zweiten Stock von Lord Ponsonbys Haus am Portsmouth Square lag. Sie trug ein elegantes Reitkleid aus blauem Samt.

»Wolltest du gerade aufbrechen?« fragte er und zog ihre schmale Hand an die Lippen.

»Sicher wird's Lord Davenport nichts ausmachen, eine halbe Stunde zu warten«, entgegnete sie lächelnd.

Aber sie versuchte vergeblich, seine Eifersucht zu provozieren. Er fühlte sich maßlos erleichtert, als sie Davenport erwähnte. Nie hätte er gedacht, daß er den affektierten Viscount eines Tages sympathisch finden würde.

Anmutig schlenderte sie zu einem kleinen Sofa, nahm Platz und klopfte einladend neben sich auf die Polsterung. »Komm, Julien! Du machst mich ganz nervös, wenn du so steif und stumm dastehst.« Nachdem er gehorcht hatte, fragte sie: »Nun, was führt dich zu mir?« Da er ihr die Antwort schuldig blieb, zählte sie zwei und zwei zusammen. »O Gott, *das* ist es also! Du hast eine andere Frau kennengelernt.«

Wie, zum Teufel, hatte sie's erraten? Besaßen die Frauen besondere Talente, die sie befähigten, einen Mann sofort zu durchschauen? »Wie scharfsinnig du bist, Sarah! In der Tat, ich bin gekommen, um dir diese Neuigkeit zu erzählen, und ich hoffe, du wünschst mir alles Gute.«

Verwundert riß sie ihre blauen Augen auf. »Willst du heiraten? *Du?*«

»So erstaunlich ist's nun auch wieder nicht.« Bevor sie den Kopf abwandte, glaubte er, schmerzliche Enttäuschung in ihrem Blick zu lesen. Indem er die Liaison beendete, verletzte er nicht nur ihren Stolz, sondern auch ihr Herz. Zumindest bildete er sich das ein. Aber wer konnte die Frauen schon verstehen? »Tut mir leid, Sarah, es läßt sich nicht ändern«, fuhr er in sanftem Ton fort, trotz seiner wachsenden Ungeduld. Obwohl Sarah dazu neigte, romantische Gefühle für ihre Liebhaber zu entwickeln, hatte sie ebenso wie er gewußt, daß die Affäre nicht ewig dauern würde. Für sie wäre es natürlich angenehmer gewesen, *sie* hätte mit ihm Schluß gemacht.

»Und wie heißt das bemerkenswerte Mädchen?«

»Wahrscheinlich kennst du sie nicht. Sie hat immer nur auf dem Land gelebt, und das Anwesen ihres Vaters grenzt an St. Clair. Jetzt ist sie nach London gekommen und lebt bei Lady Bellingham. Übrigens, ihr Name lautet Katharine.«

In seiner Stimme schwang ein Unterton mit, den sie nie zuvor gehört hatte. Erstaunt wandte sie sich wieder zu ihm. »Mein Gott, Julien, du liebst ein Mädchen vom Land? Eine kleine Unschuld? Das wird niemand glauben. Ausgerechnet du! Obwohl du immer erfahrene Frauen bevorzugt hast!«

Er runzelte die Stirn, denn es mißfiel ihm, sich selbst in einem solchen Licht zu sehen. »Ja, ich liebe ein unschuldiges Mädchen vom Land«, bestätigte er. »Aber sie ist weder dumm noch langweilig.«

»Und nun bist du gekommen, um unsere Affäre zu beenden«, sagte sie ausdruckslos.

»So ist es.«

Abrupt sprang sie auf und preßte ihre Fingerspitzen an die Schläfen. »Es wird nicht lange dauern. Bald wirst du sie satt haben, so wie alle deine Frauen. Und was dann? Eine Ehefrau läßt sich nicht so leicht abschieben wie eine Geliebte. Aber ganz egal, was ich sage – du wirst tun, was du willst. Nun gibt es wohl nichts mehr zwischen uns zu besprechen.«

Auch er stand auf. Er küßte ihre Stirn und schaute eindringlich in ihre porzellanblauen Augen. »Hoffentlich bist du nett zu Katharine. Sie kennt niemanden in London.«

Mit diesem Mädchen könnte ich mich niemals anfreunden, dachte sie. Trotzdem zwang sie sich zu einem charmanten Lächeln. »Ja, natürlich werde ich nett zu ihr sein. Und ich wünsche euch beiden das Allerbeste. Und nun geh, bevor ich in Tränen ausbreche und mich lächerlich mache!«

Ihr verstohlener Blick zur Uhr war ihm nicht entgangen …

Verwirrt hob er den Kopf und sah, daß Bladen geduldig den Wagenschlag aufhielt. »Ich dachte schon, Sie wären eingeschlafen, Mylord.«

»Beinahe«, erwiderte Julien und stieg vor Lady Bellinghams Haus aus. »Bewegen Sie die Pferde!« rief er Wilbury zu. »Vielleicht wird's ein bißchen länger dauern.«

Ein Lakai öffnete ihm die Haustür und führte ihn in den Salon.

»O Julien, da bist du ja – und keine Minute zu früh!« Lady Bellingham rückte ihren lavendelblauen Turban über den winzigen Löckchen zurecht und seufzte tief auf.

»Hoffentlich geht's dir gut, Bella.« Er ging zu der Chaiselongue, auf der sie saß, schenkte ihr sein charmantestes Lächeln und küßte ihre Hand. Dann hob er fragend die Brauen.

»Starr mich nicht so an, Julien! Wenn Katharine noch ein paar Stunden braucht, um sich anzuziehen, kann ich's nicht ändern. Ach, ich hätte wissen müssen, daß ihr mir den Seelenfrieden rauben würdet! Was treibt sie nur so lange?«

Lachend trat er vor den Kamin. »Erzähl mir noch mehr.«

»Ihr beide paßt doch gar nicht zueinander. Schenk dir ein Glas Sherry ein. Weiß Gott, was sie da oben macht! Vermutlich überlegt sie, wie sie dein Abendessen vergiften könnte.«

Julien füllte zwei Gläser mit Sherry und goß seiner Freundin ein bißchen mehr ein. Für dieses Getränk schwärmte sie, vor allem, wenn ihre Nerven flatterten. Dann sank er ihr gegenüber in einen Sessel. »Hast du lange auf mich gewartet?«

»Lange? Um acht solltest du hier eintreffen. Jetzt ist es halb neun, und ich fühle mich um mindestens zwei Jahre älter.«

»Da die Vorstellung erst um halb zehn beginnt, haben wir noch sehr viel Zeit.«

»Darauf kommt es nicht an, wie du sehr wohl weißt, junger Mann. Keine Ahnung, was deine arme Mutter zu deinen Possen sagen würde! Wie kann ein Mann nur so pervers sein, ein Mädchen zu umwerben, das ihm am liebsten die Kehle durchschneiden würde?« Sie nahm einen großen Schluck Sherry.

»Bis jetzt habe ich noch nicht mit Mutter gesprochen.« Als er Lady Bellas erstauntem Blick begegnete, fügte er hinzu: »Keine Bange, ich besuche sie, sobald meine Verlobung in der *Gazette* bekanntgegeben wird.«

»Dann wirst du vermutlich genauso graue Haare haben wie ich, Julien.« Sie seufzte bekümmert und leerte ihr Glas.

Als er ihr vor drei Wochen einen unerwarteten Besuch abgestattet hatte, war sie von seinem Plan begeistert gewesen. Während des Sommers hatte sie ihre liebe Anne, die jüngste ihrer zahlreichen Töchter, mit dem Viscount Walbrough verheiratet. Nun langweilte sie sich an ihren einsamen Abenden. Sie hatte Juliens Mutter schon vor deren Hochzeit gekannt und im Lauf der Jahre beobachtet, wie er den schmachtenden Debütantinnen höflich, aber desinteressiert begegnet war – ihren eigenen Töchtern inklusive. Entzückt erklärte sie sich bereit, seine Heiratsabsichten zu unterstützen. Was ihre entfernte Verwandtschaft zur Familie Brandon betraf, darum kümmerte sie sich nicht. Sie wußte nicht einmal, daß diese Verbindung überhaupt existierte. Wahrscheinlich hatte Julien das nur erfunden. Ihre einzige Sorge galt der Frage, ob Katharine womöglich diesen gräßlichen nordenglischen Akzent sprechen und ihre Gönnerin in der Gesellschaft lächerlich machen würde.

Als Katharine dann auf ihrer Schwelle stand, in einem grauenhaften altmodischen Kleid, tastete Lady Bellingham nach ihrem Riechsalz und glaubte, die schlimmsten ihrer Befürchtungen hätten sich bewahrheitet. Wenigstens sprach das Mädchen mit sanfter, kultivierter Stimme. Aber Lady Bellingham stellte ihr Riechsalzfläschchen erst beiseite, als Katharine voller Stolz verkündete, sie besitze tausend Guineen und würde eine neue Garderobe erwerben. Ihr Enthusiasmus wirkte ansteckend, und die beiden Damen freundeten sich rasch an. Doch dann mußte Lady Bellingham mit wachsender Verblüffung mit ansehen, wie sich Katharines schöne grüne Augen verengten, wann immer der Earl of March erwähnt wurde. Und das hatte ihr die Freude an Juliens Plan gründlich verdorben.

»Hat Katharine deine Nerven strapaziert, Bella?« fragte er nun.

»Um Himmel willen, nein, Julien! Gewiß, sie ist ziemlich – selbständig, aber so ein liebes, kluges, freundliches Mädchen. Und sie lächelt so charmant – zumindest, wenn nicht von *dir* die Rede ist. Glaub mir, sie wird dir die Hölle heiß machen, Julien. Hoffentlich lebe ich lange genug, um euch beide vor dem Traualtar zu sehen. Aber ich bin mir gar nicht sicher, ob's jemals dazu kommen wird.«

»Was du da sagst, überrascht mich nicht, Bella. Diese Frau hält mich in Atem, seit sie vor meinen Augen gestorben ist.«

»Wie bitte, mein Junge?«

»Oh, Miß Katharine!« jammerte Eliza. »Seine Lordschaft und Lady Bellingham erwarten Sie. Wirklich, jetzt müssen Sie hinuntergehen.«

»Ja, Eliza, das weiß ich. Bitte, teilen Sie Seiner Lordschaft und Lady Bellingham mit, daß ich gleich komme. Nicht gleich – aber bald.«

»Bitte, Miß, beeilen Sie sich!« Eliza ging zur Tür, wo sie sich noch einmal umdrehte. »Vielleicht kann ich Ihnen helfen?«

»Nein, danke. Ich muß nur noch meinen Umhang und die Handschuhe aus dem Schrank nehmen.«

Nachdem Eliza die Tür hinter sich geschlossen hatte, blieb Kate am Toilettentisch sitzen, starrte in den Spiegel und betrachtete ihr bleiches Gesicht. Sie sah völlig verändert aus – das Haar modisch hochgesteckt, in ihrem blauem Samtkleid, das viel zuviel von ihrem weißen Busenansatz entblößte.

Natürlich wußte sie, wie kindisch sie sich benahm, wenn sie absichtlich in ihrem Zimmer trödelte. Aber im Augenblick fiel ihr keine bessere Rache ein. Erst vor wenigen Minuten war ihr klargeworden, daß sie die Gesellschaft des Earls ertragen mußte, weil ihr nichts anderes übrigblieb. Aber sie wollte ihren Zorn nicht zeigen. Diese Genugtuung mißgönnte sie ihm. Statt dessen würde sie ihn mit kühler Gleichgültigkeit strafen. Und es war ein guter Anfang, ihn warten zu lassen.

Zum Teufel mit ihm! Der Freund hatte sich in einen Feind verwandelt. Und sie würde ihn mit aller Macht bekämpfen.

Sie holte ihren Umhang und die Handschuhe aus dem Schrank. Langsam stieg sie die geschwungene Treppe hinab. An der Tür des Salons wurde sie von Smithers erwartet, Lady Bellinghams Butler. Kate blieb stehen, setzte eine gleichmütige Miene auf und wartete, bis sich ihre rasenden Herzschläge beruhigten. Dann bedeutete sie Smithers, die Tür zu öffnen, reckte ihre Nase hoch und rauschte in den Salon.

Beim Anblick des Earls fiel es ihr schwer, ihre arrogante Pose beizubehalten. Lässig lehnte er am Kaminsims, und sie hätte ihn am liebsten geohrfeigt, als sie seine Belustigung erkannte. Wider Willen bemerkte sie auch, wie attraktiv er in seinem Abendanzug aus schwarzem Satin aussah.

Julien beobachtete, wie sie anmutig hereinkam und die Schleppe ihres Abendkleids über den Boden glitt. Welch eine exquisite Erscheinung, dachte er. Doch das überraschte ihn nicht. Das Kleid stand ihr ausgezeichnet, aber er wünschte, ihre reizvollen Brüste wären nicht so deutlich sichtbar. Alle Gentlemen würden sie mit den Augen verschlingen. Unwillkürlich ballte er die Hände. Wie gern hätte er sie umarmt, seine Lippen auf die zarte weiße Haut gepreßt ... Ihr dunkelrotes Haar war kunstvoll hochgesteckt, über einer Schulter hingen zwei lange Locken.

»Ah, da sind Sie ja endlich, meine Liebe!« rief Lady Bellingham halb erleichtert, halb vorwurfsvoll.

Kate knickste und warf dem Earl einen kühlen Blick zu. Zumindest hoffte sie, daß ihre Miene kalt und gleichgültig wirkte. Dann beachtete sie ihn nicht mehr und lächelte Lady Bellingham an. »Hoffentlich bin ich nicht zu spät dran. Bitte, verzeihen Sie mir. Eliza hatte Schwierigkeiten mit den Knöpfen an meinem Kleid.« Eine sehr plausible Ausrede, dachte sie, und ihr Lächeln vertiefte sich.

Verdammt, Julien hat mir viel zu wenig Sherry eingegossen, dachte Lady Bellingham nervös. Aber er schien zu glauben, alles wäre in bester Ordnung. Seelenruhig schlenderte er zu Kate hinüber. »Guten Abend, Miß Katharine. Welch eine Freude, Sie wiederzusehen. Hatten Sie eine angenehme Reise? Ich nehme an, inzwischen konnten Sie einige Londoner Sehenswürdigkeiten besichtigen.« Höflich zog er ihre Hand an die Lippen.

14

Das Blut stieg ihr in die Wangen. Hastig entzog sie ihm ihre Hand. »O ja, Sir.«

»Ich hoffe, Ihre Knöpfe sind jetzt ordentlich geschlossen?«

»Wie ich bereits sagte – es tut mir leid, daß ich mich verspätet habe.«

»Dafür müssen Sie sich wirklich nicht entschuldigen. Ich habe Verständnis für solche Probleme.«

Am liebsten hätte sie den Schürhaken ergriffen, der neben dem Kamin lehnte, und ihn auf den Kopf des Earls niedergeschmettert. Wie ruhig und gelassen er wirkte ... Sie fühlte sich albern und verletzlich, und es kostete sie große Mühe, ihn nicht anzuschreien. »Wollen wir diese unsinnige Unterhaltung fortsetzen oder ins Theater gehen, Sir?«

Er neigte sich zu ihr. »Oh, die kühle, gleichmütige Kate!« Bevor sie antworten konnte, wandte er sich zu Lady Bellingham. »Meine Liebe, wenn du deinen Sherry getrunken hast, sollten wir aufbrechen. Sonst würde Miß Katharine den ersten Akt von ›Macbeth‹ versäumen, und das wäre schade.« Er half ihr, vom Sofa aufzustehen, und legte einen Paisley-Schal um ihre runden Schultern.

Unbehaglich beobachtete sie, wie Kate auf dem Absatz kehrtmachte und aus dem Zimmer rauschte, das Kinn so hoch erhoben, daß sie Gefahr lief, gegen ein Möbelstück zu stoßen. »O Gott, Julien! Vielleicht müßte ich mit ihr reden. Sie provoziert dich ...«

»Keineswegs, sie benimmt sich bewundernswert. Immerhin ist sie noch sehr jung, und sie befindet sich in einer ungewohnten Lage. Sie wird's schon noch lernen, Wortgefechte auszutragen. Aber sie entwickelt bereits gewisse Fähigkeiten. Bitte, sag nichts zu ihr, Bella.« Er nahm ihren Arm und führte sie in die Halle, wo sie von Kate erwartet wurden. Auf dem Weg zu Tür flüsterte er der Hausherrin zu: »Glaub mir, ich habe die Situation unter Kontrolle. Das ärgert sie natürlich. Am liebsten würde sie mich erwürgen und in die Themse werfen.«

Als sie seine selbstsichere Miene sah, sorgte sie sich ein wenig um Katharine. Obwohl sie eine ehrgeizige Mutter und bestrebt gewesen war, ihre Töchter gut zu verheiraten, hätte sie keines der Mädchen zur Ehe mit einem verhaßten Mann gedrängt. Verwundert schüttelte sie den Kopf. Wie konnte eine vernünftige Frau einen Mann wie Julien ablehnen?

Während er ihr in die Kutsche half, warf sie einen unsicheren Blick auf Kate, die stocksteif dasaß und aus dem Fenster starrte. Wenn sie bloß wüßte, was im Gehirn dieses Mädchens vorging ... Dafür hätte sie sogar auf ihr wöchentliches Sherry-Quantum verzichtet.

Julien stieg ein und nahm den beiden Damen gegenüber Platz. Dann schlug er mit seinem Spazierstock gegen das Wagendach, und Wilbury spornte das Gespann an.

»Also werden wir ›Macbeth‹ sehen«, bemerkte Lady Bellingham in heiterem Ton.

»Ja, Bella. Hoffentlich bist du mit meiner Wahl einverstanden.«

Sie hielt nicht allzuviel von Shakespeare-Stücken, da sie die dramatischen Texte und wilden Gesten unverständlich und langweilig fand. Um so mehr freute sie sich auf das Abendessen nach der Aufführung. Nicht einmal eine mißgelaunte Kate konnte ihr den Teil des Abends verderben.

Obwohl sich zu dieser Jahreszeit nur wenige Mitglieder der gehobenen Gesellschaft in London aufhielten und die meisten dem Regenten nach Brighton gefolgt waren, besuchten sehr viele Leute das Theater, um Kemble zu bewundern. Nachdem Lady Bellingham die elegante Loge betreten hatte, die Julien jede Saison mietete, winkte sie mehreren Bekannten zu.

Kate saß zwischen ihrer Gastgeberin und dem Earl, zeigte ihm die kalte Schulter und schaute zur Bühne. Wider Willen wurde sie in Kembles Bann gezogen.

Am Ende des ersten Akts stellte sie bestürzt fest, daß Lady Bellingham in ihrem Sessel döste – und daß das Knie des Earls nur wenige Zentimeter von ihrem entfernt war. Sie konnte nicht wegrücken, sonst wäre sie gegen Lady Bellinghams füllige Gestalt gestoßen. Als sie seinen Blick spürte, errötete sie und haßte sich selbst.

»Gefällt Ihnen die Aufführung, meine Liebe?« fragte er und neigte sich noch näher zu ihr. Sein warmer Atem streifte ihre Wange und beschleunigte ihren Puls.

Ohne ihn anzusehen, fauchte sie: »Die Inszenierung wäre erträglich, wenn ich sie in Ihrer Abwesenheit genießen dürfte, Sir.«

»Nur erträglich? Sie überraschen mich, denn ich dachte, Kembles schauspielerische Leistung würde Sie faszinieren – trotz meiner Gegenwart. Außerdem sollten Sie wissen, daß Sie nur an der Seite eines Gentleman ins Theater gehen können. Sonst würden Sie sich höchst unschicklich verhalten. Wollen Sie mich nicht anschauen? Ihr schöner Rücken entzückt mich zwar, aber ich rede lieber mit Ihrem Gesicht.« Sie rührte sich nicht, und er fuhr seufzend fort: »Eigentlich hätte ich Sie nicht für einen Feigling gehalten.« Sofort wandte sie sich zu ihm und wollte protestieren. Doch sie kam nicht zu Wort. »So ist's besser. Diesen Ausdruck unschuldigen Zorns müssen Sie unbedingt kultivieren. Wenn Ihre grünen Augen solche wilden Funken sprühen, wirken Sie sehr attraktiv. Bitte, weichen Sie meinem Blick nicht aus! Sonst müßte ich glauben, Sie hätten Angst vor mir.«

»Angst? Vor Ihnen? Sir, ich würde Ihnen mit dem größten Vergnügen eine Kugel in den Kopf jagen. Angst! Ha! Ihre Frechheit überschreitet wirklich alle Grenzen. Wären wir allein, würden Sie bitter büßen, was Sie mir angetan haben.«

»Was habe ich Ihnen denn angetan, Kate? Sie sollten mir danken, nachdem Sie mit meiner Hilfe das Haus Ihres Vaters verlassen konnten. Und Lady Bellingham ist zweifellos eine liebenswürdige Gastgeberin – die Sie mit wahrer Begeisterung quälen, wann immer sie meinen Namen nennt.«

»Sir, ich wünschte, Sie würden mich in Ruhe lassen, nachdem ich Ihren Heiratsantrag in aller Form abgelehnt habe. Dabei war ich keineswegs kokett – nur ehrlich.«

»Nun hätte ich eine geistreichere Antwort erwartet. Offenbar ist Ihr Humor während meiner Abwesenheit verflogen.«

Bedrückt senkte sie den Kopf. Seit den Tagen auf St. Clair, wo er so ein netter Freund gewesen war, hatte er sich völlig verwandelt. Hier gab er den Ton an, und sie wußte nicht, welche Strategie sie anwenden sollte, um seinen Provokationen zu begegnen. Schließlich zuckte sie die Achseln, als wäre sie nur mäßig irritiert, und schaute ins Parkett hinab. »Wer ist denn dieser seltsam gekleidete Mann, der uns zuwinkt? Ich finde seine grüngelb gestreifte Weste sehr merkwürdig.«

»Ah, das ist Mr. Fresham. Er hält sich für Beau Brummels gefährlichsten Rivalen, und er trägt so hohe Absätze, daß man befürchtet, er könnte jeden Augenblick hinfallen – beziehungsweise freut man sich darauf.«

»Wie lächerlich! Männer sollten wie Männer aussehen, nicht wie bunte Pfauen.«

»Soll ich das als Kompliment auffassen?« fragte er und erwiderte Mr. Freshams Gruß. Statt zu antworten, warf sie ihm einen vernichtenden Blick zu. »Großer Gott, ich vergesse meine Manieren!« warf er sich vor. »Wie wär's mit einer kleinen Erfrischung? Möchten Sie ein Glas Champagner trinken?«

»Nein, danke.«

»Oh, eine anspruchslose junge Dame! Welch eine erfreuliche Abwechslung! Was wollte ich sagen? Ach ja – ich glaube, Sie haben Lady Bellingham anvertraut, Sie würden gern die heiligen Hallen des Almack's betreten. Ich habe bereits Eintrittskarten für morgen abend besorgt. Selbstverständlich werde ich Lady Bella und Sie begleiten, meine Liebe.«

Kate zitterte vor Wut. Inzwischen war sie lange genug in London, um zu wissen, daß ein gemeinsamer Auftritt im Almack's einer Verlobung gleichkam. Wenige Tage später würde eine Anzeige in der *Gazette* folgen.

Nun vergaß sie ihren Entschluß, kühle Gelassenheit zu heucheln. »Was bilden Sie sich eigentlich ein? Niemals würde ich mit Ihnen ins Almack's gehen. Dazu können Sie mich nicht zwingen.«

»Wie bitte?« fragte er in gespielter Unschuld. Wie magisch wurde sein Blick von ihrem Busen angezogen, den heftige Atemzüge hoben und senkten. O Gott, wie heftig er sie begehrte … Krampfhaft schluckte er, um sein Verlangen zu zügeln.

»Sir, ich entsinne mich nicht, daß ich den Wunsch geäußert hätte, das Almack's zu besuchen«, zischte sie. »Und Sie wissen sehr gut, was man vermuten würde, wenn ich mit Ihnen hinginge.«

In seinen grauen Augen spiegelten sich die flackernden Lichter und schienen wie winzige Teufel zu tanzen. Erbost hob sie eine Faust. Aber er packte ihr Handgelenk, drückte den Arm auf ihren Schenkel hinab und hielt ihn dort fest. Seine Berührung weckte seltsame Gefühle, beängstigend und verlockend zugleich – nur für einen kurzen Moment. Dann versuchte sie, sich loszureißen.

»Meine liebe Kate, in der Öffentlichkeit darf man einen Gentleman nicht schlagen«, flüsterte er. »Oder wollen Sie Ihre freundliche Gastgeberin in Verlegenheit bringen?«

»Verdammt, ich *bin* nicht Ihre liebe Kate!«

»Was für eine ungehörige Ausdrucksweise! Nun, ich

werde mich daran gewöhnen. Vielleicht bringe ich Ihnen etwas mildere Flüche bei. Und außerdem, meine liebe Kate, werden Sie bald alles sein, was ich mir wünsche – schon sehr bald.«

Als sie die eiserne Entschlossenheit aus seiner Stimme heraushörte, biß sie angstvoll in ihre Lippen und wandte sich ab. »Warum lassen Sie mich nicht in Ruhe? Was wollen Sie von mir?« Eine dumme Frage, dachte sie und fügte rasch hinzu: »Wie ich Ihnen bereits erklärt habe, möchte ich nicht heiraten – niemanden. Bitte, Sir, quälen Sie mich nicht länger!«

Ohne zu zögern, entgegnete er: »Kate, Sie bedeuten mir sehr viel. Wenn ich glauben müßte, Sie würden meine Gefühle nicht erwidern, würde ich mich zurückziehen – wenn auch widerstrebend. Dann wären Sie gezwungen, ein unglückliches Leben im Haus Ihres Vaters zu führen. Aber ich weiß, daß ich Ihnen nicht gleichgültig bin. Jener Kuß hat Sie verraten. Und Sie genießen es, wann immer ich Sie berühre.«

»Ganz egal, was Sie in meine Gefühle hineingeheimnissen – ich werde Sie nicht heiraten, Julien.«

»Doch.«

»Sie belügen sich selbst. Nur weil ich Sie abgewiesen habe, wollen Sie mich mit aller Macht erobern und Ihren verletzten männlichen Stolz befriedigen. Schauen Sie mich nicht so an! Wie können Sie den Wunsch hegen, eine Frau zu heiraten, die sich so heftig dagegen sträubt?«

»Aber Sie müssen mich heiraten. Sonst würden Sie Ihrem grausamen Vater niemals entkommen.«

Sie blickte auf seine Finger hinab, die ihr Handgelenk immer noch umschlossen. »Trotzdem möchte ich nicht heiraten.«

»Nun, das ist bedauerlich – und sicher nicht wahr. So oder so, Sie haben keine Wahl.«

»Julien, Sie können mir Ihren Willen nicht aufzwingen. Das hat auch mein Vater vergeblich versucht.«

»Mein Gott, glauben Sie, ich würde Sie jemals verletzen?«

»Sie haben mich gedemütigt. Und das war noch schlimmer als die Prügel meines Vaters.« Jetzt lockerte er den Griff seiner Finger, und sie riß sich hastig los. »Übrigens sollten Sie bedenken, daß mein Vater ein noch höheres Angebot erhalten könnte als Ihres, Sir. Dann wäre Ihr Investment in diese Farce völlig sinnlos.«

Am liebsten hätte er sie geschüttelt, bis ihre Zähne klapperten. »Verdammt, Kate, seien Sie nicht so albern! Ich habe Ihre Possen lange genug ertragen. Hören Sie endlich auf, meine Nerven zu strapazieren! Sonst bringe ich Sie gewaltsam nach Southampton an Bord meiner Yacht. Wenn Sie meine Gesellschaft ein paar Tage genossen haben, werden Sie mich bereitwillig heiraten.«

»Da Sie ein berüchtigter Wüstling sind, würde das gewiß zu Ihrem Stil passen. Aber ich lasse mich nicht so behandeln. Also vergessen Sie Ihre Drohungen.«

Mühsam beherrschte er sich. Warum schaffte sie es immer wieder, seine Selbstkontrolle zu gefährden? Jedenfalls würde sie ihn niemals langweilen. Daß es ihm so gründlich mißglückte, sie einzuschüchtern, ärgerte und amüsierte ihn gleichermaßen.

Sie betrachtete sein Schweigen als Eingeständnis seiner Niederlage. Endlich hatte sie ihn übertrumpft. Aber es war ein Sieg, der ihr beinahe Tränen in die Augen trieb.

»Guten Abend, Miß Brandon – Julien. Hoffentlich gefällt dir die Aufführung, mein Freund. Und Sie, Miß Brandon? Ich nehme an, Sie fühlen sich wohl in London?«

Verwirrt hob sie den Kopf, und Julien verfluchte Hughs unwillkommene Ankunft. Trotzdem zwang er sich zu einem Lächeln. »Freut mich, dich wiederzusehen, Hugh. Möchtest du dich zu uns setzen? Kate und ich diskutieren gerade über die Vorzüge einer kleinen Kreuzfahrt.«

»Ah, du meinst deine schöne *Fair Maid* unten in Southampton. Eine sehr elegante Yacht, Miß Brandon.« Erst jetzt bemerkte Hugh ihre geröteten Wangen, und ein Blick in Juliens Gesicht verriet ihm, daß sein Freund ihn zum Teufel wünschte. »Ah, dort drüben winkt mir jemand zu. Nun werde ich mich verabschieden. Miß Brandon, es war mir ein Vergnügen.«

Ehe er die Loge verlassen konnte, erwachte Lady Bellingham. »Ah, Lord Launston! Was für eine nette Überraschung! Ich muß kurz eingenickt sein. Haben Sie Katharine und Julien Gesellschaft geleistet, mein Lieber?«

Hugh schaute seinen Freund unbehaglich an und verneigte sich. »Guten Abend, Lady Bellingham. Gerade wollte ich gehen ...«

»Weil er dort drüben einen Bekannten entdeckt hat«, fiel Julien ihm belustigt ins Wort.

Kate wandte sich zu Hugh und schenkte ihm ihr charmantestes Lächeln. »Bleiben Sie doch noch eine Weile bei uns, Sir. Das wird Ihr Freund dort drüben sicher verstehen.«

»Zweifellos«, stimmte Lady Bellingham zu. »Kommen Sie, setzen Sie sich zu mir und erzählen Sie mir die neuesten Klatschgeschichten.« Einladend klopfte sie auf den leeren Stuhl an ihrer Seite, und der arme Hugh mußte ihr wohl oder übel gehorchen.

Allzulange konnte Kate ihren Triumph nicht auskosten. Obwohl Hugh sehr schlank war, sahen sie sich in der beengten Loge gezwungen, die Stühle näher zusammenzurücken. Juliens Schenkel preßte sich an ihren und erzeugte sonderbare, prickelnde Gefühle, die ihr mißfielen. Glücklicherweise erloschen in diesem Augenblick die Lichter, der zweite Akt begann, und Hugh eilte aus der Loge.

Julien hatte Kates Unruhe gespürt. Zufrieden lehnte er sich zurück. Während der restlichen Aufführung schwelgte er in verschiedenen angenehmen Visionen. In allen spielte Kates nackter Körper die Hauptrolle. Sie lag in seinem Bett, das prachtvolle Haar auf dem Kissen ausgebreitet, und er neigte sich zu ihr hinab. Lächelnd schlang sie die Arme um seinen Hals.

Hätte man ihn später nach seiner Meinung über Kembles Macbeth gefragt, wäre er unfähig gewesen zu antworten.

Am nächsten Tag erwachte Kate gegen zwölf Uhr. Obwohl sie erst um ein Uhr schlafen gegangen war, fühlte sie sich erstaunlich frisch und munter. Sie stand auf, schob ihre Füße in die Pantoffel und zog einen Morgenmantel an. Gegen ihren Willen dachte sie an Julien und riß etwas zu vehement am Glockenstrang.

Wenig später kam Eliza ins Zimmer, ein Tablett mit heißer Schokolade und knusprigen Brötchen in den Händen. »Guten Morgen, Miß Katharine. Soeben hat die Köchin diese Brötchen für sie gebacken. Die sind noch warm.«

»Danke, Eliza.«

»Vorhin war ich bei Madame Giselle und habe Ihr neues grünes Samtkleid geholt, gerade rechtzeitig für den Abend im Almack's. Lady Bellingham muß mit Engelszungen geredet haben. Sonst wäre es sicher noch nicht fertig.«

Das knusprige Brötchen, in das Kate gebissen hatte, schien sich plötzlich in einen trockenen Sandklumpen zu verwandeln. Um ihren Zorn zu verbergen, senkte sie den Kopf. Ein Abend im Almack's, an Juliens Seite ... Nur zu gut konnte sie sich die neugierigen Blicke und getuschelten Kommentare vorstellen. »Also hat Lady Bellingham vor, heute abend mit mir ins Almack's zu gehen?«

»O ja. Walpole ist schon ganz aus dem Häuschen und überlegt krampfhaft, wie sie Ihre Ladyschaft frisieren soll. Setzen Sie sich doch bitte an den Toilettentisch, Miß Katharine.« Eliza ergriff eine Büste und begann, Kates zerzaustes Haar zu entwirren. Zu ihrer geheimen Freude war Lady Bellinghams Zofe Walpole eifersüchtig, weil dem Hausgast ein eigenes Mädchen zur Verfügung stand.

Zum Teufel mit Julien, dachte Kate und knallte ihre Schokoladentasse auf das Tablett. Natürlich durfte sie sich nicht weigern, die gute Lady ins Almack's zu begleiten, und das wußte er.

Ohne die Wut ihrer Herrin zu bemerken, bürstete Eliza hingebungsvoll die langen dunkelroten Locken und delektierte sich immer noch an Walpoles Neid. »Wenn Sie einverstanden sind, stecke ich Ihr Haar auf dem Oberkopf fest, Miß Katharine, in vielen winzigen Ringellöckchen. Dann werden Sie heute abend alle anderen Damen ausstechen.«

15

Viel zu schnell verging der Tag. Kate wanderte rastlos in ihrem Zimmer umher, schüttelte wütend ihre Faust in die Richtung des Grosvenor Square und verfluchte sich selbst, weil sie keine Lösung für ihr Problem fand. Wie sollte sie sich gegen den Earl wehren?

Eliza riß sie aus ihren Gedanken und meldete, ein junger Gentleman wünsche Miß Katharine zu sprechen. »Seinen Namen hat er nicht genannt. Aber er sagte, Sie würden ihn sicher gern empfangen. So ein hübscher, netter Mann ...«

Verwirrt tastete Kate über ihre Frisur, strich ihr Kleid glatt und eilte nach unten.

»Harry!« Ein paar Sekunden lang blieb sie wie erstarrt auf der Schwelle des Salons stehen, bevor sie sich in die Arme ihres Bruders warf. »Oh, ich freue mich so!« Endlich hatte sie einen Verbündeten gefunden, der ihr helfen würde, dem Earl zu entrinnen.

Sanft schob er sie von sich und musterte sie. »Das Großstadtleben tut dir offensichtlich gut«, meinte er und betrachtete wohlgefällig ihr modisches gelbes Musselinkleid. »Wie fantastisch du aussiehst! Ich bin sehr stolz auf dich.«

»Ach, ich würde lieber meine alten Breeches tragen«, seufzte sie und umarmte ihn wieder.

»Hör auf, mich wie eine Orange zu zerquetschen! Du ruinierst meine neue Weste.«

Lachend trat sie zurück. »Du bist ja wahnsinnig elegant. Wirklich, diese gelben Streifen blenden mich geradezu.«

»Nun, du hattest schon immer einen guten Geschmack. Und da du zudem ein kluges Mädchen bist, errätst du sicher, warum ich hier bin. Ich möchte dir gratulieren. Natürlich war ich völlig verblüfft, als Vater mir mitteilte, du hättest den Earl of March eingefangen. Was für eine fabelhafte Partie!« Zunächst hatte er die Neuigkeit kaum glauben können. Seine kleine Schwester – und der Earl ... Aber so, wie sie jetzt vor ihm stand, nach der neuesten Mode gekleidet, eignete sie sich zweifellos zur Countess.

»Vater hat dir geschrieben?«

»Schau nicht so überrascht drein! Natürlich hat er mich informiert. Komm, setzen wir uns. Oder willst du deinen Gast mitten im Zimmer stehen lassen? Ich erzähle dir alles, und dann will ich hören, wie du den Earl erobert hast.«

Wütend biß sie die Zähne zusammen. Aber als sie das arglose Lächeln ihres Bruders sah, hielt sie den Mund. Nachdem sie Sherry eingeschenkt hatte, nahmen sie Platz. »Also, was hat Vater dir geschrieben?«

»Letzte Woche erhielt ich seinen Brief. Er erklärte mir, der Earl würde dir vor der Hochzeit gern einen gewissen städtischen Schliff beibringen.«

Beinahe verschluckte sie sich an ihrem Sherry.

»Beruhige dich, Kate. Wahrscheinlich kannst du dein Glück noch gar nicht fassen.«

»Allerdings nicht ... Was hat Vater dir sonst noch geschrieben?«

»Er erwähnte die finanziellen Vereinbarungen, die er mit seinem künftigen Schwiegersohn getroffen hat. Kaum zu glauben! Der Earl bezahlt alle unsere Schulden. Und er will mir sogar ein Offizierspatent kaufen. So etwas hätte ich mir nie im Leben träumen lassen!« Sie ahnte, wie er sich in seiner Fantasie sah – auf einem majestätischen schwarzen Kavalleriepferd, in einer schneidigen Husarenuniform. Damit traf sie den Nagel auf den Kopf. Nur mühsam verdrängte er die wundervolle Vision und fuhr fort: »Außerdem hat Vater mir Geld geschickt. Also habe ich mich neu ausstaffiert, bin nach London gefahren und heute morgen eingetroffen.«

»Schon heute morgen? Jetzt ist Nachmittag. Warum bist du nicht sofort zu mir gekommen?«

In brüderlicher Zuneigung tätschelte er ihre Hand. »Sei mir nicht böse. Selbstverständlich hielt ich es für meine Pflicht, zuerst meinen künftigen Schwager aufzusuchen.«

»Deinen – *was?*«

»Ich war beim Earl«, erläuterte er geduldig. »Was für ein grandioses Haus! Aber du kennst es ja.« Im Augenblick fühlte sie sich außerstande, zwei und zwei zusammenzuzählen. Deshalb widersprach sie nicht, und Harry fügte unbefangen hinzu: »Der Earl ist verdammt nett, Kate. Kein bißchen eingebildet oder gönnerhaft. Zwei Stunden lang haben wir über das Regiment diskutiert, dem ich mich bald anschließen möchte, und natürlich auch über andere Dinge ...« Verwirrt verstummte er, als ihm auffiel, wie still sie dasaß. Das paßte nicht zu ihr. War sie denn nicht glücklich?

Nach einer Weile brach Kate ihr Schweigen. »Bist du mit dieser Heirat einverstanden?«

»Welche Frage!« Forschend schaute er sie an. »Stimmt was nicht? Raus mit der Sprache!«

Sicher würde er sie für verrückt halten, wenn sie ihm gestand, allein schon der Gedanke, Julien zu heiraten, sei ihr ein Greuel. Und wie konnte sie ihren Bruder enttäuschen, dem der Earl den größten Herzenswunsch erfüllen wollte?

»Was ist denn los mit dir, Kate? Was bedrückt dich? Hast du Angst, du wärst dem Earl nicht gewachsen?«

Nervös schlang sie die Finger ineinander. Da Harry der einzige Mensch auf dieser Welt war, der ihr etwas bedeutete, wollte sie seine Liebe nicht verlieren. Sie zwang sich zu einem Lächeln. »Wie du weißt, bin ich jedem Mann ebenbürtig. Habe ich dich nicht oft genug im Duell getötet?« Um weiteren Kommentaren über ihre Heirat zuvorzukommen, fügte sie hinzu: »Heute abend gehen wir ins Almack's. Begleitest du uns?« Wenn Harry sich anschließen würde, wäre ihre Beziehung zu Julien nicht so offenkundig.

»Ins Almack's?« rief er fassungslos. »Wie gräßlich! Nein, das ist nicht mein Stil. Da habe ich eine bessere Idee. Reiten wir morgen vormittag aus. Der Earl hat mir eins seiner Pferde angeboten. Wollen wir den Hyde Park erforschen und uns unter die vornehme Gesellschaft mischen?«

Das schlug dem Faß den Boden aus. »O Harry, du kannst unmöglich ein Pferd des Earls benutzen.«

»Sei nicht albern. Immerhin wird er in einer Woche mein Schwager sein.«

In einer Woche? Julien hatte bereits einen Termin festgesetzt? Fröhlich klatschte Harry in die Hände. »Kaum zu glauben! Meine kleine Schwester, der Wildfang – eine Countess! Aber das verdienst du.«

Kate war noch nie in der King Street gewesen, und die Häuser, das Almack's eingeschlossen, erschienen ihr nicht so großartig wie erwartet. Nach all den Lobeshymnen hatte sie gedacht, sie würde ein so imposantes Gebäude wie das Carlton House erblicken. Aber sobald sie die riesige Halle betrat, änderte sie ihre Meinung. Hier brannten zahllose Kerzen, und hochnäsige Lakaien erweckten den Eindruck, sie würden den Besuchern einen Gefallen tun, wenn sie ihnen Zutritt gewährten. Offensichtlich befand sie sich im Allerheiligsten der Londoner Gesellschaft. Während Julien ihr den Umhang abnahm, drangen Walzerklänge aus einem der Säle.

Beklommen fragte sie sich, wie viele Leute ihre Ankunft am elegant gekleideten Arm des Earls beobachten würden. Doch sie wußte wenigstens, wie gut sie in ihrem grünen Samtkleid mit dem schmalen Rock aussah, das ihre schlanke Figur zur Geltung brachte. Eine Borte aus weißer Valenciennes-Spitze betonte die hohe Taille. Unbewußt berührte sie die exquisiten, in Gold gefaßten Smaragde an ihrem Hals. Dazu trug sie passende Ohrgehänge und ein Armband. Es war sehr freundlich von Lady Bellingham gewesen, ihr diesen schönen Schmuck zu leihen, der einen mysteriösen grünen Glanz ausstrahlte und ihre helle Haut hervorhob.

Als Julien sich wieder zu ihr wandte, las sie unverhohlene Bewunderung in seinen Augen und hatte endlich das Gefühl, eine gewisse Macht auf ihn auszuüben. Kühl erwiderte sie seinen Blick. Soll er mich doch bewundern, dachte sie und zuckte gleichmütig die Achseln.

Julien führte Lady Bellingham und Kate in einen Raum mit hoher Decke, wo die funkelnden Juwelen und schimmernden Gewänder mehrerer Tanzpaare mit flackernden Kerzen wetteiferten. An den weißen Wänden standen Stühle, mit burgunderrotem Brokat bezogen. Die meisten waren von älteren Damen besetzt, die sich lebhaft unterhielten.

Nachdem sich ein stattlicher weißhaariger Lakai geräuspert und die Namen der drei Neuankömmlinge verkündet hatte, schien das Orchester leiser zu spielen. Alle Blicke richteten sich auf Julien und seine Begleiterinnen. Das überraschte ihn nicht. Schon vor einigen Tagen hatte sich herumgesprochen, daß er ein unbekanntes Mädchen vom Land heiraten wollte.

Lächelnd geleitete er die beiden Damen zum anderen Ende des Saals, wo die vier Schirmherrinnen des Almack's Hof zu halten pflegten. An diesem Abend waren nur die Countess Lieven und Mrs. Drummond Burrell zugegen. Die schwarzhaarige Countess, die Gemahlin des russischen Botschafters, starrte Kate neugierig an. Höflich begrüßte Lady Bellingham die Schirmherrinnen, die sie seit vielen Jahren kannte, und überließ es Julien, die junge Dame vorzustellen.

Bei beiden Schirmherrinnen überaus beliebt, verneigte

er sich und begann in freundschaftlichem Ton: »Countess, Mrs. Burrell – darf ich Ihnen Miß Katharine Brandon präsentieren … Sie ist erst vor kurzem nach London gekommen und besucht das Almack's zum erstenmal.«

Die Countess, eine strahlende Erscheinung in rosa Satin, betrachtete Kate nicht unfreundlich. Aber Mrs. Drummond Burrell musterte sie von oben herab, und ihre eisigen Augen schienen sie zu durchbohren. Das brachte Kate auf eine Idee, die sie sofort in die Tat umsetzte. »Seltsam – das Almack's ist gar nicht so elegant, wie ich dachte.«

Entsetzt schnappte Lady Bellingham nach Luft und wäre am liebsten im Erdboden versunken. Julien ließ nicht erkennen, ob er Kates Bemerkung sonderbar fand. Lässig stand er da und wartete die weiteren Ereignisse ab. Falls sie einen Skandal heraufbeschwor, würde es ihm in seiner gehobenen gesellschaftlichen Position gelingen, die Wogen zu glätten. Und wenn man sie beide wie Aussätzige behandeln würde, wäre er keineswegs unglücklich.

Die Countess wandte sich erwartungsvoll zu Mrs. Drummond Burrell, die reglos dasaß. Hochmütig reckte Kate das Kinn vor. Mit ihrem dreisten Kommentar hatte sie Julien sicher in arge Verlegenheit gebracht. Wenn sie ihm oft genug zeigte, daß sie kein willenloses, unbeholfenes Mädchen war, das nach seiner Pfeife tanzte, würde er sie vielleicht aufs Land zurückschicken.

Zur Verblüffung aller Anwesenden lächelte Mrs. Drummond Burrell. Die stolzeste Frau in der Londoner Gesellschaft hatte eine verwandte Seele gefunden. An schüchterne Debütantinnen und Damen ihres eigenen Rangs gewöhnt, die ihre scharfe Zunge fürchteten, stand ihr endlich ein Mädchen gegenüber, das keine Angst zeigte und sie sogar provozierte. Was für eine erfreuliche Abwechslung … Obwohl sie glaubte, sie hätte ihren Humor längst verloren, lächelte sie belustigt. »Da haben Sie recht, meine Liebe. Aber das Almack's ist nun mal eine altehrwürdige Institution – sozusagen ein Schrein. Und wenn Ihnen die Räume mißfallen, sollten Sie das nicht so wichtig nehmen und sich lieber auf die Leute konzentrieren, die Sie hier treffen werden.«

Kate ahnte, welch ein strenges Regiment Mrs. Drummond Burrell in der Londoner Gesellschaft führte, und sie war ein bißchen enttäuscht über die sanfte Antwort. Vermutlich zählte diese Dame zu Juliens treuen Anhängerinnen, die seiner ›Braut‹ uneingeschränktes Wohlwollen entgegenbrachten. Kate schaute sich langsam um. »In der Tat, Ma'am, ein Schrein – oder eher ein Relikt aus ferner Vergangenheit, was wohl auch für die meisten Anwesenden gilt ...« Sie hätte noch mehr gesagt. Aber ihr Blick streifte Lady Bellinghams Gesicht, das fast so rot war wie der Rubin an ihrer rechten Hand. Natürlich soll meine gesellschaftliche Ächtung nicht auf die gute Frau abfärben, dachte Kate. Deshalb schwieg sie, zuckte die Achseln und wandte sich ab.

16

Das unkonventionelle Mädchen amüsierte Mrs. Drummond Burrell, obwohl sie ebenso beleidigt worden war wie die Mehrzahl der Gäste. »Bleiben Sie doch noch ein wenig da, meine Liebe«, bat sie, was der Countess Lieven den Atem raubte, »und unterhalten Sie sich mit mir. Sicher wird mir der Earl Ihre Gesellschaft nicht mißgönnen.«

Beinahe hätte Julien laut gelacht, als er Kates Verwirrung bemerkte. Statt dessen verneigte er sich und erwiderte leichthin: »Sie erweisen Miß Brandon eine große Ehre, Ma'am, und ich überlasse sie Ihnen sehr gern.«

»Mein lieber St. Clair, ich nehme an, Sie trennen sich nur widerstrebend von Ihrer Braut. Aber ein paar Minuten werden Sie gewiß verkraften.«

Lächelnd wandte sich Julien zu Lady Bellingham, die Mund und Nase aufsperrte. »Komm, Bella. Erfrischen wir uns mit einem Glas Mandelmilch.« Bereitwillig nahm sie seinen Arm und ließ sich davonführen.

Kate verstand nicht, warum es ihr mißlungen war, in Ungnade zu fallen. Soeben hatte sie eine Ikone der Londoner Gesellschaft schwer beleidigt. Und die Dame wollte trotzdem mit ihr reden. Resignierend setzte sie sich neben Mrs. Drummond Burrell und gab ihre arrogante, gleichgültige Pose auf. Sie beantwortete die Fragen der Dame freimütig und unbefangen, und sie fand es etwas seltsam, daß die Countess Lieven sie fast ehrfürchtig anstarrte.

Aber dann zuckte sie erschrocken zusammen.

»Meine Liebe, an Ihnen wirken die St.-Clair-Smaragde so exquisit, als wären sie eigens für Sie gemacht worden«, meinte Mrs. Drummond Burrell. »Am unscheinbaren Hals Ihrer künftigen Schwiegermutter Caroline sahen sie immer wie schwere grüne Steine aus.« Ohne Kates gerötete Wangen zu bemerken, zählte sie weitere Nachteile der Witwe auf, die sie als albernen Schwächling betrachtete.

Nur mühsam konnte Kate ihre Wut über Juliens tückisches Manöver verbergen. Und wie niederträchtig von Lady Bellingham, ihr zu verheimlichen, daß die Smaragde dem Earl gehörten ... Da sie nichts zu sagen wußte, senkte sie den Kopf.

In diesem Augenblick kehrte Julien zurück. Mrs. Drummond Burrell tätschelte Kates Hand. »Ah, da kommt Ihr Verlobter, meine Liebe. Jahrelang war der charmante Earl of March ein begehrter Junggeselle und die Zielscheibe kupplerischer Mütter. Nun darf er sich glücklich schätzen, denn er wird eine bezaubernde Countess heimführen. Hoffentlich werden wir uns möglichst oft begegnen, mein Kind, denn ich weiß Ihre erfrischende Beobachtungsgabe zu würdigen.«

Julien hörte die letzten Worte und lächelte Kate liebevoll an, was den beiden Schirmherrinnen nicht entging. Für einen kurzen Moment fühlten sie sich in jene Zeit zurückversetzt, die ihnen selbst solche Freuden beschert hatte.

»Ma'am, natürlich stimme ich Ihnen zu. Ich halte mich für den glücklichsten aller Männer.« Höflich reichte er Kate die Hand, und sie stand auf.

Mrs. Drummond Burrell nickte ihr zu. »Nach der Hochzeitsreise erwarte ich Sie wiederzusehen, meine Liebe.«

Wenn es ihr auch nicht bewußt wurde – von diesem Augenblick an war Kates gesellschaftlicher Erfolg gesichert. Alle Anwesenden hatten ihr vertrauliches Gespräch mit Mrs. Drummond Burrell zur Kenntnis genommen. Während Julien sie mit einigen Leuten bekannt machte, begegnete man ihr freundlich und respektvoll. Da sie vor Wut kochte, beantwortete sie die Fragen knapp und kühl. Trotzdem bemühten sich zahlreiche Ladies und Gentlemen, die hochnäsige, aber äußerst interessante Miß Brandon kennenzulernen. Diese Arroganz erregte allgemeine Verwunderung. Angeblich war sie nur dic Tochter eines einfachen Baronets und würde nicht einmal eine Mitgift erhalten.

Als das Orchester einen Walzer anstimmte, wandte sich Julien zu den beiden Schirmherrinnen und zog fragend die Brauen hoch. Huldvoll nickte Mrs. Drummond Burrell ihm zu. »Kommen Sie, Kate. Wie Sie sicher bemerkt haben, braucht man die Erlaubnis der Schirmherrinnen, um Walzer zu tanzen, und die wurde mir soeben erteilt.« Er wirbelte sie im Takt der heiteren Musik umher und fühlte, wie sich ihr Körper allmählich entspannte. Anmutig folgte sie seiner Führung. Nach einer Weile neigte er sich zu ihr hinab. »Ersparen Sie mir heute abend Ihre scharfe Zunge, mein widerspenstiger kleiner Zankteufel?«

Ruckartig hob sie den Kopf. »Verdammt, Sir, das ist kein Spiel. So leicht wie Petruchios Katharina lasse ich mich nicht herumkriegen – diese feige Person, die keinerlei Rückgrat zeigt!«

Julien umfaßte ihre Taille noch fester und beobachtete zufrieden, wie ihr das Blut in die Wangen stieg. »Obwohl sie ein unschuldiges Mädchen sind, wissen wir beide, daß hinter Ihrer kühlen Fassade ein leidenschaftliches Feuer brennt. Das sollten Sie sich eingestehen. Hören Sie auf, mich zu bekämpfen. Und fürchten Sie die Freuden nicht, die ich Ihnen bieten werde.«

So offen hatte er noch nie mit ihr gesprochen. Plötzlich verspürte sie eine sonderbare Schwäche und versuchte, sich loszureißen. Aber er hielt sie eisern fest. »Geben Sie den Leuten keinen Anlaß, Klatschgeschichten zu verbreiten. Wir sind verlobt und in den Augen aller Anwesenden ein glückliches Paar. Glauben Sie mir, ich werde behutsam mit Ihnen umgehen. Und wenn wir uns vereinen, werden Sie vor Entzücken weinen.«

»Reden Sie nicht so mit mir, Sie elender Schuft!«

»Also möchten Sie den Kampf fortsetzen? Auch das werde ich genießen, zumindest für eine kleine Weile.«

»Ich hasse Sie, Julien. Und halten Sie mich bloß nicht für eine Närrin! Ich weiß sehr gut, wem diese Smaragde gehören. O Gott, wie ich Sie hasse!«

»Meine Liebe, Sie wiederholen sich. Wollen Sie Ihren künftigen Ehemann langweilen?«

Seine Stimme klang so ruhig und gelassen, als versuchte er, eine begriffsstutzige Schülerin zu belehren. Weil ihr die Worte fehlten, starrte sie schweigend mit schmalen Augen über seine linke Schulter hinweg.

»Darf ich Ihnen zu der ungewöhnliche Konversation mit Mrs. Drummond Burrell gratulieren, Kate? Sicher hofften Sie, das Mißfallen dieser Dame zu erregen. Statt dessen war sie hoch erfreut, weil sie endlich jemanden traf, der sich mit ihrer Arroganz messen kann. Aber eins muß ich klarstellen. Wenn sie uns beide verflucht und aus dem Almack's verbannt hätte, wär's mir völlig egal gewesen. Ich will nur Sie – sonst nichts. Und ich werde Sie für mich gewinnen.«

»Warum quälen Sie mich so?« flüsterte sie verzweifelt.

In diesem Augenblick fühlte er sich versucht, seine Strategie aufzugeben und Kate liebevoll zu trösten. Doch das wäre falsch gewesen. »Was wollen Sie? Soll ich Ihnen schmachtend zu Füßen sinken wie dieser närrische Bleddoes und mich von Ihren Launen tyrannisieren lassen? O nein, meine Liebe, Sie brauchen eine starke Hand, und ich bin genau der richtige Mann für Sie.«

»Was Sie da sagen, werden Sie noch bitter bereuen.«

Statt zu antworten, zog er eine Braue hoch und wirbelte Kate immer schneller umher, bis sie nach Atem rang. Endlich war der Walzer beendet. Kate sah einen jungen Offizier auf sich zukommen, der sie in schüchterner Bewunderung musterte und sie an Harry erinnerte. Freundlich erwiderte sie sein Lächeln.

»Noch ein Bleddoes, Kate«, bemerkte Julien. »Bitte, brechen Sie ihm nicht das Herz, nur um mich zu ärgern.«

Er winkte den jungen Mann heran, der unsicher fragte: »Macht's Ihnen was aus, wenn ich mit Miß Brandon tanze, Sir?«

»Keineswegs. Meine Braut schwärmt für Männer in Uniform, weil ihr Bruder bald zur Kavallerie gehen wird.«

»Sir, Sie sollten *mich* fragen, ob ich mit Ihnen tanzen will«, mischte sie sich ein.

»Verdrehen Sie ihm nicht den Kopf, Kate«, mahnte Julien, als sie den Arm des Offiziers ergriff und mit ihm davonging.

Wehmütig beobachtete Julien, wie sie mit dem jungen Mann flirtete. Das tat sie nur, um ihn zu erzürnen. Niemals würde ihn dieses Mädchen langweilen, das völlig neue Gefühle in ihm erregte. Und er wußte, daß es in seinem Leben keine andere Frau geben würde.

»Das ist also die faszinierende junge Dame, die du heiraten willst, Julien?«

Er wandte sich zu seiner Tante, Lady Mary Tolford. »Guten Abend, liebe Tante, heute siehst du ganz reizend aus. Ja, das ist Miß Katharine Brandon. Kennst du ein schöneres Mädchen?«

»Nun, was die Frauen betrifft, hast du den guten Geschmack deines Großvaters geerbt. Zweifellos ist sie hübsch, aber viel zu dünn. Das könnte sich ungünstig auf ihre künftige Mutterschaft auswirken. Und sie hat so lange Beine wie ein Junge. Was die Hüften angeht – die lassen sich schwer beurteilen. Was glaubst du? Ist sie bereit, dir viele Kinder zu schenken?«

»Jetzt schockierst du mich, Tantchen. Wir sind noch nicht einmal verheiratet, und du malst dir bereits die Schwangerschaft meiner Verlobten aus.«

»Wundert dich das? Du brauchst endlich einen Erben.«

»Keine Bange. Obwohl ich dir nicht sagen kann, wie breit Katharines Hüften sind, wirst du innerhalb eines Jahres meinen Erben im Arm halten. Zufrieden?«

»Ja, gewiß. Hast du deine Mutter schon über deine Heiratspläne informiert? Wahrscheinlich hat sie einen hysterischen Anfall bekommen.«

An diesem Nachmittag hatte Julien seine Mutter besucht, und als sie erfuhr, er würde eine Brandon heiraten, verlangte sie atemlos nach ihrem Riechsalz. Er hatte eine gute halbe Stunde gebraucht, um sie zu besänftigen.

»Ja, Tantchen, ich war bei Mutter, und – nein, sie bekam keinen hysterischen Anfall. Mit Hilfe ihres Riechsalzfläschchens konnte ich sie beruhigen.«

Entzückt stellte sich Lady Mary, Juliens Lieblingsverwandte, den Schock ihrer Schwägerin vor. In letzter Zeit besuchte sie Lady Caroline immer seltener, da die Witwe zur Hypochondrie neigte und nur ein einziges Gesprächsthema kannte – ihre diversen Wehwehchen.

»Wenn du mich jetzt entschuldigen würdest, liebe Tante – ich muß diesem jungen Kerl meine Verlobte entreißen. Sonst schenkt sie ihm womöglich ihr Herz, und du mußt noch länger auf meinen Erben warten.«

»Dann mach, daß du wegkommst, du Schurke!«

Julien tanzte drei Walzer mit Kate. Wenn ein unverheiratetes Paar zwei Walzer tanzte, gab es bereits Anlaß zu wilden Spekulationen. Und nach dem dritten Walzer stand die Verlobung fest. Er fragte sich, wann Kate das herausfinden und ihn verfluchen würde. Hoffentlich bald. Er freute sich schon auf die amüsante Szene.

Offenbar wurde sie nicht über die Bedeutung der drei Walzer informiert, denn sie verharrte während des restlichen Abends in eisigem Schweigen und ignorierte alle seine provozierenden Kommentare.

Als er ihr beiläufig mitteilte, er habe eine Sonderlizenz beantragt, damit sie in einer Woche heiraten könnten, und ihre Aussteuer würde am nächsten Morgen in Lady Bellinghams Haus eintreffen, blieb sie stumm. Zunächst dachte er, sie würde eine neue Taktik anwenden. Aber dann sagte er sich, daß sie vielleicht endlich zur Vernunft gekommen war und sich in ihr Schicksal fügte. Sie hatte ohnehin auf verlorenem Posten gekämpft.

Gegen Mitternacht brachte er Lady Bellingham und Kate nach Hause.

Erst später, in seinem breiten, bequemen Bett, sorgte er sich um das Verhalten seiner Braut. Sie war so still gewesen, so sanftmütig. Und sie hatte zu schnell kapituliert. Irgendwas stimmte da nicht. In dieser Nacht schlief er sehr unruhig.

Kate schlief überhaupt nicht, denn sie war vollauf damit beschäftigt, ein paar Sachen einzupacken und Pläne zu schmieden. Hätte der junge Offizier geahnt, auf welche Gedanken er die schöne junge Dame bringen würde, wäre seine Lobeshymne auf Paris nicht so enthusiastisch ausgefallen. Bei jenem Tanz hatte sie ihm nur mit halbem Ohr zugehört und unentwegt Juliens Blick gespürt. Aber ihr strahlendes Lächeln ermutigte den jungen Mann, von seinen Abenteuern in Paris zu schwärmen, das endlich von Napoleons Herrschaft befreit war. Die Heiterkeit der Franzosen hatte ihn verblüfft, ebenso der neue Wohlstand in Louis' Ära, vor allem aber die Begeisterung der Pariser für die Engländer, die sie als ihre Befreier betrachteten.

Erst später, während sie ein Glas Mandelmilch trank, erkannte sie, was die Worte des Offiziers für sie bedeuten mochten. Nun hatte sie lange genug nach Juliens Pfeife getanzt, nicht nur auf dem Parkett des Almack's. Sie mußte endlich die Initiative ergreifen. Warum sollte sie nicht nach Paris fahren? Sie würde nicht nur ihrem Vater, sondern auch dem Earl entrinnen und ihre ersehnte Freiheit genießen.

Sollte Julien mit der Heiratslizenz und der Aussteuer doch machen, was er wollte! Das alles interessierte sie nicht mehr.

Aber als sie nun ihre Reisevorbereitungen traf, bekam sie Angst vor der eigenen Courage. Ganz allein im Ausland, in einer völlig fremden Welt ... »Unsinn«, flüsterte sie, »ich muß mich nicht fürchten. Ich werde arbeiten, meinen Lebensunterhalt verdienen – und frei sein.« Glücklicherweise konnte sie sich auf Französisch verständigen, und sie besaß genug Fähigkeiten, um die Stelle einer Gouvernante anzutreten.

Sie legte ein paar Strümpfe zusammen und stopfte sie in ihren Handkoffer. Plötzlich erinnerte sie sich an die tausend Guineen, die der Vater ihr gegeben hatte. Dieses Geld, das für ihre neue Garderobe bestimmt gewesen war, stammte offensichtlich von Julien. Hätte sie doch schon damals gemerkt, was der Earl im Schilde führte ... Inzwischen hatte sie den Großteil der Summe ausgegeben. Sie entzündete eine Kerze und durchsuchte methodisch alle Schubladen der Kommode. Nachdem sie das gesamte restliche Geld gefunden hatte, setzte sie sich mit gekreuzten Beinen aufs Bett. Vier Guineen. Würde das für die Fahrt nach Paris und die ersten Tage reichen? Nun, sie mußte eben möglichst schnell Arbeit finden. Immerhin war sie eine Engländerin und gehörte dem Volk an, das die Franzosen neuerdings so liebten. Am nächsten Morgen würde sie mit einer Postkutsche zur Küste fahren und an Bord eines Schiffs gehen. Und wie sollte sie von Calais nach Paris gelangen? Nun, das würde sich finden. Darüber wollte sie sich vorerst nicht den Kopf zerbrechen.

Genüßlich malte sie sich den Skandal aus, den ihr Verschwinden heraufbeschwören würde. Und Julien … Endlich würde er bekommen, was er verdiente, und sie lauthals verfluchen, weil sie ihn zum Narren gemacht hatte.

Aber der arme Harry … Für ihn würde ihre Ehe mit dem Earl eine wundervolle Karriere bei der Kavallerie bedeuten. Ihre Flucht würde ihn in tiefste Verzweiflung stürzen. Vielleicht wollte er sie nie wiedersehen. Tränen brannten in ihren Augen, und ihr Entschluß geriet ins Wanken.

Dann sagte sie sich, daß sie an ihr eigenes Leben denken mußte. Sicher würde Sir Oliver das Geld für das Offizierspatent irgendwie auftreiben. Immerhin war Harry sein einziger, über alles geliebter Sohn.

Kurz vor dem Morgengrauen schlich sie aus ihrem Zimmer und eilte die Treppe hinab. Knarrend protestierte die Haustür, und Kate blieb erschrocken stehen. Hatte sie die Dienstboten geweckt?

Aber im Haus blieb alles still. Hastig zog sie die Kapuze ihres Umhangs über den Kopf und trat in die Nacht hinaus. Den Koffer in der Hand, lief sie über den Berkeley Square.

17

Nachdem sie ihr schäbiges Zimmer in der Rue Saint Germain 47 verlassen hatte, wanderte sie mit erzwungenem Enthusiasmus in den Jardin du Luxembourg, setzte sich auf eine Holzbank und zog das *Journal* aus ihrer Tasche. Eine Kinderstimme erregte ihre Aufmerksamkeit. Von seiner Kinderfrau verfolgt, lief ein kleiner Junge den Weg entlang. Dann schlenderten eine Dame und ein Herr vorbei, die ihre Köpfe zusammensteckten und sich vertraulich unterhielten.

Seufzend verfluchte Kate den romantischen Park und

schlug den Anzeigenteil ihres *Journals* auf. Offenbar fanden sich keine geeigneten Anwärter für die diversen Stellungen. Tag für Tag erschienen die gleichen Annoncen. Ein Metzgergehilfe wurde gesucht, ein Laufbursche – und eine gottverdammte Gouvernante.

Beim Anblick dieser Anzeige verdüsterte sich Kates Miene. Vor kurzem hatte sie sich hoffnungsvoll um diesen Posten beworben. In einem schlichten, hochgeschlossenen grauen Kleid, das Haar zu einem strengen Knoten hochgesteckt, ließ sie den Messingklopfer gegen die Tür des Hauses fallen, das in einem respektablen Pariser Stadtteil lag. Ein hochmütiger Butler fragte, was die ›junge Person‹ wünsche.

›Nun, die junge Person wünscht eine Stellung‹, hätte sie ihn am liebsten angeschrien. Doch das tat sie nicht. In stokkendem Französisch erwähnte sie die Annonce im *Journal*, worauf das ausgemergelte Gesicht des Mannes eine gewisse Verblüffung ausdrückte.

»Mademoiselle ist Engländerin«, konstatierte er überflüssigerweise und musterte sie mißtrauisch. »Sehr merkwürdig ... Ich werde Madame fragen, ob sie mit Ihnen reden will.«

Tapfer ertrug sie seine Arroganz und wartete. Wenig später wurde sie in einen großen, nicht besonders elegant eingerichteten Salon geführt. Madame Treboucher, höchst korrekt gekleidet, glich einem Bollwerk der Wohlanständigkeit. »Also, Sie sind eine englische junge Person«, begann sie. »Ihr Haar ist viel zu rot.«

Diesen beiden Feststellungen konnte Kate nicht widersprechen. Sie brachte ihr Anliegen vor. Danach schwieg Madame eine Zeitlang, musterte Kate von oben bis unten und verkündete schließlich, Mademoiselle sei viel zu jung für einen so verantwortungsvollen Posten. Außerdem dürfe keine rothaarige Engländerin im Haus herumlaufen, die womöglich Madames Ehemann und den Sohn verführen würde.

Da Kate ihren Zorn wegen mangelnder französischer Sprachkenntnisse nicht angemessen auszudrücken vermochte, eilte sie wortlos hinaus. Auf der Straße reckte sie die Fäuste zum Himmel empor und bat den Allmächtigen, die niederträchtige Frau grausam zu bestrafen – und den jungen Offizier, der im Almack's behauptet hatte, die Franzosen würden die Engländer lieben.

Die Flucht nach Frankreich war reibungslos verlaufen. Aber jetzt, eine gute Woche später, besaß sie fast kein Geld mehr. Allmählich geriet sie in Panik. Während sie auf der Parkbank saß, erinnerte sie ihr knurrender Magen an die Tatsache, daß eine Panik weder ihren Hunger stillen noch die Zimmermiete für eine weitere Woche bezahlen würde. Entschlossen konzentrierte sich wieder auf die Stellenanzeigen. Eine Putzmacherin in der Rue de la Bourgoine suchte eine Gehilfin. Von dem niedrigen Gehalt würde Kate kaum leben können. Aber sie hatte keine Wahl, und so prägte sie sich die Hausnummer ein.

Als sie aufblickte, sah sie einen hochgewachsenen, elegant gekleideten Gentleman auf sich zukommen und blinzelte ungläubig. Julien! Nein, unmöglich! Sollte ihre sorgfältig geplante und durchgeführte Flucht umsonst gewesen sein? Sicher nicht. Nur eine Sinnestäuschung, von Müdigkeit und Hunger hervorgerufen. Und die Sonne blendete sie ... Natürlich war es der Earl. »Verdammt!« schrie sie, sprang auf, und das *Journal* fiel unbeachtet zu Boden. Ehe sie davonlaufen konnte, wurde ihr schwindlig, und sie schwankte. Zwei starke Arme umschlangen sie, nicht allzu behutsam, und ihr Kopf sank an Juliens Schulter.

»Welch ein Zufall, daß wir uns hier treffen, Miß Brandon!« stieß er hervor. »Finden Sie das nicht seltsam?«

Widerstrebend sah sie zu ihm auf und ärgerte sich über die Tränen, die ihr in die Augen stiegen. »Das ist sicher kein Zufall«, erwiderte sie und riß sich mühsam zusammen. »Warum sind Sie hier? Wie haben Sie mich gefunden? Lassen Sie mich los!«

Jetzt nahm seine Stimme einen sanfteren Klang an. »Nein, ich umarme Sie sehr gern.«

Ihre Gegenwehr war zwecklos, denn er drückte sie noch fester an sich und legte sein Kinn auf ihren Scheitel. Schließlich gab sie den Kampf auf, erschöpft und von ihrem Hunger geschwächt, und empfand sogar eine unwillkommene Erleichterung, weil er sie aufgespürt hatte. Als er ein wenig von ihr abrückte und ihr Gesicht musterte, schluchzte sie: »Das bin nicht ich – diese armselige Heulsuse. Aber ich habe so lange nichts gegessen ...«

Lächelnd wischte er die Tränen von ihren Wangen. »Dieses Problem kann ich lösen.«

»Es wäre mir lieber, Sie würden verschwinden.«

»Seien Sie doch friedlich, Kate – zumindest, bis Sie sich satt gegessen haben. Mit leerem Magen sind Sie keine ebenbürtige Gegnerin.«

»Wäre ich doch nach Indien geflohen ...«

»Dort müßten Sie sich zu vieler Männer erwehren, die über eine schöne Engländerin herfallen würden. Und Sie wären ihnen schutzlos ausgeliefert. Hier brauchen Sie nur einen einzigen zu lieben – mich. So übel bin ich doch gar nicht. Wie man mir versichert hat, sehe ich ganz gut aus, und man hält mich für einen erstklassigen Liebhaber. Außerdem werde ich Ihnen stets die Treue halten. Aber darüber reden wir später. Gehen wir erst einmal in ein Café.«

Steifbeinig folgte sie ihm aus dem Park. »Julien, Sie können mich nicht zwingen, Sie zu heiraten. Wir leben nicht mehr im Mittelalter. Damals konnten die verwegenen Ritter ihre Bräute einfach entführen. Aber die Zeiten haben sich geändert. Was Sie verlangen, ist geradezu absurd.«

»Meinen Sie? Warten wir's ab.«

Sie schwieg, und er ahnte, wie schwer ihr das fiel. Seufzend betrachtete er das schöne Gesicht an seiner Seite. Er bewunderte ihren Stolz, obwohl er sie am liebsten geschüttelt hätte, um ihr diesen verdammten Eigensinn auszutreiben.

An jenem Morgen war Eliza atemlos in sein Frühstückszimmer gestürzt, um die Flucht ihrer Herrin zu melden. Da hatte er erkannt, warum Kate im Almack's so ruhig und fügsam gewesen war. Gewiß nicht, um ihre Kapitulation zu bekunden …

Er bat die Zofe, Lady Bellingham vorerst nichts zu verraten, und schickte mehrere Dienstboten zu den Londoner Postkutschen. Zwei Stunden später erfuhr er, eine junge Dame, auf die Kates Beschreibung passe, sei in den Wagen nach Dover gestiegen. Also wollte sie nach Frankreich reisen. Wäre er sich ihrer Liebe nicht sicher gewesen, hätte er ihren Entschluß – für eine junge Dame aus guter Familie ungeheuerlich – für ein eindeutiges Zeichen ihres Hasses gehalten.

Aber er wußte, was sie für ihn empfand. Nachdem sie im Haus ihres Vaters ein so schreckliches Dasein gefristet hatte, verstand er ihren Argwohn gegen den Mann, der sie heiraten wollte. Nun mußte die verdammte Hochzeit möglichst schnell stattfinden. Und danach würde er Kate beweisen, daß sie ihm vertrauen konnte.

Er besuchte Lady Bellingham, Percy und Hugh, um zu verkünden, er würde Miß Katharine Brandon in Paris treffen und dort heiraten. Dann hatte er eine Anzeige in die *Gazette* gesetzt und den Kanal überquert.

In Paris angekommen, spürte er Kate bald auf. Aber er trat nicht sofort an sie heran, in der Hoffnung, sie würde ihn nach diversen Enttäuschungen erleichtert begrüßen. Und als sie sich begegnet waren, hatte er tatsächlich geglaubt, Freude in ihren Augen zu lesen – wenigstens für einen kurzen Moment. Hätte er ihren Widerstand endgültig brechen wollen, wäre er noch länger im Hintergrund geblieben. Aber er hatte gewußt, daß sie sich in einer schwierigen Lage befand. Und er konnte sie nicht länger leiden lassen.

Er führte sie in ein kleines Café. Um die Aktivitäten zu verkraften, die er für diesen Tag und den Abend geplant hatte, mußte sie sich stärken.

Angesichts der vornehmen Gäste, die das Lokal betraten, eilte der Besitzer beflissen herbei, rückte der Dame einen Stuhl zurecht und wartete, bis der Herr ihr gegenüber Platz genommen hatte. Julien bestellte ein üppiges Frühstück für Kate und eine Tasse Kaffee für sich selbst.

Offenbar fand sie die karierte Tischdecke sehr interessant, denn sie zog ihre Handschuhe aus und zeichnete mit einer Fingerspitze das Muster nach.

»Diese Decke scheint Sie zu faszinieren«, bemerkte Julien.

»Oh, ich mochte Karos schon immer. Meine Mutter stammte aus Schottland, und der Tartan ihres Clans war rot, weiß und grün kariert.«

Wenig später kehrte der Wirt mit einem großen Tablett zurück. Kate begann heißhungrig die Rühreier mit Speck, gebratene Nieren und Toast zu verspeisen. Schließlich legte sie das Besteck beiseite, seufzte zufrieden und lehnte sich zurück.

»Sicher würden Sie sich gut mit meinem Freund Percy verstehen«, meinte Julien. »Der ißt genauso gern. Wenn wir nach London zurückkehren, werden Sie ihn kennenlernen.«

Bei jedem Bissen war ihr Selbstvertrauen gewachsen. Nun fühlte sie sich wieder stark und zuversichtlich. Warum war sie so albern gewesen, in Tränen auszubrechen? Sie betupfte ihre Lippen mit der Serviette, nahm einen letzten Schluck Kaffee und stand auf. »Vielen Dank für den ausgezeichneten Imbiß, Sir. Vielleicht können wir wieder miteinander frühstücken, wenn Sie das nächstemal nach Paris kommen.«

Blitzschnell packte er ihr Handgelenk. »Setzen Sie sich, meine Liebe.« Da er sie eisern festhielt, blieb ihr nichts anderes übrig, als zu gehorchen. »Vermutlich muß ich Sie ein paarmal hungern lassen. Sonst werde ich Sie wohl niemals zu einer fügsamen Ehefrau erziehen.« Erfolglos versuchte sie, sich loszureißen. »Geben Sie Ihren Widerstand auf, Kate. Oder soll ich den guten Wirt in Verlegenheit bringen, indem ich Sie über meine Schulter werfe und aus dem Café trage?«

Würde er das wirklich tun. Nein, unmöglich. Er war ein englischer Aristokrat und mußte sich an gewisse Anstandsregeln halten. Andererseits hatte er oft genug bewiesen, daß er vor nichts zurückschreckte. Also fügte sie sich in ihr Schicksal und sah ihn abwartend an.

»So gefallen Sie mir schon besser. Nun habe ich Ihnen etwas Wichtiges zu sagen, meine Liebe, und Sie müssen mir zuhören. Oder Sie werden Ihre Lage verschlimmern. Eine Woche lang habe ich ihre vergeblichen Bemühungen verfolgt, eine Stellung zu finden. Schauen Sie nicht so verwirrt drein. Dachten Sie tatsächlich, es würde mir schwerfallen, Sie aufzuspüren? Wie auch immer, ich ließ Sie eine Zeitlang gewähren, damit Sie merken, daß eine mittellose junge Dame – mag sie auch aus einer guten Familie stammen und einige Talente besitzen – wenig Chancen hat, auf ehrliche Weise ihren Lebensunterhalt zu verdienen. Ich hatte gehofft, nach Ihrem Gespräch mit Madame Treboucher würden Sie zur Vernunft kommen. Leider war das ein Trugschluß.«

»Wieso kennen Sie Madame Treboucher?« fragte sie entgeistert. »Oh, diese gräßliche Frau hat behauptet, mein Haar sei viel zu rot.«

»Da bin ich anderer Meinung. Aber warum sollte ich mit der energischen Dame streiten. Machen Sie den Mund zu, Kate. Natürlich habe ich jemanden beauftragt, Sie ständig beobachten.«

18

»Jetzt belügen Sie mich, Julien. Sie konnten doch unmöglich ...«

»Warum denn nicht? Glauben Sie, ich würde meine

Braut allein und schutzlos in einer Stadt wie Paris herumlaufen lassen? Übrigens sah ich Sie selbst aus Madames Haus kommen.«

Sie fühlte sich zutiefst gedemütigt. Also wußte er von all ihren Fehlschlägen. Verdammt, warum hatte er sie nicht früher aufgesucht, statt sich tagelang an ihren Mißerfolgen zu weiden? »Wie konnten Sie nur …«

»Was meinen Sie?« fragte er sanft.

Weil sie nichts zu sagen wußte, schwieg sie und schluckte den lächerlichen Klumpen hinunter, der in ihrer Kehle steckte.

»Möchten Sie nicht antworten, Kate?«

»Die ganze Zeit schauten Sie zu, wie ich mich zum Narren machte, und – und …«

O Gott, warum gestand sie nicht endlich, daß sie ihn liebte und gewünscht hatte, er würde ihr nach Paris folgen? »Nun haben wir genug über Ihre mißlungene Stellungssuche geredet. Befassen wir uns lieber mit der Zukunft. Wir gehen jetzt zu Mademoiselle Phanie, einer Putzmacherin, die einen eleganten Salon betreibt. Dort kaufe ich Ihnen Schuhe. Ein paar Kleider und andere Sachen habe ich schon für Sie besorgt. Aber ich kenne Ihre Schuhgröße nicht.«

»Was? Sie haben Kleider für mich gekauft?«

»Hoffentlich sind Sie mit meiner Wahl einverstanden. Mir gefällt ihre neue Garderobe sehr gut, die Tages- und Abendkleider, die Reitkostüme, die Unterröcke und Nachthemden …«

»Aber – warum?«

»Weil Sie das alles brauchen. Sobald wir die Schuhe erstanden haben, gehen wir in meine Hotelsuite, wo Sie Ihr Brautkleid anziehen werden. Starren Sie mich nicht so fassungslos an, meine Liebe. Um fünf erwartet man uns in der Botschaft. Ein englischer Geistlicher wird uns trauen.«

Obwohl er erwartet hatte, sie würde schreien und fluchen wie ein Fischweib und den erschrockenen Wirt aus der Küche locken, sagte sie kein Wort, schaute ihn nur an und umklammerte das Buttermesser.

Vergeblich versuchte sie, ihren Blick von ihm loszureißen. Seine Macht über sie war grenzenlos. In seinen Augen las sie keine Zuneigung, keine Zärtlichkeit – nur den Triumph eines Mannes, der am Ziel seiner Wünsche war. Er hatte sie beschämt, belogen und erniedrigt. Wahrscheinlich beharrte er nur auf der Hochzeit, weil sie sich weigerte, seine Frau zu werden. Er wollte sie besitzen. Und um sie zu erringen, war ihm jedes Mittel recht. Mühsam bot sie den letzten Rest ihres Stolzes auf, und es gelang ihr sogar, in verächtlichem Ton zu sprechen. »Sir, Sie glauben wohl, Sie hätten mich meinem Vater abgekauft – wie einen Dekorationsgegenstand oder ein Pferd ...«

»In der Tat, Sie erinnern mich an ein ungebärdiges Fohlen.« Besänftigend wollte er nach ihrer Hand greifen, die sie hastig zurückzog. »Das war nur ein Scherz. Schenken Sie mir wenigstens ein Lächeln, zum Dank für meine Mühe. Immerhin bin ich nur Ihretwegen nach Paris gereist.« Sie verzog keine Miene. »Nun, ich werde nicht vor Ihnen niederknien, Kate. Jetzt müssen wir unsere Einkäufe erledigen, sonst verspäten wir uns. Oder wollen Sie Ihre Hochzeit versäumen?«

»Fahren Sie zur Hölle! Ich gehe nicht mit Ihnen. Hier sitzen wir in einem öffentlichen Lokal. Wenn Sie mich zu irgendwas zwingen, wird man mir zu Hilfe eilen. Auf dieser Welt muß es doch noch echte Gentlemen geben.«

»Also gut«, seufzte er, »dann werde ich Ihnen die Alternative erklären. Wenn Sie mir nicht freiwillig folgen, schlage ich Sie bewußtlos und trage Sie in meine Suite. Sollte der Wirt ein übertriebenes Interesse an der Situation zeigen, behaupte ich, Sie seien plötzlich erkrankt. Und falls Sie immer noch Widerstand leisten, nachdem Sie erwacht sind, stecke ich eine gewisse Droge in Ihren schönen weißen Hals, die Ihnen alle Willenskraft rauben wird. Dann ziehe ich Ihnen das Brautkleid an und bringe Sie in die Botschaft.«

»Nicht einmal Sie würden so weit gehen.«

»Doch, wenn Sie mich dazu treiben. Bisher war ich sehr geduldig. Aber jetzt habe ich genug von Ihren Possen.«

Vielleicht bin ich verrückt, dachte er. Hätte mir jemand vor einem Monat prophezeit, ich würde eine junge Dame zur Ehe zwingen, wäre ich in schallendes Gelächter ausgebrochen … Verdammt, warum veranlaßte sie ihn zu solchen Maßnahmen? Und warum begehrte er sie so leidenschaftlich?

»Wäre ich ein Mann …«, begann sie.

»Seien Sie nicht albern. Wenn Sie ein Mann wären, hätte dieses Gespräch niemals stattgefunden. Nun? Gehorchen Sie mir?«

Plötzlich fühlte sie sich erschöpft und niedergeschlagen. »Also gut. Ich will nicht bewußtlos geschlagen werden und keine Drogen schlucken. Und der Gedanke, Sie könnten mich aus- und anziehen, dreht mir den Magen um. Bringen wir's hinter uns.«

Er nickte und half ihr aufzustehen. Lächelnd ergriff er ihren schlaffen Arm und führte sie zur Tür, wo er einen Louis in die ausgestreckte Hand des dankbaren Wirts legte. Der Mann blieb auf der Schwelle stehen und beobachtete die Herrschaften, die in eine Droschke stiegen. Wie seltsam sie sich benommen hatten … Offenbar waren die Engländer nicht ganz richtig im Kopf.

Sie sagte kaum ein Wort, während sie mehrere Putzmacherinnen aufsuchten, und überließ es Julien, zierliche Schuhe aus Glaceleder und Hüte auszusuchen. Zunächst erregte ihre Fügsamkeit sein Mißtrauen, und er zweifelte an ihrer Kapitulation. Aber dann beschloß er, seine Skepsis zu verdrängen und seinen Nerven die erste Erholungspause seit einer Woche zu gönnen.

Am späteren Nachmittag führte er sie in seine Hotelsuite. »Hier ist Ihr Zimmer«, erklärte er und beobachtete, wie sie das große Bett in der Mitte des Raumes anstarrte.

Sie wollte zurückweichen, doch er legte eine Hand auf ihre Schulter. »Und das ist Ihre Zofe Anne. Sie wird Ihnen helfen, ein Bad zu nehmen und sich anzukleiden. Wenn Sie irgendwas brauchen, müssen Sie's nur sagen.«

Nachdem er der jungen Frau einige Anweisungen gegeben und Kate zugenickt hatte, verließ er den Raum durch eine Verbindungstür.

In seinem eigenen Schlafzimmer blieb er eine Zeitlang reglos stehen. Jenes Unbehagen, das Kate beim Anblick des Betts gezeigt hatte, bereitete ihm keine Sorgen. Da er ein guter Liebhaber war, würde er ihr die natürliche Angst einer Jungfrau bald nehmen. Immerhin hatte er oft genug gespürt, wie ihr Körper auf seine Nähe reagierte. Sein eigentliches Problem war nicht ihre Angst, sondern ihr Stolz.

Unwillkürlich wandte sich Kate zur Tür. Aber sie wußte, daß sie nicht weit kommen würde, und so ließ sie sich resignierend von Anne auskleiden.

»Wie schön Sie sind, Mylady!«

»Ich bin keine Lady.«

»Obwohl ich aus Frankreich stamme, spreche ich sehr gut Englisch. Noch heute werden Sie den Titel einer Countess tragen. Dann sind doch eine Lady, oder?«

Zum erstenmal blickte Kate in den Spiegel, während die Zofe den Rock des Brautkleids aus weißem Satin mit üppigen Spitzenborten glattstrich. Sie war nicht eitel. Aber sie wußte, daß sie noch nie so elegant ausgesehen und eine so kunstvolle Frisur getragen hatte. Bei diesem Gedanken wuchs ihre Angst. Auch Julien würde sie schön – und sehr begehrenswert finden.

Wenn sie zu fliehen versuchte, würde er sie zweifellos überwältigen und ihr die Droge einflößen. Tränen rollten über ihre Wangen, und sie haßte ihre eigene Schwäche. »Geben Sie mir bitte ein Taschentuch.«

Als sie ihre Tränen getrocknet hatte, trat Julien ein. »Jetzt dürfen Sie gehen, Anne. In der Tat, Sie haben gute Arbeit geleistet.« Er sah das feuchte, zerknüllte Taschentuch in

Kates Hand. Aber er lächelte und bot ihr den Arm. »Nun müssen wir uns beeilen. Um fünf Uhr werden wir erwartet. Bitte, meine Liebe, vertrauen Sie mir. Geben Sie uns eine Chance.«

Wortlos ließ sie sich aus dem Zimmer führen.

In der englischen Botschaft wurden sie so ehrerbietig empfangen, wie es einem Aristokraten gebührte. Mr. Durnhill, der englische Geistliche, machte der Braut Komplimente und hoffte, es würde seiner Karriere dienen, wenn er so bedeutsame Persönlichkeiten traute.

Wie erwartet, war der Earl of March der elegante, weltgewandte Mann, als den man ihn beschrieben hatte. Aber die bleiche, schweigsame Braut verwirrte den Priester. Sie schien sich nicht einmal für ihre eigene Hochzeit zu interessieren.

Am Ende seiner Ansprache gab Mr. Durnhill dem Earl ein Zeichen. Julien wandte sich zu Kate. »Reichen Sie mir Ihre Hand, meine Liebe.«

Bestürzt sah Mr. Durnhill die Braut zögern, ehe sie endlich ihre Hand ausstreckte. Dann atmete der Priester erleichtert auf, als der Earl einen goldenen Reif über ihren dritten Finger streifte. Der Ring war ziemlich eng, und es dauerte eine Weile, bis er ihn über den Knöchel geschoben hatte.

Mit einer dramatischen Geste erklärte Mr. Durnhill die beiden zu Mann und Frau. Julien küßte Kates kalte Lippen. Hätte ich ihren Widerstand mit einer Droge gebrochen, wäre sie nicht apathischer gewesen, dachte er.

Wortlos nickte Katharine St. Clair, die Countess of March, dem Lakaien zu, raffte die Schleppe ihres Brautkleids und nahm am Tisch Platz, gegenüber ihrem Ehemann. Sie saßen im kleinen Salon, der an Juliens Schlafzimmer grenzte, und warteten auf das Hochzeitsmahl. Da Monsieur André, ein hervorragender Koch, die Herrschaften persönlich bediente, unterband er jede Konversation.

Mit einem gewissen Galgenhumor beobachtete Kate, wie sich ihr Mann in ausgezeichnetem Französisch mit dem kleinen dunkelhaarigen *Chef de cuisine* unterhielt. Die zahllosen Kommentare des Mannes über *la belle comtesse* mißfielen ihr, und sie schwieg beharrlich, die Lippen verächtlich gekräuselt. Immer wieder lachten die beiden, wahrscheinlich über derbe Scherze. Nein, dachte sie, so geschmacklos ist Julien nicht. Irgendwie wußte sie das. Als Monsieur André sich endlich verneigte und zu Tür ging, einen vielsagenden Ausdruck in den schwarzen Augen, hätte sie ihm nur zu gern das köstliche Fischfilet in Weißweinsauce nachgeworfen. Am liebsten hätte sie sein Menü verschmäht. Doch sie war zu hungrig.

Aufmerksam musterte Julien seine Frau. Sie sah erschöpft aus. Unter den schönen Augen lagen dunkle Schatten, vom weißen Satin ihres Brautkleids betont. Nachdem er den Fisch gekostet hatte, meinte er: »Es wäre interessant, Monsieur Andrés und François' Fähigkeiten zu vergleichen.«

»Sicher würden sie einen erbitterten Wettkampf ausfechten, diese eingebildeten Franzosen, und versuchen, einander zu vergiften. Einmal wollte François den Hauskater von St. Clair umbringen, weil der arme Tom ihm ein Lammkotelett gestohlen hatte.«

»Also kennst du meinen temperamentvollen Küchenchef?«

»Nur weil Mannering und Mrs. Cradshaw ihn so anschaulich beschrieben haben. Der Butler war sehr besorgt um Tom. Hast du nicht bemerkt, daß dem Kater ein Stück seines Schwanzes fehlt?« Als ihr bewußt wurde, wie lebhaft sie sprach, senkte sie hastig den Kopf. Warum beging sie einen Verrat an sich selbst? Sie hatte sich doch gelobt, kein Wort mit Julien zu reden.

»Wenn wir nach London zurückkehren, soll François Fisch in Weinsauce zubereiten, und du kannst den Sieger küren. Bei meinem letzten Besuch in St. Clair habe ich Tom nicht gesehen. Er war schon immer ein arroganter Kerl. Also wird's ihm nichts schaden, daß sein Schwanz ein bißchen kürzer ist.«

Darauf gab sie keine Antwort.

Wie wird die Hochzeitsnacht verlaufen, fragte er sich. Wie läßt sich Kates Müdigkeit mit meiner glühenden Leidenschaft vereinbaren. Er wollte in ihr versinken, mit ihr verschmelzen.

Aber sie war eine scheue Jungfrau – und eine widerwillige Braut.

Als hätte sie seine Gedanken gelesen, blickte sie auf, und er las unverhohlene Angst in ihren Augen.

Das Geschirr wurde abgeräumt, eine Flasche Champagner geöffnet. Dann entließ Julien den Lakaien.

Bedrückt schaute Kate ihren Mann an und konnte noch immer nicht glauben, daß sie tatsächlich mit ihm verheiratet war. Nachdem der Lakai hinausgegangen war, gewann sie den Eindruck, er hätte die Tür ihres Gefängnisses geschlossen. Unbewußt griff sie an ihre Kehle.

»Hier ist dein Champagner.« Julien reichte ihr einen gefüllten Kelch. Da ihm kein Trinkspruch einfiel, der sie *nicht* ärgern würde, stieß er einfach nur mit ihr an.

Sie nahm einen großen Schluck. Prickelnd stieg ihr das Aroma der feinen Bläschen in die Nase und sie mußte beinahe niesen. Julien schenkte ihr noch etwas nach. Zu ihrer eigenen Verblüffung schmeckte ihr der Champagner immer besser. Beim dritten Glas verflog die quälende Angst. Sie begann sich zu entspannen, und sie sah Juliens Gesicht durch einen angenehmen Schleier.

Bis jetzt hatte er sie immer nur vorsichtig an alkoholischen Getränken nippen sehen. Während sie das vierte Glas leerte, fürchtete er, ihr könnte übel werden. Sanft nahm er ihr den Kelch aus der Hand. »Jetzt hast du genug. Wir sollten uns zurückziehen. Immerhin war's ein langer Tag, zumindest für mich und meine Nerven.«

Seine Nerven. Warum riß er sie aus dem tröstlichen Nebel

und besaß auch noch die Frechheit, von seinen verdammten Nerven zu reden? Er kam zu ihr, ergriff ihren Arm und zog sie auf die Beine. Leicht benommen schwankte sie, und zu ihrem tiefsten Entsetzen sank sie an seine Brust.

»Wie ich sehe, kannst du nicht aus eigener Kraft gehen«, bemerkte er und nahm sie auf die Arme. »Hoffentlich habe ich keine Trinkerin geheiratet.«

»Unsinn, ich bin nicht betrunken. Es liegt nur an meinen Nerven. Die wurden heute ziemlich strapaziert – nicht *deine.*«

Lächelnd trug er sie in ihr Schlafzimmer und setzte sie in einen Lehnstuhl. »Paß auf, daß du nicht aus dem Sessel fällst!« mahnte er und zog am Glockenstrang.

Zusammengesunken saß sie da und beobachtete, wie er leise mit der Zofe sprach. Dann knickste Anne, und er verließ das Zimmer.

Eine innere Stimme flüsterte ihr zu, dies sei die Chance zur Flucht. Wenn sie das Mädchen bewußtlos schlug und davonrannte ... Sie fühlte sich so schwach – und der Weg zur Tür war so weit.

Doch das spielte keine Rolle. Entschlossen sprang sie auf, raffte ihre Schleppe hoch und stürmte zur Tür.

19

Die verflixte Zofe schrie um Hilfe.

Sofort eilte Julien ins Schlafzimmer und schloß die Tür, die Kate aufgerissen hatte. »Wenn du spazierengehen willst, hättest du mir Bescheid geben sollen.« Forschend betrachtete er ihr blasses Gesicht. »Nein, ich fürchte, du bist viel zu müde für einen Spaziergang. Außerdem möchte ich nicht mitansehen, wie die französische Polizei meine betrunkene Frau festnimmt. Komm, meine Liebe – Anne wird dir beim Auskleiden helfen. Und hab' keine

Angst«, fügte er leise hinzu. »Heute nacht lasse ich dich in Ruhe.«

»Das glaube ich dir nicht ...«

»Glaub, was du willst. Versprichst du mir, keinen weiteren Fluchtversuch zu unternehmen? Sonst bleibe ich bei dir und ziehe dir selbst das Nachthemd an.«

»Bastard!«

»Nun?«

»Also gut, ich laufe nicht weg.«

Er tätschelte ihre Wange und verschwand im Nebenraum. Reglos stand sie da, während Anne die winzigen Häkchen des Brautkleids öffnete. Es fiel zu Boden, gefolgt von Unterröcken und Strümpfen.

Schließlich trug Kate nur noch ihr Hemd. Wie aus weiter Ferne hörte sie die Stimme der Zofe, die sie bat, am Toilettentisch Platz zu nehmen, und ihr Körper gehorchte mechanisch.

Behutsam zog Anne die Nadeln aus dem langen, dunkelroten Haar und entwirrte es mit einer Bürste. Was für eine seltsame Hochzeitsnacht, dachte sie. Die junge Lady hat sich schon am Nachmittag sonderbar benommen. Und vorhin rannte sie zur Tür, wie von Furien gehetzt. Offenbar ist sie betrunken, und sie hat Angst vor ihrem Gemahl, das dumme Ding. Wie kann man sich nur davor fürchten, mit einem so hübschen Mann ins Bett zu gehen? Aber sie ist eben noch sehr jung und wahrscheinlich unschuldig. Und vielleicht mögen englische Gentlemen diese mädchenhafte Scheu. Aber was hält der Earl vom Schwips seiner Gemahlin?

Die Zofe zog ihrer Herrin das Hemd aus und betrachtete den schönen, schlanken weißen Körper, das dunkelrote Kraushaar zwischen den Beinen. Bei diesem Anblick würde der Earl den Kopf verlieren. Falls sie sich von ihrem Nachthemd trennte ... Anne fand, es wäre viel besser, wenn die Lady ihren Mann nackt im Bett erwarten würde.

Aber er hatte der Zofe ausdrücklich befohlen, ihr das

Nachthemd anzuziehen. Das tat sie, verknotete die Bänder am Hals der neuen Countess und strich über das lange Haar. Dann knickste sie vor ihrer Herrin, die wie erstarrt mitten im Zimmer stand und sie gar nicht wahrzunehmen schien. Voller Mitleid flüsterte Anne: »Nur keine Bange, Mylady. Ihr schöner junger Mann weiß sicher ganz genau, wie er Sie beglücken kann.«

Als Julien eintrat, eilte die Zofe hinaus. Prüfend musterte er seine Frau. Im langen Nachthemd, das ihr ein bißchen zu groß war, glich sie einem verängstigten Kind. »Du bist wunderschön, meine Liebe – und sehr müde, nicht wahr? Deshalb will ich heute nacht meine Ritterlichkeit beweisen und dich verschonen, obwohl es mir schwerfällt. Aber ich bin kein Ungeheuer. Wenn ich zu dir komme, sollst du ausgeruht und nüchtern sein – und mich begehren.« Wie eine Statue stand sie vor ihm, und er legte ihre Hand auf seinen Arm. »Komm, meine Liebe.«

Obwohl es warm im Zimmer war, zitterte sie. Wie weich sich der Brokat seines Schlafrocks anfühlt, dachte sie unsinnigerweise, und ihre Finger, die seinen Ärmel berührten, zuckten nervös.

Was denkt sie, fragte er sich. Er hob sie hoch, legte sie ins Bett, und als er ihren weichen Körper unter dem Batist des Nachthemds spürte, erfaßte ihn ein heißes Verlangen. Unwillkürlich setzte er sich auf die Bettkante und streichelte Kates seidiges Haar. Unter dem dünnen Nachthemd zeichneten sich ihre Brüste ab, die sich heftig hoben und senkten. War sie wirklich zu betrunken und zu müde? Oder vielleicht nur scheu? Wartete sie auf seine Initiative? Ohne lange zu überlegen, berührte er eine ihrer Brüste. Abrupt rückte sie von ihm weg und japste leise. Er holte tief Atem und zog seine Hand zurück. »Tut mir leid, daß ich dich erschreckt habe. Aber ich begehre dich schon so lange – und so leidenschaftlich. Versuch jetzt zu schlafen. Morgen sieht alles anders aus.«

Am liebsten hätte er ihr das dämliche Nachthemd vom

Leib gerissen, ihre Brüste mit Händen und Lippen liebkost, ihren ganzen Körper erforscht, die weißen Schenkel gespreizt. Aber er zwang sich, aufzustehen. Mechanisch deckte er sie zu. »Schlaf gut, bis morgen.«

Obwohl er sich bemühte, in sanftem, beruhigendem Ton zu sprechen, klang seine Stimme heiser vor Begierde. Mit schnellen Schritten ging er in sein Zimmer hinüber, konnte kaum fassen, daß er seine Braut in der Hochzeitsnacht allein ließ, statt sie zu seiner Frau zu machen.

Nachdem er die Tür hinter sich geschlossen hatte, zog Kate die Decke bis ans Kinn und strich über ihre Brust. An dieser Stelle hatte er sie berührt ... Zum erstenmal im Leben fühlte sie sich wie eine Frau und nahm ihren Körper wahr, den er so heiß begehrte.

Angstvoll unterdrückte sie ein Schluchzen. Sie wußte, wie entschlossen die Männer eine Frau zu besitzen suchten. In der nächsten Nacht würde Julien sie überall berühren und seine ehelichen Rechte fordern. Unwillkürlich preßte sie die Schenkel zusammen.

Dann erinnerte sie sich seltsamerweise an seine französische Geliebte, deren Namen Lady Bellingham versehentlich erwähnt hatte. Yvette ...

Wie viele andere Mätressen hatte er schon in den Armen gehalten? Vor ihrem geistigen Auge erschien mehrere gesichtslose Frauen, und sie preßte ihre Hände an die Schläfen, um die Vision zu verdrängen. Sie verachtete ihn – und sich selbst. Warum hatte sie kapituliert? Trotz seiner Drohungen hätte sie ihn bekämpfen müssen.

Sie zwang sich zur Ruhe und überlegte, warum sie ihre Willenskraft verloren hatte. Weil sein Sieg ihr unbewußter Wunsch gewesen war? Erschrocken setzte sie sich im Bett auf. Unterschied sie sich von seiner französischen Geliebten? Seine Ehefrau hatte er genauso gekauft wie Yvette. Und er wird auch meiner überdrüssig werden, dachte sie. Daß er sie geheiratet hatte, spielte keine Rolle. Natürlich wußte er, daß nicht einmal der grandiose Earl of March eine Frau aus guter Familie verführen konnte, ohne sie zu heiraten. Würde sie bald allein in seinem Haus leben, während er neue Abenteuer suchte? Sie lächelte bitter.

Zweifellos glaubte Julien, er hätte ihren Widerstand endgültig gebrochen. Aber sie schwor sich, keine Schwäche mehr zu zeigen. Nein, er sollte nicht genießen, was er gekauft hatte. Seit sie ihn kannte, war ihr Leben ein einziges Schlachtfeld. Und daran würde sich nichts ändern.

Im schwachen Licht der Kerze, die auf dem Nachttisch brannte, ging Julien zu Bett und verschränkte die Arme hinter dem Kopf, zufrieden mit den Ereignissen des Tages. Er hatte Kate geheiratet, ohne ihr den letzten Rest ihres Stolzes zu nehmen.

Nach einer Weile richtete er sich auf und blies die Kerze aus. Wann würde sie endlich gestehen, daß sie ihn liebte? Zumindest erschien sie ihm jetzt etwas vernünftiger, und sie würde sicher lernen, ihm zu vertrauen. In Zukunft würde er sie nicht mehr so arrogant behandeln und würde ihr Freund sein. Er würde offen mit ihr über die eheliche Liebe sprechen, ihre Jugend und ihre Verletzlichkeit berücksichtigen.

Bevor er einschlief, beschloß er, schon am nächsten Tag mit Kate in die Schweiz zu reisen. In den Bergen, nicht weit von Genf entfernt, hatte er eine Villa gemietet. Dort würde er mit seiner Frau allein sein, nur von zwei Dienstboten betreut. Und sie würden genug Zeit finden, um einander näherzukommen.

Am nächsten Morgen erwachte er voller Zuversicht. Geduldig überließ er sich den eifrigen Bemühungen des Kammerdieners, den ihm die Hoteldirektion zur Verfügung stellte. Bis zur Rückkehr nach England hatte er Timmens freigegeben. Wenigstens war sein Jackett ordentlich gebügelt. Ein Lakai servierte das üppige englische Frühstück, das er bestellt hatte, um seine Frau zu erfreuen. Erwartungsvoll klopfte er an die Verbindungstür. Als er keine Antwort hörte, trat er ein.

Kate saß am Toilettentisch. Statt sich umzudrehen, starrte sie in den Spiegel und begutachtete ihr Haar, das Anne kunstvoll frisiert hatte. Dann zupfte sie am Kragen des Kleids. Offenbar war sie entschlossen, ihren Ehemann zu ignorieren.

Lächelnd ging er zu ihr und blieb hinter ihrem Stuhl stehen, so daß sie sein Spiegelbild sah. »Guten Morgen.«

»Oh, guten Morgen, Julien.« Langsam wandte sie sich zu ihm. »Ich hoffe, du hast gut geschlafen«, fügte sie hinzu und beglückwünschte sich, weil es ihr gelang, in gleichmütigem Ton zu sprechen. Sicher hatte er angenommen, sie würde ihm zornig oder angstvoll begegnen. Aber mit ihrer Gleichgültigkeit hatte er wohl kaum gerechnet.

»Ja, danke, ich habe sehr gut geschlafen. Natürlich hätte ich dich lieber in meinen Armen gehalten. Aber ich wurde mit angenehmen Träumen entschädigt. Und du, mein Engel? Hast du mich in dieser Nacht vermißt?«

Überflüssigerweise tastete sie über ihre untadelige Frisur. »Keineswegs. Auch ich hatte schöne Träume. Laß mir noch etwas Zeit, dann werde ich mit dir frühstücken. Das Wetter ist prachtvoll, nicht wahr? Danke, Anne, jetzt können Sie gehen. Wirklich, Sie haben ein wahres Wunder mit meinen widerspenstigen Haaren vollbracht.« Kate stand auf, strich über ihren Rock und beobachtete Julien verstohlen. Zu ihrer Genugtuung runzelte er die Stirn. Sie trug keines ihrer eleganten neuen Kleider, sondern das alte graue, das dringend gebügelt werden mußte, und sie freute sich über jede einzelne Knitterfalte.

Aber er unterdrückte seiner Ärger. »Wie charmant du heute morgen bist, meine Liebe! Offensichtlich tut dir die Ehe gut. Komm jetzt, sonst wird das Frühstück kalt. Wie du bereits sagtest, ist das Wetter sehr schön, und das sollten wir nutzen. Also wollen wir keine Zeit verschwenden.«

Formvollendet reichte er ihr den Arm und führte sie in den kleinen Salon.

Beim Frühstück trödelte sie mit voller Absicht, und als sie satt war, schob sie das Essen so lange auf ihrem Teller hin und her, bis die Rühreier erkalteten und der gebratene Speck zäh wurde.

Schließlich hob sie den Kopf und begegnete Juliens belustigtem Blick. »Verzeih mir, aber man hat mir beigebracht, es sei unhöflich, Leute anzustarren, die ihre Mahlzeit noch nicht beendet haben.«

Er grinste. »Inzwischen muß dein Toast wie Leder schmecken.«

»Mag sein. Ich vermute, du möchtest das Frühstück beenden. Was hast du denn vor?«

»Sieh zu, daß deine Sachen in einer Stunde gepackt sind. Warum schaust du mich so überrascht an? Immerhin unternehmen wir unsere Hochzeitsreise. Wir fahren in die Schweiz.«

»Aber ich mag die Schweiz nicht.«

»Seltsam – ich dachte, du würdest dich zum erstenmal im Ausland aufhalten. Oder habe ich deinen Vater mißverstanden? War er mit dir auf dem Kontinent?«

»Natürlich habe ich die Schweiz noch nie besucht. Aber man gab mir zu verstehen, sie könnte sich nicht mit England messen.«

Da brach er in schallendes Gelächter aus.

20

Am liebsten hätte sie ihm die harten, kalten Speckstreifen ins grinsende Gesicht geschleudert.

»Ich dachte, die Meinung anderer Leute wäre dir egal, Kate. Nun bin ich tief enttäuscht von dir, weil du dir kein eigenes Urteil bilden willst.« Dann besaß er auch noch die

Frechheit, wie ein Märtyrer zu seufzen. »Und ich hatte gehofft, du würdest – im Gegensatz zu den meisten Frauen – nicht einfach nur nachplappern, was du irgendwo gehört hast. Beinahe fürchte ich, du hast dir die grotesken Ansichten des armen, spießigen Bleddoes zu eigen gemacht.«

»Verdammt, das ist nicht wahr! Ich konnte Roberts Prahlerei und Prüderie nie ertragen und ... Ja, es stimmt, einmal erwähnte er, die Schweiz sei ... Aber ich lasse mich nicht von dir auslachen!« Als sie aufsprang, die Wangen hochrot, rutschten ihre kalten Rühreier vom Teller.

»In einer Stunde, Kate?« Er lehnte sich zurück und verschränkte die Arme vor der Brust.

Wütend warf sie ihre Serviette auf den Tisch und rannte in ihr Zimmer.

Julien blieb noch eine Weile sitzen und betrachtete die geschlossene Tür. Würde der eheliche Kampf jemals ein Ende nehmen? Und wie lange würde Kate dasselbe graue Kleid tragen?

Die gemietete Kutsche war gut gefedert und elegant ausgestattet, mit einer Sitzpolsterung aus blauem Satin und warmen blauen Samtdecken. Aber die kräftigen Pferde konnten nicht so schnell traben wie Juliens Gespann.

Amüsiert beobachtete er, wie seine Frau versuchte, kein Interesse an der schönen französischen Landschaft zu zeigen. Er verstand ihr Dilemma, und er fand sie wie immer zauberhaft.

In der kleinen Stadt Brayville aßen sie zu Mittag, verspeisten ein kaltes Brathuhn, Käse und knuspriges ofenwarmes Brot. Dazu tranken sie Apfelwein.

Als sie wieder in der Kutsche saßen, räusperte er sich, um Kates Aufmerksamkeit zu erregen. Von der guten Mahlzeit gestärkt, wollte er endlich das entscheidende Gespräch eröffnen. »Würdest du mir bitte zuhören?«

»Ja? Willst du nicht mehr die Schweiz, sondern ein anderes Reiseziel ansteuern? Vielleicht die nordafrikanische Küste? Ärgere ich dich so maßlos, daß du mich einem Sklavenhändler verkaufen möchtest?«

»Großer Gott, was für Geschichten hast du denn gelesen?«

»Sehr viele. Ich bin weder dumm noch ungebildet.«

»Das habe ich auch nicht angenommen. Aber jetzt hör mir zu – ich mein's ernst. Diese sinnlose Feindschaft zwischen uns muß ein Ende finden. Vielleicht dachtest du in London, ich würde dich grausam behandeln und wäre schrecklich anmaßend ... Nein, laß mich ausreden. Nachdem du meinen Antrag abgelehnt hattest, sah ich ein, daß ich zu schnell vorgegangen war. Ich gab dir zuwenig Zeit, und so konntest du deine Gefühle für mich nicht richtig einschätzen. Glaub mir, ich wollte dich niemals kränken. Wahrscheinlich bin ich ein bißchen zu arrogant. Aber ich ertrug es einfach nicht, dich zu verlieren.« Er hielt inne. Hatte sich jemals ein Mann so sehr erniedrigt? Forschend schaute er Kate an. Seine Worte schienen sie nicht sonderlich zu beeindrucken, und er sprach hastig weiter. »Natürlich durfte ich dich nicht mehr in Brandon Hall besuchen. Dein Vater hätte dich womöglich mit gnadenlosen Prügeln gezwungen, mich zu heiraten. Und ich wollte verhindern, daß du noch länger unter seinem Dach leben mußtest. Also arrangierte ich deine Reise nach London und bat Lady Bellingham, dich aufzunehmen. Dadurch hatte ich die Situation unter Kontrolle. Gewiß, du fandest mein Verhalten abscheulich. Doch ich hatte keine Wahl. Ich wollte immer nur das Beste für uns beide. Und als du nach Paris geflohen warst, mußte ich dich sofort heiraten. Sonst könntest du nicht mehr nach England zurückkehren. Dein Ruf wäre rettungslos ruiniert. Was meine Drohung betrifft, dir eine Droge zu verabreichen – ich besitze keine, und ich hätte dir auch niemals eine gegeben. Aber ich sah keine andere Möglichkeit, dich zur Kapitulation zu veranlassen.«

»Du hattest gar keine Droge?« fragte sie, bestürzt über ihre Leichtgläubigkeit.

»Nein, und ich hätte dich auch niemals gewaltsam an Bord meiner Yacht gebracht, weil du mich nicht für einen skrupellosen Wüstling halten solltest.«

»Jetzt merke ich, wie dumm ich war. Ich dachte, du würdest vor nichts zurückschrecken, um dein Ziel zu erreichen. Oh, zum Teufel mit dir!«

»Da ich dich mit aller Macht erringen wollte, mußte ich gewisse Taktiken anwenden.«

»Zwischen uns hat sich nichts geändert. Ich sagte dir, daß ich niemanden heiraten würde, nicht einmal dich, den grandiosen Earl of March. Aber du hast nicht auf mich gehört und teuer für eine Frau bezahlt, die dich haßt. Ich schwöre dir – du wirst deinen Sieg nicht genießen.«

»Red keinen Unsinn, Kate! Wir sind verheiratet, und damit basta.« Er beugte sich zu ihr, packte ihre Schultern, wollte sie schütteln. Statt dessen verwandelte sich seine Wut in Verlangen. Mit beiden Händen umfaßte er ihr Gesicht und preßte seinen Mund auf ihren. Wie warm und süß ihre Lippen schmeckten ... Er wünschte, Kate würde sie öffnen. Das tat sie natürlich nicht. Sie versuchte sich zu befreien, aber er nahm sie in die Arme, strich über ihre Brüste, ihren Bauch, verfluchte die Kleidung, die ihn von ihrem Körper trennte, und glaubte, er müßte sterben, wenn sie ihm nicht sofort gehören würde.

Plötzlich ging ein heftiger Ruck durch den Wagen und warf beide auf den gegenüberliegenden Sitz. Julien ließ sie automatisch los. Hastig rückte sie von ihm weg und klammerte sich an den Türrahmen. Doch er ergriff ihre Hand und drückte sie auf die andere Bank. Sobald er ihr blasses, angstvolles Gesicht sah, verflog sein Zorn ebenso wie seine Begierde. Er schaute aus dem Fenster. Jetzt fuhr die Kutsche wieder in gleichmäßigem Tempo dahin. Methodisch ordnete er seine derangierte Kleidung und rückte die verrutschte Krawatte zurecht. »Verzeih meinen Überschwang – ich wollte dich nicht erschrecken.« Nun fühlte er sich wie ein Narr, und deshalb sprach er schroffer als beabsichtigt.

Er holte tief Atem und fuhr in etwas sanfterem Ton fort: »Wie auch immer, wir sind Mann und Frau. Also müßtest du verstehen, daß ich unsere Ehe vollziehen und Kinder bekommen möchte. Selbst wenn du's beharrlich leugnest – wir haben aus Liebe geheiratet.«

»Ehe ich mich von dir berühren lasse, sterbe ich. Das war keine Liebesheirat, denn ich empfinde nichts für dich. O ja, du bist sehr beredsam – wie der Teufel, wenn er eine neue Seele umgarnt. Aber du versuchst nur, deine Fleischeslust mit Liebesworten zu beschönigen. Du widerst mich an, Julien!«

Entschlossen bezwang er seinen Zorn. Wenn er sie anschrie, würde er nichts erreichen. Entsetzt über seine Leidenschaft, der er so ungehemmt nachgegeben hatte, benahm sie sich unvernünftiger denn je. »Glaub mir, ich werde dich zu meiner Frau machen«, entgegnete er leise. »Ich liebe dich. Und du wirst mir bald vertrauen.«

»Da irrst du dich.« Die Hände im Schoß gefaltet, starrte sie blicklos durch das Fenster.

Drei Tage später, am frühen Abend, trafen sie in Genf ein. Als Kate den See sah, konnte sie ihr Entzücken nicht verbergen. Obwohl der September eben erst begonnen hatte, waren die hohen Gipfel ringsum mit Schnee bedeckt, und die sinkende Sonne warf einen märchenhaften Glanz auf das Wasser.

»O Gott, wie schön!« seufzte Kate.

»Allerdings. Freut mich, daß du deine Meinung geändert hast.«

Sofort wandte sie sich vom Wagenfenster ab. »Nun ja, vielleicht ist die Schweiz erträglich.«

Wider Willen schaute sie ihn an und begegnete seinem ironischen Blick. Sie errötete, ärgerte sich über ihr albernes Benehmen und hätte ihn am liebsten geohrfeigt, weil er sie darauf hinwies.

Aber dann betrachtete sie fasziniert die fremdartig gekleideten Menschen, die über das Kopfsteinpflaster der schmalen Straßen nach Hause eilten, die Geschäfte mit den bunten Ladenschildern.

Das Cœur de Lyon, ein zweistöckiges altes Giebelgebäude, wurde beinahe von hohen Ulmen verborgen. Im Hof herrschte reges Leben und Treiben. Als die Kutsche hielt, eilten zwei Stallburschen herbei und packten das Gespann am Zaumzeug. Kate ließ sich von Julien aus dem Wagen helfen und war froh, daß sie sich dazu entschloß, denn nachdem sie so lange gesessen hatte, fühlten sich ihre Beine ein wenig verkrampft an.

»Mylord March!« Ein rundlicher, kahlköpfiger Mann kam aus der *Auberge*. »Sie waren schon sehr lange nicht mehr hier. Freut mich, Sie wiederzusehen!« Ehrerbietig verneigte er sich.

»Guten Abend, Perchon. Wie ich sehe, floriert Ihr Unternehmen. Das ist meine Frau, und sie besucht Ihr wunderschönes Land zum erstenmal.«

Mit einer tiefen Verbeugung wandte sich Monsieur Perchon zu Kate, dann gab er zwei Dienstboten seine Anweisungen in schnellem Französisch. »Mylady, Mylord – wenn Sie mir bitte folgen würden.« Sie war überrascht, weil er so gut Englisch sprach. Wie sie bald herausfinden sollte, beherrschte er die deutsche und die italienische Sprache genauso fließend.

Ein zierliches Mädchen mit braunen Rehaugen wurde ihr als Zofe zugeteilt. Bevor sie der jungen Frau zu der gewundenen Holztreppe folgte, rief Julien ihr nach: »Zieh einen warmen Umhang an, Kate. Vor dem Dinner gehen wir spazieren.« Sie wollte erklären, einen solchen Umhang besitze sie nicht. Aber er schien zu erraten, was sie einwenden wollte, denn er fügte freundlich hinzu: »In einer großen Truhe findest du ein blaues Samtcape, mit Hermelin besetzt.«

Ha, also hatte er ihr einen Umhang gekauft! Lieber würde sie erfrieren, als eins seiner Geschenke zu tragen.

»Vielen Dank, Julien, meine Pelisse genügt mir vollkommen.«

»Wie du meinst«, erwiderte er und wandte sich zu ihrem Ärger gleichmütig ab. »Sicher weißt du das selbst am besten, und es freut mich, daß ich eine so heißblütige Frau geheiratet habe. In fünf Minuten erwarte ich dich im Privatsalon.«

Erbost stieg sie hinter dem Mädchen die Stufen hinauf und betrat ihr Zimmer. Sie löste die Bänder ihrer Pelisse und schleuderte sie aufs Bett. Dann trat sie vor den Kamin und wärmte ihre Hände vor dem lodernden Feuer, ehe sie in einen Sessel sank. Befehle, immer nur Befehle von Seiner Lordschaft! Sie kaute an einem Daumennagel und versuchte den Aufruhr ihrer Gefühle unter Kontrolle zu bringen. Wie sie aus schmerzlicher, demütigender Erfahrung wußte, benebelte der Zorn ihr Gehirn, und dann fielen ihr keine passenden Antworten ein. Deshalb mußte sie sich entspannen. Gewiß waren die letzten drei Tage für Julien unangenehmer gewesen als für sie selbst. Nach dem Zwischenfall in der Kutsche hatte sie ihn mit höflichem Gleichmut behandelt. Instinktiv wußte sie, daß dies die beste Waffe im Kampf gegen ihren Mann war.

»Verzeihen Sie, Mylady, darf ich Ihnen beim Umkleiden helfen?«

Kate hob den Kopf. Nun hatte sie lange genug getrödelt. Lächelnd stand sie auf und strich über ihr staubiges Reisekleid. »Nein, danke, ich finde, ich sehe recht gut aus. Geben Sie mir bitte meine Pelisse.«

Inzwischen hatte die Zofe all die schönen Kleider der Engländerin ausgepackt, und sie warf ihr einen skeptischen Blick zu. Aber sie knickste respektvoll und reichte der Lady die abgetragene Pelisse.

Während Kate an dem freundlichen Wirt vorbeiging und die Tür des Privatsalons öffnete, hoffte sie, Julien würde sich ärgern. Immerhin war eine halbe Stunde verstrichen. Mitten im Raum blieb sie abrupt stehen.

Ihr Mann saß lässig vor dem knisternden Kaminfeuer, in eine Zeitung vertieft, und es dauerte eine ganze Weile, bis er den Kopf hob. »Großer Gott!« rief er überrascht. »Das waren aber sehr kurze fünf Minuten. Verzeih mir, meine Liebe. Wie lange stehst du denn schon da?«

»Wirklich, du bist ...« Gerade noch rechtzeitig riß sie sich zusammen und gähnte. »Da du dich so brennend für deine Zeitung interessierst, will ich dich nicht stören.«

»Ah, sicher wäre es unhöflich von mir, eine Zeitung der Gesellschaft meiner charmanten Gemahlin vorzuziehen. Nur einen Augenblick, ich hole nur meinen Mantel und die Handschuhe.«

Als sie die *Auberge* verließen, blies ihnen ein eisiger Windstoß entgegen, der Kates dünne Pelisse durchdrang.

»Ist es nicht zu kalt für einen Spaziergang?« fragte Julien.

Tapfer hielt sie das Gesicht in den Wind. »Ganz im Gegenteil, die frische Luft tut mir richtig gut.« Sie zog die Pelisse enger um die Schultern und marschierte vor ihm her, wie eine Amazone, die aufs Schlachtfeld zog.

Lächelnd musterte er ihren Rücken und hoffte, sie würde sich nicht verkühlen.

Nicht nur die Kälte machte ihr zu schaffen.

Durch die dünnen Glacelederschuhe spürte sie das unebene Kopfsteinpflaster, und einmal mußte sie anhalten, um einen kleinen Stein aus der Sohle zu entfernen. Scheinbar ungerührt, blieb Julien neben ihr stehen und genoß den Ausblick auf den Genfer See.

Als sie das Ufer erreichten, klapperten Kates Zähne.

»Schau doch, meine Liebe!« Er zupfte an ihrem Ärmel und zeigte auf die Berge am anderen Ufer. »Das ist der Montblanc – der weiße Berg. Imposant, nicht wahr?«

»Nur der Gipfel ist weiß, also erscheint mir der Name nicht gerechtfertigt. Offensichtlich neigen die Schweizer zur Übertreibung.« Wie gern hätte sie die atemberaubende Aussicht mit einem warmen Mantel und derben, widerstandsfähigen Wanderschuhen vertauscht ... »Hoffentlich können sie wenigstens anständige englische Hausmannskost kochen.«

Julien hob einen Kieselstein auf und ließ ihn über die glatte Wasserfläche hüpfen. »Bist du hungrig, Kate? Heute abend will ich dir ein köstliches Dinner bieten – und auch noch andere Freuden.«

21

Zum Glück befanden sie sich am Ufer des Sees, wo mehrere Leute promenierten. Wäre Kate mit ihrem Mann allein gewesen, hätten ihr seine Worte eine unvernünftige Angst eingejagt. »Erspar mir deine typisch männlichen Drohungen, Julien!«

»Ich entsinne mich nicht, dich bedroht zu haben – zumindest nicht während der letzten Minuten. Und wenn du mich besser kennst, wirst du merken, daß ich eigentlich niemals Drohungen ausstoße und nur Tatsachen feststelle.«

»Bei dir kommt das auf ein und dasselbe heraus. Und was die allerneueste Drohung betrifft, hast du eine sehr wichtige Tatsache vergessen – ich mag dich nicht.«

Vergeblich hoffte sie, ihn zu provozieren. Er lächelte amüsiert. Allerdings fiel es ihm sehr schwer, die Pose milder Belustigung beizubehalten. Während der Reise war sein Versuch, mit Kate über ihre Ehe zu sprechen, kläglich gescheitert und mit seinem unbedachten leidenschaftlichen Angriff beendet worden. Mit dem Verlust seiner Selbstkontrolle hatte er seiner Frau eine neue Waffe in die Hand gegeben. Was, zum Teufel, sollte er jetzt tun? »Komm, gehen wie ins Hotel zurück. Es wird bald dunkel.« Als sie nickte, sah er sie erschauern. Kurzentschlossen nahm er seinen warmen Umhang ab und legte ihn um ihre Schultern, obwohl sie protestierte.

Beim Dinner im gemütlichen Privatsalon sprach er kaum. Meistens starrte er gedankenverloren ins Leere, und Kate überlegte, ob er sich eine neue Strategie ausdachte. Nach der Mahlzeit schenkte ihm der Wirt Portwein ein. »Möchtest du auch was trinken, meine Liebe?« fragte Julien. Heftig schüttelte sie den Kopf, und er lächelte. »Keine Bange, du sollst dir nur ein Glas genehmigen, nicht die halbe Flasche. Das wird dich nicht umwerfen. Ich würde dir auch gar nicht erlauben, dich zu betrinken. Diesmal will ich deine Gesellschaft etwas länger genießen.«

»Also gut, ein Glas. Aber ich finde es sehr unhöflich von dir, mich an jenen Abend zu erinnern.« An den starken Portwein nicht gewöhnt, hustete sie nach dem ersten Schluck und trank hastig etwas Wasser. Dann holte sie tief Atem und lehnte sich in ihrem Sessel zurück.

Julien beobachtete sie nachdenklich und seufzte wie ein Märtyrer. »Allmählich müßtest du lernen, dich etwas besser zu benehmen, so wie es deinem neuen Status entspricht.« Instinktiv griff sie nach ihrem Glas, und er erriet ihre Absicht, ihm den Wein ins Gesicht zu schütten. »Tu's lieber nicht, was du jetzt vorhast. Es wäre kindisch, und du würdest mich zwingen, dich wie ein Kind zu behandeln. Oder soll ich dich übers Knie legen und dir den hübschen Hintern versohlen? Sicher kannst du dir vorstellen, auf welche Ideen mich das brächte. Nun, vielleicht würdest du sogar Freude daran finden.«

Wortlos stellte sie das Glas ab. In Zukunft durfte sie ihn nie mehr unterschätzen. Sie stand auf und ging zur Tür.

»Versuchst du wegzulaufen, Kate? Bist du so feige? Komm zurück, meine Liebe, ich entschuldige mich.« Seine Stimme klang aufrichtig. Unsicher blieb sie stehen, die Hand am Türknauf, und Julien gratulierte sich zu einer plötzlichen Eingebung. »Wie ich gehört habe, spielst du recht gut Pikett. Möchtest du dich mit mir messen?«

Sofort vergaß sie alles andere. Sie spielte nicht nur gut, sondern ausgezeichnet, und sie würde ihn mühelos besiegen. »Pikett, sagtest du? Ja, dieses Spiel kenne ich. Wenn du willst – ich bin bereit. Das wird uns wenigstens die Zeit vertreiben.« Ohne zu überlegen, schlug sie vor: »Setzen wir was ein? Vielleicht einen Shilling?« Sobald sie die Frage ausgesprochen hatte, runzelte sie reumütig die Stirn. Erst jetzt entsann sie sich, daß sie seit ihrem unerfreulichen Pariser Abenteuer nur mehr wenige Münzen besaß.

»Da gibt's einen interessanteren Einsatz«, erwiderte Julien.

»Was meinst du?«

»Wenn ich gewinne, verzichtest du in Zukunft auf dieses schäbige Kleid und trägst die Garderobe, die ich dir gekauft habe.« Diese Idee gefiel ihm. Falls sie verlor, woran er nicht zweifelte, konnte sie die neuen Sachen anziehen, ohne ihren Stolz zu verletzen.

»Einverstanden. Aber ich werde gewinnen.« Plötzlich entdeckte sie den Fettfleck am Oberteil ihres Kleids, der vor dem Dinner noch nicht existiert hatte. »Und dein Einsatz?«

»Was würdest du verlangen?«

Sollte sie ihn auffordern, ihr zu versprechen, er würde sie nach seiner Niederlage nie wieder anrühren? Dazu wäre er wohl kaum bereit. Aber dann erinnerte sie sich an einen Wunsch, den sie schon lange hegte. »Wenn du verlierst, mußt du mir beibringen, wie ein Mann zu fechten.«

»Oh! Ich dachte, du hättest die Sportarten, die wir Gentlemen ausüben, bereits von Harry gelernt.«

»Leider kann er nicht mit einem Rapier umgehen. Bei der zweiten Unterrichtsstunde hätte ich ihn fast erstochen. Ich nehme an, du beherrschst diese Kunst etwas besser?«

»Einigermaßen.«

»Jetzt untertreibst du sicher.«

»Ein bißchen. Würdest du nach dem Wirt läuten und ihn um Spielkarten bitten?«

Nachdem Monsieur Perchon ein abgenutztes Kartenpäckchen geholt hatte, stand Julien auf, führte seine Frau zu einem kleinen Tisch am Kamin und rückte ihr einen

Stuhl zurecht. Sie nahm Platz und begann die Karten geschickt zu mischen. Während er ihr gegenübersaß, bewunderte er ihre grünen Augen, die voller Eifer glänzten, das dunkelrote, im Feuerschein schimmernde Haar. Dann wurde sein Blick von ihren Brüsten gefesselt, an die sich der dünne Kleiderstoff schmiegte. Den Fettfleck bemerkte er gar nicht. »Drei Partien, Kate? Am Ende zählen wir die Punkte zusammen.«

Sie nickte, fächerte die Karten auseinander, und er drehte den Herzbuben um. Zu ihrer Freude zog sie den Karokönig, der einen höheren Wert darstellte. Am Anfang spielte sie sehr vorsichtig, um Juliens Fähigkeiten einzuschätzen. Das war ihr am Ende der ersten Partie, die sie mit einer geringen Punktezahl gewann, noch immer nicht gelungen. Trotzdem fühlte sie sich nun sicherer und riskierte etwas mehr. Die zweite Partie ging an Julien, doch er konnte nicht allzu viele Punkte verbuchen. Nur ein kleiner Rückschlag, tröstete sie sich. Aber es ärgerte sie, daß sie nicht wußte, worauf sie seinen Sieg zurückführen sollte. Vermutlich hatte er einfach nur die besseren Karten bekommen.

»Ein Glas Rotwein?« fragte er.

»Nein, danke, für mich nicht. Ich muß einen klaren Kopf behalten. Seltsam – du spielst sehr gut, Julien, aber ich verstehe nicht, wie du's machst.«

»Bald wirst du's verstehen.«

Bei der dritten Partie übertrumpfte er Kate, weil er mehrere Karten von niedrigem Wert sorgsam zurückhielt. Außerdem schien er zu erraten, welche Karten sie in der Hand hatte. Als könnte er durch die Rückseiten spähen, dachte sie bitter.

Nun ging sie immer höhere Risiken ein und legte Karten von geringem Wert ab, in der Hoffnung, einen König oder ein As zu ziehen. Allmählich verlor sie ihr Selbstvertrauen. Ihre Nerven waren zum Zerreißen gespannt, und sie beobachtete in wachsendem Zorn, wie lässig ihr Mann dasaß.

Die dritte Partie fand ein schnelles Ende, als er alle seine Karten bis auf eine hinlegte.

»Ist das eine gute Quinte?«

»Sehr gut.« Kate starrte die Karte an, die er festhielt. »Oh, verdammt, ich habe keine Ahnung, was ich verwahren soll ... Meinetwegen – ein Pik«, seufzte sie und warf die Karte auf den Tisch.

»Tut mir leid«, entgegnete Julien und zeigte ihr sein Karo-As.

O Gott – und sie war so siegessicher gewesen ... »Offensichtlich muß ich mich geschlagen geben.«

»Daran hatte ich nie gezweifelt.«

Warum mußte er sie die Niederlage so deutlich spüren lassen? »Es ist nicht besonders nett, so was zu sagen«, erwiderte sie gekränkt.

»Sei nicht traurig. Du spielst sehr gut. Aber du solltest dir gründlicher überlegen, welche Karten du ablegst. Natürlich habe ich gewonnen, weil ich die größere Erfahrung besitze. Bald wirst du mir gewachsen sein.«

Während sie die Karten einsammelte, spürte sie seinen forschenden Blick. Neue Angst erfaßte ihr Herz. Hastig legte sie das Päckchen auf den Tisch und erhob sich.

»Willst du schon gehen, Kate? Soll ich dir nicht zeigen, wie man etwas raffinierter Pikett spielt?« Julien stand auf und schlenderte zur Tür, um ihr den Fluchtweg abzuschneiden.

»Vielleicht ein andermal. Jetzt möchte ich ins Bett gehen.« War das wirklich ihre Stimme, die so schwach und gepreßt klang?

»Das will ich eigentlich auch, und es ermutigt mich, daß du allmählich lernst, meine Wünsche zu erraten.«

»So habe ich's nicht gemeint. Das weißt du.«

Langsam ging er zu ihr, und sie fühlte sich wie ein hilfloses Reh in der Falle. »Aber *ich* meine es so, Kate. In den letzten vier Nächten habe ich dich in Ruhe gelassen – viel zu lange für einen Mann, der seine Hochzeitsnacht herbeisehnt. Nun will ich nicht mehr warten. Begleitest du mich nach oben?«

Sie rannte hinter den Spieltisch, und die kleine Barriere ermutigte sie. »Nein! Bitte, verstehst du das nicht? Warum mußt du mir immer wieder Angst einjagen?« Als er um den Tisch herumging, rief sie: »Komm mir nicht zu nahe! Ich werde mich wehren, mit aller Kraft, das schwöre ich dir. Glaub mir, ich bin kein Schwächling. Oft genug habe ich Harry besiegt.«

Zwischen Ärger und Verlangen hin und her gerissen, blieb er stehen. Die Situation erschien ihm immer absurder. So durfte es nicht weitergehen. Verdammt ... Um sich zu beruhigen, holte er tief Luft. »Hör mir jetzt gut zu. Ich finde deine jungfräuliche Scheu in diesen liberalen Zeiten wirklich erfrischend. Aber du solltest es nicht zu weit treiben.« Auf den Tisch gestützt, neigte er sich zu ihr. »Wann wirst du endlich akzeptieren, daß wir verheiratet sind und bis zum Ende unserer Tage zusammenleben werden?«

»Das ist es nicht ...«

Geduldig wartete er, aber sie schwieg und verbarg ihre bebenden Hände hinter dem Rücken. Er starrte verwirrt in ihr leichenblasses Gesicht. Die ganze Zeit war er sicher gewesen, sie würde ihm nur aus Zorn über die erzwungene Hochzeit trotzen – weil er ihren Stolz verletzt hatte. Nun las er unverhohlene Furcht in ihren Augen. »Hilf mir doch, dich zu verstehen, Kate. Ich weiß, du warst noch sehr jung, als deine Mutter starb. Und du mußtest ohne ihren Rat und Beistand aufwachsen. Ein Vater und Bruder können einem Mädchen die Mutter nicht ersetzen. Hat dich Sir Oliver vor den Männern gewarnt und dir angst gemacht? Sagte er, sie würden dir weh tun? Oder hat er dir eingeredet, die eheliche Liebe sei sündhaft?«

Vor ihrem geistigen Auge erschien das verschwommene Bild ihrer Mutter, die ihr sanft über das Haar strich, tröstliche Worte flüsterte. Und sie spürte wieder einen vagen

Schmerz, der bisher nur in einer verborgenen Tiefe ihres Herzens existiert hatte. Plötzlich stieg eine wilde Panik in ihr auf.

»Hat er behauptet, dein Ehemann würde dich schlecht behandeln, Kate?«

»O nein – nein ...« Sie wünschte, sie hätte geschwiegen, denn ihre Worte verscheuchten die Vision der Mutter und die seltsame Erinnerung.

»Nun, dann scheinst du mich aus anderen Gründen abzuweisen, die ich irgendwie enträtseln muß.« Julien richtete sich auf. »Hoffentlich erstickst du nicht an deinem eigenen Stolz. Ich hab's satt, dich in einem Spiel zu bekämpfen, das ich nicht begreife.« Seufzend ging er zum Sideboard und schenkte sich ein Glas Rotwein ein.

Eine Zeitlang wartete sie. Aber da er sich nicht mehr zu ihr wandte, raffte sie ihre Röcke und verließ das Zimmer.

22

Julien saß allein im Privatsalon, seine Hände um eine warme Kaffeetasse gelegt, und wartete auf Kate, mit der er mittlerweile fast eine Woche verheiratet und die noch immer nicht seine Frau geworden war. Seufzend überlegte er, ob sie wenigstens ihre Spielschulden begleichen und in einem Kleid erscheinen würde, das er ihr gekauft hatte.

Wenig später wurde diese Frage beantwortet. Perchon öffnete die Tür, und Kate rauschte herein, hochmodisch gekleidet, mit kampflustiger Miene. Zufrieden konstatierte Julien, wie gut ihr der lavendelblaue Musselin stand, dessen Falten unter dem Busen von einer Spitzenborte aus rosa Knospen zusammengehalten wurden. »Heute morgen siehst du reizend aus, meine Liebe«, meinte er, stand auf und verneigte sich.

»Freut mich, daß du so viel von deinem eigenen Geschmack hältst ...« Sie setzte sich an den Frühstückstisch.

Insgeheim fand sie Gefallen an der Farbe und dem Schnitt des Kleides. Sie wünschte nur, sie hätte es selber ausgesucht. »Wieso kanntest du meine Größe?«

»Möchtest du eine Tasse Tee trinken, bevor das Verhör beginnt? Nein, ich merk's dir an – ich soll sofort antworten. Nun, ich hab's einfach erraten. Dein Kopf reicht bis zu meinem Kinn. Und da ich ein paarmal deine Taille umfaßt und deine Hüften in Breeches bewundert habe, konnte ich meine Schlüsse ziehen.«

»Ich vermute eher, du hast meine Zofe bestochen, um meine Maße zu erfahren.«

»Warum willst du die schlichte Wahrheit nicht glauben?«

»Ich bin nicht dumm, Julien. Sicher hast du oft genug Kleider für deine diversen Geliebten gekauft und weißt, wie man sich die nötigen Informationen beschafft.« Im nächsten Augenblick hätte sie sich am liebsten die Zunge abgebissen. Wie konnte sie nur so etwas Schreckliches sagen? Falls sie gehofft hatte, er wäre ein Gentleman und würde ihren Fauxpas ignorieren, bereitete er ihr eine bittere Enttäuschung.

»Oh ... Höre ich eine gewisse Eifersucht aus deiner Stimme heraus? Keine Bange, seit meiner Heirat verschwende ich keinen Gedanken mehr an meine ehemaligen Liebhaberinnen.«

»Vielleicht wirst du dich schon sehr bald nach ihrer angenehmen Gesellschaft sehnen.«

»Du darfst dich nicht unterschätzen, aber es wird wohl noch eine Weile dauern, bis du meinen Erwartungen entsprichst.«

Abrupt wechselte sie das Thema. »Ich bin nicht hungrig, und du hast schon gegessen. Wollen wir unsere Reise fortsetzen?«

»Unsere Hochzeitsreise«, betonte er.

Eine halbe Stunde später fuhren sie aus dem Hof des Cœur de Lyon. Da Julien die Villa am Nachmittag erreichen wollte, hielten sie nur einmal kurz an, um die Pferde zu wechseln. Zu Kates Erleichterung wurde ihr seine Gesellschaft erspart, weil er gegen Mittag beschloß, die Zügel selbst zu übernehmen. »Ich hoffe, das macht dir nichts aus, meine Liebe«, bemerkte er, ehe er aus dem Wagen stieg. »Auch dieses träge Gespann braucht meine feste Hand – nicht nur meine Gemahlin.«

Statt zu antworten, betrachtete sie eine Felsformation am Straßenrand. Aber bald danach mußte sie lächeln. Nun kamen sie viel schneller voran, und die Kutsche schwankte nicht mehr so heftig. Kate genoß die schöne Schweizer Landschaft und schämte sich, weil sie dieses Land vor kurzem verunglimpft hatte. Aber dazu war sie von ihrem unmöglichen Ehemann provoziert worden.

Der Wagen fuhr einen steilen Hang hinauf, zwischen dichten Büschen. Dann verbreiterte sich die Straße und endete am Rand einer großen, dreieckigen Lichtung, in deren Mitte eine elegante weiße Villa stand. Zierliche Säulen stützten die Balkone im ersten Stock. Im schwindenden Sonnenlicht glänzten die Fenster wie Kristalle. Schneebedeckte Gipfel erhoben sich in der Ferne.

Als Julien die Pferde zügelte, eilte ein älteres Paar die Eingangstreppe herab. Julien öffnete den Wagenschlag und half Kate, auszusteigen, ehe er sich zu den beiden wandte, die seine Frau neugierig anstarrten. »Guten Tag, James und Maria. Kate, darf ich dir James und Maria Crayton vorstellen, die uns hier betreuen werden ... Das ist meine Countess, Katharine St. Clair.«

Die Frau raffte ihren steifen Bombasinrock, um zu knicksen, und der grauhaarige Mann verbeugte sich tief. »Mylady, es ist uns eine Ehre!« verkündete er freudestrahlend und entblößte vorstehende Zähne. Kate erwiderte sein Lächeln und neigte den Kopf. Für sie war es eine neue und keineswegs unangenehme Erfahrung, solchen Respekt zu genießen. »So früh hatten wir Sie nicht erwartet, Mylord«, fügte James hinzu. »Aber wir haben alles vorbereitet, obwohl wir uns mit diesen unfähigen Ausländern herumschlagen mußten.«

»Wunderbar. Nach der langen Reise ist Ihre Ladyschaft etwas müde. Würden Sie so freundlich sein, sie in ihr Zimmer zu führen, Maria?«

»Gewiß, Mylord. Leider sind die Nächte schon ziemlich kalt. Aber es ist so ruhig hier, so beschaulich.«

»In einer Stunde essen wir«, entschied Julien, und Kate nickte.

Sie folgte der Frau ins Haus und eine reichgeschnitzte Treppe hinauf. Entzückt schaute sie sich in ihrem Zimmer um. Die weißgoldenen Möbel entsprachen dem französischen Stil des vergangenen Jahrhunderts. Dazu paßten die rosa Brokatvorhänge an den hohen Fenstern gegenüber dem Kamin und ein Teppich im selben Farbton. »Wie schön, Mrs. Crayton!« rief sie impulsiv. »Erstaunlich, diese Eleganz an einem so abgeschiedenen Ort ...«

»In der Tat, Mylady. Mr. Crayton und ich waren ein bißchen besorgt, als Seine Lordschaft uns hierherschickte. Aber nun fühlen wir uns sehr wohl in den Genfer Bergen.«

»Gehören Sie zum Londoner Personal meines Mannes?«

»O ja, Mylady, wir haben schon für den Vater Seiner Lordschaft gearbeitet. Nun befinden wir uns zum erstenmal im Ausland.«

Kates Augen verengten sich. Vermutlich dauerte eine Reise von London in die Schweiz mehrere Tage. Also mußte das Ehepaar England verlassen haben, bevor Julien nach Paris gefahren war. »Wann hat Seine Lordschaft Sie hiergesandt, Mrs. Crayton?«

»Vor einer knappen Woche sind wir eingetroffen, Mylady«, antwortete die Frau, ohne zu bemerken, daß ihre junge Herrin wie erstarrt dastand. »Natürlich teilte Seine Lordschaft uns mit, er würde in Paris seine Hochzeit feiern, und beauftragte uns, alles für die Ankunft Eurer Ladyschaft vorzubereiten. Wir freuen uns ja so, daß Master Julien endlich geheiratet hat ... Oh, jetzt ist's mir wieder mal passiert – ich kann meine Zunge einfach nicht im Zaum halten. Darüber ärgert sich mein Mann ganz schrecklich. Verzeihen Sie, Mylady.«

»Schon gut, Mrs. Crayton«, erwiderte Kate geistesabwesend. Zum Teufel mit Julien! Offenbar war er seiner Sache völlig sicher gewesen.

Mrs. Crayton sah Kates gerunzelte Stirn, die sie für ein Zeichen ihrer Müdigkeit hielt. »Bitte, nehmen Sie vor dem Kamin Platz, Mylady, und ruhen Sie sich aus. Mr. Crayton wird Ihnen sofort heißes Wasser für Ihr Bad bringen.«

Sobald Kate allein war, riß sie sich den teuren Hut vom Kopf und schleuderte ihn auf einen Stuhl. Das blaue Samtcape landete über der Lehne. Dann sank sie in die weiche Polsterung des Sofas, das vor dem Kamin stand, und schaute sich nach einem Gegenstand um, den sie Julien an den Kopf werfen konnte – falls er in ihr Zimmer kam. Nachdenklich betrachtete sie einen kleinen goldenen Spiegel, der über dem Kaminsims hing. Aber wahrscheinlich würde sich Julien rechtzeitig ducken. Die Vision einer solchen Szene erschien ihr so komisch, daß ihr Ärger über seine Siegesgewißheit verflog. Sie überlegte sogar, daß es nicht zu seinem Charakter passen würde, wenn er etwas so Wichtiges wie die Unterkunft während der Hochzeitsreise vergessen hätte. Dachte er immer an alle Einzelheiten? Offensichtlich, denn er hatte eine komplette Unterwäsche für sie gekauft. Wie angenehm sich der Satin auf ihrer Haut anfühlte, ganz anders als die gewohnte Baumwolle …

Seufzend erklärte sie den knisternden Flammen: »Ich muß mich eben damit abfinden, daß ich verheiratet bin, und das Beste daraus machen.«

Aber schon im nächsten Augenblick verfluchte sie ihre eigene Schwäche – nicht zum erstenmal. Sollte sie kapitulieren? Nichts hatte sich verändert. Nein, sie würde Julien nicht gestatten, ihren Willen zu brechen … Da dieser Entschluß ein seltsames Unbehagen weckte, schloß sie die Augen und versuchte, an gar nichts mehr zu denken.

Als sie – fast zwei Stunden später – das gemütliche Speisezimmer betrat, sah sie Julien an einem Fenster stehen. Mit einer schmalen, kraftvollen Hand riß er den dunkelblauen Vorhang beiseite und starrte ins Dunkel. Er hörte Kates raschelnde Röcke, drehte sich um, und der Anblick seiner ernsten Miene beunruhigte sie.

Aber er lächelte sofort, schlenderte zu ihr und küßte ihre Hand. »Wie schön du heute abend bist, meine Liebe!«

»Ich fürchte, du bewunderst nur das Kleid, das du ausgesucht hast, und nicht die Trägerin. Denn ich bin immer noch die Kate, die du in alten Breeches kennengelernt hast, mit einem schäbigen Lederhut.«

»Das weiß ich. Und bevor ich das Kleid kaufte, stellte ich mir die künftige Trägerin ganz genauso vor. Nun? Bist du mit deinem Schlafzimmer zufrieden?«

»Hättest du mein Zimmer auf Brandon Hall gesehen, würdest du nicht danach fragen. Es ist einfach wundervoll.«

»Freut mich, daß du dich wohl darin fühlst. Sicher wird dir dieser Sherry schmecken«, fuhr er fort und reichte ihr ein gefülltes Glas. »Conte Bellinis Weinkeller kann sich mit meinem messen.«

»Wer ist Conte Bellini?«

»Ein Freund, der Besitzer dieser Villa. Wir hatten geschäftlich miteinander zu tun – und in Mailand so manche Nächte durchzecht.«

Natürlich wußte sie, daß er sie zu provozieren suchte, und sie ging nicht darauf ein. »Übrigens, Mrs. Crayton teilte mir mit, sie sei mit ihrem Mann vor einer knappen Woche in dieser Villa eingetroffen. Du hast die beiden beauftragt, hier alles vorzubereiten, während wir in Paris heiraten würden. Wirklich, das ist der Gipfel der Frechheit.«

»Was meinst du? Wärst du lieber in ein kaltes, unbewohntes Haus gezogen?«

»Darauf kommt's nicht an! Du hast den Craytons schon in *London* deine Anweisungen gegeben.«

»Allerdings. Sonst wären sie nicht rechtzeitig hier eingetroffen.« Julien leerte sein Glas und hob in milder Überraschung die Brauen.

Wenn sie die Diskussion fortsetzte, würde er sich nur amüsieren – auf ihre Kosten. »Schon gut. Du willst meinen Standpunkt nicht verstehen, und ich habe keine Lust, mit dir zu streiten. Ah, unser Dinner!«

»Verzeihen Sie, Mylord, Sie sagten, ich soll das Essen servieren, sobald Ihre Ladyschaft herunterkommt.«

»Gewiß, Maria, Sie haben genau den richtigen Augenblick gewählt. Kate, meine Liebe, würdest du bitte Platz nehmen?«

Er rückte ihr einen Stuhl zurecht, und sie lächelte ihn strahlend an. »Danke, liebster Julien. Oh, das Lamm sieht köstlich aus!«

Ein paar Minuten später bemerkte er beiläufig: »Das hätte ich fast vergessen. Harry gab mir einen Brief für dich.«

»Harry hat mir geschrieben? Und wie kam er dazu, dir diesen Brief anzuvertrauen? Nein, nein, erspar mir deine arroganten Erklärungen! Wie konnte ich annehmen, du würdest deine Machenschaften planen, ohne meinen Bruder einzubeziehen?«

»Allmählich beginnst du mich zu verstehen, Kate. Verzeih, daß ich dir den Brief erst jetzt überreiche. In den letzten Tagen geschah so viel – deshalb dachte ich leider nicht mehr daran. Und vorhin tauchte er auf, als Crayton meine Sachen auspackte.«

Nachdem sie die wenigen Zeilen in der vertrauten Handschrift gelesen hatte, starrte sie Julien an, bleich vor Zorn, und zerknüllte den Brief.

»Großer Gott!« rief er. »Willst du mir dein Lammkotelett ins Gesicht schleudern? Was scheibt er denn?«

»Dazu hast du ihn angestiftet, du Schurke!« fauchte sie und warf ihm das zerknitterte Papier zu, das er mühelos auffing und glattstrich.

Er nahm an, Harry würde seiner Schwester zur Hochzeit gratulieren. Das hatte der junge Mann auch getan, aber auf eine Art und Weise, die Kate erzürnen mußte. Er empfahl ihr, in Zukunft ihren Eigensinn zu bezähmen und alle Anordnungen des Earls zu befolgen. Immerhin dürfe sie sich glücklich schätzen, weil sie einen so distinguierten, liebenswürdigen Aristokraten heiraten würde. Diesen Ratschlag mochte man Harry nachsehen, hätte er seine brüderliche Fürsorge und das Bestreben, den künftigen Schwager zu erfreuen, nicht übertrieben. Er forderte seine Schwester nämlich auf, die Sportarten der Gentlemen zu vergessen, ihre Breeches und Pistolen wegzuwerfen und sich wie eine gehorsame Ehefrau und würdige Countess zu benehmen. Zweifellos wollte Harry dem Earl einen Gefallen tun. Die letzten Zeilen waren kaum zu entziffern, und Julien vermutete, daß Kate sie nicht gelesen hatte. Sonst wäre sie noch zorniger gewesen – oder noch unglücklicher.

»Reg dich nicht auf, meine Liebe. Gewiß, Harry hat den Mund etwas zu voll genommen. Aber das solltest du ihm verzeihen. Vor Freude war er ganz außer sich. Bald wird er sich seinem Regiment anschließen.«

»Seinem Regiment? Was heißt das?«

»Offensichtlich hast du die letzten Zeilen nicht gelesen. Da schreibt er, wenn du diesen Brief liest, wäre er bereits auf dem Weg nach Spanien.«

»Spanien«, wiederholte sie tonlos.

»Natürlich. Das war sein Herzenswunsch – eine weißrote Uniform zu tragen, einen Säbel an der Seite, auf einem edlen Hengst zu reiten. Bevor ich London verließ, traf ich die nötigen Arrangements. Mach dir keine Sorgen um ihn. Nach Napoleons Niederlage liefern uns die spanischen Guerillas nur mehr harmlose Scharmützel. Vertrau mir, Kate. Ich habe sogar mit Lord Hawksbury gesprochen und ihm erklärt, Harry dürfe keinesfalls an gefährlichen Fronten kämpfen. Dafür ist er noch zu grün. Aber er wird Erfahrungen sammeln, zum Mann heranreifen und sich zu einem ausgezeichneten Soldaten entwickeln.«

Stocksteif saß sie da und betrachtete das unberührte Lammkotelett auf ihrem Teller.

»Großer Gott, Kate!« rief er schroffer als beabsichtigt. »Ich verstehe dich nicht! Immerhin ist Harry erwachsen – oder fast erwachsen. Führ dich nicht wie eine besorgte Tante auf und laß ihm seine Freiheit! Endlich kann er sich dem Einfluß Sir Olivers entziehen, der einen Gelehrten aus ihm machen will. Stell dir doch vor, wie glücklich dein Bruder jetzt ist!«

»Aber – es geschah so schnell«, flüsterte sie. »Alles geschieht so schnell – alles ist anders ...«

Nun war die Welt, die sie gekannt hatte, endgültig zusammengebrochen. Seit dem Tod der Mutter liebte sie nur einen einzigen Menschen – ihren Bruder. Natürlich hatte sie gewußt, er würde sie eines Tages verlassen und vielleicht sogar heiraten. Irgendwann. In ferner, nebelhafter Zukunft. Und nun wurde sie von ihm getrennt. Plötzlich und unvermittelt. Um Himmels willen, er war erst zweiundzwanzig, und er hatte sie verlassen, ohne ihr vorher Bescheid zu geben ... Neuer Zorn verdrängte ihre Verzweiflung, als sie wieder an seine mahnenden Worte dachte.

Geduldig wartete Julien auf einen Wutanfall, der jedoch ausblieb. »Ich soll mich also wie eine gehorsame Ehefrau und würdige Countess benehmen. Und wie benimmt sich eine Countess? Reckt sie die Nase in die Luft, wenn sie von gewöhnlichen Sterblichen angesprochen wird? Und was für Leute sind diese gewöhnlichen Sterblichen? Würdest du mich bitte aufklären – nachdem du mich gezwungen hast, unbekanntes Terrain zu betreten?«

23

Julien drückte ihre Hand. »Nun bist du nicht mehr Sir Olivers Tochter, und er kann dir nichts mehr anhaben. Du gehörst jetzt zu mir. Außerdem bist du eine Countess. Willst du wissen, was das bedeutet? Ganz egal, wie du dich benimmst – es wird immer richtig sein.« Er sprach in beiläufigem Ton, lächelte und hoffte, Harrys schlecht gewählten Worten den Stachel zu nehmen. Zu seiner Bestürzung rollte eine Träne über Kates Wange. »Mein Liebes …«

»Offenbar kannte ich meinen Bruder nicht«, sagte sie leise, ergriff eine Serviette und trocknete ihre Augen. »Er ist wie alle anderen Männer und verfolgt nur seine eigenen Interessen, selbst wenn sie ihn umbringen. Natürlich müssen die Frauen unterwürfig im Hintergrund bleiben und dürfen ihm nicht in die Quere kommen. Genauso denkst du auch.«

Ohne ein weiteres Wort stand sie auf und ging zur Tür. Als Julien nach ihr rief, drehte sie sich nicht um. Sie raffte ihre Röcke, floh die Treppe hinauf, in ihr Schlafzimmer. O ja, ein wunderschöner Raum, einer Countess würdig. Aber Kate fühlte sich nicht wie eine Countess, sondern elend und unglücklich und furchtbar dumm.

Sie warf sich aufs Bett, versank in ihrem Kummer. Irgendwann begann sie zu frösteln, weil das Kaminfeuer herabgebrannt war. Immer noch bedrückt, stand sie auf und strich automatisch über ihr hoffnungslos zerknittertes Kleid. Sie trat ans Fenster und zog die Brokatvorhänge auseinander.

Nur wenige Sterne funkelten am bewölkten Himmel. Kate öffnete die Fensterflügel und beugte sich in die kalte Nachtluft hinaus. Vor ihrem geistigen Auge erschien Harry in seiner gelbgestreiften Weste – Harry, der beim letzten spielerischen Duell stöhnend auf den Rücken gefallen war – Harry, der jetzt nach Spanien ritt und nicht mehr zu ihrem Leben gehörte. Harry, ein Mann wie alle anderen. Für sie unwiderruflich verloren. Nichts würde mehr so sein wie früher, in der glücklichen gemeinsamen Kindheit und Jugend. Von nun an gingen sie getrennte Wege.

Plötzlich war sie todmüde. Sie schloß das Fenster, aber sie zog die Vorhänge nicht zu. Mit einiger Mühe löste sie die Häkchen an ihrem Rücken, ließ das Kleid zu Boden fallen und stieg heraus. Dann streifte sie das Seidenhemd von ihrem Körper, ging langsam zu dem exquisiten Bett mit dem rosa Baldachin und kroch unter die Decke.

In nachdenklichem Schweigen blieb Julien am Tisch sitzen, nachdem Mrs. Crayton diskret das Geschirr abgeräumt hatte. Ein Glas Rotwein in der Hand, betrachtete er blicklos das dunkel schimmernde Getränk. Es wärmte den Magen, befreite ihn aber nicht von seiner Begierde. Verdammt, er brauchte eine Frau. An diese erzwungene, absurde Enthaltsamkeit war er nicht gewöhnt. Regelmäßig hatte er sein Verlangen gestillt und das für selbstverständlich gehalten. Ein verheirateter Mann konnte doch wohl seine ehelichen Rechte fordern, wann immer es ihm beliebte, oder? Aber Kate war eine knappe Woche nach der Hochzeit immer noch unberührt, und weil er sie liebte, unternahm er nichts dagegen. Er bewunderte ihren Geist, ihre Unabhängigkeit, ihren Stolz – jene Eigenschaften, die ihn von Anfang an zu ihr hingezogen hatten.

Verzweifelt versuchte er zu begreifen, was in ihr vorging, wie sich das Leid im Haus des tyrannischen, grausamen Vaters auf ihre Seele ausgewirkt hatte. Er wollte sie glücklich machen.

Aber er war so hilflos. Obwohl Kate nun seine Frau war, schien sie sich immer weiter von ihm zu entfernen. Gewiß, sie verübelte ihrem Bruder die arroganten, mahnenden Worte. Das verstand Julien nur zu gut. Und doch – warum akzeptierte sie nicht das Recht des jungen Mannes, seine Zukunft selbst zu bestimmen, seine eigenen Abenteuer zu bestehen?

Langsam stand Julien auf und trat vor den Kamin. Er stützte die Ellbogen auf das Sims und starrte in die sterbenden Flammen. In diesem Augenblick verfluchte er die rothaarige Hexe, die sein Leben so entscheidend verändert und ihn so rettungslos umgarnt hatte, daß er nie wieder eine andere Frau begehren würde.

Er stürmte in die Nacht hinaus, zur Seitenmauer der Villa, wo Kates Schlafzimmer lag. Zwischen den geöffneten Vorhängen sah er sie in der Mitte des Raumes stehen, nur mit ihrem Hemd bekleidet. Ihr Anblick ließ sein Herz schneller schlagen.

Atemlos beobachtete er, wie sie die Träger über die Schultern hinabstreifte, über die Brüste, bis zur schmalen Taille. Sie war so schön – schöner als in seinen Träumen, schöner als alle Frauen, die er jemals liebkost hatte, mit hoch angesetzten, vollen Brüsten. Könnte er doch diese rosigen Knospen streicheln, in den Mund nehmen, daran saugen, ihr eine so süße Qual bereiten, daß sie ihn stöhnend bitten würde, ihr die ersehnte Erfüllung zu schenken …

Er verwünschte seine rege Fantasie. Nur zu gut wußte er, wie sie sich anfühlen, wie sie duften, wie sie ihn betören würde. Das Hemd glitt tiefer hinab, und er sah ihren weißen, jungfräulichen Körper. Trotz der frostigen Nachtluft brach ihm der Schweiß aus. Entschlossen wandte er sich ab. Er durfte ihre Hüften, die schlanken Schenkel und das rötliche Kraushaar nicht betrachten. Sonst würde er seine Beherrschung verlieren. Ziellos wanderte er umher, bis ihn die Kälte ins Haus zurücktrieb.

»Ist mein Mann nicht da?«

»Nein, Mylady, Seine Lordschaft ist heute morgen ins Dorf geritten. Kurz vor dem Dinner wird er zurückkommen.« Mrs. Crayton fand es etwas seltsam, daß Master Julien Ihre Ladyschaft nicht über seine Pläne informiert hatte.

Forschend musterte sie Kates geschwollene Lider und erinnerte sich an das zerknüllte Kleid, das sie vom Boden aufgehoben hatte. Vielleicht ein Streit? Bedauerlich, aber nicht ungewöhnlich in einer jungen Ehe. Sie dachte versonnen an ihre eigenen Flitterwochen mit James. Wegen unsinniger, lächerlicher Dinge hatten sie sich angeschrien und den Zwist zehn Minuten später vergessen.

»Oh, ich verstehe.« Kate schlüpfte in einen Morgenmantel und fühlte sich gekränkt, weil er ausgeritten war, ohne sie zu verständigen. Aber sie hatte ihm auch gar keine Gelegenheit dazu gegeben und ihn mit den köstlichen Lammkoteletts allein gelassen.

Während des Vormittags vertrieb sie sich die Zeit, indem sie die eleganten Räume der Villa besichtigte. Sie aß zu Mittag, dann legte sie einen Schal um die Schultern und schlenderte durch den Garten. Zu ihrer Erleichterung war er nicht kunstvoll angelegt, denn im Gegensatz zu ihrer Mutter hatte sie niemals Freude daran gefunden, Unkraut zu jäten und empfindliche Rosen zu pflegen.

Die Wildnis des Waldes und die hohen Berge weckten ein Gefühl grenzenloser Freiheit. Als sie einen Klippenrand erreichte, sah sie das kleine Dorf im Tal liegen. Sie setzte sich und wickelte ihre Röcke eng um die Beine. Obwohl sie daran gewöhnt war, allein zu sein, seit Harry sein Studium in Eton begonnen hatte, haßte sie ihre Einsamkeit. Sie verstand sich selbst nicht mehr. Und das beunruhigte sie. Schließlich wanderte sie zur Villa zurück, betrat die Bibliothek und nahm einen schmalen Gedichtband von Lord Byron aus dem Regal. Sie setzte sich auf die Fensterbank. Allzulange vermochten die poetischen Verse ihre Aufmerksamkeit nicht zu fesseln, denn sie erinnerte sich, daß Julien ihr halb ironisch, halb wehmütig von Lady Caroline Lambs leidenschaftlicher Affäre mit dem schwärmerischen Lord erzählt hatte.

Damals hatte sie geglaubt, es wäre wundervoll, in dieser romantischen Welt zu leben, wo zwei Liebende die Londoner Gesellschaft so kühn schockiert hatten. Seufzend ließ sie das Buch zu Boden gleiten. Im Grunde ihres Herzens war sie immer noch die provinzielle Kate Brandon. Wann würde sie sich wie eine Countess fühlen? Julien hatte erklärt, weil sie eine Countess sei, könne sie gar nichts falsch machen. Das verstand sie beim besten Willen nicht.

Vor lauter Langeweile ging sie am späten Nachmittag die gewundene Straße zum Dorf hinab. Ans Landleben gewöhnt, fand sie es erfrischend, sich die Beine zu vertreten. Bald beschleunigte sie ihre Schritte. Nirgends ließ sich eine Menschenseele blicken, und Kate genoß die friedliche Stille des Waldes. Sie bückte sich, um ein Farnkraut zu berühren, das sich um einen Baumstamm geschlungen hatte. Plötzlich wurde sie von einem schrillen Schrei aufgeschreckt. Sie schaute sich um. Und als sie nichts entdeckte, eilte sie um die nächste Biegung.

Fassungslos hielt sie inne. Mitten auf der Straße stand ein Bauer und drosch mit einem knorrigen Ast auf eine Stute ein. Das Pferd stieß schreckliche Schmerzenslaute aus und zitterte am ganzen Körper. Aber der Mann schlug unbarmherzig zu. Immer wieder.

Kate raffte ihre Röcke und rannte zu ihm. Doch er bemerkte sie nicht, bevor sie seinen Arm packte. »Hören Sie auf! Wie können Sie es wagen, das arme Tier zu quälen?«

Verwirrt starrte er die wütende, vornehm gekleidete junge Dame an.

Erst jetzt wurde ihr bewußt, daß sie Englisch gesprochen hatte, und so suchte sie nach französischen Worten. »Was tun Sie da, elender Schurke? Hören Sie auf, die arme Stute zu mißhandeln!«

»Meine liebe junge Dame, Sie haben mir gar nichts zu befehlen.«

»Sehen Sie doch, was Sie angerichtet haben!«

Aus dem Maul der Stute quoll Schaum, über ihren Hals zogen sich häßliche, blutrote Striemen. Kate wollte sie besänftigen, aber der Bauer trat ihr in den Weg und hob den Stock. »Moment mal, das ist mein Pferd, und es ist mein gutes Recht, das Biest zu bestrafen, nachdem es mich getreten hat.«

»Wahrscheinlich haben Sie's verdient. Wenn Sie Ihre Stute anständig füttern würden, wäre sie nicht so dünn. Man müßte Sie anzeigen!« Nachdem sie oft genug mit dem drohend erhobenen Rohrstock ihres Vaters konfrontiert worden war, empfand sie keine Angst.

Der Bauer musterte sie prüfend, und sein Blick blieb an ihrer Halskette aus kostbaren Perlen hängen. »Seltsam – so eine feine junge Dame wandert ganz allein durch den Wald. Vielleicht werde ich diese verdammte Kreatur nicht mehr verdreschen, wenn Sie mir diese schönen Perlen schenken.« Als er eine schmutzige Hand ausstreckte, sprang Kate zurück.

»Seien Sie nicht albern! Sie können mich nicht erschrekken. Wenn Sie sich an mir vergreifen, lasse ich Sie auspeitschen.«

»So? Und wer soll mich auspeitschen?« Grinsend schwang er den Ast hoch und ging zu ihr.

Ohne lange zu überlegen, ballte sie eine Hand, so wie sie es von Harry gelernt hatte, und hämmerte sie aufs Kinn des Bauern. Verdutzt taumelte er zurück. Dann verzerrte sich sein Gesicht vor Zorn, und er begann lauthals zu fluchen.

Kate verstand kein einziges Wort.

Nun bekam sie Angst vor der eigenen Courage und wich vorsichtig zurück. Notfalls konnte sie ihm zwischen die Beine treten – eine extreme Maßnahme, die Harry ihr beigebracht hatte. Auf diese Weise sollte sie sich wehren, wenn ihr ein Mann zu nahe trat.

»Verdammtes Biest, dir werde ich's zeigen!« brüllte der Mann und stürzte sich auf Kate.

Im selben Augenblick bäumte sich die Stute auf. Ihre Hufe trafen seinen Rücken und schleuderten ihn zu Boden. Schreiend landete er vor Kates Füßen.

Sie ergriff die Mähne des Pferdes und sprang auf seinen Rücken. Sofort stellte sich das verblüffte Tier wieder auf die Hinterbeine. Aber sie hielt sich mit aller Kraft fest und beobachtete, wie sich der Mann mühsam aufrappelte. In seinen Augen funkelte wilder Haß.

Tief über den Pferdehals gebeugt, ergriff sie die losen Zügel und spürte einen heftigen Schmerz an ihrem Schenkel, als der Bauer mit seinem Ast auf sie einschlug und ihren Rock zerfetzte. Aber sie biß die Zähne zusammen, grub ihre Fersen in die Flanken der Stute und galoppierte davon, in die Richtung des Dorfs. Hinter ihr erklang ein gellender Wutschrei, und sie spähte über die Schulter.

Die Fäuste erhoben, rannte der Bauer ihr nach. Was sollte sie jetzt tun? Sie hatte ein Pferd gestohlen, wenn auch aus edlen Motiven, und nun floh sie in ein fremdes Dorf, wo vielleicht ebenso gräßliche, grausame Menschen lebten wie dieser Schurke.

Erleichtert atmete sie auf, als ihr zwei Reiter entgegenkamen. Sie erkannte Julien und James Crayton, winkte ihnen zu und sprengte weiter. Bevor sie die beiden erreichte, versuchte sie die Stute zu zügeln. Aber das verängstigte Tier wieherte schrill und ging durch.

»Guter Gott, Crayton, wer mag das sein?« fragte Julien und hielt an. »Wer ist denn verrückt genug, auf dieser kurvenreichen Straße ein so halsbrecherische Tempo einzuschlagen? Das wird der Idiot bitter büßen ...«

Seine Stimme erstarb, sobald er das flatternde dunkelrote Haar und das bleiche Gesicht seiner Frau erkannte. Von kalter Angst erfaßt, spornte er seinen Hengst an, sah die rollenden Augen der Stute, hörte Kates atemlosen Ruf. »Julien, ich kann sie nicht bändigen! Bitte, hilf mir!« flehte sie und jagte an ihm vorbei.

Blitzschnell schwang er sein Pferd herum und galoppierte hinter ihr her. Nach einer halben Ewigkeit holte er sie ein, packte die Zügel der verschreckten Stute und brachte sie unter Kontrolle. Dann schwang er sich aus dem Sattel und versuchte das zitternde Tier zu beschwichtigen.

»Dem Himmel sei Dank!« stöhnte Kate. »Ich dachte schon, du würdest uns nicht einfangen. Das arme Pferd hatte solche Angst – und ich auch ...« Kraftlos glitt sie vom Rücken der Stute und setzte sich an den Straßenrand.

»Um Gottes willen, Mylord, was ist geschehen?« Crayton stieg ab und eilte zu seinem Herrn.

»Das weiß ich noch nicht, James«, erwiderte Julien und strich besänftigend über den Hals der Stute.

»Aber – das Blut …«

»Ja, ich hab's gesehen. Hoffentlich ist Ihre Ladyschaft unverletzt. Hier, nehmen Sie die Zügel, James. Reden Sie auf die Stute ein, mit leiser, ruhiger Stimme.« Julien ging zu seiner Frau und kniete vor ihr nieder. Vorsichtig umfaßte er ihre Schultern und schüttelte sie. »Was, zum Teufel, ist passiert? Alles in Ordnung?«

»Guten Tag, Julien.« Ihre Lippen verzogen sich zu einem schwachen Lächeln. »Wirklich, das wollte ich nicht …«

»Erzähl mir, was geschehen ist, bevor ich dich erwürge und dieses armselige Biest erschieße!«

24

»Also, was hast du angestellt?« Julien zog sie auf die Beine.

»Ich – mußte diese Stute stehlen.«

Eigentlich war er nicht besonders überrascht, und er hielt seine schwankende Frau geduldig fest, während sie ihre Gedanken ordnete und die Ereignisse schilderte.

»Das verstehst du doch, Julien? Ich mußte diesen gräßlichen Mann doch dran hindern, das arme Pferd umzubringen.«

»Wollte er dir was antun?«

»Nun – ja, aber dazu hatte ich ihn provoziert, weil ich ihn ins Gesicht schlug. Vielleicht hätte ich ihn zwischen die Beine treten sollen. So wie ich's von Harry gelernt habe … Jedenfalls bäumte sich die Stute auf, ihre Hufe trafen den Bauern, und das war meine Rettung.«

»Wo ist er jetzt?« Zum erstenmal in seinem Leben war er bereit, einen Mord zu begehen.

»Als ich ihn das letztemal sah, rannte er schreiend hinter mir her und schwang seine Fäuste.« Kate zeigte mit einem schmutzigen Finger die Straße hinauf.

Abrupt wandte sich Julien zu Crayton. »James, überlassen Sie meiner Frau Ihr Pferd und schwingen Sie sich auf die tapfere Stute. Komm, Kate. Diese Sache müssen wir sofort regeln. Du wolltest den Mann zwischen die Beine treten? Guter Gott!«

Sie versuchte sich zu verteidigen. Aber er ignorierte sie und hob sie in den Sattel. Beim Anblick ihres zerrissenen, blutverschmierten Rocks preßte er die Lippen zusammen, und sie musterte ihn besorgt. »Bitte, du darfst dem Bauern nichts zuleide tun – wenn er auch ein böser, brutaler Mensch ist.«

Statt zu antworten, fragte er: »Kannst du reiten?«

»Natürlich. Meine Fähigkeiten habe ich nicht verloren – nur meine Beherrschung.«

»Gut. Paß auf, daß du nicht vom Pferd fällst. Du wolltest ihn zwischen die Beine treten? Unglaublich!« Er sprang auf den Rücken seines Hengstes, spornte ihn an, und Kate mußte ihm wohl oder übel folgen.

Nicht nur das Verhalten des Bauers erregte Juliens Zorn, sondern auch Kates Leichtsinn. Warum war sie allein durch den Wald gewandert? Mit ihrem tapferen Entschluß, die Stute zu retten, würde er sich später befassen. Eins stand fest – sie hatte sich in Dinge eingemischt, die sie nichts angingen, und ein Pferd gestohlen.

Und was wäre geschehen, hätte sie sich nicht so geistesgegenwärtig auf die Stute geschwungen und die Flucht ergriffen? O Gott, wie konnte er dem Mann den Hals umdrehen, der zweifellos herausgefordert worden war?

Inständig hoffte Kate, der Bauer wäre inzwischen verschwunden. Aber hinter der nächsten Biegung sah sie ihn mitten auf der Straße stehen, die Beine gespreizt, den Ast in einer Hand. Wenige Schritte von dem Mann entfernt, zügelte Julien seinen Hengst und drehte sich zu ihr um. »Warte hier.«

»Nein, ich will …«

»Verdammt, du wirst tun, was ich dir sage. Und halt ausnahmsweise mal den Mund, verstanden?«

Sie nickte, bleich vor Angst. »Bitte, sei vorsichtig!«

»Bleiben Sie bei Ihrer Ladyschaft, James. Und sehen Sie zu, daß sie sich nicht von der Stelle rührt.«

Zusammengesunken saß sie im Sattel und wünschte, ein Schweizer Regiment würde auf magische Weise auftauchen. Sie beobachtete, wie Julien abstieg und zu dem Bauern ging, der sofort den Ast hob. Voller Entsetzen biß sie in ihre Lippen.

Dann blinzelte sie erstaunt. Der Mann lag am Boden, und Julien stand vor ihm. Gelassen rieb er seine Fingerknöchel. Als der Bauer aufstand, schien er zu schrumpfen. Zumindest kam es ihr so vor. Nun folgte ein kurzes französisches Gespräch. Mehrere Münzen wechselten den Besitzer. Zu Kates Verblüffung verneigte sich der Mann vor dem Earl, wischte den Staub von seinen Kleidern und eilte in den Wald.

Sie ritt zu Julien, der ihr in beiläufigem Ton mitteilte: »Nun besitzt du eine Stute.«

Da lächelte sie strahlend, und er fand sie bildschön, trotz des zerzausten Haars, das ihr ins blasse Gesicht hing. »O Julien, ich konnte kaum glauben, daß du den Kerl so schnell niedergeschlagen hast, und ich bin tief beeindruckt. Würdest du mir mal zeigen, wie man das macht?«

»Lieber nicht. Wenn du Percy kennenlernst, wird er dir sicher erzählen, wo ich mir meine Schlagkraft angeeignet habe – nämlich in Gentleman Jackson's Boxerclub, und dort nimmt man keine weiblichen Mitglieder auf. Nun wollen wir nach Hause reiten. Ihr beide müßt euch ausruhen, du und deine Stute.«

»Was glaubst du? Wird sie sich erholen?« Besorgt musterte sie das geschundene Tier, das sie gerettet hatte.

»Wahrscheinlich wird sie den Zwischenfall schneller vergessen als du.«

Juliens heitere Stimmung verflog, sobald sie die Villa erreichten. Von neuer Wut erfüllt, erinnerte er sich wieder an

Kates sträflichen Leichtsinn. »Wenn du dir einbildest, ich würde über dein Verhalten hinwegsehen, irrst du dich«, fauchte er, während er sie vom Pferd hob. »Wie konntest du nur so dumm sein! Allein durch einen einsamen Wald zu laufen, in einem fremden Land!«

Natürlich sah sie ihren Fehler ein. Aber sie hatte gedacht, mittlerweile wäre sein Zorn verraucht. »Ich finde deine Aufregung etwas übertrieben.«

»So? Und was wäre passiert, wenn die Stute den Bauern nicht niedergetreten – und wenn ich sie nicht aufgehalten hätte, als sie durchging?«

»Vermutlich wäre sie irgendwann müde geworden und von allein stehengeblieben.«

»Darauf kommt's nicht an, du kleine Närrin! Und wenn du noch mal so eine Dummheit machst, erwürge ich dich, verstanden?«

»Da du so laut schreist, ist es unmöglich, dich *nicht* zu verstehen.«

»Oh, verdammt, es ist völlig zwecklos, vernünftig mit dir zu reden. Geh in dein Zimmer, nimm ein Bad und zieh saubere Sachen an! In einer Stunde sehen wir uns beim Dinner.«

Ohne ein weiteres Wort ging sie in die Villa und versuchte vergeblich, den langen Riß in ihrem Rock zusammenzuhalten.

»James, kümmern Sie sich um die Stute. Sie muß gereinigt werden. Außerdem braucht sie drei Eimer Hafer und zwei Tage Ruhe.« Als Julien die Halle betrat, hörte er Mrs. Crayton schreien und malte sich nicht ohne Genugtuung die zweite Standpauke aus, die Kate nun ertragen mußte.

Kate umschmeichelte und bedrohte Mrs. Crayton und flehte sie an, Seiner Lordschaft nichts von dem geschwollenen, dunkel verfärbten Fleck an ihrem Schenkel zu erzählen. Schließlich stimmte die Frau widerstrebend zu, nachdem ihre Herrin fälschlich beteuert hatte, es würde nicht weh tun.

Zum erstenmal erschien sie pünktlich zu einer gemeinsamen Mahlzeit mit Julien. Sie kam sogar ein oder zwei Minuten zu früh. Tapfer verbarg sie ihre Schmerzen.

Er hatte geplant, ihr während des Dinners eine Strafpredigt zu halten. Aber beim Anblick ihrer blassen Wangen besann er sich anders. Behutsam nahm er sie in die Arme, und zu seiner Überraschung schmiegte sie sich an ihn. »Verzeih mir, daß ich dich so angeschrien habe«, bat er. »Aber als ich mir vorstellte, was dir beinahe zugestoßen wäre ...«

»Sagen wir doch einfach, Ende gut, alles gut.« Sie rückte ein wenig von ihm ab und versuchte zu lächeln.

»Oh, wieder einmal Shakespeare! Nun, solange du mir nicht einzureden versuchst, das alles sei viel Lärm um nichts gewesen ... Aber lassen wir's dabei bewenden. Wollen wir uns einen Namen für deine Stute ausdenken?«

Nachdenklich runzelte sie die Stirn. »Schade, daß sie kein Hengst ist. Sonst würde ich sie nach dem Erzengel Gabriel nennen, weil ich dachte, heute wäre mein Jüngster Tag angebrochen.«

»Entscheiden wir uns doch für Gabriella.«

»Einverstanden.«

Nur widerwillig ließ er zu, daß sie sich aus seinen Armen befreite.

Während Mrs. Crayton das Dinner servierte, warf sie Ihrer Ladyschaft immer wieder mißbilligende Blicke zu.

»Fast könnte man meinen, ich hätte den Weltuntergang heraufbeschworen«, seufzte Kate, nachdem die Frau das Zimmer verlassen hatte. »Übrigens, was hast du heute im Dorf gemacht, Julien? Ich dachte, es würde dir hier nicht gefallen, und du hättest unsere Rückreise nach England arrangiert.«

»Warum sollte es mir hier nicht gefallen?«

»Keine Ahnung ... Vielleicht war's dumm von mir, so was zu sagen. Also, was hat dich ins Dorf geführt?«

»Ich mußte etwas sehr Wichtiges erledigen, und ich hoffe, du bist mit dem Ergebnis meiner Bemühungen zufrieden.«

»Hör auf, mich zu hänseln, und verrat mir endlich, was du getan hast!«

Er antwortete nicht sofort, schaute zur Uhr hinüber, die auf dem Kaminsims stand, und erweckte den Anschein, er würde über ein diffiziles Problem nachdenken. Schließlich sah er Kate wieder an und lächelte. »Reden wir morgen darüber. Du hast einen ziemlich anstrengenden Tag hinter dir.«

»Oh, du bist schrecklich! Spann mich doch nicht auf die Folter! Glaub mir, ich fühle mich großartig!«

»Also gut. Geh in dein Zimmer. Dort findest du eine Überraschung. In fünfzehn Minuten erwarte ich dich in der Bibliothek.«

Auf ihrem Bett lagen schwarzseidene Breeches, ein weißes Rüschenhemd und elegante schwarze Stiefel. Verwirrt hielt sie den Atem an. Dann zog sie sich in aller Eile um und schlang ein schwarzes Band um ihr langes Haar, rannte aus ihrem Zimmer und die Treppe hinab.

Kaum fähig, ihre Aufregung zu verbergen, öffnete sie die Bibliothekstür. Julien stand in der Mitte des Raums, zwei Rapiere in der Hand.

»O Julien, du meinst doch nicht … Ist das eine Florett wirklich für mich bestimmt?«

Angesichts ihrer Freude lächelte er. Aber das bemerkte sie nicht. Ihr ganzes Interesse galt den beiden Klingen. »Du sagtest doch, du würdest gern fechten lernen«, erwiderte er, ging zu ihr und drückte ein Florett in ihre Hand.

»O ja! Wie lieb von dir!« Entzückt schwang sie die Klinge hin und her, um ihre Biegsamkeit zu prüfen. »Du willst mir die Fechtkunst beibringen? Aber – ich habe doch beim Pikett verloren, erinnerst du dich nicht?«

»Und wenn schon! Du warst eine würdige Gegnerin.«

Grinsend fügte er hinzu: »Ich hoffe, ich bin ein besserer Lehrmeister als der arme Harry, den du beinahe erstochen hättest.«

»Solange ein Knopf an der Spitze steckt, muß du dir keine Sorgen machen.«

Julien trat wieder in die Mitte des Raums und stellte sich in Positur. »*En garde*, Ma'am!«

»*En garde!*« wiederholte sie glückstrahlend und hob ihren Degen.

Klirrend stießen die Klingen aneinander. Da er ihre Fähigkeiten nicht kannte, hielt er sich am Anfang zurück. Aber während er einen Angriff nach dem anderen parierte, erkannte er, was für eine aggressive Fechterin sie war. In mustergültiger Haltung attackierte sie ihn, schien keine Angst zu empfinden und schreckte nicht einmal vor waghalsigen Manövern zurück. Kein Wunder, daß sie den armen Harry überfordert hatte … Einmal durchbrach Julien ihre Deckung, sprang aber sofort nach hinten. Lachend trieb sie ihn mit blitzschnellen Attacken in eine Ecke.

Ein paar Sekunden lang preßten sich die Klingen aneinander, bis er ihr mit einer blitzschnellen Drehung den Degen aus der Hand schlug. Sie blinzelte verwirrt, dann lächelte sie und bückte sich, um die Waffe aufzuheben. Dabei fuhr ein heftiger Schmerz durch ihren verletzten Schenkel. Rasch wandte sie sich ab, biß die Zähne zusammen und verfluchte ihr Bein und den Bauern, der sie geschlagen hatte.

Julien sah ihre qualvoll verzerrte Miene. Sofort legte er sein Florett beiseite. Aber er mußte sich wohl getäuscht haben, denn sie richtete sich auf, den Degen in der Hand und rief fröhlich: »In der Tat, Harry kann längst nicht so gut fechten wie du. In Zukunft muß ich besser aufpassen. So leicht lasse ich mich nicht mehr überrumpeln.«

»Warten wir's ab.«

Als sie vorsprang, konnte sie nur mühsam einen Schmerzensschrei unterdrücken. Notgedrungen senkte sie das Rapier. »Es war ein langer Tag, Julien. Verschieben wir die Revanche auf morgen. Dann wirst du eine ebenbürtige Gegnerin in mir finden.«

»Das weiß ich bereits – obwohl du nur eine Frau bist«, fügte er feixend hinzu.

»Oh, was für ein reizendes Kompliment!« Langsam und vorsichtig ging sie zum Schreibtisch und verstaute ihren Degen in einer geöffneten Kassette.

Er folgte ihr, um sein Florett neben ihres zu legen. Aber zu seiner Bestürzung mißdeutete sie seine Absicht und wich so schnell zurück, daß sie stolperte und in einen Sessel sank. Erschrocken schaute er sie an. Seine freimütige, zutrauliche Kate verbarg sich hinter einer angstvollen Maske. »Inzwischen ist es spät geworden«, sagte er mit mühsam kontrollierter Stimme und legte seinen Degen in das Etui. »Bis morgen.« Als er sich wieder zu ihr wandte, saß sie reglos da, und ihr Gesicht erschien ihm so weiß wie ihr Rüschenhemd. »Warum gehst du nicht ins Bett?«

25

»Das würde ich gern … Aber – ich kann mich nicht bewegen.« Den Tränen nahe, die er nicht sehen durfte, senkte sie den Kopf.

»Verdammt!« Mit zwei Schritten war er bei ihr und hob sie hoch. Sie stieß einen leisen Schrei aus. Vorsichtig legte er sie aufs Sofa, und sie holte ein paarmal tief Atem.

»Tut mir leid. Laß mir nur ein paar Minuten Zeit. Gleich geht's mir wieder gut. All diese Aktivitäten … Daran bin ich nicht gewöhnt …«

»Hör zu lügen auf! Was, zum Teufel, ist los? Warum kannst du dich nicht bewegen? Wenn du mir nicht sofort die Wahrheit sagst, reiße ich dir die Breeches runter und untersuche dich.«

»Also gut. Der elende Bauer schlug mit seinem Ast nach meinem Bein, als ich mich auf Gabriella schwang. Aber es ist nicht schlimm, nur ein kleiner Bluterguß. Vorhin bin ich gestolpert, und da hat's ein bißchen weh getan.«

»Und du warst dumm genug zu fechten, obwohl du verletzt bist? Allmählich glaube ich, dein Gehirn müßte in einen Fingerhut passen.«

Kate richtete sich auf. »Wenn ich's dir gesagt hätte, wärst du wohl kaum bereit gewesen, mit mir zu fechten. Und ich hab's mir so gewünscht.«

»Was für ein lächerliches Argument!« knurrte er. Dann hob er sie wieder hoch, ignorierte ihren Protest und trug sie die Treppe hinauf.

»Du – bringst mich doch nur in mein Zimmer?« fragte sie unsicher.

»Nein, ich will sehen, *wie* dumm du warst. Keine Widerrede! Ich werde mir dein Bein anschauen.«

»Könntest du nicht Mrs. Crayton bitten …«

»Halt den Mund!«

Ganz behutsam legte er sie aufs Bett, öffnete ihre Breeches und streifte sie nach unten. »Heb die Hüften hoch.«

Sie starrte ihn an, las aber keine Begierde in seinen Augen, nur Ärger und Entschlossenheit. Gehorsam hob sie die Hüften, und er zog die Hose zu den Knien hinab. Während er den Bluterguß inspizierte, fluchte er laut und wortreich. Die geschwollene Stelle hatte sich violett gefärbt. Vorsichtig tastete er darüber. Kate zuckte zusammen, doch sie gab keinen Laut von sich. Schließlich richtete er sich auf. »Ich glaube, ich brauche dafür keinen Arzt zu rufen. Vorerst mußt du aber deinen Tatendrang etwas bezähmen. Hast du jetzt Schmerzen?«

»Nein.«

»Das glaube ich nicht. Deshalb werde ich Maria zu dir schicken. Sie soll dir etwas Laudanum geben, in Wasser aufgelöst. Wenn du's nicht trinkst, wirst du's bereuen.«

»Verdammt, in den letzten fünf Minuten hätte ich dich fünfmal treffen können. Du mußt dich konzentrieren und mich ganz genau beobachten. Und du darfst die Stärke deines Gegners niemals unterschätzen.«

Keuchend stand sie da. »Natürlich, du hast recht«, stimmte sie zu und focht verbissen weiter, bis ihr Arm zitterte.

Wie immer war es Julien, der die Lektion beendete, nicht Kate. Nach dem erzwungenen Müßiggang, der einen Tag gedauert hatte, war sie vor Julien auf und ab gehüpft, um ihre Genesung zu beweisen. Er hatte ihr erlaubt, mit ihm auszureiten. Und das war mehr, als sie erhofft hatte, was sie allerdings nicht zugab.

In der nächsten Zeit fochten sie vormittags und erforschten nachmittags die Umgebung. Gabriella hatte sich inzwischen an ihre neue Herrin gewöhnt und ihr leidvolles Dasein bei ihrem früheren Besitzer offenbar vergessen.

Für die junge Countess waren die Abende mit ihrem Ehemann eine reine Qual. Jedesmal, wenn Mrs. Crayton ihr in eins der schönen neuen Kleider half, verspürte Kate ein wachsendes Unbehagen, die Furcht vor einem dunklen Unheil. In seinen streng geschnittenen Abendanzügen wirkte Julian wie ein bedrohlicher Fremder, der beklemmende Ansprüche an sie stellen konnte. Würde der Tag doch jeweils nach dem Ausritt enden …

Wann immer sie ihrem Mann im Kerzenlicht gegenübersaß, fühlte sie seinen Ärger, seine Ungeduld. Sehnsüchtig betrachtete er ihren Mund, ihre Brüste, und seine grauen Augen schienen sie zu verschlingen. Sie verwünschte sich selbst, weil sie ihre Angst zeigte. Kurz nach den Mahlzeiten schützte sie Müdigkeit vor und floh in ihr Zimmer.

Während sie im Bett lag und auf den Schlaf wartete, versuchte sie erfolglos, Julien aus ihren Gedanken zu verbannen. Immer wieder drängte er sich in ihre Fantasie – und wartete. Und sein Bild wurde stets von jenen seltsamen, unerklärlichen Visionen begleitet, die sie verwirrten und erschreckten. Bedrückt starrte sie in die Finsternis und flüsterte das schlichte schottische Gebet, das die Mutter ihr beigebracht hatte.

Eines Tages verkündete Julien beim Lunch, er habe am Nachmittag geschäftlich im Dorf zu tun. Deshalb könne er nicht mit ihr ausreiten. »Ich komme wahrscheinlich erst am späten Abend zurück. Aber du darfst dich allein in den Wald wagen. Inzwischen kennst du die Umgebung, und falls du den Bauern triffst, müßte Gabriella ihm mühelos entfliehen können.«

Seine Großmut überraschte Kate. Doch das ließ sie sich nicht anmerken. »Also werden wir nicht gemeinsam dinieren?«

»Wirst du mich vermissen?«

Obwohl sie seinem eindringlichen Blick auswich, antwortete sie beiläufig: »O ja. Ich werde mich mit einem Tablett in meinem Zimmer begnügen.«

Er spielte mit seiner Gabel. »Wie konnte ich bezweifeln, daß ich dir abends fehlen würde?«

Vergeblich versuchte sie ihn anzuschauen und verbarg ihre Erleichterung. An diesem Abend würde er ihr keine Angst einjagen. Sie begleitete ihn vors Haus. Ehe er auf sein Pferd stieg, berührte er ihre Wange, und ihr graute vor dem kalten Ausdruck in seinen Augen. Wortlos ritt er davon, ohne sich umzudrehen.

Vorsichtig lenkte sie Gabriella durch den dichten Wald zu einer Wiese. Ihre Erleichterung war verflogen. Noch vor einer Woche hätte sie sich gefreut, wäre ihr Juliens Gesellschaft erspart worden. Jetzt fühlte sie sich konfus und unsicher, und sie verstand nicht, was in ihr vorging. Nichts ergab einen Sinn.

Auf der großen Wiese ließ sie ihrer Stute die Zügel schießen. Der Wind zerrte an ihrem Reithut. Nach einer Weile drosselte sie Gabriellas Tempo. Zu ihrer Verblüffung blieb das Pferd plötzlich stehen und bäumte sich auf. Sie hielt sich am Sattelknauf fest, brachte das verschreckte Tier wieder unter Kontrolle. Angstvoll schaute sie sich um. Würde der Bauer über sie herfallen? Aber es war ein Reiter im langen Cape, der zielstrebig zu ihr sprengte. Vielleicht hatte er sich verirrt und wollte sie nach dem Weg fragen. Eher neugierig als besorgt blickte sie ihm entgegen – bis sie sein maskiertes Gesicht sah, den Hut, den er tief in die Stirn gezogen hatte. Ihr Mund wurde trocken. Hastig drückte sie ihre Fersen in die Flanken der Stute, die sofort lospreschte. Kate erreichte den Waldrand und erkannte, daß sie durch das dichte Unterholz nicht fliehen konnte. Und so galoppierte sie an den Bäumen entlang. Aber ihr Vorsprung schmolz sehr schnell. Bald würde der Mann sie einholen … In ihren Ohren donnerten die Hufschläge. Eine starke Hand packte ihren Arm, zerrte sie aus dem Sattel, und sie schrie in wilder Panik. Ohne sie loszulassen, sprang der Maskierte von seinem Pferd. Erbittert versuchte sie sich zu wehren. Da preßte er sie noch fester an seine Brust. Trotzdem gelang es ihr, gegen sein Schienbein zu treten. Überrascht schnappte er nach Luft, und im nächsten Augenblick lag sie am Boden. »Halten Sie still!« befahl der Mann und preßte ihre Schultern ins Gras. Undeutlich und gedämpft drang seine Stimme durch die Maske. »Ich werde Ihnen nichts antun.«

Seltsam – er hatte mit deutschem Akzent gesprochen. Entschlossen bekämpfte sie ihre Angst. »Was wollen Sie von mir?« Statt zu antworten, faßte er in eine Tasche seines langen Umhangs. »Bitte, was wollen Sie?« flehte Kate. »Ich habe kein Geld …« O Gott, wo mochte Julien sein? Bei diesem Gedanken schöpfte sie neue Hoffnung. Vermutlich wußte der Angreifer nicht, wer sie war. »Hören Sie, ich bin die Frau des Earl of March, eines einflußreichen englischen Aristokraten. Natürlich wird er mich vermissen – und Sie töten, wenn Sie mich nicht sofort loslassen.«

Der Mann schwieg immer noch, und sie konnte nicht

feststellen, ob ihre Worte ihn beeindruckten, denn die Maske verdeckte sein ganzes Gesicht. Nun zog er ein weißes Tuch und ein Fläschchen aus seiner Tasche.

»Was tun sie da?« würgte Kate hervor. Ehe sie wußte, wie ihr geschah, tränkte er das Tuch mit einer Flüssigkeit und drückte es auf ihren Mund. Ein beißender Geruch stieg ihr in die Nase.

Verzweifelt warf sie den Kopf hin und her, versuchte dem Tuch zu entrinnen. Als sie unwillkürlich nach Atem rang, schmeckte sie das scharfe Betäubungsmittel. Ein heftiges Schwindelgefühl benebelte ihre Sinne, ihr Kampfgeist erstarb, und sie versank in einem schwarzen Abgrund.

26

Kate öffnete die Augen und blinzelte. Krampfhaft bemühte sie sich, ihr Gehirn von den gräßlichen Resten eines Alptraums zu befreien. Sie wollte sich aufrichten. Aber ihr Körper gehorchte nicht. Und dann merkte sie, daß sie nicht in ihrem Bett lag. Der Überfall war kein böser Traum gewesen.

Noch einmal versuchte sie sich aufzusetzen, und da erkannte sie, warum es ihr mißlang. Der maskierte Schurke hatte ihre Handgelenke an die Bettpfosten gefesselt. Stöhnend ließ sie ihren Kopf ins Kissen zurücksinken und zwang sich zur Ruhe. Warum hatte der Mann sie hierhergebracht? Es mußte ein Irrtum sein. Sicher hielt er sie für jemand anderen.

Als sie sich umschaute, sah sie ihr Reitkostüm und die Bluse über einer Stuhllehne hängen. Daneben standen die Stiefel. Sie trug nur mehr ihr Hemd. Was wollte der Mann von ihr? Eine bange Ahnung stieg in ihr auf und erschreckte sie so sehr, daß ihre Sinne erneut zu schwinden drohten ... Ja, sie kannte diese Schwärze, und die Erinnerung erwachte. Sie sah sich selbst, klein und geduckt, in einen wilden Kampf verstrickt, irgendwo gefangen, von Schmerzen gepeinigt. Tiefe, atemlose Stimmen, wütendes Gebrüll. Dann nur mehr eine einzige Stimme, eine Männerstimme. Sie kannte ihn nicht. Aus seinem Mund triefte Speichel, während er sie verfluchte. Sie konnte sich die Ohren nicht zuhalten. Schutzlos war sie dem Geschrei ausgeliefert. Die Bilder verblaßten allmählich, die Stimmen verhallten, sanken zu einem Flüstern herab, verwandelten sich in ein fernes Echo. In ihren Augen brannte Schweiß. Sie begriff nicht, was mit ihr geschehen war, und sie fragte sich, ob sie den Verstand verloren hatte. Schließlich kehrte die Gegenwart zurück. Sie lag immer noch im Bett, an die Pfosten gefesselt, und sie trug immer noch ihr Hemd. Irgendwie erschienen ihr die Möbel in dem fremden Zimmer tröstlich.

Ein Schlüssel knirschte. Ängstlich und hoffnungsvoll zugleich, schaute sie zur Tür. Der Entführer trat ein, von seinem langen Mantel umweht. Dann versperrte er die Tür und wandte sich zu seiner Gefangenen. Sie starrte in sein maskiertes Gesicht. Wortlos neigte er sich zu ihr herab, zog ein schwarzes Tuch aus seiner Tasche und verband ihr die Augen.

War sie hierhergebracht worden, um zu sterben? Seltsamerweise erschien Juliens Gestalt in ihrer Fantasie, der kalte Blick, den er ihr beim Abschied zugeworfen hatte … Sie begann zu zittern. In ihrem Kopf dröhnten wieder die grausigen Stimmen – und verstummten wenig später, als hätten sie nie existiert. Plötzlich stieg heißer Zorn in ihr auf und verdrängte die lähmende Schwäche. Wie konnte dieser Mann es wagen, sie zu fesseln und ihr die Augen zu verbinden? »Bastard!« schrie sie und hob den Kopf. »Wenn Sie mich nicht sofort freilassen, wird sich mein Mann gnadenlos an Ihnen rächen!« Nur ihre eigenen keuchenden Atemzüge durchbrachen die tiefe Stille. »Zum Teufel mit Ihnen. Sind Sie zu feige, um mir Ihr häßliches Gesicht zu zeigen?«

Der Mann schwieg immer noch. Erschöpft sank sie ins Kissen zurück. Dann spürte sie zu ihrem Entsetzen, wie er sich auf der Bettkante niederließ. Sein warmer Atem streifte ihre Wange, sein Mund berührte ihren – sanft und doch fordernd. Hatte er ihr die Augen verbunden, damit er seine Maske abnehmen konnte? Warum durfte sie ihn nicht sehen. Sie biß die Zähne zusammen und fühlte seine Lippen an ihrem Hals.

Langsam durchschnitt er die dünnen Träger des Hemds und zog es über ihren Brüsten nach unten, bis zur Taille. In diesem Augenblick wurde sie wieder in jene bedrohliche, undefinierbare Schwärze gehüllt, von der sie nur eins wußte – irgend etwas Böses lag darin begraben. In ihrem Gehirn schienen winzige Lichtpunkte zu bersten, und sie merkte, daß sie den Atem angehalten hatte. Sie öffnete den Mund, kostbare Luft strömte durch ihre trockene Kehle zu den Lungen hinab. Jetzt strichen ihr seine Finger das Haar aus der Stirn, und sie versuchte ihnen auszuweichen, soweit es die Fesseln zuließen. Aber seine Hand glitt über ihre Wangen, ihre Lippen, ihre Schultern. Ganz sachte. Trotzdem fürchtete sie, daß diese Hand ihr weh tun würde. Wie erstarrt lag sie da, während er ihre Brustwarzen streichelte, die sich allmählich erhärteten. Obwohl sie wußte, wie sinnlos es war, ihn anzuflehen, flüsterte sie: »Bitte, nicht – verschonen Sie mich ... Nein, nein ...«

Jetzt entfernten sich seine Hände von ihren Brüsten, und sie ahnte, daß er sie betrachtete – nicht ihren nackten Oberkörper, sondern ihr Gesicht. Sie spürte sein Zögern. Könnte sie ihn doch sehen! Und dann nahm er sie in die Arme, preßte sein Gesicht an ihren Hals.

In diesem Moment erkannte sie, daß sie verloren hatte. Er richtete sich auf, küßte sie und liebkoste wieder ihre Brüste. Doch er fügte ihr noch immer keine Schmerzen zu, weckte viel schlimmere Gefühle, eine unwillkommene Hitze. Seine Finger schienen ihr Fleisch zu kennen, genau zu wissen, wie sie es berühren mußten. Schreiend versuchte sie, ihn abzuwehren. Sein Arm umschlang ihre Taille, seine Hand strich über ihren Rücken. In ihren Augen brannten

Tränen und benetzten das schwarze Tuch. Sie vernahm ihre eigene flehende Stimme, wollte ihn bitten, von ihr abzulassen. Aus ihrer Kehle drang nur ein unsinniges Gestammel.

Rasch streifte er das Hemd über ihre Hüften und Beine nach unten. Sie hörte, wie sein Atem stockte, spürte seinen Blick auf ihrer Haut, und ihre Widerstandskraft erlahmte. Wozu sollte sie kämpfen? Es wäre ohnehin vergeblich gewesen. Von ihrer Angst ermattet, lag sie reglos da. Das feuchte Tuch, mit salzigen Tränen getränkt, brannte auf ihren Lidern. Den Kopf zur Seite gewandt, preßte sie die Lippen zusammen und wartete. Worauf? In der Tiefe ihres Herzens wußte sie es.

Sein Gewicht sank auf sie herab, seine nackten Schultern berührten ihren Körper. Nicht nur die Maske – auch seine Kleidung hatte er abgelegt. Warm und glatt schmiegte sich sein Fleisch an ihres. Seine Lippen glitten zu ihrem Bauch hinab, seine heiße Zunge drohte sie zu versengen. Um ihm zu entrinnen, drückte sie sich fest in die Matratze. Doch das schien ihn zu erregen. Sie haßte seinen Mund, der sie so sanft und doch aufreizend liebkoste. Und sie verabscheute sich selbst, weil in ihrem Herzen ein unerwünschtes, bebendes Gefühl entstand. Schreiend verfluchte sie ihn, und der Klang ihrer Stimme half ihr, wieder klar zu denken. Aber nur für einen kurzen Moment, denn er hörte nicht auf, sie überall zu streicheln und zu küssen. Seine Finger forderten ihren Körper zu einer Antwort heraus, und da kehrte jene seltsame Emotion zurück, die einem süßen Schmerz glich, so intensiv und drängend. Plötzlich wußte Kate, was sie erfaßte – das sinnliche Entzücken einer Frau. Mit aller Kraft kämpfte sie dagegen an, um sich zu retten.

Nun ahnte sie, daß er sie betrachtete, auf einen Ellbogen gestützt. Seine Finger wanderten über ihren Bauch, zum Kraushaar zwischen ihren Schenkeln. Obwohl die Berührung zielstrebig wirkte, war sie doch federleicht.

Warum? Wieso vergewaltigte er sie nicht einfach? Seine

verführerische Zärtlichkeit paßte nicht zu der Situation, und die Gefühle, die er in ihr entfachte, erschreckten sie. Behutsam erforschten seine Finger das weiche Fleisch zwischen ihren Schenkeln, und sie schrie entsetzt auf, beschämt und gedemütigt, verwünschte ihn, flehte ihn an. Aber er liebkoste sie in langsamem Rhythmus, während er mit der anderen Hand ihre Brüste streichelte. Es war unmöglich, ihm zu entkommen, dem sanften Druck seiner Finger, die immer tiefer in ihre Wärme eindrangen. Erschöpft gab sie ihre Gegenwehr auf und hörte ihr eigenes Schluchzen. Sie wußte, daß er jetzt ihre intimste Weiblichkeit kennenlernte, und sie versuchte ihre Gedanken von der Realität loszulösen. Doch das gelang ihr nicht – viel zu intensiv nahm sie alle Nuancen seiner Berührung wahr.

Verwirrt hielt sie den Atem an, als er seine Fingerspitzen entfernte, als sie seine Lippen auf ihrem empfindsamen Fleisch spürte. Zunächst lag sie bewegungslos da, wie gelähmt vor Entsetzen, dann wand sie ihre Hüften umher. Mit beiden Händen hielt er sie fest, während seine flackernde Zunge von ihr Besitz ergriff.

Ihre Glieder spannten sich an. Plötzlich wuchs ein überwältigendes Gefühl in ihrem Bauch, das alle Gedanken ausschaltete und sie vollends zu verzehren schien. Nachdem es verebbt war, rang sie hilflos und geschwächt nach Atem und fragte sich, was mit ihr geschehen war. Und die heiße Zunge bereitete ihr immer noch süße Qualen. Vor ihrem geistigen Auge tauchte Juliens Gesicht auf. Großer Gott, sie betrog ihn. Ihr Körper war diesem Mann ganz und gar ausgeliefert. Denn er wußte genau, was er tun mußte, um sie zu betören. Sie kannte ihn nicht, sah ihn nicht. Trotzdem wurden seine Hände und seine Lippen ein Teil von ihr.

Was der Vater ihr vorwarf, stimmte offensichtlich. Sie war eine Schlampe, eine Hure, keinen Deut besser als Juliens Mätressen.

Wieder strömte das berückende Gefühl durch ihren Körper. Sie wollte ihn beschwören, endlich aufzuhören. Aber über ihre Lippen kam nur ein leises, atemloses Stöhnen. In ihrem Innern loderte ein wildes Feuer, und im Hintergrund ihres Bewußtseins fürchtete sie zu sterben, wenn er die bezwingenden Liebkosungen beenden würde. Längst war ihr Widerstand gebrochen. Sie hob ihm die Hüften entgegen, drängte ihn, mit ihr zu verschmelzen. Dann begann sie unkontrollierbar zu zittern, während sie von ekstatischen Wellen zu einem gleißenden Gipfel emporgetragen wurde.

Allmählich erlosch das Entzücken, eine sanfte Wärme breitete sich in ihr aus, und der Mund des Mannes ließ sie los.

Julien legte sich zu ihr, strich über ihre Brüste, ihren Bauch. Jetzt wollte er nicht länger warten, er mußte sie besitzen. Trotz ihrer Gegenwehr hatte er ihr exquisite Freuden gespendet – weil sie ein Teil von ihm war, selbst wenn sie es bestritt. Vielleicht hatte ihr Körper ihn erkannt. Das hoffte er. Wie auch immer, er konnte sich nicht mehr gedulden.

Verwundert rang sie nach Luft, als er ihre Schenkel spreizte und langsam in sie eindrang. In seinen Schläfen rauschte das Blut. Doch er mußte sich zurückhalten, weil sie unberührt war. Wie weich und nachgiebig sie sich anfühlte … Ihre Glieder bebten immer noch, eine Nachwirkung des Glücks, das er ihr geschenkt hatte. Ganz behutsam wagte er sich weiter vor, suchte die Barriere ihrer Jungfräulichkeit.

Plötzlich schrie sie auf, heiser vor Entsetzen, und versuchte, ihm auszuweichen. Julien zog sich zurück und runzelte überrascht die Stirn, denn er wußte, daß er ihr nicht weh getan hatte. Aber sein Verlangen besiegte die Willenskraft. Obwohl er Kates Angst spürte, drang er wieder in sie ein, immer tiefer. Einen Augenblick später erkannte er die niederschmetternde Wahrheit – sie war keine Jungfrau … Nein, ich muß mich irren, dachte er bestürzt. Und doch – ihre Panik, ihre heftige Gegenwehr schienen sie zu verraten. Sie hatte ihn hintergangen. Nun schwanden die letzten

Zweifel, heißer Zorn erfüllte ihn. Kate hatte sich bereits einem Mann hingeben. Oder mehreren? O Gott, und er hatte sich so bemüht, seine unschuldige Frau sanft und liebevoll zu verführen …

Ohne lange zu überlegen, begann er sich zu bewegen, schnell und rücksichtslos, umfaßte ihre Hüften und ignorierte ihr qualvolles Stöhnen. Seine Finger gruben sich in ihr Fleisch. So tief wie möglich drang er in sie ein, ließ seiner Wut und Begierde freien Lauf, haßte sich selbst, weil er so blind gewesen war. Die ganze Zeit hatte sie ihn hingehalten, mädchenhafte Scheu geheuchelt. Nur die Koketterie einer Hure … Dafür wollte er sie jetzt bestrafen, mit seiner ungezügelten, schmerzhaften Leidenschaft.

Auch er stieß einen Schrei aus und bäumte sich auf, als er seinen Höhepunkt erreichte. Mit aller Kraft ergoß er seinen Samen in ihren Schoß. Dann sank er erschöpft auf ihren Körper hinab. Sein Kopf lag neben ihrer Wange im Kissen.

Wie aus weiter Ferne hörte er sie schluchzen. Langsam erstarb sein Zorn. Er befreite sie von seinem Gewicht, streckte sich neben ihr aus und starrte sie an – seine unschuldige junge Frau. Großer Gott, welch ein Hohn! Jetzt weinte sie nicht mehr, und er glaubte, sie hätte die Besinnung verloren, weil sie so still dalag. Nach einer Weile versuchte sie kraftlos, die Beine zu schließen.

Er betrachtete ihren schönen Körper. Beinahe hätte er über seine eigene Dummheit gelacht. Nun wußte er, warum sie ihn stets abgewehrt hatte – aus Angst er würde herausfinden, daß er nicht der erste Mann in ihrem Leben war. Er ballte die Hände, wollte die Wahrheit aus ihr herausschütteln.

Wer hatte sie besessen? Doch nicht dieser törichte, prahlerische Bleddoes? Nein, Kate hatte ihn verspottet. Aber wer dann?

Neue Wut stieg in ihm auf, vermischt mit Abscheu vor sich selbst. O Gott, er hatte sie vergewaltigt, trotz seiner Absicht, sie zärtlich in die Freuden der Liebe einzuweihen und ihr danach die Binde von den Augen zu nehmen. Doch es war überflüssig gewesen, ihr das Glück der Leidenschaft zu zeigen. Da er sich von seinen Selbstvorwürfen ablenken wollte, konzentrierte er seinen Zorn auf Kates unverzeihliche Niedertracht.

Plötzlich wurde ihm bewußt, wie spät es geworden war. Sollte er sich zu erkennen geben? Nein, das konnte er jetzt nicht mehr. Er mußte sie in die Villa zurückbringen, nachdenken und entscheiden, wie er sich verhalten würde.

Entschlossen stand er auf, nahm die Phiole und das weiße Tuch aus der Tasche seines Umhangs und tränkte es mit dem Rest der Flüssigkeit. Als er sich zu Kate hinabneigte, warf sie den Kopf hin und her. Aber er hielt sie eisern fest und drückte den feuchten Lappen auf ihre Nase. Bald rührte sie sich nicht mehr.

Er ließ das Tuch fallen, entfernte die Augenbinde und hielt kurz inne, weil er spürte, daß der Stoff von Tränen benetzt war. Seine stolze Kate … An ihren Wangen klebten nasse Wimpern, auf ihrer Unterlippe, in die sie verzweifelt gebissen hatte, glänzte ein Blutstropfen. Julien zwang sich wegzuschauen. Mit bebenden Fingern löste er die seidenen Fesseln, zuckte zusammen beim Anblick der roten Striemen an den zarten Handgelenken.

Unwillkürlich betrachtete er ihre Schenkel und sah Blutflecken. Warum – wenn sie doch keine Jungfrau mehr gewesen war? Merkwürdig … Er wusch sie, hüllte sie in eine Decke und kleidete sich an. Dann holte er seine Uhr hervor. Ein sonderbares Gefühl der Unwirklichkeit erfaßte ihn. Erst vor drei Stunden hatte er Kate gefangengenommen. In welch kurzer Zeit sich das Leben völlig verändern konnte …

Er zog seiner bewußtlosen Frau das Reitkostüm an, trug sie aus der strohgedeckten Hütte, die er für diesen Tag gemietet hatte, und band die Pferde los. In seiner freien Hand hielt er Gabriellas Zügel, sein anderer Arm umschlang Kate, während er auf seinen Hengst stieg.

27

»Gott sei Dank, Mylord, Sie haben Ihre Ladyschaft gefunden! Was ist denn geschehen? James hat die ganze Umgebung und den Rand der Wiese abgesucht, über die Ihre Ladyschaft immer reitet.«

Julien eilte an Mrs. Crayton vorbei in die Halle. »Glücklicherweise ist ihr nichts passiert. Sie muß vom Pferd gefallen sein. Als ich vom Dorf zurückritt, fand ich sie auf der großen Wiese.«

»Schnell, James, du mußt den Arzt holen ...«

»Nicht nötig, Maria«, fiel Julien ihr ins Wort. »Ich habe meine Frau untersucht und festgestellt, daß sie nicht ernsthaft verletzt ist. Offenbar hat sie sich nur den Kopf angeschlagen, und wir können ihr genauso gut helfen wie ein Doktor.« Die Craytons musterten ihn skeptisch, und er hob die Brauen. »Soll sich der Dorfarzt um Ihre Ladyschaft kümmern? Ein Ausländer?«

»Natürlich nicht. Was sollen wir tun, Mylord?«

»Bringen Sie mir heißes Wasser, Tücher und Laudanum.«

Julien trug seine bewußtlose Frau in ihr Zimmer. Während er sie aufs Bett legte und ihr die Reitjacke auszog, stöhnte sie leise. Er vermied es, in ihr Gesicht zu schauen. Wie zerbrechlich sie wirkte ... Das irritierte ihn, denn er wußte, daß sie stark und selbstsicher war. Aber jetzt nicht mehr – nicht nach allem, was er ihr angetan hatte. Hastig kleidete er sie aus.

Beim Anblick ihres nackten Körpers empfand er keine Begierde, nur Verzweiflung. Ein anderer Mann hatte diese seidige, weiße Haut berührt ...

Abrupt wandte er sich ab und nahm ein Nachthemd aus dem Schrank – dasselbe, das sie in der Hochzeitsnacht getragen hatte. Er zerknüllte den weichen Stoff. Wie galant und zartfühlend war er gewesen, voller Verständnis für ihre jungfräuliche Angst ...

Mit bebenden Fingern streifte er ihr das Hemd über den Kopf und zog es nach unten.

Es klopfte an der Tür, und Mrs. Crayton kam mit einem großen Tablett herein, auf dem neben gestapelten Handtüchern eine Wasserschüssel und ein gefülltes Glas standen. Als Julien seine Frau zudeckte, stöhnte sie wieder und bewegte den Kopf. Die Haushälterin wollte zu ihr eilen. Aber er versperrte ihr den Weg. »Machen Sie sich keine Sorgen, Maria. Ich werde Ihre Ladyschaft betreuen. Wenn ich Ihre Hilfe brauche, rufe ich Sie.«

Nach einem letzten Blick auf ihre junge Herrin wandte sie sich zur Tür. Nur zögernd verließ sie das Zimmer. Sie fand, Seine Lordschaft würde den Unfall seiner Gemahlin auf die leichte Schulter nehmen, und das mißfiel ihr.

Erschöpft rückte Julien einen Stuhl neben das Bett, setzte sich und betrachtete das bleiche, schöne Gesicht seiner Frau. O ja, sie sollte leiden, die gleiche Demütigung empfinden, die ihn jetzt quälte. Die Vergewaltigung war keine angemessene Rache, denn diesen Schmerz würde Kate bald vergessen.

O Gott – und er hatte sie zur Heirat gezwungen, trotz ihres heftigen Widerstands … Nein, daran wollte er jetzt nicht denken.

Langsam hob sie die Lider und blinzelte, bis sich die Schleier vor ihren Augen auflösten. Das Gesicht in den Händen vergraben, saß ihr Ehemann neben dem Bett. Sie runzelte verwirrt die Stirn, dann kehrte die Erinnerung zurück, und sie schrie auf.

»Alles in Ordnung, meine Liebe?« fragte Julien in geheuchelter Besorgnis.

»Bin ich wirklich in meinem Zimmer?« wisperte sie. »Sind wir beide allein? Ist kein anderer hier, kein Fremder?«

»Du hattest einen Reitunfall«, erklärte er und neigte sich zu ihr. »Auf dem Rückweg vom Dorf fand ich dich. Bald wirst du dich besser fühlen.«

»Ein Reitunfall?« fragte sie erstaunt.

»Ja, du wurdest abgeworfen.«

Ohne den harten Klang seiner Stimme zu bemerken, wandte sie das Gesicht ab. O Gott, er wußte es nicht. Der Mann mußte sie irgendwo in den Wald oder auf die Wiese gelegt haben. Wenigstens hatte er sie nicht getötet. »Julien, ich muß dir etwas sagen …« Unsicher verstummte sie. Konnte sie ihm anvertrauen, daß sie keine Jungfrau mehr war, daß der Entführer sie vergewaltigt hatte? Sie schloß die Augen und begann leise zu schluchzen.

»Nein, Kate, nein …«

Wie sanft er mit ihr sprach … Hätte sie doch bloß nicht gegen ihn gekämpft! Jetzt ist es zu spät, dachte sie bedrückt. Was geschehen war, würde sie nie vergessen – und sich niemals verzeihen.

Ihr Kopf wurde vom Kissen hochgehoben, ein Glas berührte ihre Lippen. Als ein sonderbarer Geruch in ihre Nase stieg, erinnerte sie sich an die Droge, an ihre Ohnmacht. Angstvoll versucht sie, das Glas wegzuschieben.

»Beruhige dich, Kate, das ist nur Laudanum. Es wird dir helfen, einzuschlafen.«

Schlafen – ja. Und vergessen. Zumindest für eine kleine Weile. Begierig trank sie die bittere Flüssigkeit. »Laß mich nie wieder aufwachen.«

Julien zuckte zusammen. Mit zitternder Hand stellte er das Glas beiseite. Gewiß, sie sollte leiden, tiefe Reue und Scham empfinden. Aber daß sie in so hoffnungsloser Verzweiflung den Tod herbeisehnte, erschütterte ihn und weckte die mühsam verdrängten Schuldgefühle. Unglücklich beobachtete er, wie sie einschlief, und hielt Wache.

Kurz bevor der Morgen graute, schürte er das Kaminfeuer und hörte einen leisen Schrei. Besorgt eilte er zum Bett. Kate warf ich umher, in den Fängen eines Alptraums. Aber die Wirkung des Laudanums verhinderte ihre Rückkehr ins Bewußtsein. Immer wieder schrie sie auf.

Um sie von der Qual zu erlösen, schlug er in ihr Gesicht. Sie öffnete die Augen und starrte ihn an. In wilder Panik schlang sie die Arme um seinen Hals, ein heftiges Schluchzen schüttelte ihren ganzen Körper. Er hüllte sie in die Decke und trug sie zum Kamin. Während er Trostworte flüsterte, die kaum einen Sinn ergaben, sank er in einen Sessel und hielt sie auf seinem Schoß fest. Allmählich versiegten die Tränen, und sie lehnte erschöpft an seiner Brust.

Als er ihr das wirre Haar aus der Stirn strich, richtete sie sich auf und sah ihn an. Er wollte nicht nach ihrem bösen Traum fragen, denn er wußte, was sie erzählen würde. Dann könnte er ihr die Wahrheit nicht mehr vorenthalten. Und so war es Kate, die das lange Schweigen brach. »O Gott, ich ertrage es nicht. Sicher werde ich den Verstand verlieren.«

»Was erträgst du nicht?«

»Die Finsternis, die Stimmen … Dieses pechschwarze Dunkel … Nie zuvor war es so real. Es verbirgt etwas Schreckliches. Und ich erkenne es nicht. Es ist so lange her. Oh, die Schmerzen, die Stimmen – grausame, höhnische, häßliche Männerstimmen. Sie wollen mich töten …«

Vor langer Zeit? Nicht am letzten Tag? Juliens Atem stockte. »Erzähl mir deinen Traum. Was ist das für ein Dunkel. Welche Stimmen hast du gehört?«

Sie starrte ins Kaminfeuer und schien etwas zu beobachten, das er nicht sah. »O Mama!« rief sie mit hoher, hysterischer Kinderstimme. »Warum haben die Männer mir weh getan? Sie rissen mir die Kleider herunter! So viel Blut … Wieso blute ich? Diese Schmerzen … Hilf mir, Mama! Nein, Vater, nein! Du darfst mich nicht verprügeln! Was habe ich denn verbrochen? Hör auf!«

Schreiend hob sie die Arme, als wollte sie ihren Kopf vor Schlägen schützen. Julien schüttelte sie, bis sie verstummte und ihre Augen den glasigen Glanz verloren.

»Wie gut, daß du bei mir bist …«, flüsterte sie müde und preßte das Gesicht an seine Brust. »Bitte, verlaß mich nicht …«

Wenig später hörte er ihre tiefen, gleichmäßigen Atemzüge. Sie war eingeschlafen.

Herbstliches Sonnenlicht erfüllte den Raum, und Julien saß immer noch vor dem Kamin, seine Frau an sich gedrückt. Obwohl seine Arme schmerzten, rührte er sich nicht, denn er wollte ihren heilsamen Schlaf nicht stören. Sein Zorn war längst erloschen, der verletzte Stolz vergessen. Endlich verstand er ihre Angst vor ihm, ihre Weigerung, ihn zu heiraten – auch wenn sie selbst nichts von ihren Beweggründen wußte.

Er erinnerte sich an jenen Tag, als sie zum Waldrand geritten waren, an das kalte Entsetzen in ihrem Blick. Warum sie erschrocken war, hatte sie nicht erklären können. Und er hatte es nicht so wichtig genommen, in seinem eifrigen Bestreben, sie zu heiraten. Wieso war er so blind gewesen? Von kaltem Grauen erfaßt, stellte er sich vor, was sie in ihrer Kindheit erlitten hatte. O Gott, was mußte das für ein Mann sein, der ein kleines Mädchen vergewaltigte? Und dann war sie auch noch von ihrem Vater verflucht und geschlagen worden …

Sie stöhnte leise, und er umfing sie noch fester. Nachdenklich betrachtete er ihr entspanntes Gesicht. Der Mantel des Vergessens hatte ihre Seele in all den Jahren beschützt. Aber als er sie vergewaltigt hatte, war die Erinnerung teilweise zurückgekehrt. Der instinktive Überlebenswille eines Kindes hatte sie bewogen, alle Gedanken an das gräßliche Ereignis zu verdrängen. Nur vage Schatten tauchten auf – Bilder, die schnell wieder verblaßten und in einem undurchdringlichen Dunkel verschwanden.

Jetzt war es nur mehr eine Frage der Zeit, daß sie sich wieder an alles erinnern würde. Wie sollte sie dieses zerstörerische Wissen verkraften? Und die furchtbare Vergangenheit würde nur durch *seine* Schuld zu neuem Leben erwachen.

Vorsichtig stand er auf und legte Kate ins Bett. Dann

sank er wieder in den Sessel, von seiner Müdigkeit übermannt, und schlief kurz darauf ein.

Als sie die Augen öffnete, von einem langen, traumlosen Schlummer erfrischt, sah sie Julien neben ihrem Bett sitzen, das Kinn auf der Brust. Vage entsann sie sich, wie er sie in den Armen gehalten, getröstet und ihre Angst verscheucht hatte.

Um die wirren Visionen in ihrer Fantasie zu ordnen, schüttelte sie den Kopf. Aber die Bilder entglitten ihr. Sie stieg aus dem Bett, fühlte einen brennenden Schmerz zwischen den Schenkeln und hielt inne. Da stürmten die Erinnerungen auf sie ein.

Beklommen schaute sie ihren schlafenden Mann an. Er hatte von einem Reitunfall gesprochen. Daran klammerte sie sich jetzt mit aller Macht. Niemand außer dem Entführer und ihr selbst wußte, was geschehen war. Und Julien durfte es nie erfahren. Behutsam rüttelte sie an seiner Schulter.

Er sprang auf, starrte sie verwirrt an, dann nahm er sie in die Arme. Seltsam, dachte sie, wie tröstlich ich seine Nähe und seine Kraft finde.

Nach einer Weile rückte er ein wenig von ihr ab, und streichelte ihr zerzaustes Haar.

»Kate ...« Hilflos erwiderte er ihren unglücklichen Blick. Aber dann senkte sie rasch den Kopf, und als sie ihn wieder ansah, war ihr Gesicht ausdruckslos. »Geht's dir gut?« fragte er.

»O ja. Ich wurde nicht ernsthaft verletzt. Plötzlich ging Gabriella durch und warf mich ab ... Und dann muß ich die Besinnung verloren haben.«

Ihr Entschluß, die Wahrheit zu verschweigen, erleichterte ihn ein wenig. Auch er würde schweigen. Wenn er ihr die Vergewaltigung gestand, würde er das Vertrauen verlieren, das sie ihm allmählich entgegenbrachte. Irgendwie mußte er die grausigen Ängste ihrer Kindheit bannen, bevor er offen und ehrlich mit ihr sprach.

»Möchtest du baden?« schlug er vor. »Soll ich Mrs. Crayton rufen?«

Sie strich sich die zerzausten Locken aus dem Gesicht und lächelte schwach. »O Gott, sicher wird die arme Frau eine halbe Stunde brauchen, um mein Haar zu entwirren.«

In diesem Augenblick bewunderte er sie grenzenlos. Er zog sie an sich und küßte sie sanft. Als er zurücktrat, stand sie wie erstarrt da und schaute ihn verwundert an.

»Wollen wir in einer Stunde frühstücken?« fragte er.

»Ja, sehr gern.«

Nachdem er aus dem Zimmer gegangen war, betrachtete sie die geschlossene Tür. Gerührt erinnerte sie sich an den zärtlichen Kuß, der nichts von ihr gefordert hatte. Was für ein guter, rücksichtsvoller Mann …

Juliens Hoffnung, seine Frau würde ihm endlich vertrauen, erfüllte sich. In den nächsten Tagen wich sie kaum von seiner Seite. Sie kam gar nicht auf den Gedanken, er könnte ihr Verhalten sonderbar finden, denn ihre unablässige, quälende Furcht verbannte alle anderen Überlegungen. Sie merkte nicht einmal, daß sie sich verändert hatte.

Am Tag nach dem Reitunfall erklärte Julien, er würde sie nicht mehr drängen, die Ehe zu vollziehen, und ihr so viel Zeit geben, wie sie wollte. Seit diesem Augenblick fürchtete sie die Abende in seiner Gesellschaft nicht mehr. Und plötzlich war ihr Schlafzimmer keine Zufluchtsstätte, sondern ein sehr einsamer Ort, wo ihr Angst und Schuldgefühle den Schlaf raubten.

Eine Woche war verstrichen, als sie im Morgengrauen von ihrem eigenen Schrei geweckt wurde. Vage, bedrohliche Schatten umringten sie, Hände griffen nach ihr, heisere Stimmen dröhnten in ihren Ohren.

Von panischem Entsetzen erfaßt, sprang sie aus dem Bett und rannte in Juliens Zimmer. Er hatte ihren Schrei gehört und soeben seinen Morgenmantel angezogen. Bestürzt eilte er ihr entgegen, umarmte sie und spürte ihre rasenden Herzschläge an seiner Brust. »Beruhige dich, du mußt dich nicht fürchten. Ich bin bei dir. Und ich werde dich niemals verlassen.«

»O Julien, es war so grauenhaft. Trotzdem kann ich mich nicht erinnern … Warum denn nicht? Es ist immer der gleiche Alptraum, der mich heimsucht. Da bin ich mir ganz sicher. Aber es gelingt mir nicht, ihn festhalten. Sobald ich erwache, versinkt er in einem unergründlichen Dunkel. Und ich weiß nur, wie schrecklich er ist …«

»Alles wird gut, das verspreche ich dir.«

»Darf ich bei dir bleiben? Ich will nicht allein sein.«

28

Vor einer Woche hätte ihn ihre Bitte maßlos erstaunt. Aber jetzt verstand er, was sie dazu bewog, und er nahm ihr Gesicht in beide Hände. »Natürlich kannst du hierbleiben. Bei mir bist du sicher. Das glaubst du doch?«

Langsam nickte sie. Er hob sie hoch, legte sie in sein Bett und streckte sich neben ihr aus. Dann zog er die Decke über ihren und seinen Körper. Den Kopf an seine Brust geschmiegt, seufzte sie, und wenige Minuten später schlief sie ein.

Er starrte ins Halbdunkel und dachte an seine Behauptung, bei ihm sei sie sicher. Wie sollte er sie vor ihren eigenen Ängsten schützen, die sie in nächtlichen Träumen peinigten und die sie nicht verstand? Tagsüber wurde sie von den Schuldgefühlen heimgesucht, die sie ihm verdankte, und die unverhohlene Verzweiflung in ihren Augen zwang ihn immer wieder, sich selbst zu hassen.

Wie konnte er den Mißbrauch, den sie als Kind erlitten hatte, von seiner Vergewaltigung trennen? Obwohl er ihr ein ekstatisches Glück geschenkt hatte, war es seine Vergewaltigung gewesen. Daran ließ sich nichts ändern. Und deshalb schwieg er. Wenn er ihr die Wahrheit gestand, würde sie sich an die Vergangenheit erinnern. Das mußte er verhindern. Außerdem würde er sie verlieren, sobald sie erfuhr, wer sie in jene Hütte entführt hatte. Und er fürchtete, sie würde sich selbst verlieren.

Er schloß die Augen, genoß die Wärme ihres weichen Körpers und streichelte ihre seidigen Locken. Irgendwann schlief er ein.

Als er die Augen öffnete, lag sie nicht mehr neben ihm. Das überraschte ihn kein bißchen. Mühelos konnte er sich ihre Verlegenheit vorstellen, nachdem sie in seinem Bett erwacht war.

In ihren Breeches und dem weißen Rüschenhemd erwartete sie ihn vor seiner Tür, zur Fechtstunde bereit. Ihre nächtliche Flucht in sein Zimmer wurde nicht erwähnt.

An diesem Tag stürzte sie sich mit besonderem Eifer in körperliche Aktivitäten. Verbissen schwang sie ihr Florett und verlängerte die Lektion. Schließlich veranlaßte ihn ihr blasses, müdes Gesicht, seine Waffe zu senken. Nachmittags ritten sie aus. Kate spornte Gabriella zu einem wilden, ausgedehnten Galopp an, und Julien mußte ihr Einhalt gebieten. Sonst wäre das Pferd zusammengebrochen. Am Abend schwatzte sie unentwegt, als wollte sie sich beweisen, wie gut es ihr ging. Aber sie vermochte die Furcht in ihrem Blick nicht zu verbergen.

Nachdem sie beim Pikett symbolische zweihundert Guineen an ihn verloren hatte, ließ sie sich nur widerstrebend in ihr Schlafzimmer führen. »Wirklich, ich bin noch hellwach.«

Obwohl ihm beinahe die Augen zufielen, lächelte er. »Komm zu mir, wenn du nicht schlafen kannst, und wir unterhalten uns, bis du müde wirst. Einverstanden?« Hastig senkte sie den Kopf, und Julien ahnte, daß sie ihr Vertrauen zu ihm gegen ihre Angst vor der Einsamkeit abwog. »Wie du dich auch entscheiden wirst, ich bin für dich da.«

Kaum war er zu Bett gegangen, als es auch schon an der Tür klopfte. Lautlos huschte sie herein, blieb stehen und zupfte nervös an ihrem Nachthemd.

»Leg dich zu mir, Liebes!« Einladend klopfte er neben sich auf die Matratze. »Sonst erkältest du dich womöglich.«

Zögernd folgte sie der Aufforderung, und er breitete sie Decke über ihren zitternden Körper. »Du findest mein Verhalten sicher seltsam, und ich ...«

Weil er Kates Scham spürte, unterbrach er ihre klägliche Erklärung. »Ich weiß nur, daß du mich heute ganz schrecklich ermüdet hast. Und nun wollen wir schlafen.« Er nahm sie in die Arme, behutsam und leidenschaftslos. Zunächst versteifte sie sich. Aber dann legte sie den Kopf auf seine Schulter.

Während der nächsten Wochen glaubte sie, ganz langsam an ihren Gewissensqualen zu ersticken. Da Julien ihr tagsüber stets freundlich begegnete und jede Nacht Verständnis für ihre Ängste zeigte, fühlte sie sich um so elender. Was sie getan hatte, war unverzeihlich. Daß der skrupellose Entführer sie betäubt und gefesselt hatte, konnte ihre Schuldgefühle nicht mildern, denn sie war in seinen Armen glücklich gewesen. Nur die Angst, Julien zu verlieren, hinderte sie daran, ein Geständnis abzulegen und ihre Seelenlast zu erleichtern.

Wenn sie nachts in den Armen ihres Mannes schlief, fand sie ein wenig Trost. Zweimal wurde sie von ihrem Alptraum heimgesucht. Aber ihr Stöhnen weckte Julien sofort, und er rüttelte sie wach, ehe die grausigen Visionen zu lebhafte Züge annahmen.

Immer wieder versuchte sie, die Bedeutung des bösen Traums zu verstehen. Aber irgend etwas in ihrem Inneren bekämpfte die Bilder und verscheuchte sie.

Sie gewöhnte sich an, vor jedem Spiegel stehenzubleiben, wenn sie zufällig vorbeiging, und hineinzustarren. Würde ihr Gesicht die verlorene Unschuld verraten? Ein solches Zeichen mußte sie entdecken, bevor es Julien auffiel, damit sie es vor ihm verbergen konnte. Doch sie sah immer nur bleiche Wangen und unergründliche Augen.

Manchmal dachte sie an Harry, den sie nach wie vor liebte. Aber die Rolle, die er in ihrem Leben spielte, veränderte sich allmählich. Jetzt war sie nicht mehr seine übermütige kleine Schwester, die ihn spontan in alle ihre Gedanken einweihte. Sie wußte nicht mehr, zu wem sie gehörte.

Über Nacht verschlechterte sich das Wetter, und an einem Donnerstagmorgen begann es zu schneien. Julien und Kate ritten ins Dorf, um eine Kutsche für die Rückfahrt nach Genf zu bestellen.

In den Straßen nahm sie die neugierigen Blicke, die ihr folgten, nicht wahr. Sie stand neben Julien, während er im winzigen Gasthaus mit dem Wirt verhandelte.

Nachdem sie das Haus verlassen hatten, bemerkte sie, die rote Knollennase des Mannes sei zweifellos auf seine Trunksucht zurückzuführen. Außerdem habe er furchtbar schmutzige Fingernägel.

Julien lachte. »Wie auch immer, er hat dich sehr bewundert und mir sicher nur deshalb einen so günstigen Preis gemacht, weil du dabei warst.«

»Vielleicht hätte *ich* mit ihm verhandeln sollen. Dann wär's noch billiger geworden.« Ihr Lächeln erschien ihm wie ein Geschenk des Himmels.

Drei Tage später wurde das Gepäck auf dem Wagendach festgeschnallt, und sie verließen die Villa. Die Craytons würden ihnen in einer zweiten Kutsche folgen.

Als sie Genf erreichten, stiegen sie wieder im Cœur de Lyon ab. Aber diesmal teilten sie sich ein Zimmer, in stillschweigendem Einvernehmen. Julien ließ einen Wandschirm holen, damit Kate sich ungestört an- und ausziehen konnte. Bereitwillig spielte er ihre Zofe, öffnet und schloß die Knöpfe ihrer Kleider und bürstete ihr Haar. Wenn sie hinter dem Paravent verschwand, um sich nicht völlig nackt zu zeigen, verlor er kein Wort darüber.

»Erinnerst du dich, Julien?« fragte sie an diesem Abend beim Dinner. »Bei unserem letzten Aufenthalt in Genf hast du mich zu einem Spaziergang gezwungen. Am Ufer des Sees war's eiskalt, und ich hätte mir fast eine Lungenentzündung geholt.«

»Interessant, wie das weibliche Gedächtnis die Dinge verzerrt. Soviel ich mich entsinne, hast du nur gefroren, weil du deinen neuen warmen Umhang nicht anziehen wolltest.«

»Mag sein … Aber verstehst du das denn nicht? Es war ein Geschenk von *dir*. Irgendwie bildete ich mir ein, ich dürfte ihn nicht tragen, sonst würde ich mich verkaufen. Und dann wäre ich nicht mehr ich selbst.«

Verwundert runzelte er die Stirn. »So habe ich das nie betrachtet. Tut mir leid. Ich war dir kein guter Freund, nicht wahr?«

»Doch. Du bist mein bester Freund. Trotzdem könnte ich nicht …« Sie verstummte, und Julien ergriff ihre Hand.

»Daran wollen wir jetzt nicht denken. War das nicht ein amüsanter Streit an jenem Abend?«

Sie lächelte gezwungen. »Vor allem, weil du beim Pikett gewonnen und deinen Willen doch noch durchgesetzt hast. Jetzt trage ich meine neuen Kleider.«

»Inzwischen hast du deine Fähigkeiten verbessert. Seit ich dich zum letztenmal so vernichtend geschlagen habe, sind immerhin drei Wochen vergangen.«

»Allerdings, und ich werde dir bald sämtliche Niederlagen heimzahlen.«

»Das wäre wohl nur möglich, wenn ich in absehbarer Zeit meinen Verstand einbüßen würde.«

Plötzlich versank sie in trostlosem Schweigen. Sie mochte nicht an die Zukunft denken, weder an die unmittelbare noch an die ferne. Für sie zählte nur der Augenblick. Als sie

Juliens prüfenden Blick bemerkte, lobte sie hastig die köstliche Mahlzeit.

Gemächlich reisten sie durch Frankreich, genossen das wärmere Wetter und besichtigten im Süden des Landes die römischen Ruinen, vor allem in Nîmes. Schließlich erreichten sie Calais. Zu ihrer Überraschung sah Kate die Yacht ihres Mannes, die *Fair Maid*, im Hafen liegen.

»Oh, an deine Yacht habe ich gar nicht mehr gedacht!« rief sie fröhlich, und ihr Lächeln erwärmte sein Herz.

»Hoffentlich muß ich dich nicht gewaltsam an Bord bringen«, erwiderte er und winkte einem kleinen stattlichen Mann in blauer Uniform zu, der beflissen herbeieilte.

»Sicher nicht.« Interessiert musterte sie den Fremden, der sich ehrfurchtsvoll vor Julien verneigte.

»Freut mich, Sie wiederzusehen, Mylord. Die Männer werden schon unruhig.« Höflich wandte er sich zu Kate, um auch sie mit einer Verbeugung zu begrüßen.

»Captain Marcham – die Countess of March«, erklärte Julien.

»Mylady, es ist mir eine Ehre, Sie kennenzulernen.« Insgeheim dachte Captain Marcham, die Besatzung dürfte sich glücklich schätzen, weil das junge Ehepaar schon jetzt auftauchte. Wäre er an der Stelle des Earls, würden die Flitterwochen noch sechs Monate länger dauern.

Die *Fair Maid* war gut ausgestattet, mit kleinen, elegant möblierten Kabinen, sauber geschrubbten Decksplanken und einer glänzend polierten Reling.

Während der neuntägigen Überfahrt saß Kate oft an Deck, in warme Pelzdecken gehüllt. Regelmäßig servierte ihr ein schüchterner junger Matrose eine Tasse Tee, und sie erinnerte sich lächelnd an ihre Reise nach Frankreich, an Bord eines überfüllten Postschiffs.

»In einer Stunde legen wir in Plymouth an, Mylord«, verkündete Captain Marcham nach unglaublich kurzer Zeit. Zumindest kam es Kate so vor.

»Da sind wir aber schnell vorangekommen, Marcham. Hoffentlich hast du jetzt eine bessere Meinung von meiner Yacht, meine liebe Kate«, fügte Julien hinzu und wickelte ihre Beine fester in die Decken.

»Oh, sie ist wunderschön. Aber – wir sind so schnell über den Kanal gesegelt, und ich bin mir nicht sicher ...« Verwirrt unterbrach sie sich und starrte auf die schaumgekrönten Wellen.

»Was bedrückt dich, Liebes?«

»Ach, gar nichts. Ich bin nur albern.« Plötzlich las er unverhüllte Angst in ihren Augen. Sie fuhr hastig fort: »Glaub mir, es ist nichts. Mir geht's gut. Das schwöre ich dir.«

Von Schuldgefühlen geplagt, zutiefst besorgt um seine Frau, fühlte er sich mehr als elend. So sehr er ihre Tapferkeit auch bewunderte – es quälte ihn, daß sie sich in ihrem Schneckenhaus verkroch. Und er konnte nichts dagegen tun.

Als sie in Plymouth an Land gingen, tummelten sich zahllose Reisende, geschäftige Seemänner und Einheimische im Hafen.

Kate spürte wieder englischen Boden unter den Füßen, hörte ringsum das lebhafte Geschrei englischer Stimmen – und aus unerklärlichen Gründen fühlte sie sich schrecklich einsam. Während Julien dem Captain einige Anweisungen gab und den Besatzungsmitgliedern erklärte, wohin das Gepäck gebracht werden sollte, stand er nur wenige Schritte von ihr entfernt. Trotzdem gewann sie den Eindruck, der Mann, dessen Leben sie zwei Monate lang geteilt hatte, würde sie jetzt verlassen. Er kehrte in eine Welt zurück, die ihr fremd war.

Am liebsten wäre sie wieder an Bord gelaufen und hätte Captain Marcham gebeten, einfach loszusegeln, wohin immer er wollte.

»Komm, meine Countess!« Julien nahm ihren Arm. »In Wild Boar erwartet uns eine herzhafte englische Mahlzeit.«

Sie schwieg, denn es gab nichts zu sagen. Ein letztes Mal schaute sie zur *Fair Maid* hinüber, dann folgte sie ihrem Ehemann.

29

»Großer Gott, George, soll das heißen, daß meine Mutter hier ist? Jetzt?«

»Ja, Mylord. Ihre Ladyschaft teilte mir mit, sie habe ›gespürt‹, Sie würden bald zurückkehren. Seit einer halben Stunde wartet sie im Salon«

»Ich wußte gar nicht, daß sie übernatürliche Fähigkeiten besitzt. Was hältst du davon, Kate?«

»Gewiß, es ist sonderbar.« Sie hatte Kopfschmerzen, und nach der langen Fahrt von Plymouth nach London war ihr ein wenig übel.

Besorgt musterte Julien ihr kreidebleiches Gesicht. »Rufen Sie Eliza, George. Die Countess ist müde und muß sich ausruhen.« Kate atmete auf. Sie würde ihrer Schwiegermutter erst begegnen, wenn sie sich erholt hatte. »Wenn du dich unpäßlich fühlst, mußt du meine Mutter nicht begrüßen«, fügte er hinzu, »obwohl sie's sicher kaum erwarten kann, dich kennenzulernen. Wir werden sie irgendwann besuchen. Eliza, führen Sie die Countess in ihr Zimmer.«

»Mylady, ich kümmere mich um das Gepäck«, versprach George, schnippte mit den Fingern und wandte sich zu einem Lakaien, dessen Anwesenheit Kate erst jetzt bemerkte.

»Danke, George. Mein Mann hat recht, ich würde gern mein Zimmer aufsuchen. Eliza ...«

Sie kam gar nicht auf den Gedanken, sich zu fragen, warum das Mädchen in Juliens Haus arbeitete. Rasch nahm sie ihren Hut ab und ließ sich aus dem Cape helfen, dann sank sie aufs Bett.

Als die Zofe ihr ein kühles, mit Lavendelwasser getränktes Tuch über die Lider gelegt hatte, ging es ihr etwas besser. Ihr Magen beruhigte sich. Nach einer Weile stützte sie sich auf ihren Ellbogen. »Seltsam, Eliza – nun fühle ich mich plötzlich wie neugeboren. Ich möchte die Countess-Witwe begrüßen. Bitte, packen Sie ein Kleid aus. Natürlich müßten Sie es bügeln. Irgendwas Schlichtes, das dem Geschmack einer ehrbaren Schwiegermutter entspricht ...«

Eliza traf eine gute Wahl. Eine knappe halbe Stunde später stieg Kate in einem hochgeschlossenen hellgrünen Musselinkleid die geschwungene Treppe hinab, das Haar zu einem lockigen Knoten aufgesteckt.

Da sie nur sehr wenig über die Countess-Witwe wußte, bangte ihr nicht vor der Begegnung. Julien erwähnte seine Mutter manchmal – in liebevollem, aber auch etwas ungeduldigem Ton. Die Tür zum Salon war nur angelehnt, und Kate hielt inne, um ihren Rock zu glätten.

Bestürzt runzelte sie die Stirn, denn sie hörte eine vorwurfsvolle, klagende Stimme. »Ich versuchte natürlich, den Skandal in Grenzen zu halten, nachdem du Hals über Kopf nach Paris gefahren warst. Aber wie konntest du diesem Mädchen nachlaufen, Julien? Ich hab's dir doch gesagt – in den Adern der Familie Brandon fließt böses Blut. Und nun hast du mir diese unmögliche Person aufgebürdet. Wahrscheinlich werde ich den Winter nicht überleben.«

Wie erstarrt stand Kate vor der Tür und wartete auf Juliens Antwort.

»Also wirklich, Mama, du hattest zwei Monate Zeit, um dich an den Gedanken zu gewöhnen. Sei versichert, Katharine ist eine zauberhafte junge Dame. Bald wirst du sie kennenlernen.«

»Aber sogar Sarah, mein lieber Junge ...«

»Sollte ich mit einer verheirateten Lady durchbrennen, Mama?« Juliens Stimme nahm einen scharfen Klang an. Daß er sarkastisch lächelte, konnte Kate nicht sehen. »Eigentlich müßtest du meine Ehe mit einer bösen Brandon vorziehen.«

Kate widerstand dem feigen Impuls, in ihr Zimmer zurückzukehren, hob den Kopf und betrat den Salon – wie eine stolze Märtyrerin, die ihr Urteil erwartete. Beim Anblick der Countess-Witwe of March blieb sie stehen. Die dunkelhaarige kleine Frau saß auf einem Sofa, in mehrere schöne Paisley-Schals gehüllt, die Augen schmerzlich geschlossen. Mit einer schmalen Hand preßte sie ein Riechsalzfläschchen an ihre Brust. Julien saß ihr gegenüber, sichtlich irritiert.

Entschlossen ging Kate weiter und räusperte sich. Ihr Mann sprang sofort auf. »Ah, meine Liebe, fühlst du dich besser?« Lächelnd zwinkerte er ihr zu, bevor er sich zu seiner Mutter wandte, die ihre dunklen Augen öffnete.

Kate knickste höflich. »Ma'am, es ist mir eine Ehre, Sie kennenzulernen. Natürlich hat Julien mir schon viel von Ihnen erzählt – von Ihrer Güte und Großzügigkeit.«

»Nun, wenigstens gleichen Sie nicht Ihrem unverschämten Vater, Kindchen.«

»Angeblich sehe ich meiner Mutter ähnlich.« Kate setzte sich neben die Countess-Witwe, die eine Zeitlang schwieg und sich an Lady Sabrina zu erinnern suchte. Dunkelrotes Haar, ein blasses, zartes Gesicht ...

»Ja, vielleicht – und dafür sollten Sie dem Himmel danken, denn Sir Oliver ist ein eher unscheinbarer Mann ...«

»Ah, Mutter – Kate, möchtest du ein Glas Sherry?«

»Das würde auch meine Nerven beruhigen«, seufzte die Countess-Witwe. Während Julien die Gläser füllte, wandte sie sich wieder zu Kate. »Jetzt scheinen Sie sich gut mit meinem Sohn zu verstehen, junge Dame. Würden Sie mir bitte verraten, warum Sie ihn vor zwei Monaten abgewiesen haben und nach Paris geflohen sind? Das war sehr ungezogen.«

»Lassen wir die Vergangenheit auf sich beruhen, Mama!« rief Julien erbost. »Inzwischen haben wir alle Mißverständnisse beseitigt, die niemanden interessieren sollten – außer uns beiden.«

Die Countess-Witwe rang nach Luft, und Kate ergriff hastig eine ihrer schlaffen Hände. »Selbstverständlich ist es Ihr gutes Recht, eine Erklärung zu verlangen, Ma'am. Verzeihen Sie Julien. Er ist müde von der langen Reise. Um die Wahrheit zu gestehen – mein Vater forderte mich auf, Ihren Sohn zu heiraten, ehe ich meine eigene Entscheidung getroffen hatte, und das ärgerte mich maßlos. Sicher war es dumm von mir, so überstürzt nach Paris zu fahren, und ich hoffe, Sie entschuldigen mein unbedachtes Verhalten.« Mit diesen wohlgesetzten Worten beglückte sie Julien, und das entging seiner Mutter nicht. Sie entdeckte einen warmen Glanz in seinen Augen, den sie zum erstenmal sah.

Doch sie hatte eine lange Liste eindrucksvoller Klagen zusammengestellt, und nun schnitt sie ein anderes Thema an, um ihre Schwiegertochter zu attackieren. »Mein lieber Junge, deine Tante Mary versicherte mir, Katharine sei eine sehr nette junge Dame, und nun muß ich ihr wohl zustimmen. Andererseits erwähnte Mary, deine Frau sei etwas zu zierlich gebaut, um dir Kinder zu schenken. Ich spreche normalerweise nicht von so delikaten Dingen. Aber die Dynastie St. Clair braucht endlich einen Erben. Hat sie tatsächlich so schmale Hüften?«

Stocksteif saß Katharina da und beherrschte sich nur mühsam. Julien war am Ende seiner Geduld. »Jetzt bist du zu weit gegangen, Mutter. Ich verbiete dir, Katharine noch länger mit deinen taktlosen und überflüssigen Bemerkungen zu quälen. Falls du dich nicht entschuldigen möchtest, schlage ich dir vor, dieses Haus zu verlassen.«

»Julien!« kreischte die Countess-Witwe und sank in die Sofakissen zurück. »Was eine Mutter alles ertragen muß! Ihr einziger geliebter Sohn, dem sie so qualvoll das Leben geschenkt hat, stellt sich gegen sie. O Gott, was muß ich sonst noch hinnehmen, ehe ich von dieser Welt scheiden werde? Wahrscheinlich noch *vor* dem Winter.«

»Also wirklich, Julien ...«, begann Kate. Ihretwegen durfte er sich nicht mit seiner Mutter entzweien – die allerdings einen Tadel verdiente. Sie nahm das Riechfläschchen aus der kraftlosen Hand der Countess-Witwe und hielt es ihr unter die Nase. »Vergessen wir diese unerfreuliche Szene, Ma'am. Würdest du dich bitte entschuldigen, Julien? Du siehst doch, wie sehr du deine arme Mutter aufgeregt hast, die dich so innig liebt.«

Zu Juliens Verblüffung richtete seine Mutter ihren tränenfeuchten Blick auf Kate. »Mein gutes Kind, offensichtlich haben Sie Verständnis für meine schwache Konstitution. Die Gentlemen nehmen nun mal keine Rücksicht auf unsere empfindsamen Seelen. Sogar mein geliebter Sohn sagt manchmal Dinge, die mich zutiefst verletzen.«

Julien verdrehte die Augen und trat an eins der hohen Fenster.

»Verzeihen Sie ihm, meine Liebe«, fuhr sie in traurigem Ton fort und tätschelte Kates Arm. »Sicher werden Sie ihn bald besänftigen. Der Einfluß seiner Mutter schwindet so schnell dahin. Als seine junge Gemahlin besitzen Sie eine Macht, die mir entzogen wurde.«

»Ja, ich will mich bemühen, ihn in bessere Laune zu versetzen.«

Melancholisch betrachtete die Countess-Witwe den Rükken ihres Sohnes. Dann rückte sie mit Kates Hilfe ihre zahlreichen Schals zurecht und erhob sich.

»Julien, deine Mutter möchte sich verabschieden.«

Wortlos drehte er sich um, ging zu seiner Mutter und küßte ihre Stirn.

»Mein lieber Junge, wenigstens mußte dein Vater das alles nicht mehr miterleben.«

»Um Himmels willen, Mutter, die Differenzen zwischen Vater und Sir Oliver haben überhaupt nichts mit Katharine zu tun. Und ich würde dir dringend empfehlen, diese alten Geschichten zu vergessen.«

»Glauben Sie mir, Ma'am«, ergänzte Kate, »mein Bruder Harry und ich haben die Meinung unseres Vaters über Ihre hochangesehene Familie nie geteilt. Und jetzt, wo ich Sie kenne, finde ich seine Haltung noch beklagenswerter.«

»Wie klug Sie sind, liebe Katharine!« Die schmalen Lippen der Witwe verzogen sich zu einem zitternden Lächeln. Dann gestattete sie der Schwiegertochter, ihre Wange zu küssen.

»Ich begleite dich zu deiner Kutsche, Mutter«, erbot sich Julien hastig, da er keinen Stimmungsumschwung riskieren wollte, und reichte ihr seinen Arm. Als er in den Salon zurückkehrte, grinste er und ergriff Kates Hand. »Das hast du gut gemacht, mein Schatz. Vielen Dank.«

»Gern geschehen. Da fällt mir ein – wer ist diese Sarah? Zufällig hörte ich, wie deine Mutter von ihr sprach. Tut mir leid, wenn ich dich in Verlegenheit bringe ...«

»Eine bildschöne, charmante Frau.«

»Oh ...« Ihre Augen verdunkelten sich. »Was für ein Schurke du bist.« Abrupt verstummte sie, denn sie erinnerte sich an ihre eigene Schande und lächelte gezwungen. »Ich hoffe, ich werde diese außergewöhnliche Lady bald kennenlernen«, fügte sie hinzu und wich seinem prüfenden Blick aus. Manchmal hatte sie das Gefühl, er könnte ihre Gedanken lesen.

Julien wechselte sicherheitshalber das Thema. »Und was hältst du von meinem bescheidenen Domizil?«

»Sehr elegant. Natürlich werde ich mir erst ein endgültiges Urteil bilden, wenn ich alle Räume gesehen habe.«

Sie brauchte nicht lange, um das Stadthaus, das Julien mit stilsicherem Geschmack eingerichtet hatte, und das tüchtige Personal zu bewundern. Vor allem George, der würdevolle, unerschütterliche Butler wuchs ihr sofort ans Herz. Er half ihr, die Position der Hausherrin einzunehmen, und gab ihr unaufdringliche Ratschläge, was den Umgang mit den Dienstboten und den Besuchern betraf. Dafür war sie ihm dankbar, denn in der nächsten Woche stand der Türklopfer während der morgendlichen Besuchsstunden kaum still.

Offensichtlich wollte ganz London die neue Countess of March inspizieren. Bald sprach sich in der gehobenen Gesellschaft herum, die junge Lady stamme zwar unglücklicherweise vom Land und sei nur die Tochter eines einfachen Baronets, wisse sich aber recht gut zu benehmen.

Zu Percy fühlte sie sich sofort hingezogen. Nachdem er sie eine Zeitlang durch sein Lorgnon gemustert hatte, wandte er sich zu Julien und bemerkte, sein Freund sei zu beneiden und eines solchen Glücks gar nicht würdig. Dieses unverdiente Lob bedrückte Kate. Aber dann wurde sie von einer unerwarteten Frage des Besuchers abgelenkt, der wissen wollte, was François zum Dinner servieren würde. Verwirrt schaute sie ihren grienenden Mann an. »Tut mir leid, Sir Percy, ich habe keine Ahnung. Aber wenn Sie sich einen Augenblick gedulden wollen – ich läute nach George.«

»Nicht nötig, Lady Kate. Morgen früh komme ich wieder, und wir planen die Menüs für die ganze Woche.«

Er hielt Wort. Am nächsten Morgen erschien er zum vereinbarten Zeitpunkt und verbrachte eine vergnügliche Stunde mit Kate. Gemeinsam stellten sie einen Speiseplan auf, der François' Kochkünste auf eine harte Probe stellen würde. »Immerhin bezahlen Sie dem verdammten Kerl hundert Guineen im Jahr. Also darf er nicht faulenzen. Diese Franzosen nutzen uns schamlos aus.«

Dagegen war nichts zu sagen. Nachdem er sich verabschiedet hatte, stellte Kate erstaunt fest, daß sie in seiner Gesellschaft ihren Kummer völlig vergessen hatte. Er erwies sich bald als ihr treuer Freund und begleitete sie zu ihren Einkäufen in die Bond Street und ritt mit ihr in den Park, zur fashionablen Stunde um fünf Uhr nachmittags.

Bei einer dieser Exkursionen sah sie eine schöne, modisch gekleidete Dame, die grüßend ihren Sonnenschirm hob. Sie saß in einer offenen Kutsche, an der Seite eines Gentleman, der sie zu ermahnen schien. Blonde Ringellöckchen umrahmten ihr hübsches ovales Gesicht, und ihre Augen leuchteten himmelblau. Zögernd hob Katharine die Hand, um den Gruß erwidern, und beobachtete ein eher spöttisches Lächeln. Sollte sie Astarte herumschwenken und die Bekanntschaft der Lady machen?

»Verdammt, Kate!« Percy lenkte sein Pferd näher zu ihrer Stute. »Nicht!«

»Aber die Lady hat mir zugewinkt. Wäre es nicht unhöflich, sie zu ignorieren?«

»Nein«, lautete die knappe Antwort. Er spornte seinen Hengst an, und Kate mußte ihm wohl oder übel folgen. Nach einer Weile zupfte sie an seinem Ärmel.

»Um Himmels willen, Percy, wer ist denn diese Lady?«

Schweigend starrte er zwischen den Ohren seines Pferdes hindurch.

»Seien Sie nicht albern, mein Freund!« mahnte sie kichernd. »Sie müssen mich nicht schonen. Wenn mich nicht alles täuscht, heißt sie Lady Sarah Ponsonby. Sie ist sehr schön, nicht wahr?«

»Vielleicht. Wenn man den Porzellanpuppenstil mag.«

»Und der scheint Julien zu gefallen. Schauen Sie mich nicht so komisch an und unterstehen Sie sich, die Wahrheit zu bestreiten, Percy! Wahrscheinlich dürfte ich nichts über Juliens Liaison wissen, aber ich bin nun mal dahintergekommen. Und jetzt ist sie ohnehin beendet.«

»Genau. Julien gab ihr den Laufpaß, sobald er vor Ihrer Hochzeit nach London zurückgekehrt war.«

»Möglicherweise hat die Lady das nicht richtig verstanden.« Obwohl Kate das Thema wechselte und während des restlichen Ausritts unbefangen plauderte, ließ Percy sich nichts vormachen.

Nachdem er sie zum Grosvenor Square gebracht hatte, besuchte er gewohnheitsmäßig den White's Club. Normalerweise interessierten ihn die Sorgen anderer Leute nicht.

Nun fühlte er sich zu seiner eigenen Überraschung verpflichtet, Julien über die Szene im Park zu informieren. Er fand ihn im Leseraum, in ein Gespräch mit dem stattlichen, etwas langweiligen Marquis of Halport vertieft.

Erst fünf Minuten später gelang es Percy, seinen Freund von der Gesellschaft des geschwätzigen Gentleman zu befreien. »Entschuldigen Sie uns, Halport, aber ich muß March unbedingt nach seiner Meinung über ein Pferd fragen, das im Tattersall's zum Verkauf steht.«

»Großer Gott, doch nicht Othertons schmächtiger Brauner!« rief Julien.

»Moment mal, March ...«

»Ein verdammt schöner Hengst, Blairstock«, mischte sich der Marquis ein. »Den will ich mir auch mal anschauen. Das stört Sie doch hoffentlich nicht?«

»Keineswegs, Halport.«

»Hat mich gefreut, Sie wiederzusehen. Herzliche Grüße an Ihre schöne Countess, March!« Julien und Percy erwiderten Halports ungelenke Verbeugung.

Sobald der Marquis außer Hörweite war, fauchte Percy: »Gerade du müßtest wissen, daß ich Othertons klapprigen Gaul niemals kaufen würde. Leider fiel mir keine andere Ausrede ein, um den Kerl loszuwerden.«

Julien grinste. »Nachdem wir ihn dazu animiert haben, Othertons Braunen zu kaufen – trinken wir ein Glas Sherry?« Er winkte einen Lakaien herbei. »Stimmt was nicht, Percy? Warum schaust du so trübsinnig drein?«

»Kate ist Sarah begegnet.«

»Nun, das war früher oder später zu erwarten«, entgegnete Julien gleichmütig. »Deshalb brauchen wir uns nun wirklich nicht aufzuregen.«

»Verdammt, du hättest Sarahs Gesicht sehen sollen, als sie deiner Frau zuwinkte. Eine Katze, die ihre Krallen wetzt. Zweifellos führt sie irgendwas im Schilde. Sir Edward beginnt sie zu langweilen. Und ich fürchte, sie will dich in ihr Bett zurücklocken.«

»Unsinn, Percy! Wie du weißt, habe ich mich längst von ihr getrennt. Und jetzt versucht sie sich zu rächen.«

»Offensichtlich glaubt Kate, du würdest Sarah bewundern. Sie versuchte den Anschein zu erwecken, das wäre ihr egal. Aber du kennst sie ja. Sie kann ihre Gefühle nicht besonders gut verbergen.«

Insgeheim verfluchte Julien seine einstige Geliebte. Aber das Verhalten seiner Frau, das Percy geschildert hatte, erfüllte ihn mit Genugtuung. War sie tatsächlich eifersüchtig? Wenn ja, mußte sie etwas für ihn empfinden. »Beruhige dich, Percy, ich kümmere mich um das Problem. Jedenfalls danke ich dir für deine Anteilnahme. Und ich glaube, Kate weiß, was für einen guten Freund sie in dir gefunden hat.«

Percy räusperte sich. »Nett von dir, das zu sagen, Julien. Ich mag sie sehr gern.«

»Das freut mich. Übrigens, was kocht François heute abend?«

Nachdenklich schürzte Percy die Lippen. »Donnerstag – ach ja, pochierte Kalbsmedaillons in Portweinsauce mit Pilzen und Spinatnudeln. Beefsteaks, mit Hühnerleber gefüllt, dazu Gemüse und Bratkartoffeln. Natürlich gibt's noch ein paar Vorspeisen und Zwischengerichte. Alle von mir genehmigt.«

»Besten Dank. Du wirst uns doch mit deiner Gesellschaft beehren?«

»Mit Vergnügen, March«, erwiderte Percy strahlend.

Nachdem sie sich voneinander verabschiedet hatten, überlegte Julien, ob er in einem Narrenparadies lebte und sich nur einredete, es gäbe keine Schwierigkeiten.

Wenigstens wurde Kate in letzter Zeit von Alpträumen verschont. Das wußte er. Sie schlief in ihrem eigenen Zimmer. Aber er öffnete jeden Abend lautlos die Verbindungstür, bevor er zu Bett ging.

30

Lady Sarah Ponsonby ließ Lord Byrons ›Korsar‹ von ihrem Schoß zu Boden gleiten und griff nach der Bonbonschachtel, die neben ihr auf dem Tisch stand. Dann erinnerte sie sich an ihre etwas zu rundlichen Schenkel und zog die Hand zurück. Sie langweilte sich. Nicht nur ihr betagter Ehemann ödete sie an, der sie vergötterte, sondern auch ihr Liebhaber, Sir Edward. Sie fand seine Liebeskünste ebenso fantasielos wie seine Schmeicheleien. Daß ihre Augen so blau waren wie der Sommerhimmel, wußte sie selbst. Wenn sie ihn mit Julien verglich, ihrem attraktiven, charmanten ehemaligen Liebhaber, zog der korpulente Sir Edward unweigerlich den kürzeren.

Plötzlich mußte sie an das blasse Mädchen denken, das Julien geheiratet hatte, und sie runzelte erbost die Stirn. Nach ihrer Meinung war diese Katharine viel zu groß und längst nicht so schön, wie manche Leute fanden. Wenigstens führten der Earl und die Countess keine allzu gute Ehe. Bei diesem Gedanken besserte sich Sarahs Laune. Welch ein Glück, daß einer ihrer Lakaien in ein schwatzhaftes Dienstmädchen verliebt war, das in Juliens Haushalt arbeitete, und seine Herrin mit interessanten Informationen versorgte … Wie sie aus eigener Erfahrung wußte, war der Earl ein sehr leidenschaftlicher Mann. Trotzdem pflegte er das Schlafzimmer seiner Gemahlin nicht zu besuchen. Sarahs Eitelkeit verleitete sie zu der Annahme, er müßte seinen Fehler inzwischen eingesehen haben und die skandalöse Mesalliance bereuen. Vermutlich wartete er nur mehr einen geeigneten Zeitpunkt ab, um sie wieder aufzusuchen. Immerhin war Katharine ein blutjunges Mädchen – das ärgerte sie allerdings ein bißchen – und sie selbst eine erfahrene, reizvolle Frau, was ihr zahllose Männer, Julien inklusive, oft genug versichert hatten.

Wie sollte sie ihn zur Vernunft bringen? Nachdenklich starrte sie vor sich, und es dauerte nicht lange, bis sie das

Problem gelöst hatte. Auf Lady Haverstokes Maskenball, der in zwei Tagen stattfinden würde, wollte sie ihre Chance nutzen. Sie hatte bereits beschlossen, sich als Kleopatra zu kostümieren. Vielleicht würde sie ihre Zehennägel bemalen und goldene Sandalen tragen. Und wenn sie ihren Unterrock befeuchtete, würde sich das fließende weiße Kleid an ihren Körper schmiegen. Das war zwar ein bißchen unbequem, würde aber sehr verführerisch wirken.

»Warum sagst du nichts, Julien? Mißfällt dir mein Kostüm?«

Er schwieg noch eine Weile, ehe er erwiderte: »Nun, ich hatte nicht erwartet, daß du so etwas anziehen würdest.« In Wirklichkeit war er entsetzt. Er hatte geglaubt, sie würde sich als Schäferin verkleiden oder ein anderes unauffälliges Kostüm wählen. Statt dessen stand er einer Kurtisane aus dem vorigen Jahrhundert gegenüber, mit hoch aufgebauschten gepuderten Haaren. Das dunkelblaue Brokatkleid mit dem weiten Reifrock war viel zu tief ausgeschnitten, eine Spitzenbordüre betonte die weißen Brüste. Vor allem schockierten ihn die rotbemalten Lippen und das Schönheitspflästerchen neben einem Mundwinkel. Sie trug schwere Ohrgehänge aus Saphiren, eine passende Halskette und viel zu viele Armbänder. Wie eine Hure sieht sie aus, dachte er, allerdings wie eine sündteure. »Hast du dich in Madame de Pompadours Porträt verliebt, Kate?« fragte er und suchte seinen Ärger zu verbergen.

»Ja – gewissermaßen …«, antwortete sie zögernd. »Ich ließ das Kleid kopieren, das sie auf Madame Bissottes Porträt trägt. Sicher, sie war Louis' XV. Mätresse, aber …«

»Sie war eine Schlampe«, unterbrach er sie schroffer als beabsichtigt, »und meine Frau sollte ihr nicht nacheifern.«

Sofort verflog sein Zorn. Denn sie erbleichte unter dem Rouge, wandte sich rasch ab, und er erkannte bestürzt, warum sie dieses Kostüm ausgesucht hatte – weil sie sich wie eine Hure fühlte. War ihr das überhaupt bewußt?

Er ging zu ihr und legte seine Hände auf ihre Schultern. »Verzeih mir, meine Süße, aber ich mag Madame Pompadour nicht besonders. Angeblich besuchte mein Großvater ihr Boudoir, während er sich in Paris aufhielt. Glaub mir, du siehst hinreißend aus. Und dieses extravagante Kostüm hebt deine Schönheit noch hervor.« Er log, was ihr wohl kaum entging. Doch er sagte sich, daß die Londoner Gesellschaft nichts an ihr bemängeln und ihre gewagte Originalität sogar rühmen würde. »Komm jetzt, meine Liebe, sonst verspäten wir uns. Die Haverstoke-Villa liegt ein paar Meilen außerhalb von London.«

»Verkleidest du dich nicht?«

»Mein Kostüm besteht aus einem schlichten Domino und einer Maske – mein einziges Zugeständnis an diesen albernen Ball. Hätte ich gewußt, wie sehr du die Mode des vergangenen Jahrhunderts bewunderst, würde ich dich in Louis' XV. Prunkgewand begleiten.«

»O nein, Madame de Pompadour war doch nur seine Geliebte. Das wäre …« Abrupt verstummte sie und schüttelte den Kopf.

Vermutlich betrachtete sie ihn nicht als ihren Liebhaber. Also konnte er nicht Louis XV. sein. »Das spielt wohl keine Rolle. Ah, da ist George.«

»Mylord, die Kutsche steht bereit«, verkündete der Butler, ohne zu ahnen, daß er den Earl und die Countess vor einer unangenehmen Szene bewahrte.

»Oh – einen Augenblick, ich muß nur noch meinen Domino holen.« Kate eilte die Treppe hinauf, und Julien starrte ihr nach.

»Danke, George. Bitte, sagen Sie Davie, wir kommen gleich.« Er nahm seinen schwarzseidenen Domino von einer Stuhllehne und warf ihn nonchalant um die Schultern. Dann steckte er die schwarze Samtmaske in seine Westentasche. Offensichtlich lebte er tatsächlich in einem Narrenparadies, das zusehends zerfiel. Er hatte geglaubt, die Londoner Atmosphäre würde seiner Frau helfen. Zunächst hatte es auch so ausgesehen. Aber jetzt ... Während er an seinem Butler vorbeiging, verzog er keine Miene.

Kate erschien in einem dunkelblauem Satindomino. Da sie eine Halbmaske aus blauem Brokat trug, hätte er sie fast nicht wiedererkannt. Die Fahrt zur Haverstoke-Villa dauerte fast eine Stunde. Um das drückende Schweigen endlich zu brechen, beschrieb Julien einige Leute, die sie auf dem Ball treffen würden, und erzählte eine Anekdote nach der anderen. Kate unterbrach ihn nur selten mit einer Frage. Erst als er Percy erwähnte, schienen ihre Lebensgeister zu erwachen. »Ich glaube, er wird einen mittelalterlichen Lehnsherren imitieren, komplett mit Streitaxt«, bemerkte er.

»Hoffentlich läßt er sie nicht auf seine Füße fallen.«

»Oder auf deine, wenn du mit ihm tanzt.«

»Kommt Hugh auch?«

»Natürlich. Er wird sich ebenso wie ich mit einem Domino und einer Maske begnügen.«

Darauf gab sie keine Antwort. In der schwankenden Kutsche drehte sich immer wieder ihr Magen um. Die Augen geschlossen, lehnte sie den Kopf an die weiße Satinpolsterung.

Die Haverstoke-Villa, ein hellrotes einstöckiges Ziegelgebäude, stammte aus der Restaurationszeit. Von der Straße führte eine gekieste, zerfurchte Zufahrt zum Eingang. Hinter allen Fenstern flackerten Kerzen, zahlreiche Kutschen reihten sich aneinander. Als Bladen die Wagentür öffnete, schaute er zum hell erleuchteten Dienstbotenquartier hinüber, wo er zusammen mit Davie schäumendes Ale und das kokette Lächeln hübscher Dienstmädchen genießen würde.

Für diesen Abend hatte Lady Haverstoke ihr Personal mit weißgelben Livreen aus dem vorigen Jahrhundert ausstaffiert. Zu ihrem Entsetzen mußten die Diener auch noch zuckerhutförmige Perücken tragen. Mißmutig zupfte der Butler an dieser Haartracht, während er den Earl und die Countess of March in die Halle geleitete. Sein mißbilligender Blick streifte Elkins, seinen Stellvertreter, der wie ein aufgeregter cremegelber Kanarienvogel zwischen den Gästen umherflatterte. Grimmig beschloß der Butler, den kleinen Wichtigtuer in seine Schranken zu weisen, sobald der Ball beendet war. Aber vor dem Earl und der Countess mußte er seine Gefühle verbergen. Respektvoll verneigte er sich. »Wenn Eure Lordschaft und Eure Ladyschaft mir folgen würden ...« Julien nickte ihm zu, und der Butler führte das Ehepaar die breite, geschwungene Treppe zum Ballsaal hinauf.

Selbstgefällig lächelte der Butler, denn Elkins' Piepsstimme würde sich niemals mit seinem sonoren Bariton messen können. Er musterte die neue Countess verstohlen. Aber zu seiner Enttäuschung ließ die Maske nichts von ihren Gesichtszügen erkennen. »Der Earl und die Countess of March!« dröhnte er und hoffte, daß nicht mehr allzu viele Gäste erscheinen würden. Um das Geschwätz der Menge und diese laute deutsche Musik zu übertönen, mußte er sich heiser schreien. Wie Elkins ihm gönnerhaft mitgeteilt hatte, wurde dieser Tanz ›Walzer‹ genannt.

Während Kate die bunte Schar musterte, eilte eine vollbusige Frau in violettem Satin zu ihr. Um das runde Gesicht flatterten unzählige wurstförmige Löckchen, gekrönt von zwei hohen schwankenden violetten Straußenfedern. »Ah, mein lieber March! Und die neue Countess! Wie schön, daß Sie meine Einladung angenommen haben! Und was für ein ungewöhnliches Kostüm, meine Liebe. Marie Antoinette, nicht wahr? Und Sie müssen mir natürlich eins auswischen und in einem langweiligen Domino erscheinen, March. Aber das ist ja nicht so wichtig.« Lächelnd entblößte sie große vorstehende Zähne.

»Constance, Sie sehen umwerfend aus«, erklärte Julien galant und machte die Damen miteinander bekannt. »Meine Frau Katharine – Lady Haverstoke.«

»Was für eine erstaunliche Frisur, meine Liebe!« Lady Haverstoke klopfte mit ihrem Elfenbeinfächer auf Kates

Arm. »Dieses leuchtende Weiß! Aber da sind Sie in guter Gesellschaft«, fügte sie hinzu und wies auf ein paar ältere Damen. »Sehen Sie Lady Waverleighs monströse rosa Perücke? Und die Lady in lavendelblauer Seide, Elsbeth Rothford – wie jugendlich sie sich kostümiert hat! Und da ist natürlich Lady Ponsonby, von ihrem Hofstaat umgeben.« Erwartungsvoll schaute sie Katharine an, die sie aber enttäuschte und keine Reaktion zeigte. »Einfach skandalös! Wie sie mir vorhin verraten hat, ist sie als Kleopatra kostümiert. Grauenhaft, wie dieses dünne Kleid an ihrem Körper klebt! Und die golden bemalten Zehennägel!« Die Countess lächelte gleichmütig, und die Gastgeberin tröstete sich mit dem Gedanken, daß der Abend eben erst begonnen hatte. »Oh, meine *liebe* Lady Ranleigh!« Und dann rauschte sie davon.

»Entweder ist Lord Haverstoke stocktaub oder ein sehr duldsamer Mann«, meinte Kate und starrte ihr nach.

»Oh, er war so vernünftig, schon vor mehreren Jahren das Zeitliche zu segnen.« Julien wünschte, er könnte hinter ihre Maske schauen und feststellen, ob Lady Haverstokes boshafte Worte irgendeine Wirkung hervorgerufen hatten. »Komm, meine Süße. Ich glaube, da drüben sehe ich unseren mittelalterlichen Lehnsherren mitsamt seiner Streitaxt.«

»Und da ist Hugh. Wie düster er in seinem schwarzen Satin aussieht!«

»Findest du mich auch so düster?«

»O nein, eher würdevoll – wie ein junger Staatsmann.«

»Besten Dank für das Kompliment. Wenn ich jemals ins Oberhaus einziehe, werde ich dunkelrotes Haar verbieten.«

»Dann wirst du Unsummen für weißen Puder bezahlen müssen.«

»Julien, sei wenigstens so anständig, deine Maske aufzusetzen«, mahnte Percy und schüttelte die Hand seines Freundes. »Du erinnerst mich an einen gestrengen Priester, der alle Hexen und Zauberer verbrennen will.«

»Nach Kates Meinung gleiche ich eher einem Staatsmann.« Grinsend betrachtete er das hellgelbe Wams des

Lehnsherren, an dessen breitem Ledergürtel die Streitaxt ging.

»Sehr imposant, Percy!« Kate lachte belustigt, als er sich trotz seines hinderlichen Kostüms galant verneigte. »Ah, guten Abend, Hugh.«

»Meine liebe Katharine, wenn mich nicht alles täuscht, haben Sie Madame de Pompadours Kleid kopieren lassen. Wie originell! Die Pompadour war eine ungewöhnliche Frau, um es milde auszudrücken.«

Da sie spürte, wie Julien sich versteifte, erwiderte sie hastig. »Oh, ihr Porträt hat meine Fantasie angeregt. Aber das schwarze Schönheitspflästerchen macht mich nervös, weil es gräßlich juckt.«

»Wie gern würde ich's mit dieser schweren Axt vertauschen!« seufzte Percy und warf Hugh einen vernichtenden Blick zu. »Daran ist *er* schuld. Hätte ich mir bloß nicht dieses Kostüm einreden lassen!«

»*Ich* hab's dir eingeredet ...?«

Percy ignorierte Hughs Verblüffung. »March macht's dir was aus, wenn ich mit Kate tanze?«

»Wenn sie sich nicht um ihre Zehen sorgt, habe ich nichts dagegen.«

Percy führte sie auf die Tanzfläche, ins Getümmel buntgekleideter Paare.

»Nun, Hugh siehst du mich als Kleriker oder Staatsmann?« fragte Julien.

»Angesichts der Schwierigkeiten, die unser Regent mit gewissen Staatsmännern hat, solltest du dich für das letztere Amt entscheiden und deine Dienste anbieten.«

»Und würdest du unserem guten Percy das Kommando übers Heer anvertrauen?«

»Zumindest würde ich gern beobachten, wie unser Dandy in dieser Montur auf ein Pferd steigt.«

Julien brach in Gelächter aus. Dann verflog seine Belustigung, denn er entdeckte Sarah, die ihm gebieterisch zuwinkte. Hugh folgte seinem Blick und runzelte ärgerlich die Stirn, während er überlegte, welche Schlangengattung Kleopatra ins Jenseits befördert hatte. Lächelnd verließ sie die Schar ihrer Bewunderer und kam herüber.

»Entschuldige mich, Hugh«, seufzte Julien, »es wird nicht lange dauern. Wie Percy mir mitgeteilt hat, beginnt Sir Edward unsere schöne Sarah zu langweilen. Offensichtlich will sie mich zurückerobern, und es ist wohl besser, wenn ich das Problem sofort löse.« Er ging ihr entgegen und verneigte sich höflich.

»Wie schade, daß du dich nicht als Cäsar oder Marc Anton verkleidet hast, Julien!« flötete sie. »Wir wären so ein schönes Paar …« Schmachtend schaute sie zu ihm auf, aber ihr Blick verfehlte die gewünschte Wirkung.

»Sicher brauchst du keinen Partner, der deine Reize betonen würde«, erwiderte er und musterte ihr gewagtes Kostüm, das er eher amüsant als verführerisch fand. »Diese goldenen Zehennägel – einfach hinreißend!«

»Ja, nicht wahr?« Siegessicher legte sie ihre Hand auf seinen Arm. Die Männer waren doch alle gleich. Sie mußte nur mit den Fingern schnippen, und schon sanken sie ihr zu Füßen. »Möchtest du mit Kleopatra tanzen? Sie hat so sehnsüchtig auf dich gewartet.«

»Mit Vergnügen, Sarah«, stimmte er zu, legte einen Arm um ihre schlanke Taille und wirbelte sie umher.

31

Mit glitzernden Augen beobachtete Lady Haverstoke, wie Lord March und Lady Ponsonby tanzten. Dann wandte sie sich zu Lady Victoria Manningly. »Manche Motten flattern immer wieder zum Licht.«

Verächtlich kräuselte Lady Victoria die Lippen. »Lord March sollte sich in acht nehmen, sonst kriegt er Ärger mit seiner jungen Frau. Ist sie das nicht – da drüben?« Sie deutete auf Kate, die mit Percy tanzte und sich trotz seines sperrigen Kostüms anmutig zu bewegen versuchte. »Angeblich ist sie sehr arrogant – aber nicht unsympathisch«, fügte sie hastig zu, weil sie sich erinnerte, daß Mrs. Drummond Burrell, die aufgeblasene alte Ziege, das Mädchen aus unerfindlichen Gründen mochte.

Lady Haverstoke berührte ihre Hand. »Sehen Sie doch, Victoria! Jetzt verlassen Lord March und Lady Ponsonby die Tanzfläche.«

Aufmerksam schauten die beiden Damen dem Earl nach, der Lady Sarah zu einer der Glastüren am Ende des Saals führte. Er zog den Vorhang beiseite, und sie traten auf den Balkon hinaus.

»Wie unklug von Lord March ...«, seufzte Lady Victoria.

»O Julien, da drinnen ist es so heiß, und ich habe mich nach frischer Luft gesehnt. Natürlich will ich sie nur zusammen mit dir genießen.«

»Tatsächlich, Sarah?« Ihre Hand strich über seinen Arm, der schwüle Duft ihres Parfums stieg ihm unangenehm in die Nase. »Wie ich hörte, ist Sir Edward in deiner Achtung gesunken. Du bist viel zu wankelmütig.«

»Ach, ich habe dich schmerzlich vermißt, Julien. Mein Liebster, wie konntest du dich nur an diese blasse, unscheinbare Frau binden?«

»Unscheinbar? Ich glaube, du hast ihr nur einen flüchtigen Blick gegönnt.«

»Nun ja, sie ist nicht häßlich«, gab Sarah zu und warf ihre blonden Löckchen in den Nacken. »Für ein Mädchen vom Land sieht sie sogar ganz gut aus. Aber sie ist eine naive kleine Unschuld.«

»Allerdings, sonst würde sie meinem Ruf empfindlich schaden.«

»Du weißt doch, was ich meine. Und es ist allgemein bekannt ...« Als er ihr Handgelenk packte, verstummte sie.

»Was ist allgemein bekannt?«

Der eisige Klang seiner Stimme ließ sie zusammenzukken. »Daß du niemals ihr Schlafzimmer besuchst.« Sein Schweigen ermutigte sie fortzufahren: »Glaub mir, es war ein Fehler, dieses unerfahrene Kind zu heiraten. Fürchtet Katharine deine Leidenschaft?« Im schwachen Mondlicht sah sie nicht, wie er die Lippen zusammenpreßte. Aufreizend schmiegte sie sich an ihn und legte die weißen Arme um seinen Nacken. »Kann sie dir *das* nicht geben, Liebling?« Sie schlang ihre Finger in sein Haar und zog seinen Kopf zu sich herab.

Percy wischte mit einem feinen leinenen Taschentuch über seine Stirn, das einen seltsamen Kontrast zu seinem Wams aus grobem Wollstoff bildete, und seufzte. »O Gott, Kate, es wird eine Stunde dauern, bis ich wieder zu Atem komme. Der wilde Rhythmus dieser verflixten deutschen Musik kann einen vorzeitig ins Grab bringen – oder einen armen Lehnsherren veranlassen, über seine Streitaxt zu stolpern.«

»Trotzdem haben Sie großartig getanzt, Percy.« Sie schaute sich suchend nach Julien und Hugh um. »Zum Teufel mit diesem Schönheitspflästerchen!« fluchte sie und rieb über ihre Wange.

»Ah, da sind Sie ja, meine Liebe!« Kate und Percy drehten sich um, als Lady Haverstokes gebieterischer Ruf erklang. »Wie furchterregend Sie aussehen, Lord Blairstock!« Selbstgefällig schaute sie in die Runde. »Ein schreckliches Gedränge, was? Bald werden einige Damen in Ohnmacht fallen.«

»Gewiß, das wäre möglich, Ma'am«, bestätigte Kate ohne Zögern, da dieses Kompliment erwartet wurde.

»Wie charmant Lord March mit Lady Ponsonby getanzt hat.« Lady Haverstokes Stimme sank zu einem verschwörerischen Flüstern herab. »Und dann verließen sie gemeinsam die Tanzfläche, zum Leidwesen vieler Damen.«

»Sind sie weggegangen?« fragte Kate. Plötzlich wurde ihr übel.

»Nun, vermutlich wollten sie frische Luft schnappen«, erwiderte Lady Haverstoke in herablassendem Ton, und Percy hätte sie am liebsten erwürgt.

»Hier drin ist es ziemlich heiß, Lady Constance«, bemerkte er. Was führte die alte Hexe im Schilde? Julien würde doch keine Dummheit machen? »Kommen Sie, Kate, trinken wir ein Glas Champagner.« Er nickte der Gastgeberin zu, ergriff den Arm seiner Begleiterin und führte sie zum Büffett. »Hören Sie nicht auf diese boshafte Person. Die will Sie nur ärgern.«

»Wirklich?« Kate blieb stehen und schaute in sein schweißnasses Gesicht.

»Um Himmels willen, seien Sie nicht albern! Julien ist Ihr Mann – und kein Wüstling, der auf jede hübsche Larve reinfällt.«

»Hier drin ist es tatsächlich sehr warm, Percy. Wenn Sie mich entschuldigen würden ...« Ehe er protestieren konnte, eilte sie davon.

»Verdammt!« Seine Streitaxt stieß gegen den Ellbogen einer Dame. »Oh – verzeihen Sie, Ma'am.«

Zunächst hatte Kate vor, einen ruhigen Nebenraum zu suchen, wo sie allein wäre. Aber ihre Beine steuerten wie aus eigenem Antrieb die Balkontüren am Ende des Ballsaals an. Sie fühlte sich elend. In ihren Schläfen pochte es schmerzhaft, und sie preßte ihre Finger an die Stirn. Ihr Magen drehte sich um. Zweifellos hatte Eliza das Korsett zu eng geschnürt. Sie holte tief Luft, zog einen Vorhang beiseite und fragte sich, warum sie das überwältigende Bedürfnis empfand, ihren Mann zu suchen. Und wieso hoffte sie so inständig, ihn allein anzutreffen?

Als sie den Balkon erreichte, stockte ihr Atem. Da stand Julien, und Lady Sarahs Hand lag besitzergreifend auf seinem Arm. »Fürchtet Katharine deine Leidenschaft?«

O Gott, Julien, dachte Kate schweren Herzens. Sie sah sein Gesicht nicht, und sein Schweigen gellte in ihren Ohren.

»Kann sie dir *das* nicht geben, Liebling?«

Gequält senkte Kate den Blick, um nicht länger mit anzusehen, wie Lady Sarah ihn umarmte und küßte. Aber dann stieg heiße Wut in ihr auf. Sie ballte die Hände, trat vor, doch ihr weiter Rock blieb an einer Türangel hängen. Ungeduldig riß sie sich los, und ihr Zorn wurde von tiefer Verzweiflung verdrängt. Sie schaute auf ihr Kleid hinab – das Kleid einer Hure. Welches Recht hatte sie, Lady Sarah zu zürnen?

Sie preßte eine Hand auf den Mund. Hastig kehrte sie in den Saal zurück und lief durch eine andere Tür auf den Balkon, neigte sich über die Brüstung und erbrach.

Während sie kraftlos an der Balustrade lehnte, hörte sie Stimmen und geriet in Panik. Vielleicht Julien ... In diesem Zustand durfte er sie nicht sehen. Sie klammerte sich an den letzten Rest ihres Stolzes und zog ein Spitzentaschentuch hervor, um ihre Lippen abzuwischen. Entschlossen bekämpfte sie eine neue Übelkeit.

Mit bebenden Händen glättete sie ihr Kleid, floh in die Damentoilette und wusch ihr Gesicht. Danach spürte sie eine seltsame Leere in ihrem Innern – so als wäre nichts geschehen. Dafür war sie dankbar, denn es gelang ihr, unbefangen mit einer jungen Ehefrau zu plaudern, die das Kostüm einer Schäferin trug.

Wenig später kehrte Julien zu Kate zurück, und sie lächelte ihn strahlend an.

»Lady Ridgelow«, begrüßte er die Dame, bevor er sich zu seiner Frau wandte. »Meine Liebe, Percy regt sich schrecklich auf. Er behauptet, du seist ihm einfach davongelaufen. Nun mußt du ihn besänftigen, bevor wir gehen. Es war mir ein Vergnügen, Sie wiederzusehen, Lady Ridgelow.« Während er Kate durch die Reihen der Gäste, die sich inzwischen etwas gelichtet hatten, zum Ausgang des Saals führte, bemerkte er: »Um die Wahrheit zu gestehen – Percy hat sich nicht über dein Verhalten geärgert, sondern über meines.«

»Über dein Verhalten?«

»Ja, und ich muß mich bei dir entschuldigen. Da ich mit Lady Sarah den Balkon aufsuchte, lieferte ich den Klatschbasen einen interessanten Gesprächsstoff. Nun will ich dir erklären, warum ich's getan habe.«

»Das geht mich nichts an.« Weil sie ihn nicht anschauen konnte und wollte, blickte sie geradeaus.

»Oh, doch!« Die Stirn gerunzelt, betrachtete er ihr Profil. »Ich habe Lady Sarah klargemacht, daß die Affäre beendet ist, und das betrifft auch dich. Natürlich hätte ich etwas diskreter vorgehen müssen. Tut mir leid.«

Und du hättest sie nicht küssen dürfen, dachte Kate bitter.

»Warum schweigst du?« Er blieb stehen, packte ihren Arm und drehte sie zu sich herum. »Begreifst du meine Beweggründe nicht? Oder bist du eifersüchtig?«

»Oh, ich kann deine Motive sehr gut nachempfinden, Julien.« Ihr bleiches Gesicht verriet nicht, was sie dachte oder fühlte. Verflixt, was sollte er tun?

Das erste graue Tageslicht erfüllte das Zimmer, als ihn ein gellender Schrei weckte. Sofort sprang er aus dem Bett, schlüpfte in seinen Morgenmantel und rannte zu Kate hinüber. Sie warf sich stöhnend unter ihrer zerknüllten Decke umher. »Wach auf!« rief er und rüttelte sie an den Schultern. »Es ist nur dieser verdammte Alptraum. Wach auf!«

Langsam öffnete sie die Augen und starrte ihn an. »O Gott, wie ich diesen Traum hasse! Er jagt mir solche Angst ein, weil ich nichts sehe. Und trotzdem weiß ich, daß diese böse Macht existiert.« Sie strich das zerzauste Haar aus ihrer Stirn. Dann richtete sie sich auf und schlang die Arme um Juliens Hals. Im selben Moment erschien Lady Sarahs Gesicht vor ihrem geistigen Auge, und sie sank ins Kissen zurück.

Julien hob verwirrt die Brauen. Jedesmal, wenn sie von ihren Träumen gequält worden war, hatte sie seine Nähe gesucht, seinen Trost. Was hielt sie jetzt von ihm fern? Automatisch glättete er die Decke. »Mein Liebes ...«, flüsterte er, setzte sich zu ihr und spürte, wie heftig sie zitterte.

Allmählich beruhigte sie sich und schaute ihn an. »Danke, daß du mich geweckt hast.« Ihre Stimme klang brüchig, glich dem Rascheln welker Herbstblätter, die von den Ästen fielen.

»Soll ich bei dir bleiben?« fragte er und streichelte ihre Wange.

»Nein! Nein!« Sie stieß seine Hand weg, als wäre die Liebkosung eine Qual. »Bitte, nicht! Ich wollte dich nicht stören. Verzeih mir. Es wird nicht mehr vorkommen.«

»Verdammt, Kate ...«

Unglücklich schloß sie die Augen. Sie fühlte, wie er vom Bett aufstand, spürte seinen prüfenden Blick. O Gott, was dachte er? Was hatte er vor? Würde er zu Lady Sarah zurückkehren?

»Gute Nacht, meine Liebe. Wenn du mich brauchst, du weißt, wo du mich findest.« Weil sie ihrer Stimme mißtraute, schwieg sie. Reglos lag sie da, bis sich seine Schritte entfernten.

Dann öffnete sie die Augen. Unwillkommene Tränen rollten über ihre Wangen. Wieder einmal versuchte sie, sich an den Alptraum zu erinnern. Wie immer entschwanden die vagen Schatten in den unbekannten Tiefen ihres Unterbewußtseins. Dort warteten sie und schienen ihr aufzulauern. Würde sie sich jemals davon befreien? Verzweifelt ergriff sie einen Zipfel der Decke und wischte ihre Tränen weg.

32

»Zum Teufel mir dir, Julien! Du bist ein Narr! Wärst du nicht mein Freund – und ein besserer Schütze, würde ich dich zum Duell fordern.«

»Und ich würde die Rolle seines Sekundanten übernehmen«, fügte Hugh hinzu, ebenso wütend wie Percy, »wenn er ein besserer Schütze wäre.«

Die drei Männer standen vor dem White's, die Mantelkragen hochgeklappt, um sich vor dem kalten Winterwind zu schützen.

»Konntest du dir nicht denken, daß Constance Haverstoke die erstbeste Gelegenheit nutzen würde, um Kate auf Lady Sarah hinzuweisen? Und du Idiot mußtest dich auch noch mit dieser gräßlichen Frau auf der Tanzfläche produzieren.« Als eine heftige Bö den Kastorhut von Percys sorgsam pomadisiertem Haar zu reißen drohte, hielt er ihn hastig fest und verstummte vorerst.

»Er hat recht, Julien«, bemerkte Hugh. »Ist dir eigentlich klar, wie tief du Kate verletzt hast?«

»Aber sie hat mir versichert, sie würde meine Beweggründe verstehen.« Natürlich wußte Julien, wie weh er ihr getan hatte, wenn auch unbeabsichtigt.

»Weil sie sehr stolz ist.«

Sarkastisch hob Julien die Brauen. »Ihr führt euch auf, als wäre sie eure kleine Schwester, die ihr beschützen müßt. Übrigens, was ich euch mitteilen wollte, bevor Percy mich zu beschimpfen anfing – am Freitag fahre ich mit Kate nach St. Clair. Beruhigt euch das?«

»Und Sarah?« fauchte Percy.

»Um diese Lady braucht ihr euch nicht mehr zu kümmern.«

»Ah! Also hast du auf dem Balkon Schluß mit ihr gemacht?«

»Das müßte sich inzwischen herumgesprochen haben. Und falls euer Zorn verraucht ist – wollen wir hineingehen und ein Glas Sherry trinken?«

Seltsam, dachte Hugh, während sie ihre Mäntel an der Garderobe abgaben. Wie kompliziert das Leben ist, seit Julien geheiratet hat … Und warum interessiert sich Percy so brennend für ein Problem, das nichts mit seinem persönlichen Wohlbefinden zu tun hat? Unbehaglich musterte

Hugh seinen Freund. Weiß er mehr, als er verraten hat, überlegte er.

An diesem Morgen war Percy in Hughs Haus gestürmt und hatte ihm den Appetit aufs Frühstück verdorben. Durch gesenkte Wimpern betrachtete Hugh die Linien, die sich um Juliens Mund gebildet hatten.

Nein, entschied er, Julien ist zu verschlossen, um sich jemandem anzuvertrauen, und Kate zu stolz.

Schweigend tranken sie den Sherry, der Hugh nicht schmeckte, und jeder fühlte sich unwohl in Gesellschaft der beiden anderen.

»Diese dicke Luft könnte man mit dem Messer durchschneiden«, sagte George hinter vorgehaltener Hand zu Mackles, einem jungen Lakaien, der soeben von seinem ansonsten so höflichen, ruhigen Herrn angeschrien worden war.

»An Seiner Lordschaft liegt's nicht. Eher an Ihrer Ladyschaft. Wie ein bleicher Geist sieht sie aus.« Mackles spähte zum Frühstückszimmer hinüber. Zu seiner Erleichterung war die Tür geschlossen.

Der Butler wußte, was der Lakai meinte. Aber plötzlich wurde ihm bewußt, daß sich ein solches Gespräch mit einem untergebenen Dienstboten nicht schickte. »Kümmern Sie sich nicht darum«, mahnte er in strengem Ton. »Helfen Sie Eliza, das Gepäck Ihrer Ladyschaft herunterzutragen. Die Herrschaften wollen nach dem Frühstück abreisen.«

Auf der anderen Seite der geschlossenen Tür saß Julien seiner schweigsamen Frau gegenüber. »Möchtest du deine Rühreier nicht essen, Liebes? Bis zum Lunch wird's ein paar Stunden dauern.«

Sie nickte, ohne aufzublicken. An diesem Morgen fühlte sie sich elend. Allein schon der Gedanke an die Eier drehte ihr den Magen um. Aber davon durfte Julien nichts merken. Sie schob einen Bissen in den Mund und würgte ihn hinunter.

»Was für ein hübsches Kleid! Von Madame Giselle?«

Wieder nickte sie. Nach ihrer Ansicht betonte der taubengraue Wollstoff ihre Blässe und die Schatten unter den Augen. Als ihre Wahl auf dieses Kleid gefallen war, hatte Eliza mißbilligend geseufzt.

»Wie lange wirst du in St. Clair bleiben, Julien?« fragte Kate.

»Bis nach Neujahr, wenn's dir recht ist.«

»Ja, natürlich«, erwiderte sie und sah ihn erstaunt an. Bisher hatte er seine Entscheidungen stets getroffen, ohne ihre Meinung zu berücksichtigen. Erst vor zwei Tagen hatte er ihr verraten, sie würden nach St. Clair fahren.

Wenig später standen der Earl und die Countess in der Halle, wo sie sich von der versammelten Dienerschaft verabschiedeten.

»Gute Reise, Mylord – Mylady«, sagte George und öffnete die Haustür.

»Ich werde Ihnen mitteilen, wann wir zurückkommen, George.« Julien führte seine Frau hinaus und rief dem Kutscher zu: »Fahren Sie so schnell wie möglich, Davie! Wir wollen in Bramford zu Mittag essen.«

»Sehr wohl, Mylord.« Schneidig salutierte David und warf dem sichtlich mißgelaunten Bladen, der die Herrschaften nicht begleiten durfte, einen triumphierenden Blick zu.

Julien half Kate in die Kutsche und reichte ihr zwei Dekken. Dann stieg er ein, nahm ihr gegenüber Platz und klopfte mit seinem Spazierstock gegen das Wagendach. Gefolgt von einer zweiten Kutsche, in der Eliza, Timmens und François saßen, fuhren sie los.

Zufrieden streckte Julien die langen Beine aus. »Ist dir warm genug, Liebes?«

»Ja, danke.«

Kein vielversprechender Anfang, dachte er. Während sie Hounslow Heath durchquerten, bemerkte er: »Wie trostlos die kahlen Bäume im grauen Nebel aussehen …

Übrigens, diese Gegend wird von unseren berühmtesten Wegelagerern unsicher gemacht. Einmal wurde ich auch überfallen.«

»Haben Sie dich ausgeraubt?« fragte Kate ungläubig.

»Glücklicherweise nicht. Zwei Halunken übergab ich der Polizei, der dritte entwischte mit einer Kugel im Arm.« Er grinste. »Hättest du bloß gesehen, wie Davie fluchend seine Donnerbüchse schwang!«

»Wurdest du verletzt?«

»O nein, ich erschien nur zu spät auf Lady Otterlys Ball.« Julien verschwieg, daß seine Begleiterin einen hysterischen Anfall erlitten hatte.

»Wie aufregend muß das gewesen sein …«, meinte Kate träumerisch. »Ich bin noch nie einem Straßenräuber begegnet.«

»Sei froh! Diese Kerle sind ziemlich übel – und keineswegs so romantisch, wie's in manchen Geschichten behauptet wird.« Als sie erschauerte, beugte er sich vor und wickelte ihre Beine fester in die Decken. »Frierst du?«

»Nein, ich mußte nur an Harry denken. Hoffentlich geht's ihm gut.« Die Kutsche holperte eine unebene Straße entlang, und Kate biß die Zähne zusammen, um ihre Übelkeit zu bekämpfen. Aber es gelang ihr nicht. »Bitte, Julien, laß den Wagen anhalten«, würgte sie hervor. »O Gott, mir ist so schlecht …«

Besorgt musterte er ihr bleiches Gesicht, klopfte gegen das Dach, und Davie zügelte das Gespann. Julien öffnete die Tür und sprang hinaus. »Schnell, gib mir deine Hand!«

Sie taumelte aus der Kutsche, ein Taschentuch auf den Mund gepreßt, und ließ sich zum Straßenrand führen. Dort sank sie auf die Knie, und Julien hielt ihre Schultern fest, während sie erbrach.

Insgeheim verfluchte er sich, weil er sie gezwungen hatte zu frühstücken. Ihr ganzer Körper wurde von heftigen Krämpfen geschüttelt. Sobald der Anfall überstanden war, half er ihr auf die Beine.

Davie kam angelaufen. »Vielleicht möchte Ihre Ladyschaft einen Schluck von meinem Brandy nehmen?«

»Danke, Davie, der wird ihr guttun.« Julien nahm die Flasche entgegen, wischte mit seinem Taschentuch Kates Mund ab und flößte ihr etwas Brandy ein, der ihren gepeinigten Magen beruhigte.

Zu schwach, um zu protestieren, ließ sie sich von ihrem Mann in den Wagen tragen. Nachdem er Platz genommen hatte, zog er sie auf seinen Schoß.

»Kann ich weiterfahren, Mylord?« fragte Davie. »Oder muß sich Ihre Ladyschaft noch etwas ausruhen?«

»Wie weit ist's bis Carresford?«

»Ungefähr eine Meile, Mylord.«

»Gut. Da gibt's ein Gasthaus, die White Goose. Meine Frau wird sich dort erholen, bevor wir die Reise fortsetzen. Fahren Sie langsam, Davie.«

Kate verbarg ihr Gesicht an Juliens Brust, beschämt und verlegen. Daß sie sich vor seinen Augen übergeben hatte, war ihr furchtbar peinlich. »Hast du dich schon die ganze Zeit so elend gefühlt, Kate? Hättest du's mir doch früher gesagt!«

»So schlimm war's nicht. Kein Grund zur Panik ...«

Nun machte er sich bittere Vorwürfe, weil er geglaubt hatte, ihr Schweigen und die unnatürliche Blässe wären nur auf ihre Verzweiflung zurückzuführen. War ihr schon öfter übel gewesen? Und wenn ja, warum, zum Teufel, hatte Eliza ihn nicht informiert? »Vielleicht hätten wir die Fahrt nach St. Clair verschieben sollen, Liebes.«

»O nein, ich wollte nicht in London bleiben.«

Er spürte, wie sie sich anspannte. »Schon gut, reg dich nicht auf. Wenn's dir heute nachmittag nicht bessergeht, schicke ich Davie nach London zurück. Dann muß er einen Arzt holen.«

»Nein, Julien, das ist wirklich überflüssig. Ich möchte dir nicht noch mehr Unannehmlichkeiten bereiten.«

»Verdammt, ich betrachte es nicht als Unannehmlichkeit, wenn ich mich um die Gesundheit meiner Frau sorge.«

Sie seufzte und schwieg.

33

Die White Goose, ein rotes, von Ulmen umgebenes Ziegelgebäude, lag am Hauptplatz des Dorfes. An so vornehme Gäste nicht gewöhnt, wischte die Wirtin hastig ihre Hände an der Schürze ab. Dann winkte sie einen ihrer Söhne herbei. »Schnell, Will, mach die Wagentür auf!« rief sie, und ein hochgewachsener siebzehnjähriger Junge befolgte den Befehl.

Etwas mühsam stieg Julien aus, seine Frau auf den Armen. »Davie, bringen Sie die Pferde in den Stall und halten Sie nach der anderen Kutsche Ausschau.«

»Treten Sie doch bitte ein, Mylord.« Beflissen hielt Mrs. Micklesfield die Tür auf, und Julien mußte den Kopf einziehen, um nicht an den niedrigen, rußgeschwärzten Querbalken zu stoßen.

»Ich brauche ein Zimmer für meine Frau«, erklärte er und sah sich im dunklen, aber angenehm warmen Schankraum um.

»Gewiß, Mylord.« Mrs. Micklesfield lief die zerkratzte Holztreppe hinauf und öffnete die Tür eines kleinen, sauberen Schlafzimmers, in dem nur ein altmodisches Bett mit Baldachin und ein Schrank standen.

Behutsam legte er Kate aufs Bett. Zu ihrer Verblüffung las sie nur Sorge in seinen Augen, obwohl sie angenommen hatte, die Unterbrechung der Reise würde ihn ärgern. Er rückte das Kissen unter ihrem Kopf zurecht. »Nun, Kate, Mrs. …?«

»Micklefield, Mylord.«

»Also, Mrs. Micklesfield wird dir beim Auskleiden helfen. Später komme ich wieder und sehe nach, wie's dir geht.«

»Oh, ich werde mich sicher bald erholen.«

»Das wollen wir hoffen«, erwiderte er und verließ das Zimmer.

Wenig später lag sie unter einer weichen Daunendecke. »Danke, Mrs. Micklesfield. Jetzt fühle ich mich schon viel besser.«

»Ruhen Sie sich aus, Mylady. Gleich bringe ich Ihnen eine Hühnerbrühe, die wird Sie stärken.«

Kate fürchtete eher, sie würde sich erneut übergeben, wenn sie etwas aß. Aber sie war zu müde, um zu widersprechen, und schloß die Augen.

Als Julien aus dem Schankraum trat, sah er die Wirtin mit einem Tablett zur Treppe gehen. »Ah, Mylord, diese Brühe wird Ihrer Ladyschaft guttun.«

»Glauben Sie, daß sie etwas essen sollte? Vorhin hat sie erbrochen.«

»Eine Lady in diesem Zustand muß bei Kräften bleiben«, entgegnete sie und blieb stehen. »Natürlich wurde ihr in der schwankenden Kutsche übel. Das war zu erwarten.«

»Zustand? Was meinen Sie?«

»Wenn ich mir erlauben darf, Eurer Lordschaft zu gratulieren … Aber in Zukunft sollten Sie nicht mehr mit Ihrer Gemahlin verreisen.«

Es dauerte eine Weile, bis er den Sinn dieser Worte begriff. Kate – *schwanger?* Verwirrt lehnte er sich an den Türrahmen. Welch eine Ironie, dachte er. Meine Frau – von einem Deutschen geschwängert, den ich gemimt habe … Doch dann stieg typisch männlicher Stolz in ihm auf, und er erinnerte sich an Tante Mary, der er versprochen hatte, ihr innerhalb eines Jahres seinen Erben zu präsentieren.

»Nun, Mylord, soll ich Ihrer Ladyschaft die Brühe bringen?« Die Stimme der Wirtin holte ihn in die Gegenwart zurück.

»Nein, Mrs. Micklesfield, das mache ich selbst.« Plötzlich fragte er sich, ob Kate von ihrer Schwangerschaft wußte. »Haben Sie mit meiner Frau über ihren Zustand gesprochen?«

»Nein, Mylord, ich dachte …«

»Sehr gut. Bitte, bewahren Sie auch in Zukunft Stillschweigen. Die Countess hat sich noch nicht an den Gedanken gewöhnt, und sie leidet sehr unter der ständigen Übelkeit.«

Verwundert nickte sie, übergab ihm das Tablett und starrte ihm nach, als er die Treppe hinaufstieg. Was für ein Aufhebens diese feinen Leute um eine simple Schwangerschaft machten … Sie schüttelte den Kopf und entsann sich, wie mühelos sie ihre fünf Kinder geboren hatte. Dann eilte sie in die Küche, wo ein frischgerupftes Huhn ihre Aufmerksamkeit erforderte.

Vor der Schlafzimmertür hielt Julien kurz inne. Er bezweifelte, daß Kate von ihrer Schwangerschaft wußte. Sonst hätte sie wohl kaum behauptet, ihre Unpäßlichkeit sei nicht so schlimm gewesen. Andererseits – wie konnte ihr die Wahrheit entgehen? Wenn ihre Monatsblutung ausblieb … Trotzdem schien sie nichts zu ahnen, in ihrer Verzweiflung und der Angst vor ihren Alpträumen gefangen. Er überlegte, wie viele Wochen seit jener Nacht in der Schweizer Hütte verstrichen waren. In wenigen Tagen würde Kate erkennen, in welchem Zustand sie sich befand. Also hatte er nicht mehr viel Zeit. Er setzte eine Miene auf, die normale Besorgnis ausdrückte, und klopfte an die Tür.

Als er eintrat, zog Kate die Decke zu den nackten Schultern hinauf. Offenbar trug sie nur ihr Hemd. Prüfend betrachtete er ihre schlanken Arme, die natürlich keine Veränderung zeigten. »Mrs. Micklesfield hat eine Brühe gekocht und behauptet, die würde dich stärken«, erklärte er und stellte das Tablett auf den Nachttisch. Dann half er ihr, sich aufzusetzen.

»Seltsam«, meinte sie verwundert, »plötzlich bin ich hungrig. Diese Krankheit hatte ich noch nie, und ich finde die Symptome merkwürdig.«

O Gott, dachte er und bekämpfte den Impuls, Kate zu umarmen und ihr zu erklären, sie würde sein Kind erwarten. Aber vorher mußte er St. Clair erreichen und – so sehr es ihm auch widerstrebte – Sir Oliver aufsuchen. Wenn er erfuhr, was Kate in ihrer Kindheit erlebt hatte, konnte er ihr vielleicht helfen, alles zu verstehen und zu vergessen.

Sie löffelte ihre Suppe und aß ein Stück Brot dazu, dann sank sie zufrieden ins Kissen zurück. »Von der guten Mrs. Micklesfield könnte François was lernen. Warum muß er alles unter raffinierten Saucen verstecken, statt uns gute englische Hausmannskost vorzusetzen? Jetzt fühle ich mich großartig. Wenn du willst, können wir nach St. Clair weiterfahren.« In ihre bleichen Wangen war etwas Farbe zurückgekehrt. Sogar die Grübchen zeigten sich wieder. »Würdest du bitte Mrs. Micklesfield rufen? Sie soll heraufkommen und mir beim Ankleiden helfen.«

Eine Stunde später saßen sie im Wagen. Inzwischen hatte es zu nieseln begonnen. Trotzdem lächelte Kate fröhlich und schaute aus dem Fenster, um der Wirtin und ihrem breit strahlenden Sohn Will zuzuwinken. Und sie bestand darauf, bis Hucklesthorpe zu fahren, ehe sie anhielten und übernachteten. Am nächsten Morgen wäre Julien am liebsten zeitig aufgebrochen. Aber wie er mittlerweile wußte, brauchte Kates Magen nach dem Frühstück eine Weile, um sich zu beruhigen. Während der Fahrt wurde ihr kein einziges Mal übel.

Der Abend dämmerte, als der Wagen von der Hauptstraße in die lange, von Ulmen gesäumte Zufahrt von St. Clair bog. Mannering erwartete den Earl und die Countess nicht. Aber Julien wußte, daß eine Stunde später ein gemütliches Feuer in den Schlafzimmern brennen und das Dinner bereitstehen würde.

»Mylord, Mylady, wie schön, Sie beide zu sehen!« rief Mannering. »Ah, Lady Katharine, die Herrin von St. Clair – welch eine Ehre! Darf ich Ihnen gratulieren, Mylord? Großer Gott, wie spät es schon ist! Wenn Eure Lordschaft und Eure Ladyschaft mir gestatten, Sie in den Salon zu führen – ich werde Mrs. Cradshaw sofort Bescheid geben.«

»Was immer die Köchin jetzt noch servieren kann, wird uns genügen, Mannering«, erklärte Julien.

»Hoffentlich können wir bald essen«, seufzte Kate, nahm ihren Hut ab und warf die Glacehandschuhe darauf.

»Keine Bange.« Erheitert stellte Julien sich vor, wie Mannering das Personal zu Höchstleistungen anspornen würde.

Nachdem ein Lakai Feuer gemacht hatte, saß Julien seiner Frau am Kamin gegenüber. Wie immer, wenn er sich im Haus seiner Ahnen aufhielt, empfand er einen tiefen inneren Frieden.

»Wie sonderbar ...« Langsam strich Kate über den dunkelroten Brokatbezug ihrer Armstütze. »Hier zu sitzen – als würde ich hierhergehören ...«

Julien hob seine Hand und betrachtete den Siegelring mit dem großen Rubin. »Sicher hast du dich in dem Haus deines Vaters nie so heimisch gefühlt wie hier.«

»Mag sein. Jedenfalls sehe ich jetzt eleganter aus als das armselig gekleidete Mädchen in Brandon Hall.« Sie runzelte die Stirn. »Müssen wir meinen Vater besuchen? Wir können wohl kaum mit einer herzlichen Begrüßung rechnen – trotz deiner Guineen, die jetzt in seinen Taschen stecken.«

»Mal sehen ... Und was das armselig gekleidete Mädchen betrifft – ich fand die Kate in ihren engen Breeches, den alten Lederhut auf dem Kopf und die Angelrute in der Hand, einfach unwiderstehlich.«

»Und mit der Duellpistole«, gluckste sie. »Damals habe ich dich wirklich überrascht, was?«

»Allerdings.«

»Das Dinner, Mylord«, verkündete Mannering und trat

ein, gefolgt von einem Lakaien, der ein großes, schwerbeladenes Tablett auf das Tischchen zwischen den beiden Sesseln stellte. Während Kate heißhungrig ihr Brathuhn mit dem ofenwarmen Brot verspeiste, räusperte sich Mannering und erklärte, die zweite Kutsche habe einen Unfall erlitten. »Die Achse ist gebrochen, und die armen Insassen sind in Tortlebend gestrandet. Vermutlich wird es einige Stunden dauern, bis der Wagen repariert ist.«

Julien wandte sich zu Kate, die ihre fettigen Finger ableckte. »Hoffentlich macht's dir nichts aus, wenn Mrs. Cradshaw für dich sorgt. Eliza hat erst einmal Urlaub.«

»Oh, das stört mich nicht im mindesten.« Insgeheim fühlte sie sich erleichtert, denn manchmal sahen Elizas scharfe Augen viel zuviel.

»Was den Umbau betrifft, den Sie angeordnet haben, Mylord – letzte Woche wurde er beendet, und die Zimmermänner haben ausgezeichnete Arbeit geleistet. Niemand würde glauben, daß die Räume ursprünglich nicht miteinander verbunden waren.«

»Wovon redet er?« fragte Kate, nachdem sich der Butler verneigt und den Raum verlassen hatte.

»Oh, ich habe nur gesagt, er soll eine Verbindungstür zwischen unseren Schlafzimmern einbauen lassen«, erwiderte Julien, ignorierte Kates Erröten und konzentrierte sich auf sein Brathuhn.

34

»Mylord, der Earl of March erwartet Sie im Salon.«

»Tatsächlich?« Zu Filbers Verblüffung lächelte Sir Oliver belustigt. Dann spuckte er in die Hände, glättete sein graues Haar und nahm eine Krawatte vom Toilettentisch, die er achtlos um seinen Hals schlang. Er spähte in den Spiegel, und was er sah, schien ihn zu befriedigen. »Gehen wir, Filber. Wir dürfen meinen illustren Schwiegersohn nicht warten lassen, oder? So ein stolzer junger Mann ... Aber jetzt nicht mehr!« Lachend schlug er auf die gebeugte Schulter seines Butlers, der verständnislos und unbehaglich die Stirn runzelte.

Es war erst neun Uhr morgens. Zu dieser frühen Stunde war sein Herr normalerweise schlechter Laune. Außerdem fragte sich Filber verwundert, warum Lady Katharine ihren Mann nicht begleitete. Nicht, daß er ihr's verübelte, nach allem, was sie in ihrem Vaterhaus durchgemacht hatte.

»Wie nett von Seiner Lordschaft, uns zu besuchen, nicht wahr, Filber? Noch dazu an einem so kalten, unfreundlichen Wintertag ...«

Filber eilte vor seinem Herrn die Treppe hinab und überlegte, warum der Earl jetzt nicht mehr stolz war. Bei seiner Ankunft hatte Seine Lordschaft ungewöhnlich ernst und besorgt gewirkt. Der Butler öffnete die Salontür. »Sir Oliver, Mylord.«

»Wie schön, Sie wiederzusehen, mein Lieber!« rief der Hausherr, ging an Filber vorbei und schloß mit Nachdruck die Tür hinter sich.

Julien wandte sich vom Fenster ab, um seinen Schwiegervater zu begrüßen. Statt die ausgestreckte Hand zu ergreifen, nickte er nur, was Sir Oliver nicht im mindesten irritierte.

»So lange waren Sie nicht hier, Sir ... Eigentlich hatte ich Sie früher erwartet. Wollen Sie nicht Platz nehmen?«

Julien warf ihm einen gleichmütigen Blick zu, was ihm nicht leichtfiel. Am liebsten hätte er den elenden alten Mann den Hals umgedreht. »Nein. Aber es wäre vielleicht besser, wenn *Sie* sich setzen würden.«

»Falls Sie nichts dagegen haben ...« Sir Oliver hob seine Rockschöße und sank in einen fadenscheinigen Polstersessel. »Wie kalt es heute ist ...«

»Ich bin nicht gekommen, um das Wetter zu erörtern. Nun, das wissen Sie sicher.«

»Und wie geht's meiner lieben Tochter? Ist Sie glücklich? Sie besuchen mich doch ihretwegen?«

»Oh, Katharine erfreut sich bester Gesundheit. Und – ja, in der Tat, Katharines wegen bin ich hier.«

Sir Oliver wich dem kühlen Blick seines Schwiegersohns aus und studierte angelegentlich seine Fingerknöchel. »In Ihrem ausführlichen Ehevertrag steht nichts von der Rückgabe beschädigter Ware, mein lieber Junge, wenn Sie auch an alles andere gedacht haben. Sicher war die Hochzeitsnacht ein Schock für Sie, was? Das hatten Sie wohl nicht erwartet.« Nun hob er den Kopf, und seine Augen glitzerten boshaft. »Eigentlich erstaunt es mich, daß es ihr gutgeht. Haben Sie Ihre Frau nicht verprügelt – oder zumindest gefragt, wer ihre Liebhaber waren?«

Nur mühsam konnte Julien seinen Zorn bezähmen. Er holte tief Atem. »An Katharines Reinheit und Unschuld besteht kein Zweifel.« Verächtlich fügte er hinzu: »Ein Wunder, wenn man bedenkt, von wem sie abstammt ... Sofern es Ihr methodistischer Glaube zuläßt, sollten Sie einmal in Ihr Inneres blicken. Wenn Sie eine Seele besitzen, muß sie krank oder verwest sein.«

»Wie können Sie es wagen, Sie verdammter, arroganter ...«, begann Sir Oliver entrüstet. Aber er riß sich zusammen. »Ah, behaupten Sie etwa, die Ehe sei nicht vollzogen worden? Wissen Sie denn nicht, daß Katharine eine Hure ist?«

»Hören Sie mir jetzt gut zu, Sie alter Bastard!« Julien ging zu Sir Oliver, neigte sich hinab und schaute ihm eindringlich in die Augen. »Offensichtlich haben Sie mit meinem Besuch gerechnet und sich sogar darauf gefreut, mir Ihr Gift ins Gesicht zu spritzen. Dachten Sie tatsächlich, ich würde Katharine zu Ihnen zurückbringen – eine ehrlose, sündhafte Tochter?« Angewidert von der Nähe des Mannes, richtete er sich auf.

»Warum sind Sie dann hierhergekommen?« stieß Sir Oliver wütend hervor.

Julien schlenderte zum Kamin und lehnte sich ans Sims. »Wie Sie vermutlich wissen, erinnert sich Katharine nicht an die Vergewaltigung und die Tracht Prügel, die sie danach von Ihnen bekam. Aber wissen Sie auch, daß sie in ständiger Angst lebt und nachts von gräßlichen Träumen geplagt wird? Sie ist nahe daran zu ergründen, was damals geschah – doch es entgleitet ihr immer wieder. Deshalb bin ich hier – um die Wahrheit zu erfahren, damit ich meine Frau endlich von all diesen häßlichen Dingen befreien kann.«

»Mein Gott, Sie blinder Narr! Sie verteidigen Katharine, weil Sie glauben, sie wäre ein wehrloses Kind gewesen. Offenbar hält sie auch Eure grandiose Lordschaft zum Narren. Schon damals war sie eine Hure mit ihren wilden grünen Augen und den langen Haaren, so rot wie die Sünden Satans. Oh, wie sie mich beschämte! Meine arme Frau ahnte nichts von der schwarzen Seele ihrer Tochter und ließ sie frei herumlaufen. O ja, ich entsinne mich jenes Tages. Schreiend kam die kleine Schlampe angelaufen und erzählte, jene Männer hätten ihr weh getan. Damit rührte sie meine Frau zu Tränen. Aber ich durchschaute Katharine. Ich züchtigte sie, um das Böse aus ihr herauszuprügeln. Am liebsten hätte ich sie erschlagen, aber meine Frau hinderte mich daran. Und danach stellte sie sich krank, die gemeine Hure. Reglos lag sie im Bett und starrte mich an, mit diesen verdammten grünen Augen. Und ihre törichte Mutter flehte den Allmächtigen an, ihr kleines Mädchen zu retten. Oh, wie ich das alles haßte …«

Plötzlich verstummte Sir Oliver. Seine Brust krampfte sich schmerzhaft zusammen, in seinen Schläfen rauschte das Blut, und ein paar qualvolle Sekunden lang konnte er nicht atmen. Doch der Anfall ging so schnell vorbei, wie er begonnen hatte. Erleichtert sog er die kostbare Luft in seine Lungen und lachte.

»Sobald sie genesen war, vergaß sie alles. Aber ich sagte ihr, was sie verbrochen hatte und schlug sie immer wieder, um ihre Seele vor der ewigen Verdammnis zu retten. Leider ist es mir mißlungen.« Er machte eine Pause und betrachtete das undurchdringliche Gesicht des Earls. »Wie konnten Sie nur glauben, sie wäre eine kleine Unschuld? Wurden Sie von ihren strahlenden grünen Augen betört?«

Statt zu antworten, wartete Julien auf weitere Enthüllungen.

Voller Genugtuung beugte sich Sir Oliver vor. »Darf ich Ihnen viel Vergnügen mit Ihrer jungfräulichen Gemahlin wünschen, Sir? Passen Sie bloß auf, daß sie Ihnen keine Hörner aufsetzt, bevor Ihr ersehnter Erbe zur Welt kommt!«

Ausdruckslos sah Julien ihn an und bedauerte seine Frau, die so viele Jahre mit diesem bösen, perversen Mann verbracht hatte, zutiefst. »Es geschah am Waldrand, in der Nähe von Brandon Hall, nicht wahr?« Zu seiner eigenen Überraschung sprach er mit leiser ruhiger Stimme. »Wurde Ihre Tochter dort vergewaltigt?«

»Ja, das war ihr Lieblingsplätzchen – ihr kleines Königreich, wie sie ihrer Mutter anvertraute. Aber jetzt weiß ich, warum sie dorthin ging – um den Teufel zu treffen und die Männer anzulocken, die mit ihr spielten und sie besudelten.«

Nun hatte Julien genug gehört, und es drängte ihn, diesen stickigen Raum zu verlassen, wo nur Haß und Niedertracht herrschten. »Mehr brauche ich nicht zu wissen.« Er ging zur Tür, wo er sich noch einmal umdrehte, die Hand am Knauf. »Natürlich wird Katharine Sie nicht besuchen. Auch mich werden Sie wohl niemals wiedersehen. Und wagen Sie nicht, sich Ihrer Tochter zu nähern, Sir Oliver! Was Sie ihr angetan haben … Lassen wir das. Für ihren perversen Charakter kommt jede Hilfe zu spät. Aber nicht für Katharine.«

Ehe er die Salontür hinter sich schloß, sah er den Hausherren reglos dasitzen und vor sich hin starren.

Der Butler reichte ihm den Umhang und den Hut. »Danke, Filber.«

»Geht es Lady Katharine gut, Mylord?«

»Bald wird's ihr noch besser gehen.«

»Wir alle wünschen ihr viel Glück. Und wir wären Ihnen dankbar, wenn Sie ihr das ausrichten würden, Mylord.«

»Ja, natürlich.« Julien eilte die Eingangsstufen hinab, schwang sich auf seinen Hengst und ritt davon, ohne einen Blick zurückzuwerfen.

Am späten Nachmittag hörte Kate seine Stimme durch die halboffene Tür ihres Schlafzimmers, seine Schritte auf der Treppe. Unschlüssig wischte sie ihre schweißnassen Hände an ihrem Morgenmantel ab. Jetzt konnte sie ihn nicht sehen – noch nicht.

»Schnell, Milly, sagen Sie Seiner Lordschaft, ich hätte mich nicht gut gefühlt. Jetzt würde ich schlafen. Beeilen Sie sich!« Hastig schlüpfte sie aus ihrem Morgenmantel, ließ ihn fallen und kroch ins Bett.

»Ja, Mylady.« Das rundliche junge Dienstmädchen schluckte krampfhaft, betrat den Flur und schloß mit zitternden Fingern die Tür hinter sich. Wie die meisten neueren Dienstboten in St. Clair hatte sie Angst vor dem Earl, und sie wagte nicht, ihn zu belügen. Aber was blieb ihr anderes übrig?

»Guten Tag, Milly«, grüßte er freundlich, und sie knickste ein paarmal. »Ist die Countess in ihrem Zimmer?«

»O ja, Mylord.« Als er an ihr vorbeigehen wollte, sprudelte sie hervor: »Aber vor ein paar Minuten war Ihrer Ladyschaft sehr übel. Jetzt schläft sie tief und fest.« Sie fand, daß sie ihre Pflicht einwandfrei erledigt hatte, und schaute ihn hoffnungsvoll an.

»Sehr gut.«

Erleichtert seufzte sie auf. Es wäre schrecklich, wenn sie das Mißfallen der Countess oder des Earls erregen und ihre angenehme Stellung in St. Clair verlieren würde.

Doch dann öffnete Seine Lordschaft zu ihrem Entsetzen die Tür.

Graues Nachmittagslicht erfüllte den Raum. Auf dem

Kaminsims brannte eine einsame Kerze, und ihr flackerndes Licht mischte sich mit dem rötlichen Feuerschein. Wie oft hatte er seine Mutter hier sitzen sehen, in ihrem unbequemen Lieblingssessel, mit Handarbeiten beschäftigt, die niemals fertig wurden …

Nur Kates Haarbürsten auf dem Toilettentisch bezeugten, daß nun eine andere Frau hier wohnte. Die Steppdecke aus blauem Samt, unter der sich die Umrisse ihres Körpers abzeichneten, bewegte sich nicht. Auf dem Seidenkissen schimmerten ihre dunkelroten Locken. Der Morgenmantel lag am Boden. Seltsam … Aber er wollte sie nicht wecken und schloß die Tür.

Milly stand immer noch im Flur, wie ein Wachtposten.

Fragend hob er die Brauen. »Ja, Milly?«

»Oh – nichts, Mylord. Das heißt – wenn Sie wünschen, daß ich bei Ihrer Ladyschaft bleibe …«

»Nicht nötig. Zweifellos wird sie läuten, wenn sie Ihre Hilfe braucht.« Er wandte sich abrupt ab, verschwand in seinem Zimmer, und die junge Dienerin knickste ehrerbietig vor der geschlossenen Tür.

Während sie zu den Dienstbotenquartieren eilte, schickte sie ein stummes Dankgebet zum Himmel.

35

Julien nahm sich – zu Timmens' Verwunderung – sehr viel Zeit für die Abendtoilette. Aber Kate ließ nicht verlauten, ob sie mit ihrem Mann speisen würde. Schließlich trieb ihn der Hunger in die Bibliothek, wo Mrs. Cradshaw ihm eine üppige Mahlzeit servierte.

»War meine Frau den ganzen Tag in ihrem Zimmer, Emma?« fragte er und kostete den würzigen Lammeintopf.

»Ja, Mylord. Schmeckt es Ihnen?«

»Sehr gut.« Als er den Kopf hob, sah er sie glücklich und

zufrieden lächeln, was ihn irgendwie irritierte. Er schickte sie hinaus und widmete sich dem köstlichen Lammfleisch, das seine Laune nicht besserte. Erst die Konfrontation mit einem wahnsinnigen Schwiegervater, dann eine selbstgefällige Haushälterin und eine abwesende Ehefrau – das war zuviel für einen einzigen Tag.

Immer noch in der Hoffnung, eine Nachricht von Kate zu erhalten, wollte er sich die Zeit vertreiben, indem er einen Brief an seine Mutter schrieb. Aber da ihm nur nichtssagende Phrasen einfielen, legte er die Feder bald beiseite. Seufzend stand er auf und streckte sich. Ohne große Begeisterung betrachtete er die Bücherreihen und entschied sich für Voltaires ›Candide‹.

Dann ging er nach oben und blieb vor Kates Zimmer stehen. Unter der Tür drang kein Lichtschein hervor. Er griff nach dem Knauf, besann sich anders und betrat seine Suite.

Viel zu langsam bewegten sich die Zeiger der Uhr, die auf dem Kaminsims stand. Endlich schlug sie zwölfmal. Er zählte die wenigen Seiten, die er umgeblättert hatte, und erinnerte sich an kein einziges Wort. Inzwischen war die Kerze auf dem Nachttisch herabgebrannt, und Julien entzündete eine neue. Wenigstens mußte er sich nicht um den Gesundheitszustand seiner Frau sorgen, weil er die Ursache ihrer ständig wiederkehrenden Übelkeit kannte.

Aber Sir Oliver … Könnte er doch das böse, höhnische Gesicht aus seiner Fantasie verscheuchen, den Klang der verächtlichen, haßerfüllten Stimme! Da er keinen Schlaf fand, versuchte er sich wieder auf Voltaire zu konzentrieren.

Was ihn bewog, den Kopf zu heben, wußte er nicht. Vielleicht ein leises Geräusch oder eine Veränderung des Schattens, den die Kerze an die Wand warf. Unbeachtet sank das Buch auf die Decke.

Kate stand reglos am Fußende des Betts, in einem Nachthemd aus weißem Satin. In glänzenden Wellen fiel ihr Haar fast bis zur Taille hinab. Ihre Pupillen waren so stark vergrößert, daß die Augen fast schwarz wirkten.

»Um Himmels willen, Kate, was ist denn los?« fragte er und setzte sich auf. Steifbeinig ging sie zu ihm. »Hast du wieder schlecht geträumt?«

Sein Blick wanderte zu ihren Brüsten, die sich unter dem dünnen Stoff abzeichneten. Mühsam zügelte er seine Begierde. »Darf ich heute nacht bei dir bleiben, Julien?« Ihre Stimme war ein kehliges, verlockendes Flüstern.

So hatte sie noch nie mit ihm gesprochen. Wenn sie nachts zu ihm gekommen war, hatte sie immer nur der Alptraum in sein Bett getrieben. Träumte er jetzt selber? Er blinzelte.

Aber die weiße Gestalt seiner Frau verschwand nicht. Eine sanfte Hand berührte seine nackte Schulter. »Darf ich?«

Er holte tief Atem und spürte sein wachsendes Verlangen. Es widerstrebte ihm, Kate zu erschrecken. Was wollte sie? Sie benahm sich nicht so, als wäre sie vor einem bösen Traum geflohen. Zögernd ergriff er ihre Hand. »Liebling, ich verstehe dich nicht. Natürlich kannst du über alles mit mir reden, und ich werde dir helfen, wenn es in meiner Macht steht.«

Da umschlossen ihre Finger seine Hand, und er vergaß, daß er nichts verstand. Ein provozierendes Lächeln umspielte ihre Lippen. Dann ließ sie ihn los und öffnete langsam die Schleifen, die ihr Nachthemd zusammenhielten – eine nach der anderen, insgesamt sechs. Nachdem sie ihre vollen Brüste entblößt hatte, wartete sie eine Weile, ehe sie den weißen Satin von ihrem Körper streifte.

Lautlos glitt das Hemd zu Boden, und Kate warf herausfordernd den Kopf in den Nacken. »Du hast meine Frage nicht beantwortet. Darf ich bei dir bleiben?«

Irgendwo im Hintergrund seines Bewußtseins erkannte er, daß er verführt wurde – eine völlig neue Erfahrung, denn diese Lady war seine scheue Ehefrau. Aber was spielte das schon für eine Rolle? »Komm, Liebes«, bat er, schleuderte das Buch in eine Ecke und rückte zur Mitte des Betts. »Ich will mein Bestes tun, um dich zu beglücken.«

Sobald er die Decke hob, legte sich Kate zu ihm. »Und ich will *dich* erfreuen.«

Irgend etwas stimmte da nicht ... Doch dieses Gefühl verflog, als sie die Arme um seinen Hals schlang. Obwohl er sie sanft und zärtlich küssen wollte, nicht fordernd, übermannte ihn die Leidenschaft. Er schmeckte ihren süßen Mund, seine Zunge spielte mit ihrer, und er spürte, wie Kate sich versteifte – nur für wenige Sekunden. Dann entspannte sie sich. Auf einen Ellbogen gestützt, betrachtete er ihr Gesicht. »Wenn du nicht willst, Liebste ...« Er fühlte ihr Zaudern. Zärtlich berührte er ihre Wange, und sie erwiderte seinen Blick.

»O ja, ich will es!« versicherte sie und schmiegte sich an ihn. »Nur dich will ich – keinen anderen.«

Ihre Stimme klang atemlos und unnatürlich. Aber jetzt kannte er nur mehr sein heißes Verlangen, keine klaren Gedanken. Ungeduldig warf er die Decke beiseite. Während er ihre Hüfte streichelte, preßte sie das Gesicht an seine Brust. Ihre Finger, die sich in seinen Rücken gruben, erzeugten prickelnde Lust.

»O Gott«, flüsterte er in ihr Ohr, »so lange habe ich dich begehrt.«

»Jetzt nicht mehr?«

Lächelnd hob er ihr Kinn und schaute in ihre Augen. »Ist die Antwort nicht offensichtlich?«

Als sie das harte Zeichen seiner Begierde an ihrem Bauch spürte, erblaßte sie. Aber sie wich nicht zurück. »Zuerst möchte ich dich glücklich machen – und sehen, welche Freude ich dir schenke.«

»Nein, bitte nicht – nimm mich einfach ...« Ihr Wispern erstarb. Wieder gewann er den Eindruck, daß hier etwas nicht stimmte.

»Still, mein Schatz.« Sein Kuß verschloß ihr den Mund,

und er erinnerte sich nur zu deutlich an ihre Ekstase, ihre Hitze.

Ganz behutsam liebkoste er ihre Brüste, die in der Schwangerschaft sicher empfindlich waren – und vielleicht schon etwas voller. Auch ihr Bauch erschien ihm nicht mehr so flach. Seine Lippen umschlossen eine ihrer Brustwarzen, und sie zuckte zusammen. Zu seinem Entzücken schwoll die Knospe unter seiner Zunge an, und er zwang sich zur Geduld.

»Bitte nicht, Julien …« Ein Schauer durchlief ihren Körper.

Forschend schaute er in ihre Augen. »Soll ich vielleicht aufhören?«

»Nein …« Dieses eine Wort schürte seine Leidenschaft, und Kate stöhnte leise. Lustvoll bäumte sie sich auf, umfaßte Juliens Schultern, schlang die Finger in sein Haar. Seine Hand glitt zwischen ihre Schenkel. Rhythmisch liebkoste er das weiche Fleisch, und wenig später genoß sie ihre Erfüllung. Er kniete über ihr und wußte, er würde ihr nicht weh tun, denn sie war bereit für ihn, schien sich mehr zu wünschen. Die Augen geschlossen, drang er tief in sie ein und spürte, wie sie ihm die Hüften entgegenhob. Unentwegt flüsterte sie seinen Namen. Und er konnte nicht allzu lange warten. Das Verlangen war zu groß, die Sehnsucht nach der Erlösung übermächtig.

»Bin ich dir zu schwer?« Er stützte sich auf seine Ellbogen, immer noch mit ihr vereint, von einem heißen Glücksgefühl erfüllt. Noch nie hatte ihn eine Frau so restlos befriedigt. Bevor sie antworten konnte, preßte er seinen Mund auf ihren. »Nein, ich kann dir nicht gestatten, mit mir zu reden. Deine Lippen sind viel zu verführerisch.« Lächelnd küßte er ihre Nasenspitze und berührte ihre Wange. »Würdest du mir deine Grübchen zeigen? Die habe ich so schmerzlich vermißt.«

Zögernd erwiderte sie sein Lächeln, und er hauchte einen Kuß auf jedes Grübchen. Dann bewegte sie sich unter seinem Körper und weckte neue Begierde.

»Falls dich mein Gewicht stört – dieses Problem läßt sich lösen.« Geschmeidig drehte er sich mit ihr herum, so daß sie auf ihm lag. Dunkelrote Locken fielen in sein Gesicht. Er strich über ihren Rücken und beobachtete belustigt ihr Erröten. »Jetzt hast du sozusagen die Oberhand gewonnen. Gefällt dir das nicht?«

Sie versuchte sich aus seinen Armen zu winden. Aber er hielt sie fest. »Nein, ich lasse dich nicht gehen. Richte dich auf, ich möchte dich anschauen.«

Sie schien einen inneren Kampf auszufechten. Schließlich gehorchte sie unsicher, und er drang tiefer in sie ein.

»Tu ich dir weh?« fragte er und hob ihre Hüften ein wenig hoch.

Kate schüttelte langsam den Kopf. Plötzlich erblaßte sie, und ihre Augen verdunkelten sich. »O Julien, ich muß dir etwas sagen ...« Ihre Stimme brach. In dumpfem Entsetzen starrte sie ihn an.

In dieser Nacht durfte er ihr nicht erlauben, ein Geständnis abzulegen. Nur zu gut konnte er sich das Grauen in ihrem Blick vorstellen, wenn sie erfahren würde, was er ihr angetan hatte. Sein Verrat, die Vergewaltigung ... Nein, jetzt noch nicht ...

Er begann sich in ihr zu wegen, hörte sie stöhnen. Vor Lust oder Schmerz? Das wußte er nicht. Er schlang seine Finger in ihr dichtes Haar, zog ihren Kopf zu sich herab und küßte sie voller Leidenschaft. Nun waren Worte überflüssig – er besaß ihren Körper, so als wäre sie ein Teil von ihm. Mit unendlicher Geduld führte er sie wieder zum Gipfel der Ekstase hinauf und hoffte, sie würde Vergessen finden, wenigstens für einen kurzen, glückseligen Augenblick.

36

Als er am nächsten Morgen erwachte, tastete er nach seiner Frau. Aber er lag allein im Bett. Hatte er geträumt, daß sie zu ihm gekommen und so aufreizend aus ihrem Nachthemd geschlüpft war?

Dann lächelte er zufrieden und verschränkte die Arme hinter seinem Kopf.

Nein, dachte er, es ist wundervolle Wirklichkeit gewesen, und ich habe ihr ein exquisites Glück geschenkt.

Daß er allein erwacht war, störte ihn nicht sonderlich. Vielleicht schämte sie sich ein bißchen, weil sie ihn verführt hatte. Er stand auf und läutete nach Timmens.

Während er heißen schwarzen Kaffee trank, schaute er durch das Fenster des Frühstückszimmers in den grauen Wintertag. Es klopfte an der Tür, und Mrs. Cradshaw trat ein. »Guten Morgen, Mylord!« rief sie fröhlich und stellte ein Tablett aufs Sideboard.

»Dieses üppige Frühstück würde Sir Percy zu Begeisterungsstürmen hinreißen, Emma«, meinte er und bestrich eine Toastscheibe mit Butter.

»Vermutlich, Mylord.« Kichernd fügte sie hinzu: »Noch nie hatte unsere Köchin soviel Spaß an ihrer Arbeit – obwohl der Franzose wieder da ist.« Sie blieb neben dem Tisch stehen, und es schien ihr schwerzufallen, das Zimmer zu verlassen. Da Julien ihr das Privileg einer langjährigen treuen Dienerin zugestand, schickte er sie nicht hinaus. Offenbar wollte sie mit ihm reden.

»Die Countess wird bald herunterkommen.« Wenn sie sich auch in ihre Suite zurückgezogen hatte – sie war kein Feigling und würde ihm nicht aus dem Weg gehen.

»Oh, es ist ganz natürlich, daß sie morgens etwas länger braucht, Mylord.«

Julien vergaß die knusprige Speckscheibe auf seiner Gabel und starrte die Haushälterin entgeistert an.

Lächelnd hielt sie seinem Blick stand. »Nur noch zwei oder drei Wochen – dann wird Ihre Ladyschaft wieder zeitig mit Ihnen frühstücken.«

O Gott, sie wußte es … Schon am vergangenen Abend hatte sie sich so merkwürdig benommen. Mühsam würgte er hervor: »Ich nehme an, Sie haben der Countess ein paar gute Ratschläge gegeben?«

»Ja, natürlich. Sie bat mich, Ihnen nichts zu verraten, weil sie's Ihnen selber sagen wollte. Das hat sie inzwischen wohl getan. Was für wunderbare Neuigkeiten! Endlich wird wieder Leben in der Kindersuite herrschen!«

Wütend verfluchte er seine eigene Dummheit. Also deshalb war Kate letzte Nacht zu ihm gekommen. Nicht, weil sie ihren Ehemann begehrt hatte … Vorerst durfte sie nicht erfahren, daß er Bescheid wußte. Er räusperte sich. »Emma, meine Gemahlin braucht Ihre Hilfe nicht. Ich erwarte sie jeden Augenblick. Vielleicht könnten Sie die Kinderfrau rufen lassen und gemeinsam mit ihr die Kindersuite inspizieren.«

»Was für eine gute Idee! Oh, wie sich die alte Nanny freuen wird!« Glückstrahlend eilte sie hinaus.

Er stand auf und trat ans Fenster. Arme Kate … War sie wirklich so naiv? Glaubte sie allen Ernstes, sie könnte ihm weismachen, das Kind wäre von ihm, wenn sie ihn tatsächlich mit einem anderen betrogen hätte? Wußte sie nicht, daß ein Mann es merkte, ob eine Frau unberührt war? Offensichtlich hatte sie keine Ahnung. Wie sollte sie auch?

Abrupt drehte er sich um, als die Tür aufschwang. Seine Frau kam langsam herein wie eine Verurteilte auf dem Weg zum Schafott, und er zwang sich mühsam zur Ruhe. »Guten Morgen, meine Liebe. Setz dich, du mußt frühstükken. Sehen die Rühreier nicht verlockend aus? Und der Speck ist wunderbar knusprig – genauso, wie du ihn magst.«

Ohne ihn anzuschauen, murmelte sie eine unverständliche Antwort und nahm am Tisch Platz.

»Wollen wir heute morgen ausreiten?« schlug er vor. »Ich glaube, es wird nicht regnen, und die frische Luft tut dir sicher gut.«

»Ja, sehr gern, Julien.«

»Dann lasse ich die Pferde satteln, während du frühstückst und dich umziehst. In einer Stunde?«

»Ja, danke.« Als er das Zimmer verließ, seufzte sie erleichtert.

In einem warmen, mit Samt gefütterten Umhang stieg sie die Eingangstreppe hinab und ging zu Julien, der Astarte und seinen kräftigen Hengst festhielt.

»Stillgestanden, Thunderer!« befahl er, ließ die Zügel los und hob seine Frau in den Sattel. »Heute sind die Pferde ziemlich unruhig«, bemerkte er, während er aufstieg. »Sie sehnen sich vermutlich nach einem zünftigen Galopp. Paß auf, daß Astarte nicht durchgeht!«

»Kümmere dich lieber um dein eigenes Pferd! Astarte ist viel zu gut erzogen, um mich zu ärgern.«

Seite an Seite ritten sie die gekieste Zufahrt hinab. Julien war froh, weil seine Frau nicht auf die Richtung zu achten schien, die sie einschlugen.

Aber am Rand einer kleinen Wiese zügelte sie ihre Stute. »Was machen wir hier? Reiten wir zum See.«

Entschlossen lenkte er Thunderer an ihre Seite und nahm ihr die Zügel aus der Hand. »Kate, es ist nun an der Zeit, alte Geister zu begraben.«

»Was meinst du? Alte Geister?«

»Schau dich um. Das Wäldchen da drüben ... Dort lauern die Geister. Und heute morgen wollen wir sie begraben. Vertrau mir.« Er spornte seinen Hengst an und zog Astarte mit sich.

»Nein, verdammt!« Wütend zerrte sie an den Zügeln und versuchte, sie seiner Faust zu entreißen. Aber er beschleunigte das Tempo, und sie mußte sich am Sattelknauf festhalten, um im Gleichgewicht zu bleiben. »Halt sofort an!« Obwohl er die Hysterie in ihrer Stimme hörte, setzte er seinen Weg fort und hoffte, er würde richtig handeln.

Am Waldrand zügelte er beide Pferde, stieg ab und hob Kate aus dem Sattel. Dann nahm er sie in die Arme und schaute in ihr bleiches Gesicht. »Bitte, hör mir zu. Du darfst dich nicht mehr vor diesem Ort fürchten. Hast du nicht erraten, daß dein Alptraum hier begonnen hat? Sieh dich um. Da gibt es nichts, was dir Angst einjagen müßte. Jetzt nicht mehr. Erinnerst du dich an das kleine Mädchen, das zwischen den Bäumen gespielt hat? Dies war ihr Königreich, bis zu jenem Tag, an dem die grausamen Männer kamen. Verdammt, Kate, öffne die Augen! Sieh dich um! Fällt's dir wieder ein?«

Als er sie in den Wald führte, starrte sie blicklos vor sich hin. »War es ein Sommertag?« fragte er leise.

Sie gab keine Antwort. Und dann bemerkte er, daß sie einen alten, mit Efeu bewachsenen Baumstumpf betrachtete. »Das war mein Thron«, flüsterte sie. »Jetzt ist er ganz überwuchert.« Sie entzog Julien ihre Hand und lief zu dem Stumpf.

Schweigend stand er da und beobachtete sie. Ihre Hände flatterten. Mit kleinen Trippelschritten ging sie um den Baumstumpf herum.

»Da wachsen immer noch Pilze. Sehr gut. Die Palastwache sammelt sie für die Königin. Aber wie ungepflegt der Thron aussieht! Dieses dichte Gestrüpp! Zwischen den Efeublättern spielt das Orchester der Königin.« Sie kniete nieder und zog die Ranken auseinander. Mit leiser Kinderstimme begann sie zu singen und wischte welke Blätter vom Baumstumpf.

»Sind die Männer gekommen, Kate?«

Sie hob den Kopf und schien durch ihn hindurchzuschauen. »O nein! Seid still, meine Musiker! Hört ihr nicht die seltsamen Geräusche? Schwere Stiefel, fremde Laute ... Jetzt dürft ihr nicht mehr spielen! Eure Musik wird sie hierherlocken.« Warnend legte sie einen Finger an die Lippen, spähte verstohlen nach allen Seiten. »O Gott, da sind sie! Versteckt euch, schnell! Ja, so ist's gut. Aber sie sehen mich …« Ihre Augen verengten sich. Stolz hob sie den Kopf. »Ich bin die Königin, nichts wird mir zustoßen. Ah, da sind sie!« Wachsende Angst verzerrte ihr Gesicht. Zitternd wiegte sie sich hin und her.

»Erinnerst du dich an alles, was geschehen ist, Kate? Die Männer haben dich umzingelt, nicht wahr?«

Lautlos ging er zu ihr und kniete neben ihrer schwankenden Gestalt nieder. Sie schüttelte den Kopf, als wollte sie die Erinnerung verdrängen, und schloß die Augen.

»Was taten die Männer? Haben sie dich verletzt und ausgelacht und verhöhnt?«

Da hob sie die Lider, streckte die Hände aus und wehrte einen imaginären Feind ab. »Nein! Nein!« rief sie mir schriller Stimme und versuchte Julien wegzuschieben. Aber er legte einen Arm um ihre Schultern. »Was wollt ihr hier? Das ist Brandon-Land, da habt ihr nichts verloren, hört ihr?«

Ihre Verzweiflung ließ ihn frösteln. Mit Kates Augen sah er die niederträchtigen, vermutlich betrunkenen Männer, die mit gierigen, schmutzigen Händen nach dem schönen Kind griffen und ihm die Kleider vom Leib rissen.

Gellend schrie sie auf und sank an seine Brust. Die Worte fehlten ihm, in ohnmächtigem Zorn hielt er sie fest. Keine Vergeltung, keine Strafe. Nicht nach all den Jahren. Zu spät … Mit bebenden Händen drückte er sie an sich, versuchte ihr seine Liebe zu zeigen, sein Mitgefühl, flüsterte immer wieder ihren Namen. Nach einer Weile stemmte sie sich gegen seine Brust und hob ihr bleiches, tränennasses Gesicht empor.

»Jetzt ist es vorbei, Liebling«, beschwor er sie. »Du hast nichts mehr zu befürchten. Verstehst du mich?« Das unverhohlene Leid in ihren Augen krampfte ihm das Herz zusammen. »Hör mir zu! Du mußt dich den Tatsachen der Vergangenheit stellen – und sie dann vergessen. Das Grauen eines Kindes ist nicht mehr *dein* Grauen. Das alles mußt du aus deiner Gefühlswelt verbannen. Die bösen Geister sind tot.«

»Und – ich soll sie begraben? Das wolltest du doch, als du mich gezwungen hast, hierherzugehen.«

»Ja. Sie gehören nicht mehr zu deinem Leben.« Behutsam wischte er die Tränen von ihren Wangen.

»Das verstehe ich nicht, Julien.« Verwirrt runzelte sie die Stirn. »Wieso hast du's gewußt – während ich keine Ahnung hatte?«

»Manchmal hast du im Schlaf gesprochen, wenn du von deinen Alpträumen geplagt wurdest. Und gestern war ich bei deinem Vater.«

Sie sprang empört auf. »Warum hast du mir's nicht einfach gesagt? Warum mußtest du mir das antun?«

»Wenn ich's einfach erzählt hätte, wäre deine Erinnerung vielleicht nicht erwacht. Aber du mußt dich auf das alles besinnen. Sonst werden dich die Alpträume immer wieder heimsuchen, bis an den Lebensende.«

»Hat dir mein Vater alle schmutzigen Einzelheiten verraten und behauptet, seine Tochter sei eine Hure? Hat er geschildert, wie er mich schlug, um meine Seele zu retten? Bist du in Gelächter ausgebrochen? Hat er mich verspottet?«

»Nein, mein Schatz, du verstehst es nicht«, erwiderte er und erhob sich. »Ich habe doch nur mit ihm geredet, um dir zu helfen – damit du dich endlich von der Vergangenheit befreien kannst.«

»Oh, du belügst dich selbst! Bevor du mich zur Ehe gezwungen hast, wurde ich von Alpträumen verschont. Und es gab auch keine Geister, ehe du sie geweckt hast.« Wütend ballte sie die Hände. »Wirst du meinen Vater noch einmal aufsuchen und bestätigen, daß ich eine Hure bin? Oder glaubst du immer noch an meine Unschuld? Weißt du nicht mehr, wie leidenschaftlich ich letzte Nacht in deine Arme sank? War deine kostbare Sarah auch so sinnlich?«

»Verdammt, hör auf mit dem Unsinn!« Er wollte ihren Arm ergreifen, aber sie wich ihm aus, lief zu Astarte und schwang sich in den Sattel. »Bleib hier, Kate!« rief er, folgte ihr und versuchte vergeblich, die Zügel zu packen. Kraftvoll grub sie die Fersen in die Flanken der Stute, die verschreckt davonstürmte. Kalte Angst stieg in ihm auf. Das Kind – um Himmels willen, sie mußte doch an das Baby denken …

In wildem Galopp raste Astarte dahin, kahle Zweige zerrten an der Reiterin. Der Hut mit der blauen Straußenfeder wurde ihr vom Kopf gerissen, fiel ins Moos, und Thunderers Hufe zertrampelten ihn.

Als die beiden Pferde den Wald verließen, erreichten sie eine schmale, zerfurchte Straße. Instinktiv mied Astarte die tiefen, gefährlichen Rinnen und sprengte auf ein kahles Feld.

Qualvolle Minuten verstrichen, während Thunderer sie einzuholen versuchte.

Am Ende des Felds erhob sich eine graue Steinmauer. Jetzt mußte Kate ihre Stute doch endlich zügeln …

»Nein, Kate! Ohne Kommando wird Astarte nicht springen!« Tief über den Pferdehals gebeugt, streckte Julien eine Hand nach seiner Frau aus. Aber er bekam sie nicht zu fassen.

37

»Spring hinüber, Astarte!« Doch der Befehl kam zu spät, und die Stute hätte ihrem einstigen Herrn ohnehin nicht gehorcht. Seit er sie seiner Frau geschenkt hatte, ignorierte sie ihn.

In hilfloser Verzweiflung beobachtete er, wie Astarte die Mauer erreichte, sich aufbäumte und mit wirbelnden Hufen am grauen Stein scharrte. Schreiend fiel Kate aus dem

Sattel und blieb reglos liegen, unter den Falten ihres blauen Umhangs begraben. Mit einem mächtigen Satz überquerte Thunderer den Wall.

Julien zügelte ihn, glitt aus dem Sattel, und schwang sich auf die andere Seite der Mauer. Atemlos kniete er neben Kate nieder, berührte ihren Hals und tastete nach dem Puls, der gleichmäßig pochte.

»Dem Himmel sei Dank«, flüsterte er. Vorsichtig nahm er sie in die Arme.

Ihre Lider flatterten, und sie öffnete die angstvollen Augen. »O Julien, das Baby ...«

Vorsichtig schob er eine Hand unter ihren Reitrock und ihr Hemd und strich über ihren Bauch. »Hast du Schmerzen?«

»Nein ...« Erschrocken unterbrach sie sich. »Du – weißt es?«

»Ja.« Jetzt konnte er ihr die Wahrheit nicht länger verschweigen. »Auf der Fahrt nach St. Clair wurde dir übel, und die Wirtin der White Goose sagte mir, du seist schwanger.«

»Ah, Mrs. Micklesfield ... Also weißt du auch, daß das Kind nicht von dir ist«, fügte sie tonlos hinzu.

»Doch, Liebling, es ist von mir.«

»Verdammt, mach dich nicht lustig über mich!«

»Bitte, hör mir zu! Sicher wirst du's unglaublich finden. Aber ich war der wilde Deutsche, der dich in jene Hütte entführte. Ich hatte die idiotische Idee, dich als Fremder ins Reich der Liebe einzuführen. Danach wollte ich mich zu erkennen geben, in der Hoffnung, ich hätte dein Herz erobert.«

»O nein«, flüsterte sie. Erinnerungen erwachten. Seine Küsse, seine Hände und Lippen, überall auf ihrem Körper ... Und letzte Nacht hatte er die gleiche Leidenschaft entfacht. Vielleicht hatte ihr Körper ihn schon beim erstenmal erkannt, und sie war zu verängstigt gewesen, ihr Verstand von jenem grausigen Alptraum zu betäubt, um die

Wahrheit zu begreifen. »Und ich glaubte, ich wäre verworfen – weil mich solche Gefühle erfaßten …« Verzweifelt preßte sie eine Hand auf ihren Mund.

»Nein, Liebes, so etwas darfst du nicht denken. Ich weiß, warum du letzte Nacht zu mir kamst, und ich hasse mich selbst, weil ich dich getäuscht und gezwungen habe, mit diesen Gewissensqualen zu leben. Vielleicht kannst du mir verzeihen. Damals wußte ich nicht, was in deiner Kindheit geschehen war …«

Sie schien seine Worte nicht zu hören. Mit großen Augen starrte sie ihn an. »Aber – warum hast du mir weh getan?«

Er holte tief Atem, und für wenige Sekunden wich er ihrem Blick aus. Die Wahrheit, dachte er, nur die Wahrheit. »Als ich in dich eindrang, erkannte ich, daß du keine Jungfrau warst. Da dachte ich, deine Scheu vor mir sei Heuchelei gewesen. In jenem Augenblick verfluchte ich dich und wollte dir weh tun – so wie du mir weh getan hattest. Die Wahrheit erkannte ich erst später. Meine Vergewaltigung erinnerte dich an die Vergangenheit – aber nur in deinen bösen Träumen. Du sprachst von schattenhaften Männern, von der Grausamkeit deines Vaters, wurdest wieder ein kleines Mädchen, und mit deinen Augen sah ich das ganze Leid. Am Morgen wußtest du nichts mehr. Ich wollte dir alles erklären, doch ich konnte es nicht. Plötzlich vertrautest du mir, und ich fürchtete, du könntest mich hassen, wenn ich dir alles gestehe. Deshalb brachte ich dich nach London zurück. Sicher war es unsinnig – aber ich hoffte, in der Stadt würdest du Vergessen finden.«

»Du konntest es mir nicht sagen«, wisperte sie. Wieder kämpfte die Frau mit dem Leid des Kindes. Plötzlich fuhr ein stechender Schmerz durch ihren Bauch, schreiend krümmte sie sich zusammen.

»Mein Gott, das Baby!« rief Julien. »Ich muß dich nach Hause bringen.«

Blicklos starrte sie ihn an. Er wickelte sie in den blauen Samtumhang und hob sie hoch.

In ihren Ohren dröhnten Hufschläge, der Wind peitschte ihr das Haar ins Gesicht. Der Schmerz drohte sie zu zerreißen. Nur vage wurde ihr bewußt, daß sie unentwegt schrie. Julien preßte sie an ihre Brust. »Jetzt ist es nicht mehr weit. Alles wird gut – das schwöre ich dir, bei allem, was mir heilig ist.«

Doch sie verstand seine Worte nicht. Alles verschwand im schwarzen Abgrund ihrer Schmerzen. Wie aus weiter Ferne hörte sie laute Stimmen, undefinierbare Geräusche, und allmählich wurde sie von einem lähmenden Dunkel eingehüllt. Sie schluchzte leise und fühlte sich seltsam erleichtert.

Seine Frau im Arm, sprang Julien von Thunderers Rükken. Entsetzt starrte er auf seine blutbedeckte Hand. Ein Reitknecht stürmte vor ihm her und riß die Haustür auf. Über dieses ungebührliche Verhalten empört, wollte der Butler ihn tadeln. Doch die Worte blieben ihm in der Kehle stecken.

»Mannering, rufen Sie Mrs. Cradshaw!« befahl Julien, während er die Treppe hinaufrannte. »Der Reitknecht holt den Doktor. Schicken Sie ihn herauf, sobald er eintrifft!«

»Ja, Mylord.« Mannering starrte ihm nach, dann begann er zum erstenmal in seinem wohlgeordneten Leben zu schreien. »Emma! Emma!«

Im Oberstock lief Julien an Milly vorbei. »Die Countess hat eine Fehlgeburt erlitten. Holen Sie heißes Wasser und saubere Tücher!« Er trug Kate in sein Schlafzimmer und legte sie auf das große Tudor-Bett. Wie blaß sie war – und das Blut, so viel Blut ... Er zog ihr den Umhang und das Reitkostüm aus, die Strümpfe, die Stiefel, warf alles zu Boden. Als er hörte, wie jemand hinter ihm nach Luft schnappte, stieß er hervor: »Bringen Sie mir Tücher, Emma, schnell! Sie blutet immer noch!« Nur das Rascheln ihrer schwarzen Röcke verriet ihm, daß sie gehorchte. Irgendwie mußte er die Blutung stoppen. Er rannte zu seinem Schrank und riß ihn auf, zerrte seine feinen Leinenhemden heraus. Mit aller Kraft preßte er sie gegen den Blutstrom.

»Hier, Mylord, die Tücher.« Unglücklich starrte Mrs. Cradshaw auf die blutige Kleidung am Boden. »O Gott, sie hat ihr Kindchen verloren.«

»Ja«, bestätigte Julien tonlos. »Verbrennen Sie die Sachen.« Seine Stimme klang kühl und gleichmütig. Aber Mrs. Cradshaw sah die Höllenqualen in seinen Augen.

Das blutige Kleiderbündel im Arm, ging sie langsam zur Tür. »Der Arzt wird bald kommen.«

Während er mit einer Hand die Tücher und Hemden zwischen Kates Schenkel preßte, tastete er mit der anderen nach ihrer Brust und fühlte ihren schnellen, aber gleichmäßigen Herzschlag. Die Tür schwang auf, und der korpulente, in strenges Schwarz gekleidete Doktor eilte keuchend herein.

»Sie hat ihr Baby verloren – und soviel Blut ... Seit einer knappen Stunde versuche ich, die Blutung zum Stillstand zu bringen.«

»Gut, Mylord. Das war völlig richtig. Und nun erlauben Sie mir, Ihre Gemahlin zu untersuchen.«

Nur widerstrebend ließ Julien die zusammengeknüllten, blutgetränkten Hemden und Tücher los. »Meine Mühe war umsonst, sie blutet immer noch viel zu stark.«

»Unter diesen Umständen ist das ganz normal. Würden Sie bitte draußen warten, Mylord?« Dr. Quaille spürte die hilflose Verzweiflung des jungen Mannes. Was er nun tun mußte, sollte der Earl nicht mitansehen.

»Nein.«

Dem Arzt blieb nichts anderes übrig, als seine Pflicht zu erfüllen. Er entfernte die Tücher und Hemden zwischen Kates Beinen. »Wie Sie sehen, Mylord, haben Sie richtig gehandelt. Ihre Gemahlin verliert kaum noch Blut.«

Mit schmalen Augen beobachtete Julien, wie der Doktor die Instrumente aus seiner Tasche nahm, die Folterwerkzeugen glichen. Glücklicherweise war Kate bewußtlos. Mrs. Cradshaw, Milly und zwei Lakaien trugen Eimer mit heißem Wasser und saubere Tücher herein. Beklommen starrten sie zum Bett hinüber. »Ah, ausgezeichnet!« Dr. Quaille blickte auf, als die Eimer neben dem Nachttisch abgestellt wurden. Zu Juliens Erleichterung warf er seine Instrumente beiseite und stand auf. »Nun müssen Sie sich keine Sorgen mehr machen, Mylord. Bald wird die Countess genesen. Und das verdankt sie Ihnen.«

»Aber – das Blut …« Unglücklich betrachtete Julien sein durchnäßtes Bett.

»Das ist ganz natürlich. Ein paar Tage wird die Blutung noch dauern. Wie ich bei meiner Untersuchung festgestellt habe, hat Ihre Ladyschaft keine inneren Verletzungen erlitten. Sie ist jung und gesund. Und sie wird Ihnen noch viel Söhne und Töchter schenken.«

»Danke, Sir«, flüsterte Julien.

»Nun soll Mrs. Cradshaw der Countess ein Nachthemd anziehen, und dann wollen wir sie wecken.«

38

Julien ging in sein Ankleidezimmer, schlüpfte aus den blutigen Sachen und nahm ein Bad. Nachdem er sich angezogen hatte, aß er ein paar Bissen, kehrte in sein Schlafzimmer zurück und schaute zur Uhr hinüber, die auf dem Kaminsims stand.

Sonderbar – erst früher Nachmittag … Kate schlief immer noch. Ein heilsamer Schlaf, hatte Dr. Quaille versichert und das Riechsalz in seiner schwarzen Tasche verstaut. Julien rückte einen Stuhl neben das Bett und setzte sich zu seiner Frau. In Gedanken erlebte er noch einmal die Ereignisse des Morgens, den Aufruhr seiner Gefühle.

Kate seufzte plötzlich und vergrub das Gesicht im Kissen,

als wollte sie die angenehme Welt ihres traumlosen Schlafs nicht verlassen. Seltsamerweise war es das Gefühl, keine Schmerzen zu empfinden, das sie ins Bewußtsein zurückrief. »Ich bin nicht gestorben. Zumindest glaube ich's ...«

»Das hätte ich dir auch gar nicht erlaubt«, erwiderte er lächelnd. »Wie fühlst du dich, Liebste?«

»Jetzt tut mir nichts mehr weh.« Sie berührte ihren Bauch. »Aber – mein Baby ...«

Julien ergriff ihre Hand. »Nun mußt du stark sein. Du hast das Kind verloren. Leider konnte ich es nicht verhindern. Aber Dr. Quaille sagt, du hättest bei deinem Sturz keine inneren Verletzungen davongetragen – und du würdest noch viele Söhne und Töchter bekommen.«

Merkwürdig, dachte sie und starrte ins Leere. Nur einen Tag lang wußte ich von meinem Baby. Es hat gar nicht richtig existiert ... Irgendwie gewann sie den Eindruck, in einem Schattenreich zu leben, wo ihr die bösen Erinnerungen, die Geister der Vergangenheit und das ungeborene tote Kind nichts anhaben konnten. Bald würde die Zukunft den barmherzigen Schleier der Gegenwart verdrängen. Sie sah ihren Mann an. Rasch wandte sie den Blick wieder ab. Seine Augen spiegelten die Vergangenheit wider – Leid und Trauer. Aber sie wollte sich nicht erinnern, nichts fühlen ...

Als sie etwas Warmes, Klebriges zwischen ihren Schenkeln spürte, schrie sie leise auf. »Oh, ich blute!«

»Ja, das ist ganz natürlich. Einen Augenblick, ich wasche dich.«

»Nein, bitte, Julien! Das kann ich selber.«

»Unsinn! Nach allem, was wir zusammen erlebt haben, brauchst du dich wirklich nicht mehr vor mir zu schämen.«

Wie erstarrt lag sie da, während er behutsam das Blut entfernte. Er erschien ihr wie ein Fremder, und sie glaubte niemanden zu kennen – nicht einmal sich selbst.

»So schlimm war's doch gar nicht, oder?« Er bekam keine Antwort, und er erwartete auch keine. Während er sie zudeckte, fragte er: »Möchtest du Dr. Quaille sehen? Er ist in den Salon gegangen, um zu warten, bis du aufwachen würdest. Inzwischen hat ihm Mr. Cradshaw einen Lunch serviert. Wenn er dich untersucht hat, bringe ich dir auch was zu essen.«

Dr. Quaille? Noch ein Fremder, obwohl sie ihn schon in ihrer Kindheit gekannt hatte … Warum ließ man sie nicht in Ruhe?

»Ah, meine liebe Lady Katharine, jetzt sehe ich schon etwas Farbe in Ihren Wangen. In ein paar Tagen werden Sie sich erholen.« Der Arzt fühlte ihr den Puls, der immer noch etwas zu schnell pochte. Doch das überraschte ihn nicht. »Sie haben sich wirklich einen guten Mann ausgesucht.« Als er ihre Verwirrung bemerkte, fügte er lächelnd hinzu: »Nur der Geistesgegenwart und Umsicht Seiner Lordschaft ist es zu verdanken, daß keine ernsthaften Komplikationen eingetreten sind.«

»Jetzt übertreibt Dr. Quaille«, warf Julien ein.

»Und bescheiden ist er auch noch, Mylady. Aber nun will ich Sie nicht ermüden.« Väterlich tätschelte der Doktor Kates Hand und richtete sich auf. »Ich habe Seiner Lordschaft erklärt, wie Sie gepflegt werden müssen. Morgen werde ich wieder nach Ihnen sehen. Und sorgen Sie sich nicht, meine Liebe – Sie werden andere Kinder bekommen.« Er verneigte sich und ging zur Tür. Ehe er das Zimmer verließ, hörte sie ihn zu Julien sagen: »Mylord, das war ein köstlicher Lunch. Diese hauchdünnen Schinkenscheiben … Und was Ihre Frau betrifft – machen Sie sich bitte keine Vorwürfe. Solche Fehlgeburten kommen nun einmal vor, selbst wenn werdende Mütter nicht ausreiten.«

Nachdem er hinausgegangen war, flüsterte Kate: »Stimmt es, was er mir erzählt hat?«

»Nun, ich tat mein Bestes«, erwiderte Julien.

Wie ruhig er ist, dachte sie, wie selbstsicher. »Und du wolltest immer nur mein Bestes«, sagte sie bitter und sarkastisch. »Vielleicht wäre es diesmal besser gewesen, du hättest keinen Erfolg erzielt.« Ewiges Vergessen ... Ja, dachte sie, das Nichts hätte ich der Dankbarkeit vorgezogen, die ich dir zeigen muß – und deinem Wissen um meine Vergangenheit.

Da verlor er die Geduld. Er neigte sich zu ihr hinab und schaute sie eindringlich an. »Hör mir jetzt gut zu – und wage es nie wieder, solchen Unsinn zu reden! Welche Fehler ich auch begangen habe – was immer ich dir antat, ich wollte wirklich nur dein und mein Bestes.«

»Auch als du mich zur Ehe gezwungen und getäuscht und belogen hast? Das verstehe ich nicht ... Aber ich bin ja nur eine Frau. Wie sollte ich die erhabene Gedankenwelt eines Mannes begreifen? Ich muß eben einfach glauben, daß du's gut mit mir meinst.«

»Jetzt bist du nicht in der Lage, über solche Dinge zu sprechen«, entgegnete er und richtete sich auf. »Wenn du dich erholt hast ...«

»Verdammt, ich bin nicht hysterisch, nur wütend. Du hast zu lange geschwiegen – und in der Zwischenzeit vielleicht vergessen, warum du so gehandelt hast. Muß ich dir Zeit geben, damit du dir plausible Argumente ausdenken kannst?« Lästige Tränen strömten über ihre Wangen. »Allmächtiger, warum hast du mich nicht sterben lassen?«

»Mylord, der Lunch für Ihre Ladyschaft ...« Bestürzt blieb Mrs. Cradshaw auf der Schwelle stehen, ein Silbertablett in den Händen. »Oh – ich wußte nicht ...«

»Schon gut, Emma«, fiel er ihr ins Wort und ging zu ihr. »Geben Sie mir das Tablett. Meine Frau wird sich bald beruhigen.« Flüsternd fügte er hinzu: »Bringen Sie mir das Laudanum.«

Nachdem sie davongeeilt war, kehrte er zum Bett zurück. »Bist du hungrig, Kate?«

»Nein.«

»Gut, dann nimm deine Medizin und ruh dich aus.«

»Ich könnte mich sicher ausruhen, wenn du nicht hier wärst.«

Als Mrs. Cradshaw ihm das Laudanumfläschchen brachte, träufelte er ein paar Tropfen in ein Wasserglas. Kate nahm es entgegen und trank es hastig leer. Im Schlaf würde sie Vergessen finden, wenigstens für eine kleine Weile.

»Nun will ich deinen Wunsch erfüllen und dich allein lassen.« Ohne sich noch einmal umzudrehen, ging er hinaus. Dreißig Minuten später kehrte er zurück und sah, daß sie eingeschlafen war.

So schwer es ihm auch fiel, er mußte den Tatsachen ins Auge blicken. Jetzt hatte er seine Frau wohl endgültig verloren. Keine Pläne mehr, keine neuen Strategien, die ihr seine Handlungsweise begreiflich machen würden …

»Wie seltsam, daß meine Schwester hier wohnt!« Harry streifte den frischgefallenen Schnee von seinen Galoschen, legte den weiten Umhang ab und präsentierte sich voller Stolz in seiner scharlachroten Uniform. Militärisch schlug er die Hacken zusammen.

»Ich muß schon sagen, Master Harry, Sie sehen großartig aus«, meinte Mannering und ließ sich das Cape geben.

»Das finde ich auch.« Harry grinste und wandte sich beifallheischend zu seinem Schwager, der ihn vom Scheitel bis zur Sohle musterte.

»Ja, ein schneidiger Soldat. Wie viele Herzen hast du denn schon gebrochen?«

»Nur ein halbes Dutzend«, erwiderte Harry, zog seine Lederhandschuhe aus und schaute sich um. »Ich dachte immer, St. Clair wäre eine Gruft. Aber Kate hat das Haus von Anfang an geliebt, vor allem die Ritterrüstungen. Die konnte sie stundenlang anstarren, und sie sagte, sie wäre sicher ein tapferer Ritter gewesen … Wo steckt sie eigentlich? Ach, ich nehme an, sie galoppiert auf einem deiner Lieblingshengste durch den Schnee.«

»Nein.« Julien legte eine Hand auf Harrys Arm. »Bevor du sie siehst, muß ich mit dir reden.«

»He, hat sie was angestellt? Nun, ich habe dich gewarnt. Aber du wolltest sie ja unbedingt heiraten. Wahrscheinlich schmiedet sie schon eifrig Pläne fürs Weihnachtsfest.«

Weihnachten … Daran hatte Julien noch gar nicht gedacht. »Gehen wir in die Bibliothek.«

Verwirrt starrte Harry seinen Schwager an, der ihm ungewöhnlich ernst erschien. »Würden Sie bitte mein Pferd in den Stall bringen lassen, Mannering?«

»Gewiß, Master Harry, gewiß.«

Harry folgte Julien in die Bibliothek und wärmte seine Hände am Kaminfeuer.

»Trinkst du einen Brandy mit mir, Harry?«

»Danke, sehr gern.«

»Wann mußt du zu deinem Regiment zurückkehren?« fragte Julien und reichte seinem Schwager ein gefülltes Glas.

»Erst nach Weihnachten.« Harry sank auf ein Sofa. »Natürlich wollte ich meinen Urlaub nutzen, um Kate zu besuchen – und Vater«, fügte er ohne Begeisterung hinzu.

»Falls du lieber bei uns wohnst, du bist mir willkommen – und deiner Schwester sicher auch.«

Plötzlich merkte Harry, wie gepreßt Juliens Stimme klang. »Was ist los mit ihr? Fehlt ihr irgendwas? Sie war noch nie in ihrem Leben krank.«

»Nein, sie ist nicht krank. Sie hat vor drei Tagen eine Fehlgeburt erlitten. Jetzt geht's ihr besser. Aber vorerst muß sie in ihrem Zimmer bleiben.«

»Großer Gott!« rief Harry und sprang auf. »Meine arme Kate!«

»Natürlich war's ein Schock für uns beide«, seufzte Julien, dem Harrys unerwarteter Besuch sehr gelegen kam. Vielleicht würde der junge Mann einen Erfolg erzielen, der ihm selbst versagt blieb.

»Wie grauenvoll …« Dann erhellte sich Harrys Miene. »Ich habe ein Geschenk für Kate, das sie aufheitern wird. Nur eine Kleinigkeit. Ich dachte, eine spanische Mantilla würde ihr gefallen.«

»Zweifellos, Harry. Wenn du willst, kannst du deine Schwester besuchen. Und da ich euer Wiedersehen nicht stören möchte, wird Mannering dich hinaufführen.«

Kate saß auf dem Sofa am Kamin, eine gestrickte Decke über den Beinen, einen Paisley-Schal um die Schultern.

Als es an der Tür klopfte, senkte sie rasch den Kopf, um den Eindruck zu erwecken, sie wäre mit ihrer Handarbeit beschäftigt. Nur wenige unregelmäßige Stiche zierten den Musselin, den sie in einen Stickrahmen gespannt hatte. Sie konnte Julien einfach nicht anschauen.

»Begrüßt man so seinen Bruder – seinen *älteren* Bruder, den man respektieren müßte?« erklang Harrys fröhliche Stimme.

»O Harry!« Sie richtete auf und lächelte unter Tränen. »Endlich kommst du zu mir! Und wie attraktiv du bist!«

Er eilte zu ihr, und sie klammerte sich an ihn. »Paß bloß auf, daß du meinen Uniformrock nicht zerknitterst, Mädchen!« Liebevoll tätschelte er ihre blasse Wange und verbarg seine Sorge. Sie sah elend aus, und sie war viel zu dünn.

Da sie ihn kannte, spürte sie seine Bestürzung. »Rück einen Stuhl heran und setz dich zu mir. Ich fühle mich noch ein bißchen schwach. Aber ich werde mich bald erholen. Du mußt dich nicht beunruhigen. Erzähl mir von deinem Regiment und all deinen Abenteuern.«

»In Spanien und Portugal ist's verdammt heiß«, begann er und nahm Platz.

»Mußtest du kämpfen? Ich hatte solche Angst um dich.«

»Ach, da waren nur ein paar Scharmützel mit irgendwelchen Banditen, die nichts gegen unsere Männer ausrichten konnten. Wir wurden von einheimischen Soldaten unterstützt, obwohl wir sie gar nicht gebraucht hätten. Aber sie mußten uns die Wege zeigen. Das ist ein verdammt steiniges Terrain – und staubtrocken. Zum Glück haben wir die Schurken bald überwältigt.«

»Wie gern wäre ich dabeigewesen!« seufzte Kate. »All die aufregenden Erlebnisse ...«

»Für eine Countess ist das nichts.« Harry schaute sich im Zimmer um. »Nie hätte ich gedacht, daß du mal in einem so hochherrschaftlichen Haus wohnen würdest.«

»Seltsam, nicht wahr? Noch dazu, wo Kate Brandon niemals von einem solchen Luxus geträumt hat ...«

»Weißt du noch, wie wir überlegten, wie wir deine Probleme mit Vater lösen sollten, bevor ich nach Oxford fuhr? Dann kam Julien und rettete dich, wie in einem Liebesroman.« Sie senkte den Blick und preßte die Lippen zusammen. Verwundert runzelte ihr Bruder die Stirn. »Du scheinst unter Depressionen zu leiden. Nun, ich werde dich schon aufheitern!«

»Du wirst dich doch in St. Clair einquartieren?«

»Wahrscheinlich. Julien hat mich bereits eingeladen. Unserem Vater wird das nicht gefallen. Ich werde ihn besuchen. Höchstens dreimal. Man darf's nicht übertreiben.«

»Also hast du mit Julien gesprochen?«

»Ja. Er erzählte mir von – deinem Unfall. Tut mit so leid, Liebes. Aber du wirst andere Kinder bekommen.«

»Natürlich, Harry«, stimmte sie tonlos zu. Weil er nichts mehr zu sagen wußte, nahm er eine Zeitschrift von einem Tischchen und blätterte darin. Kate machte sich Vorwürfe, weil sie sein Unbehagen erregt hatte, und versuchte ihn abzulenken. »In zwei Wochen ist Weihnachten. Wenn es deine militärische Würde gestattet, können wir zusammen die Halle schmücken. In den Wäldern finden wir sicher genug Zweige.«

»Eine gute Idee«, meinte er, wenn er auch befürchtete, diese Tätigkeit würde ihn tödlich langweilen. Plötzlich erinnerte er sich an die Mantilla, die in seinem Handkoffer steckte, von Seidenpapier umhüllt, und er sprang auf. »Ich habe eine Überraschung für dich?«

»Ein Geschenk?« Ihre Augen begannen zu strahlen, und für ein paar Sekunden glich sie wieder seiner übermütigen kleinen Schwester. »Wie lieb von dir!«

»Warte, ich hol's. Und ich sage Julien er soll sich zu uns

setzen. Er wollte unser Wiedersehen nicht stören. Aber wir werden noch soviel Zeit füreinander finden.«

Wie unbefangen er ins Fettnäpfchen tritt, dachte sie. Typisch Harry … Ihm zuliebe zwang sie sich zu einem Lächeln.

39

Zu Weihnachten sah St. Clair völlig verwandelt aus. Unter Harrys Aufsicht hatte das Personal Stechpalmenzweige mit roten Beeren an die Wände und Deckenbalken der Halle gehängt, sogar an die Ritterrüstungen, was Mannering etwas despektierlich fand. Über den Türen prangten rote und grüne Girlanden, und zu Kates Entzücken loderte ein riesiges Weihnachtsscheit im Kamin.

Am Weihnachtsmorgen verteilten der Earl und die Countess Geschenke an die Dienstboten. Dann gingen sie mit Harry in die Bibliothek, wo Julien seiner Frau ein exquisites Diamantenarmband und Ohrgehänge verehrte. Lächelnd nahm sie das Geschenk entgegen.

»Dieser Schmuck wird sicher gut zu deiner Mantilla passen«, meinte Harry in unschuldigem Enthusiasmus.

»Zweifellos. Vielen Dank, Julien. Leider hatte ich keine Gelegenheit, ein Geschenk für dich zu besorgen …«

»Am 16. Januar habe ich Geburtstag. Dann erwarte ich *zwei* Geschenke von dir. Wenn du willst, gebe ich dir ein paar Hinweise. Vielleicht schreibe ich sie auf einen Zettel und lege ihn unter dein Kopfkissen.«

Harry musterte die beiden beklommen. Nicht zum erstenmal fühlte er sich in ihrer Gesellschaft unbehaglich. In manchen Nächten hatte er Licht unter der Bibliothekstür bemerkt, lautlos die Tür geöffnet, nur einen Spaltbreit, und seinen Schwager vor dem Kamin sitzen sehen, den Blick ins Feuer gerichtet. Harry erinnerte sich an Kates

Widerstreben, den Earl zu heiraten, an ihre Flucht nach Paris.

Aber – verdammt, jetzt war sie Juliens Frau, und sie hatte sogar ein Kind von ihm erwartet. Also konnte die Abneigung nicht allzu groß sein, oder?

Eines Abends betrachtete er voller Stolz seine scharlachrote, von Timmens sorgsam gebügelte Uniform, als er plötzlich laute Stimmen hörte. Neugierig öffnete er seine Tür und spähte in den dunklen Flur. Das Geschrei drang aus Kates Zimmer.

Stritt sie mit Julien? Bestürzt schloß Harry seine Tür. Er haßte Probleme, vor allem jene, die er nicht verstand. Vielleicht hätte er lieber in Brandon Hall wohnen sollen. Dort wußte er wenigstens, was er von seinem mürrischen Vater zu erwarten hatte. Andererseits wollte er sich die endlosen Predigten des alten Mannes ersparen.

Am nächsten Morgen stieg er die Treppe hinab und sah Julien in der Halle mit Mannering reden. Neben der Haustür stapelten sich Gepäckstücke.

»Ah, da bist du ja, Harry!« rief Julien und wandte sich zu seinem verwirrten Schwager. »Da ich einige Geschäfte erledigen muß, fahre ich nach London zurück. Kate wird noch ein paar Tage hierbleiben. Ich nehme meine Karriole. Möchtest du mich begleiten?«

Am liebsten hätte Harry seinem Schwager erklärt, diese abrupte Abreise würde Kate nicht verdienen. Aber er durfte sich nicht in Dinge einmischen, die ihn nichts angingen. »Sehr gern, Julien. Ich habe meinen Vater zwar noch nicht besucht, aber darauf kann ich verzichten.«

Das Unbehagen des jungen Mannes entging Julien nicht, und er überlegte, ob Harry während der Reise versuchen würde, ihn auszuhorchen. In drückendem Schweigen frühstückten sie. Dann zog Julien seine Uhr hervor. »Natürlich verstehe ich deine Gefühle, Harry. Aber – es ist Kates Wunsch, daß wir uns trennen. Sicher hast du die Spannungen zwischen uns bemerkt.«

»Allerdings.«

»Die Gründe kann ich dir nicht verraten. Das wirst du als Gentleman begreifen.«

»Geht es um die Fehlgeburt?«

»Teilweise.« Julien wechselte das Thema. »Von deiner Schwester habe ich mich bereits verabschiedet. Ich erwarte dich in der Karriole. Inzwischen müßte Timmens deine Sachen gepackt haben.«

Harry stand auf und legte seine Serviette auf den Tisch. »Dann will ich mich jetzt von Kate verabschieden.« Langsam stieg er die Treppe hinauf und klopfte an die Tür seiner Schwester. »Ich bin's. Darf ich reinkommen?«

»Natürlich, mein Lieber.« Als er eintrat, stand sie auf und streckte ihm die Hände entgegen.

»Wenn du möchtest, daß ich hierbleibe ...«

»Sei nicht albern! Vor lauter Sehnsucht nach London und deinen Freunden würdest du vergehen.«

»Verdammt, Kate, ich will dich nicht so unglücklich sehen. Nach all den Jahren im Haus unseres Vaters ... Wie kann ich dir helfen?«

»Das ist keine griechische Tragödie, Harry. In jeder Ehe gibt's Schwierigkeiten. Außerdem muß sich Julien um seine Geschäfte kümmern. Und jetzt raus mit dir! Bitte, mach dir keine Sorgen um mich.«

Skeptisch schaute er sie an, aber zu ihrer Erleichterung schwieg er.

»Paß gut auf dich auf, mein Lieber, und treib keinen Unsinn.« Lächelnd küßte sie seine Wange.

»Wirst du mir schreiben, wenn irgendwas passiert ...?«

»Ja, selbstverständlich.«

Einige Minuten später stand sie am Fenster und beobachtete, wie Julien und Harry auf den Karriolensitz stiegen. Der Reitknecht überreichte ihrem Mann die Zügel, und sie hörte den Schnee unter den Rädern knirschen. Danach stand sie noch sehr lange am Fenster. Der Wagen war längst aus ihrem Blickfeld verschwunden.

Obwohl das Personal über die plötzliche Abreise des Earls ohne die Countess staunte, kamen ihr keine Klatschgeschichten zu Ohren. Aber in den Dienstbotenquartieren wurden zahlreiche Spekulationen angestellt. Täglich kehrten die Mahlzeiten, die Ihrer Ladyschaft serviert wurden, fast unberührt in die Küche zurück, und die Köchin war der Verzweiflung nahe.

Eines Nachmittags saß Kate in ihrem Schlafzimmer vor dem Kamin. Bis jetzt hatte sie alle Erinnerungen verdrängt. Aber nun waren sie plötzlich stärker als ihre Willenskraft, und sie erlebte alles noch einmal, was in den letzten Monaten geschehen war.

Etwas später stand sie widerstrebend auf und entzündete Kerzen, um das winterliche Dunkel zu verscheuchen. Sie sank wieder in den Sessel, schlug die Hände vors Gesicht und dachte an jene Nacht, in der sie Julien herausgefordert hatte, bis er mit seiner Geduld am Ende gewesen war.

Wütend hatte er sie angeschrien. »Deine Arroganz ist wirklich erstaunlich. In deiner kindischen Selbstsucht ignorierst du alle meine Bedürfnisse und Probleme. Glaubst du wirklich, nur *ich* wäre schuld an unserer unglücklichen Ehe?«

»Zu der du mich gezwungen hast – nur um mich in dein Bett zu kriegen!«

»Wenn ich mich recht entsinne, hast du dich dort sehr wohl gefühlt und meine Leidenschaft mit gleicher Glut erwidert.«

»Verdammt, das ist eine Lüge! Gar nichts habe ich empfunden. Das war nur Heuchelei.«

»Hör auf mit diesem Unsinn!« fauchte er. »Das Kind, das brutal vergewaltigt wurde, existiert nicht mehr. Vor einiger Zeit hast du das kleine Mädchen wiedergesehen und ihre Verzweiflung gespürt. Aber nun mußt du es loslassen. Du bist eine Frau, und du hegst die Wünsche einer Frau. Wenn du die Angst jenes Kindes nicht endgültig verbannst, wirst du dich selbst zerstören.« Als er Tränen in ihren Augen glänzen sah, verflog sein Zorn. »Meine Süße!« flüsterte er und streckte eine Hand nach ihr aus. »Bitte, komm zu mir!« Aber sie schüttelte stumm den Kopf, und seine Miene verschloß sich.

»Wenn ich dich doch niemals wiedersehen müßte, Julien!«

»Wenn es das ist, was du willst …«

»O ja!«

»Nun, dann werde ich mich verabschieden.« Ohne ein weiteres Wort verließ er ihr Zimmer.

Während Kate vor ihrem sterbenden Kaminfeuer saß, beobachtete sie einen heftigen Schneesturm vor dem Fenster.

In der Nacht hörte es zu schneien auf, und am nächsten Tag lag eine dicke weiße Decke über dem Land. Kate ließ Astarte satteln und ritt zum Waldrand, zum Schauplatz ihres Alptraums. Vergeblich wartete sie auf die Rückkehr ihrer Ängste. Nach einer Weile schwang sie sich aus dem Sattel und wanderte zum alten Baumstumpf, bückte sich und entfernte den Schnee von den Efeuranken. Auch jetzt spürte sie nichts. Nur die winterliche Kälte. Sie setzte sich und wickelte ihren warmen Umhang eng um die Beine. Nichts. Keine imaginäre Musik, keine schweren Schritte, keine höhnischen Männerstimmen. Nur schweigende Bäume. Schließlich stand sie auf, ging zu Astarte und blickte kein einziges Mal zurück.

40

»Mylady! Was für eine Überraschung. Wir hatten keine Ahnung …«

»Guten Abend, George.« Kate rauschte an dem verwirrten Butler vorbei, gefolgt von zwei Lakaien aus St. Clair, die mehrere Truhen und Handkoffer in die Halle schleppten. »Leider besitze ich keinen Penny. Würden Sie bitte den Droschkenkutscher bezahlen?«

»Gewiß, Mylady.« Zu seiner eigenen Verblüffung klang seine Stimme ruhig und sanft. Nachdem er den Auftrag erledigt hatte, nahm er seiner Herrin das Cape, die Handschuhe und den eleganten Hut ab.

»Wir haben uns lange nicht gesehen, George. Hoffentlich geht es Ihnen gut.«

»O ja, besten Dank, Mylady. Das heißt – bis zu diesem Augenblick fühlte ich mich nicht besonders. Aber jetzt sind Sie endlich wieder hier.«

»Ist der Earl daheim?«

Sie folgte seinem Blick zur Treppe. Nervös zupfte er an seiner Krawatte. »Eh – ja, Mylady. Allerdings ...«

»Nun?«

»Seine Lordschaft ist nicht allein.«

Beschwichtigend tätschelte sie seinen Arm. »Ich glaube, es wird seine Freunde nicht stören, wenn seine Frau ihn aufsucht.«

»Aber – das sind nicht seine Freunde«, erklärte der Butler unglücklich.

»Wie seltsam ... Läßt er seine Feinde ins Haus. Also, wer ist bei ihm?«

Er merkte, daß sich die Countess of March verändert hatte. Inzwischen existierte das scheue, zurückhaltende junge Mädchen nicht mehr. *Diese* Dame wußte genau, was sie wollte. Zögernd antwortete er: »Lady Sarah kam vor einer Viertelstunde an und wollte Seine Lordschaft unbedingt sehen. Selbstverständlich trifft ihn keine Schuld an ihrer Anwesenheit.«

Lächelnd zuckte sie die Achseln. »Die Lady wird sich bald verabschieden.«

Keine Tränen, keine Verwirrung – nur Gelassenheit und ein gewisses Amüsement ... Erstaunlich, dachte George und musterte sie anerkennend. Vielleicht würde sich doch noch alles zum Guten wenden. Schlimmer konnte es nicht mehr werden. Jeden Abend hatte der Earl trübsinnig in der Bibliothek gesessen, zuviel Brandy getrunken und ins Kaminfeuer gestarrt. »Darf ich Seine Lordschaft über Ihre Ankunft informieren, Mylady?« bat George, von der Vision einer schrecklichen Szene gepeinigt.

»Nein, ich möchte ihn überraschen. Finde ich ihn oben im Salon?«

George schaute wieder zur Treppe und nickte resignierend.

Während sie die Stufen hinaufstieg, hörte sie, wie er die Lakaien anherrschte. »Haltet keine Maulaffen feil! Habt ihr nichts zu tun?« Zielstrebig ging sie den Flur entlang. Die Aufregung des Butlers über Lady Sarahs Tête-à-tête mit Julien hatte seltsamerweise ihr Selbstvertrauen gestärkt. Solche Ängste durften sich Feiglinge und Dienstboten leisten – eine Countess nicht.

Hatte sie ihn verloren? Nein, daran wollte sie nicht denken. Die Salontür stand einen Spaltbreit offen, und Kate hörte Lady Sarahs verhaßte Stimme. »O Julien, laß sie doch auf dem Land wohnen! Da paßt sie besser hin als hierher. Erinnerst du dich nicht, wie ungeschickt sie sich in der Gesellschaft benommen hat? Deine Freunde wußten gar nicht, was sie mit ihr anfangen sollten. Nur dir zuliebe waren sie höflich zu ihr.«

Nachdem Kate vergeblich auf Juliens Antwort gewartet hatte, betrat sie das Zimmer, den Kopf hoch erhoben. »Wie nett, daß Ihnen mein Wohlergehen so am Herzen liegt, Lady Sarah! Glauben Sie wirklich, alle Leute würden mich langweilig und unsympathisch finden?« Inständig hoffte sie, ihre honigsüße Stimme würde in Lady Sarahs Ohren ebenso widerlich klingen wie deren schrilles Gepiepse in ihren eigenen. Am liebsten hätte sie die Frau ermordet, deren Arme Juliens Schultern umfaßten.

»Oh …« Erschrocken ließ Sarah ihn los.

»Guten Abend, Julien«, fuhr Kate fort und schenkte ihrem Mann ein strahlendes Lächeln. »Hoffentlich geht es dir gut.«

Ohne das Lächeln zu erwidern, starrte er sie an, als wäre sie ein Gespenst. »Recht gut, Kate, vielen Dank.«

»Und nun, meine liebe Lady Sarah – es tröstet mich zwar, meinen Mann in so kundigen Händen anzutreffen, aber jetzt findet sozusagen eine Wachablösung statt. Sicher würde auch Ihr eigener Gemahl diese hingebungsvolle Zärtlichkeit zu schätzen wissen.«

Entgeistert musterte Sarah die selbstbewußte Frau, in die sich das blasse, unsichere Mädchen verwandelt hatte. Aber so leicht gab sie nicht auf. Immerhin hatte Julien die Umarmung hingenommen, und das ermutigte sie. Wäre diese Landpomeranze nicht im unpassendsten Augenblick erschienen, hätte Sarah ihn zweifellos verführt. Und vielleicht konnte sie immer noch den Sieg davontragen. »Ausgerechnet Sie sprechen von ehelicher Zärtlichkeit? Wo doch jeder weiß, daß Sie seit drei Monaten getrennt von Ihrem Mann leben! Haben Sie noch immer nicht erkannt, daß Sie nicht zu ihm passen? Geben Sie ihn frei und kehren Sie aufs Land zurück. Dort werden Sie sich gewiß wohler fühlen.«

»Glauben Sie? Ihre Fürsorge rührt mich fast zu Tränen. Trotzdem beginnt mich Ihre Anwesenheit zu langweilen. Bitte, gehen Sie jetzt. Ich möchte mit meinem Mann allein sein. Verlassen Sie mein Haus!«

»Das ist Juliens Haus.«

»Und meines ebenso. Julien! Sag ihr, sie soll verschwinden – und nicht in diesem Ton mit mir reden!«

Nun entstand ein langes Schweigen. Kate konnte Juliens Blick nicht standhalten. Was mochte er denken und fühlen? Seit ihrer Ankunft spielte er die Rolle des unbeteiligten Beobachters. Würde er ihr nicht verzeihen, was sie ihm bei jenem letzten Streit ins Gesicht geschleudert hatte? Wollte er sich für immer von ihr trennen? Sie zwang sich, ihn anzuschauen. Aber seine Augen waren unergründlich.

»Sarah«, entgegnete er schließlich, »ich glaube, die Countess hat recht. Das ist auch *ihr* Haus. Also solltest du dich verabschieden.«

Dankbar atmete Kate auf.

»Großer Gott, das meinst du doch nicht ernst, Julien!« jammerte Sarah.

»Doch. Soll ich nach George läuten?«

»Kein Mann schickt mich weg! Wie kannst du es wagen? Hat dich diese Provinzlerin so erfolgreich um den Finger gewickelt, daß du deine Manieren vergißt?«

Lächelnd wandte er sich zu seiner Frau. »Ja, ich muß dir zustimmen, Sarah, sie hat mich tatsächlich um den Finger gewickelt – seit sie bei einem fingierten Duell dramatisch ins Gras sank.«

»Hoffentlich wirst du bis an dein Lebensende bereuen, was du mir antust!« zischte Sarah. So würdevoll wie möglich erhob sie sich vom Sofa, raffte ihre Röcke und rauschte aus dem Salon.

»Schließ die Tür.«

Wortlos gehorchte Kate.

»Und jetzt komm her.«

»Soll ich läuten und Tee servieren lassen, Julien?«

»Eine schlechte Idee. Ich würde dich lieber umarmen.«

Ohne zu zögern, sank sie an seine Brust, und er drückte sie fest an sich. Dann hob er ihr Kinn und küßte sie. Sie hatte das Wiedersehen gefürchtet. Aber nun wußte sie, daß sich alles zum Guten wenden würde. Bereitwillig öffnete sie die Lippen, und als er sie losließ, verdunkelten sich ihre Augen vor Enttäuschung, was er entzückt zur Kenntnis nahm. »Denk an die Dienstboten, Liebling. Nachdem Sarah wütend die Treppe hinabgestürmt ist, wird George glauben, wir würden ihn brauchen. Und er soll uns doch nicht bei einem leidenschaftlichen Liebesspiel ertappen, oder?«

»Warum nicht?«

»Ein interessantes Argument ... Aber bevor ich dich auf

den Teppich vor den Kamin werfe, möchte ich mit dir reden.«

»Das halte *ich* für eine schlechte Idee.«

»Dabei werde ich dich immer wieder küssen. Aber es ist wichtig. Findest du nicht auch?«

»Wenn du darauf bestehst ...« Zu seiner Überraschung lachte sie. »Hättest du doch den armen George gesehen! Er war furchtbar nervös. Vielleicht dachte er sogar, in diesem Haus würde ein Mord geschehen.«

Er seufzte und küßte sie wieder. »Ja, so etwas wäre dir durchaus zuzutrauen. Glücklicherweise habe ich mich eingemischt.«

»Eingemischt? Ha! Am Anfang hast du keinen Finger gerührt. O Gott, Julien, ich hatte solche Angst!« Impulsiv schlang sie die Arme um seinen Hals.

»Jetzt ist ja alles in bester Ordnung. Setzen wir uns, oder du wirst doch noch auf dem Teppich landen – und ich auf dir.«

Er führte sie zum Sofa, und nachdem sie Platz genommen hatten, lehnte sie den Kopf an seine Schulter. »In St. Clair habe ich dich so schrecklich behandelt.«

»Nicht immer.«

»Oh, du weißt, was ich meine. Aber das war doch verständlich, nachdem du diesen deutschen Banditen so überzeugend gespielt hast.«

»Vergiß ihn. Das war ein elender Idiot. Wirklich, Kate, es tut mir so leid.«

»Immerhin hat mir jene Nacht geholfen, mich an die Vergangenheit zu erinnern und die Geister zu begraben.«

»Bist du sicher?«

»O ja. Vor drei Tagen ritt ich zum Waldrand und setzte mich auf den Baumstumpf. Da war nichts. Kein Schmerz, kein Entsetzen.«

»Dem Himmel sei Dank«, flüsterte er und drückte sie an sich. »Wie tapfer du warst ... Sag mir nur noch eins.«

»Ja?«

»Liebst du mich?«

»Mehr als alles auf der Welt. Du bist ein Teil von mir, und ich lasse dich nie wieder gehen.«

»Offenbar hat Sarah recht. Du hast mich rettungslos um den Finger gewickelt.«

»Sehr gut.«

»Und nachdem wir das geklärt haben, will ich dich wieder küssen. Wie ich deinen Mund liebe, deine Schultern, dein Brüste und ...«

Sie lachte leise, bis ihr sein Kuß die Lippen verschloß. Nach einer Weile richtete er sich auf. »Jetzt muß ich dir erst einmal beibringen, richtig zu küssen.«

»Soll deine Frau diese Kunst ebenso beherrschen wie deine zahlreichen Geliebten?«

»Da sie der Vergangenheit angehören, mußt *du* alle meine Wünsche erfüllen.«

»Einverstanden. Aber vorher mußt du mir noch etwas erklären. Ich weiß, es war nicht richtig – aber während des Haverstoke-Balls folgte ich dir zum Balkon, und da sah ich, wie Lady Sarah dich küßte.«

»Hättest du gehört, was ich zu ihr sagte, wärst du beruhigt gewesen.«

»Ich hörte, was *sie* sagte – lauter Gemeinheiten über unsere Ehe. Oh, ich fühlte mich so gedemütigt. Und dann wurde mir übel. Ich rannte davon ...«

»Also weißt du nicht, wie ich die Situation gemeistert habe.«

»Nein. Offensichtlich hast du die Lady nicht in ihre Schranken gewiesen, sonst wäre sie nicht hierhergekommen.«

»Nun, ich besitze nun mal diesen fatalen Charme.« Strahlend küßte er Kate. »In Zukunft wird mich meine Gemahlin vor allen zudringlichen Frauen beschützen. Immer wieder fallen sie vor die Räder meiner Karriole, auf meine Schwelle, werfen mir ihre Taschentücher zu Füßen ...«

»Sei still! Findest du dich wirklich so unwiderstehlich?« Zärtlich strich sie über seine Wange. »Leider bist du's ...«

»Verzeihst du mir alles, was ich dir angetan habe?«

»O ja ...«

»Ich sah keine andere Möglichkeit ...«

»Und verzeihst du mir auch? Meinen unbeherrschten Zorn, der dich dein Kind gekostet hat?«

»Reden wir nicht mehr davon. Es war ein Unfall. Und wenn jemand die Schuld daran trägt, dann nur ich.«

»O nein ...«

»Einigen wir uns darauf, daß niemand schuldig ist. Nun müssen wir beide unsere Geister begraben. Sicher trauere auch ich um das Baby. Aber meine erste Sorge gilt dir.« Um einem weiteren Protest zuvorzukommen, legte er einen Finger auf ihre Lippen. »Wenn du dir einen künftigen Earl of March und viele Töchter wünschst, ich bin zu allem bereit. Soll ich dir jetzt Unterricht im Küssen geben?«

Als er sie ein paar Minuten später losließ, rang sie nach Atem. »Hoffentlich bin ich eine gelehrige Schülerin.«

»Ohne jeden Zweifel. Dein Mund ist wie zum Küssen geschaffen.«

Zufällig schaute George nach oben und sah seine Herrschaften Arm in Arm aus dem Salon schlendern, in die Richtung des Schlafzimmers, das der Earl bewohnte. Wenn ihn nicht alles täuschte, war das Hemd Seiner Lordschaft aufgeknöpft. Zufrieden blickte der Butler den beiden nach, bis sie verschwanden. Dann beschloß er, ein besonderes Dinner bei François zu bestellen – am besten ein saftiges Beefsteak, mit Kräutern gewürzt. Und dazu ein edler Rotwein. An diesem Abend würden sich der Earl und die Countess stärken müssen.